F

ディック短篇傑作選

変種第二号

フィリップ・K・ディック

大森 望編

早川書房

7335

SECOND VARIETY AND OTHER STORIES

by

Philip K. Dick

Edited and translated by
Nozomi Ohmori
Translated by
Hisashi Asakura & Tadashi Wakashima
Published 2024 in Japan by
HAYAKAWA PUBLISHING, INC.
This book is published in Japan by
direct arrangement with
THE WYLIE AGENCY (UK) LTD.

The official website of Philip K. Dick: www.philipkdick.com

目次

変種第二号

たそがれの朝食
Breakfast at Twilight

浅倉久志◎訳

「パパ」バスルームからとびだしてきたアールがきいた。「きょうも学校まで乗せてってくれる？」

ティム・マクレーンは二杯目のコーヒーをついだ。「子供は歩いたほうがいいな、たまには。車はガレージだ」

ジュディがぷっとふくれた。「雨が降ってるのに」

「降ってないわよ」ヴァージニアが妹の言葉を訂正した。窓のシェードを上げた。「ひどい霧だけど、雨は降ってないわ」

「どれどれ」メアリー・マクレーンが手をふきふき、流しのほうからやってきた。「へんてこなお天気ね。あれが霧？　霧というより、煙みたい。なんにも見えない。天気予報はなんていってた？」

「ラジオ、ぜんぜん聞こえないよ」アールがいった。「ざあざあいってるだけ」

ティムがもぞもぞと体をうごかした。「あんちくしょう、また故障か。修理したばっかりなのに」食卓から立ちあがって、眠そうにラジオへ近づいた。ダイアルをあっちこっちへまわしてみる。子供たち三人は、学校へでかける準備でばたばたしている。「おかしい」ティムはいった。

「行ってきます」アールが玄関のドアをあけた。

「ふたりを待っててあげなさい」メアリーがうわの空でいった。

「あたし、用意できた」ヴァージニアがいった。「ねえ、これでおかしくない？」

「すてきよ」メアリーは答えて、娘にキスをした。

「会社からラジオの修理屋に電話しなくちゃな」とティムがいった。

ティムはそこで言葉を切った。アールがキッチンのドアの前に、青い顔で立っている。ものもいわず、目は恐怖に見ひらかれている。

「どうした？」

「ぼく……帰ってきた」

「どうした？　気分でもわるいのか？」

「学校へ行けないんだもん」

みんながアールを見つめた。「なにがあったんだ？」ティムは息子の腕をつかんだ。

「なぜ学校へ行けない？」

「だから……通してくれないの」

「だれが？」

「兵隊が」あとはどっと言葉がほとばしりでてきた。「そこらじゅうにいるよ。銃を持った兵隊が。いま、うちへやってくる」

「うちへ？　やってくる？」ティムは茫然として、おうむがえしにきくだけだった。

「うちへやってくるよ。それからきっと……」アールは言葉を切った。おびえきっていた。

表のポーチから、ブーツの重い足音が聞こえた。ばきっと大音響。ドアの羽目板が割れた音だ。話し声。

「あらまあ」メアリーが息をのんだ。「なにかしら、ティム？」

ティムはリビングルームへ出ていった。心臓が痛いほど動悸《どうき》を打っていた。三人の兵士が玄関に立っている。灰緑色の戦闘服、銃、複雑にからみあった装備。なにかのチューブとホース。太いコードの先についた計器。ボックスと革紐とアンテナ。精巧なマスクを頭にかぶっている。マスクごしに、無精ひげの生えた、くたびれた顔が見える。充血した目が、残酷な表情で、不快そうにティムを見かえした。

兵士のひとりがいきなり銃を構え、ティムのみぞおちを狙った。ティムはぽかんとして見つめるだけだった。銃。細長い銃身。針のように細い。それがコイル状になった何本ものチューブに接続してある。

「いったいこれは――」ティムはいいかけて、兵士に荒々しく制止された。

「おまえはだれだ?」兵士の声はきびしく、しわがれていた。「ここでなにをしてる?」

自分のマスクをむしりとった。きたならしい顔だった。青白い皮膚に、切り傷とあばたが散らばっていた。歯もほうぼう欠けたり、抜け落ちたりしていた。

「返事しろ!」第二の兵士がどなった。「ここでなにをしてるんだ?」

「ブルーカードを見せてみろ」第三の兵士がいった。「セクター番号を調べる」視線をダイニングルームのドアに移し、そこに無言で立っている子供たちとメアリーに気づいた。

兵士はあんぐり口をあけた。

「女だ!」

三人の兵士は、信じられないように目をまるくした。

「これはどういうことだ?」最初の兵士が詰問した。「この女はいつからここにいる?」

ティムはやっと声を出すことができた。「わたしの妻ですよ。いったいなにごとですか? なんでまた――」

「おまえの妻?」三人とも唖然としている。

「わたしの妻と子供ですよ。たのむから――」

「おまえの妻? 妻をここへ連れてきたのか? 頭がおかしいんじゃないか?」

「灰で脳をやられてるな」もうひとりがいった。銃口を下げると、リビングルームを横ぎって、メアリーに近づいた。「おい、女。われわれといっしょにこい」

ティムは飛びかかった。

エネルギーの壁にぶつかった感じだった。彼は床の上にうち倒された。暗黒の雲がまわりで渦巻いている。ガーンと耳鳴りがする。頭がずきずきする。あらゆるものが遠くへしりぞいた感じだ。動くもののかたちが、ぼんやりと見えた。声。部屋。注意を集中した。

三人の兵士が子供たちを奥へ追いたてている。ひとりがメアリーの腕をつかんだ。ドレスの肩をぴりっとひき裂いた。「おかしい」吠《ほ》えるようにいった。「やつが連れてきたというのに、この女、未処置だ！」

「女を連れていけ」

「はい、隊長」兵士はメアリーを玄関のほうへひきずっていった。「この女を連れていって、できるだけの手を打ちます」

「子供らもだ」隊長はべつの兵士に手で合図した。「子供らも連れていけ。よくわからん。マスクもない。カードもない。なんでこの家だけが無事なんだ？　ゆうべはこの数カ月でも最悪だったのに！」

ティムは痛みをこらえて立ちあがった。口から血が流れていた。目がかすんだ。彼はしっかり壁につかまった。「おい」と呼びかけた。「たのむから——」

隊長はキッチンの中をまじまじと見つめた。「あれは……あれは食べ物か？」ゆっくりとダイニングルームにはいった。「見ろ！」

ほかの兵士たちもそのあとにつづいた。メアリーと子供たちは忘れさられた。兵士たちは驚きの目で食卓をとりかこんだ。

「すごいぞ、これは！」

「コーヒーだ」ひとりがポットをとりあげ、むさぼるようにそれを飲んだ。むせかえって、ブラック・コーヒーが戦闘服の上にだらだらこぼれた。「熱い。なんてこった。いれたてのコーヒーだ」

「クリーム！」べつの兵士が冷蔵庫をあけた。「見ろよ。ミルク。卵。バター。肉」声がかすれた。「食料がいっぱいだ」

隊長はパントリーの中に姿を消した。やがて、豆の缶詰の箱をひきずりながら現われた。「残りをとってこい。ぜんぶだ。スネークに積みこめ」

隊長はその箱を食卓の上にどすんとのせた。ティムを油断なく見つめながら、よごれた上着のポケットをさぐり、タバコをとりだした。ティムから目をはなさずに、ゆっくり火をつけた。「よし。説明を聞かせてもらおうか」

ティムは口をぱくぱくさせた。言葉が出てこない。頭の中が空白だ。脳が死んでいる。なにも考えられない。

「この食料品。どこでこれを手に入れた？　それにこれだけの品物」隊長はキッチンをぐるっと手で示した。「皿。家具。どうしてこの家だけが破壊されなかったんだ？　ゆうべの攻撃をどうやって生きのびた？」

「わたしは……」ティムは息をあえがせた。

隊長が不気味な顔でにじりよってきた。「この女。それに子供。おまえら全員。いったい、ここでなにをしている？」きびしい口調だった。「説明できるか。ここでなにをしているのか、はっきり説明しろ――さもないと、ひとり残らず焼き殺すしかない」

ティムは食卓の前にすわった。頭をはっきりさせようと、身ぶるいに似た深呼吸をした。全身が痛い。唇の血を手でぬぐうと、奥歯が折れてぐらつき、かけらが口の中に残っているのが感じられた。ハンカチをとりだして、折れた歯をそこに吐きだした。手がふるえている。

「早くしろ」隊長がいった。

メアリーと子供たちがダイニングルームにはいってきた。ジュディが泣いている。ヴァージニアの顔はショックで空白だ。アールは青い顔で、兵士たちをまじまじと見つめている。

「ティム」メアリーが彼の腕に手をおいた。「だいじょうぶ？」

ティムはうなずいた。「だいじょうぶだ」

メアリーは裂けたドレスを肩の上にひきあげた。「ティム、こんなことをされて、黙ってられないわ。いまにだれかきてくれるわよ。郵便屋さん。近所の人たち。こんなことが通ると思ったら――」

「だまれ」隊長が一喝した。ふしぎそうに、目をきょろきょろさせた。「郵便屋だと？なんの話だ？」隊長は手をさしだした。「女、イエロースリップを見せてみろ」

「イエロースリップ？」メアリーは口ごもった。

隊長はあごをさすった。「イエロースリップもない。マスクもない。カードもない」

「こいつらはジープスです」ひとりの兵士がいった。

「かもな。ちがうかもしれん」

「ジープスですよ、隊長。焼き殺したほうがいいです。油断はできません」

「どうもここの状況はおかしい」隊長は自分の首すじをさぐって、コードのついた小さいボックスをひきあげた。「ポリックにきてもらおう」

「ポリック？」ふたりの兵士はぞっとしたようだった。「待ってください、隊長。この件はわれわれで処理できます。ポリックは呼ばないでください。きっとわれわれは4へ移されて、二度と――」

隊長はボックスに話しかけた。「ウェブBにつないでくれ」

ティムはメアリーを見あげた。「いいか、ハニー。これは――」

「だまれ」兵士が彼をこづいた。ティムはだまりこんだ。

ボックスが割れた声で答えた。「こちらウェブB」

「ポリックをひとりよこしてくれるか？　奇妙なものにでくわした。五人のグループだ。男、女、三人の子供。マスクも、カードもなく、女は未処置で、まったく無傷な家に住んでる。家具や備品に約百キロ分の食料」

ボックスがためらった。「わかった。ポリックをそちらへやる。そこにいてくれ。だれも逃がすな」

「了解」隊長はボックスをシャツの中にもどした。「じきにポリックがくる。そのあいだに、食料を積みこんでしまおう」

家の外で、雷鳴のような轟音《ごうおん》が聞こえた。家が揺れ、戸棚の中の皿がガチャガチャ鳴った。

「くそったれめ」兵士のひとりがいった。「いまのは近かった」

「バリヤーが日暮れまでもってくれりゃいいが」隊長は豆の缶詰の箱を持ちあげた。「残りを運べ。ポリックがくるまでに積みこみをすませろ」

ふたりの兵士が両手にいっぱいの荷物をかかえ、隊長のあとから家の中を横ぎって、玄関へ出ていった。彼らが小道をくだっていくにつれて、話し声が遠ざかる。

ティムは立ちあがった。「じっとしてなさい」だみ声でいった。

「なにをする気?」メアリーが不安そうにきいた。

「逃げられるかもしれない」彼は裏口に走りよると、ふるえる手で掛け金をはずした。ドアを大きくひきあけ、裏のポーチに出た。「だれもいない。いまのうちに……」

彼はいいやめた。

まわりに灰色の雲が吹きつけてきた。見わたすかぎり、いちめんに灰が渦巻いている。おぼろなかたちが見える。崩れた輪郭。灰色の中のそれは、音もなく、動きもない。

廃墟だ。

廃墟のビル。瓦礫《がれき》の山。いたるところに破片が積み重なっている。彼はのろのろと裏口の階段をおりた。コンクリートの小道がぷっつり断ち切られていた。そこから先は、鉱滓《かなくそ》と瓦礫の山だ。ほかにはなにもない。目の届くかぎり、なにもない。

なにひとつ動かない。こそとも動かない。この灰色の静寂には生命の気配さえない。動きがない。あたりを漂う灰の雲があるだけだ。鉱滓と瓦礫の山があるだけだ。

都市は滅びた。建物はすべて破壊された。なにも残っていない。人間も。動物も。がらんどうで、大きな穴のあいた、ぎざぎざの壁。瓦礫の中に、黒っぽい雑草がまばらに生えている。ティムは腰をかがめ、雑草にさわってみた。ざらざらした、太い茎。それに鉱滓。溶けた金属。彼は腰をのばした――

「もどってこい」きびきびした声がひびいた。

ティムは麻痺した気分でふりかえった。背後のポーチに、ひとりの男が両手を腰にあてて立っていた。頬のこけた小男。その小さい目は、まるでふたつの黒い石炭のようにきらきらしている。男は兵士たちとはべつの制服を着ていた。マスクははずしてあった。皮膚が黄ばみ、かすかな光をおびて、頬骨に貼りついていた。病人の顔だ。熱病と疲労にさいなまれた顔だ。

「あなたは？」ティムはきいた。

「ダグラスだ。政治委員《ポリティカル・コミッショナー》のダグラス」

「すると、あなたが……あなたがポリックか」

「そのとおり。さあ、中へはいれ。いろいろ答えてもらうぞ。質問はたくさんある。まず最初に知りたいのは、どうしてこの家が破壊をまぬかれたかだ」

ティムとメアリーと子供たちは、カウチに並んですわった。無言で、身動きもせず、だれの顔もショックでうつろだった。

「どうなんだ？」ダグラスがうながした。

ティムはやっと声を見つけた。「待ってください。わたしはなにも知らない。ほんとになにも知らない。けさ、いつもとおなじように目をさましたんです。着替えをして、朝食をとっていたら――」

「外が霧だったの」ヴァージニアがいった。「窓から外を見たら霧がかかってたわ」

「そいで、ラジオも聞こえないしさ」アールがいった。

「ラジオ？」ダグラスの細面がゆがんだ。「ここ数ヵ月、放送電波など聞いたことがない。政府目的以外の物は。この家。おまえたちみんな。どうもよくわからん。もし、おまえらがジープスだとすると――」

「ジープス。なんのことです？」メアリーが小声できいた。

「ソ連の多目的部隊《ゼネラル・パーパス・トループス》だ」

「じゃ、戦争がはじまったんだわ」

「北アメリカがはじめて攻撃されたのは二年前だ」ダグラスがいった。「一九七八年」

ティムは肩を落とした。「一九七八年。すると、いまは一九八〇年か」彼は急にポケットをさぐった。札入れをとりだし、それをダグラスに渡した。「中を見てください」

ダグラスは疑いの目で札入れをひらいた。「なぜ？」

「図書館の貸出カード。小包の預かり証。日付を見てください」ティムはメアリーをふりかえった。「やっとわかってきたよ。あの廃墟を見たときにピンときたんだ」

「アメリカが勝ってるの？」アールがかんだかい声できいた。

ダグラスはティムの札入れを熱心に調べた。「非常に興味深い。どれも古いな。七、八年前のものだ」目をきらめかせた。「で、なにをいいたいのかね？　きみたちは過去からきたというのか？　タイム・トラベラーだとでも？」

隊長が家の中にもどってきた。「スネークに積みこみを終わりました」

ダグラスはそっけなくうなずいた。「よろしい。きみはパトロール隊といっしょに帰っていい」

隊長はちらとティムに目をやった。「しかし、おひとりで――」

「この件はわたしが処理する」

隊長は敬礼した。「わかりました」すぐに隊長は玄関から出ていった。外では、隊長とその部下が、細長いトラックに乗りこんだ。長い円筒形の車体にキャタピラーがついている。かすかなハム音をひびかせて、トラックは発進した。

まもなく、灰色の雲と、廃墟に立つおぼろなビルの輪郭だけがあとに残った。

ダグラスはリビングルームの中を歩きまわりながら、壁紙をながめ、照明器具や椅子をながめた。何冊かの雑誌をとりあげ、ページをめくった。「過去からか。だが、そんなに遠い過去じゃない」

「七年前です」

「そんなことが可能か？　たぶんな。ここ数カ月間には、いろいろのことがあった。しかし、タイム・トラベルとは」ダグラスは皮肉な笑みをうかべた。「きみも間のわるい時期を選んだな、マクレーン。もっと未来へ行くべきだった」

「わたしが選んだわけじゃない。ただ、こうなったんです」

「だが、なにかをやったはずだ」

ティムは首を横にふった。「いや。なにも。朝起きたら……そしたら、ここにいた」

ダグラスはじっと考えこんだ。「ここにか。七年先の未来にか。時間を超えて移動したというのか。タイム・トラベルについてはなにも知らない。なんの研究もなされていない。明白な軍事的可能性はなさそうだ」

「どうして戦争がはじまったんですか？」メアリーがおそるおそるきいた。

「はじまった？　はじまったんじゃない。忘れたのかね。七年前にも戦争はつづいていた」

「本格的な戦争です。この戦争」

「いつからこうなったか……はっきりした境目はない。われわれは朝鮮半島で戦った。中国で戦った。ドイツと、ユーゴスラビアと、イランで戦った。戦場はどんどんひろがった。とうとう、ここへも爆弾が落ちるようになった。疫病の襲来のように。戦争はどんどん育っていく。とつぜんはじまるわけじゃない」だしぬけに、ダグラスは手帳をしまいこんだ。「きみたちのことを報告しても、信じてもらえないだろう。わたしまで灰の病気にかかったと思われる」

「灰って？」ヴァージニアがきいた。

「空気中にある放射性微粒子だ。それが脳にはいる。狂気をひきおこす。たとえマスクで防いでも、だれもがどこかおかしい」

「どっちが勝ってるのか教えてほしいな」アールがくりかえした。「さっき外を走ってたのはなんなの？　あのトラック。あれはロケット推進？」

「スネークのことか？　いや。タービンだ。先にドリルがついてる。それで廃墟の中をもぐっていく」

「七年」とメアリーがいった。「七年間でがらりと物事が変わったんだわ。まだ信じられない」

「がらりと？」ダグラスは肩をすくめた。「だろうね。七年前に自分がなにをしていたかはおぼえている。まだ大学にいた。学問をしていた。アパートに住み、車を持っていた。よくダンスに行った。テレビを買った。だが、すでにそのころからこの徴候はあったんだ。このたそがれ。これだ。ただ、わたしが気づかなかっただけだ。みんなが気づかなかっただけだ。たそがれは前からそこにあった」

「で、政治委員というのは？」ティムはきいた。

「軍隊を監視する立場だ。思想偏向者がいないか見張っている。全面戦争のもとでは、国民をたえず監視する必要がある。ウェブの中にひとりでもアカがまぎれこめば、すべてがめちゃくちゃだ。そんな危険はおかせない」

ティムはうなずいた。「そうだ。たしかに前からありましたよね。たそがれは。ただ、だれもそれに気づかなかっただけで」

ダグラスは書棚に並んだ本を調べた。「二、三冊もらっていくよ。もう何カ月も、小説なんて読んだことがない。大半はこの世から消えたんだ。七七年の焚書《ふんしょ》で」

「焚書？」

ダグラスは何冊かを選んだ。「シェイクスピア。ミルトン。ドライデン。古い本にしとこう。そのほうが安全だ。スタインベックやドス・パソスはまずい。ポリックであっても処罰される。もしきみたちがここに残るつもりなら、こいつは始末したほうがいいぞ」ダグラスは、ドストエフスキーの『カラマーゾフの兄弟』をつついた。

「ここに残るつもり？　ほかにどうしようがあるというんです？」

「残りたいか？」

「いいえ」メアリーが静かにいった。

ダグラスはちらと彼女をながめた。「だろうな。ここに残れば、もちろん、一家は離散だ。子供たちはカナダの再配置センターへ送られる。女は地下工場の労働キャンプ。男は自動的に軍隊に編入される」

「いまここから出ていった三人のように？」ティムがいった。

「イド・ブロックの資格がないかぎりはな」

「なんです、それは？」

「工業設計と生産技術《インダストリアル・デザイン・アンド・テクノロジー》の略だ。きみの専門は？　理工科系か？」

「いや。会計士です」

ダグラスは肩をすくめた。「じゃ、標準テストを受けることになるな。ＩＱが高ければ、政治局へはいれる。政治局はおおぜいの人間が必要だ」ダグラスは本を両手にかかえたまま、しばらく言葉を切って考えた。「やはり帰ったほうがいいよ、マクレーン。この状況に慣れるのはたいへんだ。わたしなら帰る。もしそうできれば。だが、わたしは帰れない」

「帰る？」メアリーはききかえした。「どうやって？」

「きたときとおなじ道を」

「気がついたら、ここにいたんです」

ダグラスは玄関で立ちどまった。「ゆうべはこれまでで最悪のロム攻撃だった。この地区ぜんたいが猛爆を受けた」

「ロム？」

「ロボット操作ミサイル。ソ連はアメリカ大陸を一キロまた一キロと、順々に破壊している。ロムは安あがりだ。ソ連は何百万発ものロムを大量生産し、それを発射する。そのプロセスぜんたいが自動的なんだ。ロボット工場がそれを作り、われわれめがけて打ちあげる。ゆうべはロムがここをおそった——波状攻撃で。朝になって、パトロールが駆けつけたが、なにひとつ見つからなかった。きみたちはべつだがね、もちろん」

ティムはこっくりうなずいた。「やっとわかってきました」

「その集中的エネルギーで、どこかの不安定な時間断層がずれたのにちがいない。岩石の断層とおなじように。この戦争で、地震はすでに起きた。だが、時間震とはな……興味深いね。なにが起こったかの説明はそれでつくと思う。エネルギーの放出、物質の破壊、それがきみの家を未来に吸いこんだ。きみの家を七年未来へ運んだ。この街路、ここのあらゆるもの、この地点そのものが蒸発したんだ。七年過去にあったきみの家は、その引き波にさらわれた。大爆発の波が、時間を超えてうちよせてきた結果だ」

「未来へ吸いこまれたのか」ティムはいった。「ゆうべのうちに。眠ってるうちに」

ダグラスはじっと彼を見つめた。「今夜もまたロム攻撃がある。まだ残っている建物も、それで完全になくなるだろう」腕時計に目をやった。「いまは午後四時だ。あと二時間ほどで攻撃がはじまる。きみたちは地下へ避難すべきだ。ここではだれも生き残れない。もしそうしたければ、わたしが地下へ連れていってやる。だが、いちかばちかの賭けをしたいなら、もし、ここでがんばりたいなら――」

「それで、もとの時代へ帰れると？」

「ひょっとするとだ。なんともいえない。これはギャンブルだよ。もとの時代へ帰れるかもしれないし、帰れないかもしれない。帰れなければ――」

「帰れなければ生き残るチャンスはない」

ダグラスはポケット・マップをとりだして、カウチの上にひろげた。「あと半時間は、まだパトロールがこの地区に残っている。もし、われわれと地下へ避難する決心がついたら、この通りをこっちへ行け」地図の上を指でなぞった。「この空き地へ出る。パトロールは、政治局の小隊だ。彼らがきみたちを地下へ案内してくれる。この空き地までの道順はわかるな？」

「わかると思います」ティムは地図をながめ、唇をゆがめた。「その空き地は、子供たちがかよっている小学校でした。兵隊に追いかえされたとき、子供たちはそこへ行こうとしてたんです。ついしばらく前に」

「七年前だ」ダグラスは訂正した。彼は地図を閉じると、ポケットにしまった。マスクをかぶり、玄関のドアからポーチに出た。「また会うかもしれん。会わないかもしれん。それはきみたちの判断にまかせる。どっちにするかは、きみたちが決めることだ。いずれにせよ——幸運を祈るよ」

ダグラスは背を向けて、足早に去っていった。

「パパ」とアールがさけんだ。「軍隊へはいるの？　パパもマスクをつけて、あんな銃を撃つ？」息子の目は興奮できらきらしていた。「スネークも運転する？」

ティム・マクレーンは、そこにしゃがんで、息子をひきよせた。「おまえはそのほうがいいのか？　ここに残りたいのか？　もしパパがマスクをつけて、あんな銃を撃つようになったら、二度ともとにもどれないんだよ」

アールはよくわからないようすだった。「あとじゃだめ？」

ティムはかぶりをふった。「だめだ。いま、決めなくちゃならない。もとの時代にもどるか、ここに残るかを」

「ダグラスさんの話を聞いてたくせに」ヴァージニアがうんざりしたようにいった。「あと二時間したら、爆撃がはじまるのよ」

ティムは立ちあがって、行ったりきたりをはじめた。「もしこの家の中にいれば、爆撃でふっとばされる。はっきりいおう。もとの時代に帰れる可能性は、ほんのわずかしかない。心細い可能性だ――いちかばちかの賭けだ。それでもいいのかね？　まわりにロムがどかどか落ちてくる中で、いつ死ぬかもわからないと知りながら、ここにいるんだよ。ミサイルの落下点がどんどん近くなってくるのを聞きながら――床に伏せて、じっと待ち、耳をすませて――」

「あなたは本当に帰りたいの？」メアリーが詰問した。

「もちろん帰りたいさ。だが、リスクが――」

「リスクのことをきいてるんじゃないわ。あなたが本当に帰りたいのかどうか。ひょっとしたら、あなたはここに残りたいんじゃないの。ひょっとしたら、アールのいうとおりなのかも。戦闘服とマスクをつけて、あの針みたいな銃を持って。スネークを運転して」

「きみを地下工場の労働キャンプに入れてか！　それに、子供らは政府の再配置センターへ送られるんだぞ！　どんなところだと思う？　やつらがなにを子供らに教えると思う？子供らがどんなおとなになると思う？　どんなことを信じて……」

「たぶんとても役に立つことを教わるかもよ」

「役に立つ？　どんなことにだ？　自分にとってか？　人類にとってか？　それとも、戦争目的にとってか……？」

「すくなくとも生き残れるわ」メアリーはいった。「安全だわ。このやりかただと、家の中に残って、ミサイルが落ちてくるのを待って――」

「そうさ」ティムは歯ぎしりした。「子供らは生き残るだろう。たぶん、健康体でいられるだろう。食べ物もあてがわれ、衣服も支給され、世話をしてもらえる」ティムはきびしい顔で子供たちを見つめた。「たしかに、生き残れるさ。生き残って、成長し、おとなになる。だが、どんな種類のおとなだ？　彼の話を聞いたか！　七七年の焚書！　じゃ、いったい子供らになにを教えるんだ？　七七年以後にどんな思想が残っているというんだ？　政府の再配置センターで、子供らがどんな信念をまなべるというんだ？　いったい、どんな価値観を持つようになると思う？」

「イド・ブロックがあるじゃない」メアリーがいった。

「工業設計と生産技術か。頭のいい人間だけの集団。想像力ゆたかで利口な人間だけの集団。朝から晩まで計算。製図とプランニングと発見。娘たちもその進路を選べる。銃の設計ができる。なんなら、アールは政治局へはいってもいい。銃が有効に使われるように念を押す仕事だ。もし思想的に偏向した部隊、銃を撃ちたがらない部隊があったら、アールがそれを報告して、彼らを再教育施設へ送りこむ。兵士たちの政治思想を強化するわけだ——頭のいい人間が武器を設計し、頭のわるい人間がそれを発射する世界で」

「でも、生きていけるわ」メアリーがくりかえした。

「生きるということを、考えちがいしてやしないか。生きるというのはそんなことか？いや、そうかもしれない」ティムは疲れたように首をふった。「ひょっとすると、きみのいうとおりかもしれない。ダグラスといっしょに、地下へ避難すべきかもしれない。この世界に残る。そして生きのびる」

「そうはいってないわ」メアリーが小声でいった。「ティム、わたしは知りたかったのよ。なぜそうする価値があるかを、あなたが本当に理解しているかどうかを。この家に残って、もとの世界に帰れるチャンスに賭ける、そのことの価値を」

「じゃ、きみもそのチャンスに賭けたいんだな？」

「もちろんよ！　それしかないわ。子供らをあの人たちにひき渡すなんて——再配置センターに預けるなんて。どうやって敵を憎み、敵を殺し、破壊するかを教えこまれるなんて」メアリーは悲しそうにほほえんだ。「とにかく、子供らはいつもジェファースン小学校にかよっていたわ。それが、ここでは、この世界では、ただの空き地」

「わたしたち、帰るのね？」ジュディがきいた。ティムの服の袖をつかんで訴えた。「いまから帰れるの？」

ティムは娘の手をふりほどいた。「もうすぐだよ、ジュディ」

メアリーは食品戸棚をあけて、中をのぞいた。「ぜんぶ残ってるわよ。あの人たち、なにを持っていった？」

「豆の缶詰の箱。冷蔵庫の中身をそっくり。それと、玄関のドアをこわされた」

「戦争、勝ってるんだよね！」アールはさけんだ。彼は窓に駆けよって、外をのぞいた。降りつづける灰を見て、がっかりしたようだ。「なんにも見えないや！　霧だけ！」ふしぎそうにティムをふりかえった。「ここはいつもこうなのかな？」

「そうだ」ティムは答えた。

アールは落胆を顔に出した。「霧ばっか？　あとはなんにもなし？　お日さまは出てこないの？」

「コーヒーをいれるわね」メアリーがいった。

「ありがたいな」ティムはバスルームにはいり、鏡で顔をのぞいた。唇が切れ、乾いた血がこびりついていた。頭が痛い。胃がむかむかする。

「まだ現実だと思えないわ」食卓にすわると、メアリーがいった。ティムはコーヒーをすすった。「ああ、まったくだ」彼がすわった場所から窓が見える。灰の雲。廃墟の建物のぎざぎざした輪郭。

「あの人、またもどってくる？」ジュディがきいた。「すごく痩《や》せてて、おかしなかっこう。ねえ、もうもどってこないでしょ？」

ティムは腕時計を見た。十時だ。針を動かして、四時十五分に直した。「ダグラスは日暮れからはじまるといった。もう、あんまり時間がない」

「じゃ、本当にこの家に残るのね」メアリーがいった。

「そうだよ」

「たとえ、帰れる可能性がごくわずかでも？」

「たとえ、帰れる可能性がごくわずかでもだ。うれしいか？」

「うれしいわ」メアリーは目を輝かせた。「それだけの価値はあるわよ、ティム。そうでしょう。どんなことでも、どんな賭けでも、そうする価値があるわ。もし帰れるなら。それともうひとつ。家族みんながいっしょにいられるのよ……。ばらばらにはならない。ばらばらには」

ティムはコーヒーのお代わりをついだ。「できるだけ楽にしようよ。三時間ぐらいは待たなくちゃならない。いまのうちに、できるだけたのしむことだ」

六時三十分に最初のロムが落下した。衝撃が感じられた。深い、うねるようなエネルギーの波が、家にうちよせてきた。ジュディが恐怖に青ざめて、ダイニングルームから駆けこんできた。「パパ！　いまのはなに？」

「なんでもないよ。だいじょうぶ」

「早くおいでったら」ヴァージニアがせっかちに呼びかけた。「あんたの番よ」子供らはモノポリーのゲームをしているのだ。

アールがぴょこんと立ちあがった。「ぼく、見たい」興奮した顔で窓ぎわへ駆けよった。「あそこへ落ちたんだ！」

ティムはブラインドを上げ、外をのぞいた。はるか遠くで、まぶしく白い光がちらついている。その輝きに照らされて、もくもくと煙の柱が立ちのぼっている。

第二の地鳴りが家を揺るがした。棚から皿が一枚、がちゃんと流しの中に落ちた。

外はもう暗闇に近い。ティムは目をこらしたが、ふたつの光点のほかはなにも見わけられなかった。灰の雲も闇の中に包まれている。灰の雲も、廃墟の建物も。

「こんどのほうが近いわ」メアリーがいった。

三発目のロムが落ちた。リビングルームの窓がばりんと割れて、破片の雨がカーペットの上に降ってきた。

「隠れたほうがいい」ティムがいった。

「どこへ?」

「地下室だ。行こう」ティムが地下室のドアをあけ、みんなは不安そうに階段をおりはじめた。

「食べ物」メアリーがいった。「残った食べ物を持っていったほうが」

「いい考えだ。子供らは先におりてなさい。パパとママはすぐにくる」

「ぼくもてつだう」アールがいった。

「だめだ、先におりなさい」四発目のロムが落ちたが、こんどはさっきのより遠かった。

「それから、窓には近よるな」

「なにかで窓に蓋をするよ」アールがいった。「電車のおもちゃで遊ぶときに使った、大きなベニヤ板」

「いい考えだ」ティムとメアリーはキッチンにひきかえした。「食べ物。皿。ほかになにを?」

「本かな」メアリーは不安そうにあたりを見まわした。「わからないわ。ほかはいいわね。さあ、早く」

耳をろうする爆発音が、メアリーの言葉をかき消した。キッチンの窓がひとたまりもなく割れて、破片がふたりの上に降りそそいだ。流しの上の皿が奔流になってころがり落ち、こなごなになった。ティムはメアリーをひきよせ、いっしょに床に伏せた。割れた窓から、不気味な灰色の雲が部屋の中にはいりこんでくる。夕暮れの空気は強くにおった。すっぱい腐敗臭。ティムは身ぶるいした。

「食べ物はあきらめよう。地下室へおりるんだ」

「でも――」

「いいから」ティムはメアリーの腕をつかみ、地下室の階段へとひきよせた。いっしょに中へころがりこむと、ティムはドアをばたんと閉めた。

「食べ物は？」ヴァージニアがきいた。

ティムはふるえる手でひたいをぬぐった。「忘れろ。どのみち必要ない」

「てつだって」アールが息をはずませた。ティムは息子に手を貸して、ベニヤ板を運び、洗濯用シンクの上の窓に蓋をした。地下室はひんやりして、静まりかえっている。セメントの床はかすかに湿り気がある。

二発のロムが同時に落下した。ティムは床に投げとばされた。コンクリートにたたきつけられ、うっとうめいた。つかのま、闇が周囲で渦巻いた。やがて彼は両膝をついて起きあがると、手さぐりで立ちあがった。

「みんな、だいじょうぶか？」

「わたしはだいじょうぶ」メアリーがいった。ジュディがしくしく泣きだした。アールが手さぐりで部屋を横ぎってきた。

「あたしもだいじょうぶ」ヴァージニアがいった。「だと思うけど」

明かりがまたたいて、暗くなった。だしぬけに、ぱっと消えた。地下室はまっ暗闇になった。

「まいったね。消えたか」

「懐中電灯があるよ」アールが懐中電灯をつけた。「これでどう？」

「ありがたい」ティムはいった。

また何発かロムが落ちた。地面ががっと盛りあがり、はねあがり、波打った。エネルギーの波が家ぜんたいを揺さぶった。

「伏せてたほうがいいわ」メアリーがいった。

「そうだ。みんな伏せろ」ティムはぎごちなく腹ばいになった。しっくいの破片が、みんなのまわりへ雨のように降ってきた。

「いつ終わるのかな？」アールが不安そうにきいた。

「もうすぐだ」ティムがいった。

「そしたら帰れる？」

「ああ。帰れるよ」

いいおわらないうちに、つぎの爆発がおそった。ティムはコンクリートの床が体を持ちあげるのを感じた。床はどんどん高く高くふくれあがる。彼もそれといっしょに持ちあげられる。目をつむり、しっかりつかまった。高く、高く、風船のようにふくらんでいくコンクリートに乗って。まわりで、梁《はり》や材木がめりめりと折れていく。しっくいが降ってきた。ガラスが割れるのが聞こえた。そして遠くからは、ぱちぱちとはぜる火炎の音。

「ティム」メアリーの声がかすかに聞こえた。

「ここだ」

「わたしたち……帰れそうもないわね」

「どうかな」

「むりよ。わたしにはわかる」

「むりかもな」落ちてきた板の下敷きになって、ティムは苦痛のうめきをもらした。板としっくいが上からかぶさってきて、彼を生き埋めにした。すっぱい悪臭がした。夜の空気と灰のにおいだ。割れた窓から、渦巻きながら地下室にはいりこんでくる。

「パパ」ジュディの声がかすかに聞こえた。

「なんだい？」

「わたしたち、帰れる？」

ティムは答えようと口をあけた。強烈な爆発がその言葉を断ち切った。彼は爆風に揺すぶられ、投げとばされた。あらゆるものがまわりをとびはねていた。ものすごい熱風が彼をひきよせ、彼をなめ、彼にかみついた。ティムは必死でつかまった。熱風は彼をひきずり、さらいとろうとした。両手と顔を焦がされて、ティムは悲鳴を上げた。

「メアリー……」

やがて静寂。あとは闇と静寂。

車。

何台かの車がそばでとまった。それから人の声。それから足音、ティムは身じろぎし、上からかぶさっている板をはねのけた。ごそごそと起きあがった。

「メアリー」あたりを見まわした。「帰れたぞ」

地下室はめちゃくちゃだった。壁は崩れ、かしいでいた。あっちこっちに大きな穴があいて、そこから外の緑の草が見えた。コンクリートの小道。小さなバラの花壇。隣の家の白い化粧しっくいの側面。

ならんだ電柱。屋根。家々。街。ふだんとかわりのない街。いつもとおなじ朝。

「帰れたんだ！」荒々しい歓喜が身うちをつらぬいた。帰れた。もう安全だ。あれは終わった。ティムはめちゃくちゃになった家の残骸の中をいそいでかきわけた。「メアリー、だいじょうぶか？」

「ここよ」メアリーは起きあがった。しっくいの粉が雨のように体からこぼれ落ちた。彼女は真っ白になっていた。髪の毛も、肌も、衣服も。顔は切り傷と擦り傷だらけだった。

ドレスが破れていた。「ほんとに帰れたの？」

「マクレーンさん！　だいじょうぶですか？」

青い制服の警官が、地下室へ飛びおりてきた。そのうしろから、白衣の男がふたり、飛びおりた。外には隣人たちが集まり、心配そうに中をのぞきこんでいた。

「ぼくはだいじょうぶだ」ティムはいった。ジュディとヴァージニアを助けおこした。

「どうやらみんな無事らしい」

「なにがあったんです？」警官が折り重なった板をかきわけて、こっちへやってくる。

「爆弾ですか？　なにかの爆弾？」

「ひどい壊れかただ」白衣のインターンのひとりがいった。「ほんとにだれも怪我してない？」

「みんなここにいたんでね。地下室に」

「だいじょうぶなの、ティム？」ヘンドリックスの奥さんが、おっかなびっくりで地下室にはいってきた。

「なにがあったんだ？」フランク・フォーリーがどなった。大きな音を立てて、飛びおりてきた。「どうした、ティム？　いったい、なにをやらかしたんだ？」

ふたりの白衣のインターンは、怪しむようにあたりをつつきまわした。「運がよかったよ、あんたは。ばかツキだね。上の建物はなんにも残ってない」

フォーリーがティムのそばにやってきた。「だから、いったろうが！　あの給湯器をいっぺん点検させたほうがいいって！」

「え？」ティムはききかえした。

「あの給湯器だよ！　安全装置の調子がおかしいぞって、おれがいったじゃないか。きっとスイッチが切れずに、どんどん蒸気圧が上がっていって……」フォーリーは神経質に目くばせした。「だけど、だまってるからな、ティム。保険がおりるように。だいじょうぶ。おれを信用してくれ」

ティムは口をひらいた。だが、言葉が出てこない。なにがいえよう？――いや、これは修理を忘れていた給湯器の爆発じゃありません。ちがいます。電気スイッチの接触不良じゃない。原因はそんなものじゃない。ガスもれでもないし、暖房炉の故障でもないし、圧力鍋の火を消し忘れたためでもない。

原因は戦争です。全面戦争です。わたしひとりの戦争じゃない。わたしの家族、わたしの家だけの戦争じゃない。

みなさんの家もいまにそうなるんです。みなさんの家、わたしの家、すべての家が。ここも、隣のブロックも、隣の町も、隣の州も、この国も、この大陸も。全世界がこうなるんです。荒れはてた廃墟に。霧と、錆びた鉱滓のあいだに生えるじめじめした雑草。みんなにとっての戦争。みんなが地下室へ避難し、おびえきった青い顔で、なにか恐ろしいことを予感することになるんです。

その戦争が本当にやってきたとき、五年間の猶予が切れたときには、もう逃げ道はありません。あともどりはできません。そこから逃れて、過去へもどったりはできません。みなさんのところへその戦争がやってきたときは、永久にその中につかまるんです。わたしがやったように、そこから這いもどることはできません……。

メアリーがこっちを見つめている。警官も、隣人たちも、白衣のインターンも――みんながこっちを見つめている。説明を待っている。なにがあったかについての説明を。

「やっぱり給湯器？」ヘンドリックスの奥さんがおずおずとたずねた。「そうだったのよね、ティム？　よくあることだわ。べつにあなたが……」

「ひょっとすると、密造のビールかも」隣人のひとりが、ユーモアでみんなの気分をやわらげようと、むなしい努力をした。「ちがうかね？」

ティムは本当のことがいえなかった。きっとみんなは理解してくれないだろう。なぜなら、だれも理解したがらないからだ。だれも知りたがらないからだ。それより安心できる言葉を聞きたがっている。みんなの目を見れば、それが読める。みじめであわれな恐怖。みんなはなにか恐ろしい出来事があったのを感づいている――そしておびえている。みんなはおれの顔をさぐり、救いをもとめている。慰めの言葉を。恐怖を追いはらってくれる言葉を。

「そうなんだ」ティムはやるせない気分で答えた。「原因は給湯器だよ」

「やっぱり！」フォーリーがほーっと息を吐いた。安堵《あんど》のためいきがみんなにひろがった。つぶやきと、ふるえをおびた笑い声。うなずきと、にやにや笑い。

「修理しとけばよかったんだ」ティムは言葉をつづけた。「もっと早く点検してもらえばよかった。こんなひどいことになる前に」彼の言葉にすがりついた、心配そうな人びとの輪を、ティムは見まわした。「ちゃんと調べてもらえばよかった。手遅れになる前に」

ゴールデン・マン
The Golden Man

若島 正◎訳

「いつもこんなに暑いのかい？」とセールスマンがたずねた。話しかけた相手は、昼食用のカウンターや壁際のみすぼらしいボックス席にいる客全員だった。でっぷりした中年男で、愛想のいい笑みを浮かべ、皺くちゃのグレーのスーツに、汗のしみがついた白いワイシャツ、だらりと垂れたボウタイ、そしてパナマ帽という恰好《かっこう》だ。

「夏だけよ」とウェイトレスが答えた。

他のだれも身動きしなかった。たがいにじっと見つめ合ったままの、ボックス席にいる十代の男の子と女の子。袖をまくりあげ、色黒い毛だらけの腕をむきだして、豆のスープとロールパンを食べている労務者が二人。痩《や》せこけた農夫。青いサージのスーツを着て、チョッキのポケットに懐中時計を入れた、年配の会社員。コーヒーを飲んでいる、浅黒くてネズミのような顔をしたタクシー運転手。手荷物を下ろして一息入れようとやってきた、疲れた顔の女。

　セールスマンはタバコの箱を取り出した。そして詮索するような目つきで薄汚いカフェを見やり、煙草に火をつけ、カウンターに肘を突き、隣の男に声をかけた。「この町の名前は？」

　男がぼそっといった。「ウォルナット・クリーク」

　セールスマンはしばらくコーラをすすり、太くて白い指のあいだに煙草をだらりとはさんだままだった。そしてようやく上着を手探りして、革財布を取り出した。カードや紙切れ、何枚かの札、チケットの半券、有象無象《うぞうむぞう》のがらくた、汚れた断片をしばらく念入りにかきわけてから、ようやく出てきたのが一枚の写真だった。

　彼はその写真に目を落としてにやりとし、それからクックッと笑った。低くてねっとりした、耳ざわりな笑い声だった。「これ見ろよ」と彼は隣の男に話しかけた。

　男は知らん顔で新聞を読みつづけた。

「おい、これ見ろよ」セールスマンは男を肘で小突いて、写真を男の方へ押し出した。

「これどう思う？」

　面倒くさそうに、男は写真をちらりと見た。写っているのは裸の女の上半身だった。おそらく歳は三十五くらい。そむけた顔。白くてたるんだ体。乳房が八つついている。

「こんなの見たことあるかい？」セールスマンはクックッと笑い、小さな赤い目を踊らせた。そして顔に卑猥な笑いを浮かべ、また男を小突いた。

「見たことあるさ」うんざりして、男はまた新聞を読みはじめた。

痩せた老農夫が写真を見つめているのにセールスマンは気づいた。彼は愛想よく写真を農夫の方にまわした。「どう思う、おやじさん？　なかなかのものだろ、な？」

農夫はまじめくさった顔で写真をじっくり見た。ひっくり返して、皺になった裏を調べ、表をもう一度見てから、セールスマンの方にぽいと投げて返した。写真はカウンターからすべり落ち、クルクルと舞って、床に表向きに落ちた。

セールスマンは写真を拾いあげて埃を払った。用心深く、大切そうに、彼はそれを財布に戻した。それをちらりと見たウェイトレスの目が光った。

「まったくたいしたものだな」セールスマンがウィンクしながら言った。「そう思わないか？」

ウェイトレスは気のない様子で肩をすくめた。「さあね。そういうの、デンヴァーのあたりで見かけたことあるわ。地区全域で」

「そこで撮られた写真だよ。デンヴァーのＤＣＡ収容所だ」

「生きてるのがまだいるのか？」農夫がたずねた。

セールスマンが耳ざわりな笑い声をあげた。「馬鹿いうな」彼はさっと手を振った。

「もういるわけないだろ」

その場の全員が聞き耳を立てていた。ボックス席の高校生たちも手を握り合うのをやめて、座り直し、興味津々で目を大きく見開いていた。

「サンディエゴの近くで変なのを見かけたな」と農夫。「去年の、いつだったか。コウモリみたいな翼があった。皮膚でできてて、羽じゃない。皮膚と骨の翼だ」

ネズミ目のタクシー運転手が割りこんだ。「それくらいだったらどうってことはない。デトロイトには頭の二つあるやつがいたぞ。展示されてるのを見たことがある」

「生きてたの？」ウェイトレスがたずねた。

「いや、もう安眠させられてた」

「社会学の授業で、やつらが山ほど映ってるテープを見たことあるよ」高校生の男の子が口を開いた。「南にいた翼のあるやつ、ドイツで見つかった頭の大きいやつ、昆虫みたいな、とんがったものをくっつけた不恰好なやつ。それに――」

「いちばんたちの悪いのは」と年配の会社員。「英国で見つかったやつだな。炭坑に隠れていた。去年になるまで見つかっていなかったやつだ」彼は頭を振った。「四十年間も、炭坑にひそんで、生殖し増殖していたわけだ。百人に近い。戦争の最中に地下にもぐったグループの生き残りだ」

「ついこの前、新しいのがスウェーデンで見つかったそうよ」とウェイトレス。「読んだことがあるの。遠くからでも人の心を操れるとか。いたのは二人だけ。ＤＣＡがただちに駆けつけて」

「そいつはニュージーランド型の変種だ」労務者の一人がいった。「心が読めるんだ」

「心を読むのと心を操るのとはまったく別だろう」と会社員。「そういう話を聞くと、DCAがあってよかったなあと思うね」

「戦争の直後に見つかった、こんな型がある」と農夫。「シベリアでな。物を操る能力があって。サイコキネシス能力だ。ソ連のDCAがすぐにつかまえた。もう今じゃだれも憶えていない」

「わたしは憶えているよ」と会社員。「わたしは当時、ほんの子供だった。憶えているのは、初めてDVのことを聞いたのがそのときだったからだ。おやじがわたしを居間に呼び、そこでわたしと弟、それから妹に話をしてくれた。あの頃は、DCAが全員を検査して、腕にスタンプを押していた時代だった」彼は細くてごつごつした手首をかざしてみせた。

「ここにスタンプを押されたのは、六十年前だ」

「今じゃ出生時検査に変わったわ」とウェイトレス。彼女は震えた。「今月、サンフランシスコに一件あったそうね。一年以上ぶり。このあたりじゃ、もう終わったと思っていたのに」

「減ってきていることはたしかだな」とタクシー運転手。「フリスコはそれほどひどい被害にあわなかったからな。他のところみたいに。デトロイトみたいに」

「デトロイトでは、まだ一年に十人から十五人くらい出てくるそうですよ」と高校生の男の子。「その周辺全域で。まだ放射能溜まりがたくさん残っていて。ロボットの立て札が出ているのに、みんな気にしないでそこに入っていくとか」

「そいつはどんな種類のやつなんだ？」セールスマンがたずねた。「サンフランシスコで見つかったやつは」

ウェイトレスは身ぶりをした。「よくあるやつ。足の指がなくて。前屈みで。目がでかくて」

「夜行性のやつか」とセールスマン。

「母親が隠してたんですって。三歳だったという話。母親が医者にDCAの証明書を偽造させて。その一家とは古くからのつきあいだったそうよ」

セールスマンはコーラを飲み終わっていた。彼は手にした煙草をもてあそびながら、自分が引き起こした活発な議論を聞いていた。高校生の男の子は興奮して向かい側の女の子の方に身を乗り出し、どれほど知識があるかを見せつけようとしていた。痩せた農夫と会社員は寄り添って、戦争の終わりの年や、第一次復興十年計画が始まる前の時代といった、昔話に花を咲かせていた。タクシー運転手と労務者二人はそれぞれの体験談を語り合っていた。

セールスマンはウェイトレスと目が合った。「たぶん」と彼は考えこんでいった。「フリスコのやつはちょっとした騒ぎになっただろうな。そんなことがごく近くで起こって」

「そうね」ウェイトレスがつぶやいた。

「湾のこっち側は実際に被害にあわなかった」とセールスマンは続けた。「こちらではやつらが一人も出てきていないんだから」

「そうよ」ウェイトレスが突然動いた。「この地域では一人も。絶無よ」彼女はカウンターから汚い皿をつかんで奥の方に向かった。

「一人も？」セールスマンは驚いてたずねた。「湾のこっち側ではDVが一人も現れなかったのか？」

「ええ。一人も」彼女は奥に消えた。そこでは白いエプロンをつけ、手首に刺青を入れた、炒め物をしている料理人がコンロのそばに立っていた。彼女の声は少し大きすぎて、少し甲高く張りつめていた。そのせいで農夫が突然話をやめて見上げた。

沈黙がカーテンのように下りた。あらゆる音が瞬時にとぎれた。彼らはみな自分の食べ物に視線を落とし、突然緊張して不吉な雰囲気をただよわせた。

「この辺じゃ一人もいないな」タクシー運転手が、だれに向かっていうともなく、はっきり聞こえる大声でいった。「これまでに一人も」

「たしかに」セールスマンは愛想よく同意した。「おれはただ――」

「それをよく頭に叩き込んでおけよ」労務者の一人がいった。

セールスマンは目をぱちくりさせた。「わかったよ。わかった」彼はあわただしくポケットの中をまさぐった。二十五セント銀貨と十セント銅貨が床に音を立てて落ち、彼はあわててそれをすくい上げた。「べつに悪気があったわけじゃないから」

一瞬沈黙が訪れた。みな黙っているのはこれが初めてだということに気づいて、高校生の男の子が口を開いた。「こんなこと聞いたんだけど」彼はいかにもこれから大切なことを話すという声で、勢いこんでしゃべりはじめた。「ある人の話じゃ、ジョンソンさんとこの農場のそばに何かいたのを見たことがあるって。そいつはどうも例の――」

「うるさい」会社員が振り向きもせずにいった。

顔を真っ赤にして、男の子は座席にがっくりと座りこんだ。声はためらってとぎれた。彼はあわてて両手に視線を落とし、みじめな様子で言葉を呑みこんだ。

セールスマンはコーラの代金をウェイトレスに払った。「フリスコにはどう行くのがいちばん早い?」と彼は切り出した。しかしウェイトレスはもう背中を向けていた。

カウンターにいる客たちは食事に没頭していた。だれも顔を上げなかった。凍てついたような沈黙の中で彼らは食べていた。敵意に満ちた、非友好的な顔が、ひたすら食事に熱中している。

セールスマンはふくらんだブリーフケースをつかみ、網戸を開けて、まぶしい陽光の中に足を踏み出した。そして数メートル先に停めてある、おんぼろの一九七八年型ビュイックに向かって歩いていった。青いワイシャツを着た交通整理の警官が日除けの陰の中に立っていて、けだるそうに若い女としゃべっていた。その女が着ている黄色いシルクのドレスが、すらっとした体にべったり貼りついていた。

セールスマンは車に乗りこむ前に一瞬立ち止まった。そして手を振って警官を呼び止めた。「あんた、この町のこと、よく知ってるんだろうね？」

警官は、セールスマンの皺くちゃのグレーのスーツ、ボウタイ、汗のしみがついたワイシャツを眺めた。州外のナンバープレート。「何の用ですか？」

「ジョンソンとこの農場を探していてね」とセールスマンがいった。「訴訟のことで会いにやってきたんだ」彼は警官に近づいた。指のあいだに白い小さな名刺をはさんでいる。「彼の弁護士でね――ニューヨーク弁護士会から派遣されてきた。どうやったらそこに行けるか教えてくれないか？　この二年ほど、ここを通り抜けたことがないんで」

ナット・ジョンソンは真昼の太陽を見上げた。快晴だ。彼はポーチの最下段に手足を投げ出して座り、黄色くなった歯のあいだにパイプをくわえている。細身の強健な男で、赤い市松模様のワイシャツにズック地のジーパンという恰好をして、手はたくましく、鉄灰色の髪は六十五年間活動的な生活を送っていてもまだふさふさしていた。

彼は子供たちが遊んでいるのを眺めていた。ジーンが笑いながら目の前に走ってやってきた。トレーナーの下で乳房が揺れ、黒髪をなびかせている。十六歳で、目がきらきらして、すらりとした脚は力強く、細くて若い体は二個の蹄鉄の重みで少し前屈みになっていた。そのうしろからやってきたのはディヴで、十四歳、白い歯に黒い髪をして、ハンサムな男の子、自慢してもいい息子だ。ディヴは姉に追いつき、追い越して、遠くの杭にたどりついた。彼は両足を開き、両手を腰にあて、二個の蹄鉄をたやすく握りながら待った。息を切らして、ジーンが彼の方に走っていった。

「早くしろよ！」ディヴが叫んだ。「先に投げろよ。待ってるんだから」

「わたしのをはじきとばすつもり？」

「はじいて近くに寄せてやるからさ」

ジーンは片方の蹄鉄を置いて、もう片方を両手で持ち、離れた杭を見つめた。しなやかな体が曲がり、片足を引いて、背中が弓なりになった。彼女は慎重に狙いを定め、片目を閉じ、それから達者なスイングで蹄鉄を投げた。カチャンと音を立てて蹄鉄が離れた杭に当たり、一瞬そのまわりを回ってから、また跳ねて片側にころがった。砂ぼこりがあがった。

「悪くないな」段のところにいるナット・ジョンソンがいった。「ただ、力が入りすぎだな。もっと楽に」汗で光る娘の体が狙いをつけてふたたび蹄鉄を投げるのを眺めていると、彼の胸は誇らしい気持ちでいっぱいになった。たくましくて、美男美女の子供たちが二人。

もうじき成熟して大人になる手前。熱い太陽の下で一緒に遊んでいる。

そしてクリスがいる。

クリスは腕を組んで、ポーチのそばに立っていた。彼は遊んでいなかった。見物しているのだ。デイヴとジーンが遊びはじめてからずっとそこに立っていた。くっきりとした顔立ちに浮かんでいる、半分熱心で、半分超然としたような表情は変わらない。まるで二人を透かして見ているような、二人のその先を見ているような表情だ。野原の先、納屋、川床、杉林のその先を。

「いらっしゃいよ、クリス！」二人が野原を歩いて蹄鉄を拾い集めに行こうとするとき、ジーンが声をかけた。「遊びたくないの？」

そう、クリスは遊びたくないのだ。彼は決して遊ばない。自分の世界に閉じこもっていて、その世界には家族のだれも入っていけない。ゲームにも雑用にも家の行事にも決して加わらない。いつも一人きりだ。離れて、超然として、孤高を保っている。目の前にどんな人や物があろうと、その先を見ている――そして突然ハッとして一時的に協調し、彼らの世界にわずかなあいだだけ戻る。

ナット・ジョンソンは腕を伸ばして段のところでパイプの吸い殻を叩き落とした。革袋から煙草を詰めなおして、彼は長男を見つめた。クリスは今、生命が吹きこまれつつあった。ジーンはクリスを見ていなかった。彼女は背を向けて、投げようとしているところだった。

「おい」とびっくりしてデイヴがいった。「クリスが来たぞ」

クリスは妹のところにたどりつき、立ち止まって、手を差し出した。威厳のある姿で、落ちつきはらって無表情だ。なんだかよくわからないまま、ジーンは蹄鉄を一つ渡した。

「これほしいの？　遊びたいの？」

クリスはなにもいわなかった。そして少し体を曲げ、信じられないほど優雅な肉体がしなやかな弓となり、それから目にもとまらぬ速さで腕を動かした。蹄鉄は飛んでいって、遠くの杭に当たり、それからめまいがしそうなほどくるくるとそのまわりを回転した。リンガーだ。

デイヴの口元がだらりと垂れた。「なんてことだ」

「クリス」ジーンが責めた。「フェアじゃないわ」

そう、クリスはフェアじゃない。彼は半時間観戦していた――それからやってきて一度だけ投げたのだ。完璧な一投、どんぴしゃ。

「絶対に失敗しないんだもんな」デイヴが愚痴をこぼした。

クリスは無表情で立っていた。真昼の太陽を浴びている黄金の彫像。金色の髪に、肌、むきだしになった腕と脚に生えている、金色の薄い和毛《にこげ》――

突然彼は体をこわばらせた。ナットは驚いて座りなおした。「どうした？」彼はうなり声をあげた。

　クリスがすばやく円を描いて向きを変えた。すばらしい肉体を緊張させている。「クリス！」ジーンが声をかけた。「いったい――」

　クリスが前に飛び出した。まるでエネルギー光線が放射されたみたいに、彼は野原を突っ切り、柵を越え、納屋に入って反対側から出た。枯れ草の上をかすめるように飛びながら、杉林の乾上《ひあ》がった川床に降り立った。そして一瞬金色に光ったかと思うと、次の瞬間にいなくなった。消えたのだ。なんの音もしない。なんの動きもない。景色の中へすっかり溶けてしまったのである。

「今度は何だったのかな？」ジーンがくたびれたようにたずねた。彼女は父親のところに行って、日陰に身を投げ出した。なめらかな首筋と上唇に汗が光っていた。トレーナーにもびっしょりと汗の筋がついている。「何を見たのかしら？」

「何かを追いかけてたんだよ」やってきたデイヴがいった。

　ナットはぶつくさいった。「かもな。なんともいえん」

「あの子の食事の準備はしなくていいって、ママにいっておくほうがよさそうね」ジーンがいった。「たぶん帰ってこないから」

　怒りとむなしさがナット・ジョンソンに訪れた。そう、あの子は帰ってこない。夕食にも、おそらく明日にも――もしかしたら明後日にも。どれくらい帰ってこないかは神のみぞ知る。どこへ行ったか。なぜなのか。勝手に出ていって、一人でどこかにいる。「何かの役に立つと思ったら」とナットはいいはじめた。「おまえたち二人にあの子の後を追いかけてもらおう。だがそうはいっても――」

彼は話を中断した。車が一台、農場の家屋に向かって、舗装されていない道をやってくる。埃だらけの、おんぼろビュイックだ。運転席にいるのは、グレーのスーツを着た、太った赤ら顔の男で、陽気に手を振っている。車が止まるとエンジン音も静かになった。

「こんにちは」車を降りながら男が会釈した。男は愛想よく帽子を傾けた。中年の、人当たりがよさそうな男で、だらだら汗をかきながら乾いた地面を歩いてポーチの方にやってくる。「ちょっとお聞きしたいことがあるんですがね」

「何の用だ？」ナット・ジョンソンはしわがれ声でたずねた。彼はおびえていた。彼は目の片隅で川床を見て、あの子がこっちに来ないでいてくれたら、と無言で祈った。ジーンはせわしなく切れ切れに息をしていた。娘もこわがっているのだ。デイヴの顔は無表情だったが、すっかり血の気が失せていた。「あんたはだれだね？」とナットはたずねた。

「ベインズといいましてね。ジョージ・ベインズです」男は手を差し出したが、ジョンソンは無視した。「わたしの名前をお聞きになったことがあるかもしれません。わたしはパシフィカ開発公社の持ち主でして。町を出てすぐのところにある、防弾装備をほどこした小さな家はみなうちが建てたものです。ほら、ラファイエットから主要幹線道路をやってきたら見える、あの小さくてまるい家ですよ」

「何の用だね？」ジョンソンは懸命に手の震えを抑えようとした。男の名前は聞いたことがないが、住宅地域のことなら気がついていた。目に入らないわけがない——幹線道路にまたがっている、大きな蟻塚のようになった、醜い防空壕の群れだ。ベインズはいかにもその持ち主らしい顔をしている。しかしそれにしても、何の用があってここまで？

「このあたりの土地を買いましてね」とベインズは説明していた。彼はがさごそと書類の束を取り出した。「これが証書なんですが、どこにあるのかわからないんですよ」彼は愛想よくにやりと笑った。「このあたりのどこかというのはわかっているんですがね、州道のこっち側だと。郡登記所の職員の話だと、あそこにある丘からこちら側へ一マイルということなんですが。でもわたしは地図を読むのが苦手でして」

「このあたりじゃないよ」デイヴが口をはさんだ。「このあたりには農場しかないもの。売り物じゃないから」

「ここは農場だよね、きみ」ベインズがにこやかにいった。「わたしと家内のために買ったんだ。居をかまえようと思ってね」彼は獅子鼻に皺を寄せた。「間違ってもらっちゃ困るよ——べつにこのあたりに住宅地を作ろうというんじゃない。ひたすら自分のためなんだ。古い家屋、二十エーカーの土地、ポンプが一つと、オークの木が数本——」

「証書を見せてもらおうか」ジョンソンは書類の束をひっつかみ、ベインズがびっくりして目をぱちくりさせているあいだに、すばやくページを繰った。顔がこわばり、それから彼は書類を返した。「何をたくらんでるんだ？　この証書は、ここから五十マイル先の物件のものじゃないか」

「五十マイル！」ベインズは唖然とした。「まさか冗談じゃ。でも職員の話だと——」

ジョンソンは立ち上がった。彼は太った男を上からにらみつけた。たくましい体つき——それにこの上なく疑っている目つきだ。「職員か。車に戻って、さっさと出ていってもらおうか。何を狙ってるのか、何のためにここへ来たのかは知らないが、おれの土地から出ていってくれ」

ジョンソンのでかい拳《こぶし》の中で何かが光った。真昼の陽光に照らされて、金属のチューブが不気味に光っている。ベインズはそれを見た——そして息を呑みこんだ。「悪気はなかったんですよ」彼はおずおずと後ずさりした。「それにしてもあんたの一家は神経過敏だなあ。もうちょっと気楽に行きましょうや」

ジョンソンはなにも言わなかった。彼は光線チューブをさらに強く握り、太った男が去るのを待った。

しかしベインズはぐずぐずしていた。「なあ、大将。こっちはこの灼熱地獄の中を五時間も車を運転してきたんだ。自分の土地を探してね。べつにあんたの——設備を使わせてもらってもかまわないだろ？」

　ジョンソンは疑いの目で男をにらんだ。徐々に疑いは嫌悪感になった。彼は肩をすくめた。「デイヴ、お手洗いがどこにあるか、教えてやれ」

「どうも」ベインズはありがたそうににやりと笑った。「それから、もし手間じゃなかったら、水を一杯頂戴できるかな。喜んで代金を払わせてもらいますから」彼は抜け目なさそうにクックックッと笑った。「たとえ何であれ、都会の人間にただで持っていかれるわけにはいかないってね」

「まったく」太った男が息子について家の中に入っていくときに、ジョンソンはうんざりして背を向けた。

「パパ」ジーンがささやいた。ベインズが中に入ってしまうなり、彼女は急いでポーチにやってきたのだ。目は恐怖で大きく見開かれている。「パパ、あの人――」

　ジョンソンは彼女の体に腕をまわした。「しっかりつかまっていなさい。もうじき帰っていくから」

　娘の黒い瞳は無言の恐怖に光った。「水道会社とか、税務署から人が来たり、浮浪者や、子供や、だれがやってきたりしても、わたしズキッと痛くなるの――ここが」彼女は心臓のところをつかんだ。手が乳房を押さえている。「十三年間ずっとそうなの。いったいいつまでこのままでいられるのかしら。いつまで？」

ベインズと名乗る男は助かったといわんばかりに手洗いから出てきた。デイヴ・ジョンソンがドアのそばに黙って立っていた。体をこわばらせ、若々しい顔は無表情だ。

「ありがとよ」ベインズはためいきをついた。「さてと、どこで水を一杯もらえるのかな?」彼はいかにも待ちわびているというふうにぶあつい舌を鳴らした。「やり手の不動産業者にふっかけられた二束三文の土地を探してだな、こんな片田舎をうろうろと車で運転していたら――」

デイヴは台所に向かった。「ママ、この人が水を一杯ほしいって。パパがかまわないっていってたよ」

デイヴは背中を向けていた。ベインズは母親をちらりと見た。白髪で、小柄で、グラスを持って流しの方に行くところだ。老けてやつれた顔で、表情はない。

そこでベインズはその部屋から玄関へと急いだ。寝室を通り抜け、ドアを開けると、目の前にはクローゼットがあった。振り返って急いで引き返し、居間を通り抜け、ダイニングルームに入り、それからまた別の寝室に入った。短時間のうちに家全体を見てまわったのだ。

彼は窓から外をのぞいた。裏庭。錆びたトラックの残骸。地下防空壕の入り口。ブリキの缶。そこらじゅうを引っ掻きまわっているニワトリ。物置の陰で眠っている一匹の犬。古い車のタイヤが二個。

彼は外に出るドアを見つけた。音もなく、彼はドアを開けて外に出た。視界にはだれもいない。納屋があり、古い木造で、傾いている。その先には杉林と、灌漑《かんがい》用小川のようなもの。野外便所の跡。

ベインズは用心深く家の側面をまわった。たぶん時間は三十秒しかない。手洗いのドアは閉めておいた。男の子は彼が手洗いに戻ったものだと思うだろう。ベインズは窓から家の中をのぞきこんだ。大きなクローゼットがあり、古着や、箱や、雑誌の束がぎっしり詰まっている。

彼は向きを変えて戻りはじめた。家の角まで来て、そこをまわろうとした。

ナット・ジョンソンの細身の姿がぬっと現れて行く手をふさいだ。「よし、ベインズ。身から出た錆だな」

ピンク色の閃光が花開いた。その光が目もくらむような爆発となって陽光をかき消した。ベインズは飛びのいてコートのポケットに手をやった。閃光の先端が彼をとらえ、彼は倒れかかり、その威力に呆然としていた。防御着がエネルギーを吸収して発散したが、力のすごさに歯ががたがたと鳴り、一瞬彼は紐で引っ張られた人形のようにビクッとなった。暗闇が彼のまわりで潮のように引いていった。エネルギーを吸収してそれを必死にコントロールしようとする、防御着のメッシュが白くなるのが感じられた。

彼自身の光線チューブが出てきた——そしてジョンソンは防御着をつけていない。「逮捕する」ベインズは陰気につぶやいた。「光線チューブを捨てて手を上げろ。そして家族を呼べ」彼は光線チューブで仕草をした。「さあ、ジョンソン。早いとこ片付けようじゃないか」

光線チューブが揺らいでジョンソンの指からすべり落ちた。「まだ生きているのか」恐怖が次第に顔じゅうにひろがった。「ということは、きさまは――」

デイヴとジーンが現れた。「パパ！」

「こっちに来い」とベインズは命令した。「お母さんはどこにいる？」

デイヴは呆然として頭をびくりとさせた。「中だよ」

「ここに連れてこい」

「きさまはDCAだな」とナット・ジョンソンはつぶやいた。

ベインズは答えなかった。なんだか知らないが、彼は首のところのたるんだ肉を引っぱっていた。二つの顎のあいだのくぼみからコンタクトマイクを取り出してポケットに収めるとき、その電線が光った。舗装されていない道路の方から車のモーター音が聞こえてきた。最初のうちはなめらかだったその音が急に大きくなった。涙の雫《しずく》のような形をした黒い金属の車が二台、家の横にやってきて停まった。そこからぞろぞろと出てきた男たちは、政府市民警察のくすんだ緑色の制服を着ていた。空からは黒い点の群れが落下してきた。太陽を曇らせる醜いハエの群れで、それが男たちや装具を吐き出していた。男たちはゆっくりと空をただよいながら降りてきた。

「あいつはここにはいない」最初の男がやってきたとき、ベインズがいった。「逃げたんだ。研究所のウィズダムに連絡してくれ」

「この地区の道路を封鎖しました」

ベインズはナット・ジョンソンの方を向いた。ジョンソンは何が何だかわからず、呆然と黙ったまま立っていて、その横には息子と娘がいた。「おれたちがやってくるのを、どうやってあいつは知ったんだ？」とベインズはたずねた。

「さあ」ジョンソンがつぶやいた。「あの子はただ――知ってたんだ」

「テレパスか？」

「さあ」

ベインズは肩をすくめた。「もうじきわかる。この一帯は封鎖されているから。あいつにどんな能力があろうと、そこを通り抜けることはできない。人体消失術が使えないかぎりはな」

「どうするつもりなの、もし――つかまえたら？」ジーンがかすれた声でたずねた。

「調べるのさ」

「それから殺すの？」

「それは研究所の評価次第だ。もし手がかりをもっとくれれば、もっと正確な予測ができるけどな」

「教えられることなんか何もないわ。わたしたちもよく知らないもの」やけを起こした娘の声は甲高くなった。「だってあの子、口をきかないんだから」

ベインズは飛び上がった。「何だって？」

「口をきかないのよ。わたしたちに話しかけたことは一度もないの。一度も」

「歳はいくつだ？」

「十八」

「コミュニケーションがまったくないのか」ベインズの顔に汗がふきだしていた。「十八年ものあいだ、意味ブリッジがまったくなかったというのか？　何か接触方法はないのか？　記号は？　暗号は？」

「あの子は――わたしたちを無視しているの。ここで食事をして、わたしたちと一緒にいる。わたしたちが遊ぶときはときどき遊ぶ。それとか、わたしたちと一緒に座ったりして。立て続けに何日もいないこともあるの。何をしているのか、今までわかったためしはないわ――どこにいるのかも。寝るのは納屋の中――一人きりで」

「あいつは本当に金色をしているのか？」

「ええ。肌も、目も、髪も、爪も。何もかも」

「で、大柄なのか？　きれいな体つきで？」

娘が答えるまでに少しの間があった。奇妙な感情が一瞬の輝きとなって、こわばった顔を揺り動かした。「信じられないくらい美しいの。地上に降りた神様みたい」彼女の唇がゆがんだ。「あなたには見つけられないわ。あの子はいろんなことができるの。あなたにはさっぱり理解できないことが。人並み外れた力で、あなたの限られた――」

「おれたちにはつかまえられないと思うのか？」ベインズは眉をひそめた。「これからも続々と部隊が着陸してくる。おまえは完全封鎖が実行されているところを見たことがないだろう。どこにも穴がないか、完璧なものにするまでに六十年もかかっているんだ。もしあいつが逃げ出したとすれば初めて――」

ベインズの言葉が突然とぎれた。三人の男がすばやくポーチに近づいてきていた。二人は緑色の制服を着た市民警官。そして二人にはさまれて三人目の男。その男は黙ったまま、しなやかな身のこなしで歩いてくる。かすかに光る体は二人より高くそびえていた。

「クリス！」ジーンが叫んだ。

「つかまえました」警官の一人が言った。

ベインズは落ち着かない様子で光線チューブに指をかけた。「どこで？　どうやって？」

「自首してきたんですよ」とその警官が答えた。声には畏怖《いふ》の念があふれていた。「自分の意志でわれわれのところにやってきたんです。見てください。金属の彫像みたいだ。まるで何かの——神様みたいな」

黄金に輝く姿は一瞬ジーンの横で立ち止まった。そしてゆっくりと、平然として、ベインズの方に向きなおった。

「クリス！」ジーンは金切り声をあげた。「どうして戻ってきたの？」

同じ疑問がベインズを苛《さいな》んでいた。彼はそれを棚上げにした——当面は。「ジェット機は表に待機しているのか？」と彼はすばやくたずねた。

「出発準備は整っています」市民警官の一人が答えた。

「よし」ベインズは大股《おおまた》で彼らを通り越し、ポーチを下りて野原に出た。「行こう。この男をそのまま研究所に連れて行け」しばらくのあいだ、彼は二人の市民警官にはさまれて静かに立っている大柄な姿を眺めた。この男のそばにいると、二人は縮んでしまったみたいで、無様で見ていられない。まるで小人みたいだ……。ジーンが何と言ってたっけ？ 地上に降りた神様か。ベインズは怒ったように歩きだした。「さあこい」彼は無愛想につぶやいた。「こいつは大変かもしれないぞ。これまでこんなやつに出くわしたことがないからな。どういう能力があるのかもわからない」

調査室には、座っている人影を除いて、なにもなかった。四方はむきだしの壁、それに床と天井。たえまのないぎらぎらした白色光が、隅々まで容赦なく浮き彫りにしている。

離れた壁のてっぺん近くに細い溝がついているのは、室内を観察する覗き窓だ。

　座っている人影は静かだった。部屋のロックがかけられ、重い閂《かんぬき》が外から下ろされ、明るい顔をした技術者たちが列を成して覗き窓に陣取ってから、男はまったく動いていなかった。真下の床を見つめ、前屈みになり、両手を組み合わせ、おだやかな顔で、ほとんど無表情だった。この四時間というもの、筋肉ひとつ動かしていない。

「どうだ？」ベインズはいった。「何かわかったことは？」

　ウィズダムはうんざりした口調でいった。「たいしてないな。四十八時間のうちにこいつが何者か割り出せなかったら、さっさと安眠させてしまおう。万が一ということもあるから」

「チュニス型を考えてるんだろう」ベインズはいった。「実は彼もそれを考えていた。人がだれもいなくなった北アフリカの町の廃墟に住んでいたやつが、十人見つかったのだ。やつらの生き延び方は簡単だった。他の生命体を殺して吸収し、それをまねて入れ替わるのである。カメレオン、というのがやつらに付いた呼び名だ。最後の一人が処理されるまでに、六十人もの命が犠牲になった。それもトップレベルの専門家で、高度な訓練を受けたDCAの職員が六十人だ。

「何か手がかりは？」ベインズはたずねた。

「他のとまるっきり違うんだ。こいつは厄介なことになりそうだな」ウィズダムは録音テープの山を指で繰った。「これが報告書のすべて、ジョンソンとその家族から得た資料のすべてだ。サイキ洗浄でくみだしてから家に帰してやったよ。十八年間――それで意味ブリッジはまったくなし。それでも、充分に成長を遂げているように見える。十三歳ですでに成熟――われわれよりもライフサイクルが短くて速いようだ。しかしそれにしても、どうしてたてがみが？　それにあの、金色の和毛が？　まるで金箔を塗ったローマの記念碑みたいじゃないか」

「分析室から報告書は来ていないか？　もちろん脳波もスキャンしたんだろう」

「脳のパターンは完全にスキャンしてある。しかし、それを区分けするのに時間がかかるんだよ。われわれがみな狂ったみたいに走りまわっているのに、あいつはそこにじっと座っているだけときた！」ウィズダムはずんぐりした指で窓を小突いた。「ごく簡単につかまえられたんだから。たいしたものを持っているとは思えない。それでも、それが何なのかは知っておきたいところだな。安眠させる前に」

「わかるまで生かしておいたほうがいいんじゃないか」

「四十八時間後には安眠だ」ウィズダムは頑固に繰り返した。「わかろうがわかるまいが。どうもあいつが気に食わないんだよ。気味が悪くて」

ウィズダムは落ちつかなげに葉巻をくわえて立っていた。赤毛の、肉づきのいい顔をした男で、体つきは大柄で太く、ビヤ樽のような胴体に、いかついい顔、深くくぼんだ目は冷淡で狡猾《こうかつ》そうだ。エド・ウィズダムはＤＣＡの北米支局長である。しかし今、彼は気がかりだった。小さな目はせわしなく動き、残忍な、でかい顔の中で灰色の警告の光を発していた。

「ということは」ベインズはゆっくりいった。「こいつはあれだとでも？」

「決まってる」ウィズダムはぴしゃりといった。「それしか考えられない」

「つまり――」

「きみのいいたいことはわかってる」作業台に向かっている技術者たち、機器や稼働中のコンピュータの中を、ウィズダムはうろうろした。ひっきりなしにテープを吐き出すスロット、研究ネットワーク。「こいつは十八年間も家族と一緒に暮らしていたのに、家族にもこいつは理解できていない。家族にもどんな能力を持っているかわからない。何ができるのかはわかっているが、どうやってそれができるのかはわかっていない」

「何ができる？」

「ものを知っているんだよ」

「どんなものを？」

ウィズダムはベルトから光線チューブをつかんで、テーブルの上に放り投げた。「ほら」

「はあ？」

「ほら」ウィズダムが合図すると、覗き窓がかすかに開いた。「撃ってみろ」

ベインズは目をぱちくりさせた。「きみは四十八時間と言ったじゃないか」

悪態をつきながら、ウィズダムは光線チューブをひったくり、覗き窓から座っている人影の背中に直接狙いをつけ、引き金を引いた。

目もくらむようなピンクの閃光。部屋のまんなかにエネルギーの雲が花開いた。それは輝いてから、黒い灰になって消えた。

「なんてことを！」ベインズは息を呑んだ。「きみは――」

言葉がとぎれた。人影はそこに座ってはいなかったのだ。ウィズダムが発砲したときに、そいつはもう目にもとまらない速さで動いて、爆発から離れ、部屋の隅に移っていた。今そいつはゆっくりと元の位置に戻ろうとしていた。無表情で、相変わらず黙考に沈んでいる。

「これで五回目だ」ウィズダムはいった。「この前はジェイミソンとわたしで一緒に撃った。それでもはずれたよ。あいつは電撃がいつ命中するか正確に知っていた。おまけに、どこに当たるかも」

ベインズとウィズダムは互いに顔を見合わせた。二人とも同じことを考えていた。「しかし、いくら心が読めても、どこに当たるかはわからないはずだ」とベインズ。「いつ当たるかだったら、もしかすると、ということはある。だがどこにというのはありえない。

自分のがどこに当たるかは予測できたのか？」

「わたしは無理だね」ウィズダムはそっけなく答えた。「先に撃ったのはわたしで、ほとんどランダムに近かった」彼は眉をひそめた。「ランダムか。試してみる必要があるな」彼は技術者たちに来るよう手で合図した。「工作班をここによこしてくれ。大至急だ」彼は紙とペンをつかんでスケッチを始めた。

工作が進行しているあいだに、ベインズは研究所の外のロビーで婚約者に会った。ＤＣＡビルの中央大ラウンジである。

「進み具合はどう？」彼女はたずねた。アニタ・フェリスは長身のブロンドで、目は青く、成熟して手入れのいきとどいた姿をしていた。二十代後半の、魅力的で有能そうに見える女性だ。彼女は金属箔でできたドレスとケープを着ていた。袖に赤と黒のストライプが入っている。Ａクラスの記章だ。アニタはトップレベルの政府協力機関である、意味局の局長だった。「今回は、何かおもしろそうなものあった？」

「山ほどな」ベインズはロビーから彼女を導いて、バーの薄暗い奥につれていった。背後では小さい音量で音楽がかかっていた。パターン変化は数学的に作られている。薄暗がりの中を、ぼんやりとした人影が達者にテーブルからテーブルへと動いていた。なにも言わない、能率的なロボットの給仕だ。

アニタがトム・コリンズをすすっているあいだ、ベインズは発見したことのあらましを述べた。

「可能性はどれくらいなの?」アニタはゆっくりした口調でたずねた。「彼がなんらかの安全弁を作り上げているというのは? これまでにこんなタイプが一つあったわ、精神統一で直接に環境を歪めてしまう能力を持ったのが。なんの道具も使わずに。精神を物質に直接当てて」

「サイコキネシスか?」ベインズの指が落ちつかなげにテーブルの表面をドラムのように叩いた。「さあどうかな。あいつの能力は予測することで、操ることじゃない。やってくる光線は止められないが、それを避けることは確実にできやがる」

「分子のすきまをジャンプしているのかしら?」

ベインズは笑わなかった。「事態は深刻だ。われわれはこういう事例を六十年間も扱ってきた――きみとぼくが生きてきた年数を足したのよりも長い。発見された異常例には八十七の型があり、自己増殖できる本物のミュータントで、ただの畸形じゃない。今度のが八十八番目。ここまでは出現したやつを代わる代わるなんとか扱えてきた。だが今度のは――」

「どうして今度のがそんなに心配になるの?」

「まず、十八歳だということ。それじたいが信じられない話だ。家族がそこまで隠しとおせるとは」

「デンヴァー周辺の女性たちはもっと歳がいってたわよ。ほらあの――」

「政府の強制収容所に入っていたからな。だれか上の人間が、繁殖させてみようかとたわむれに思いついたのさ。何か工業用に役立つんじゃないかと思って。そこで何年も安眠を差し控えていた。だがクリス・ジョンソンは、われわれの支配が及ばないところで生きつづけていた。それに対してデンヴァーの事例は、つねに監視下に置かれていたんだ」

「もしかしたら無害なんじゃないの。あなたはいつも、DVは危険人物だって思いこんでいるんだから。ひょっとすると有益な可能性だってあるかもしれないでしょ。あの女性たちも、ひょっとすると溶けこんでくれるかもしれないって、だれかが思ったのよ。もしかしたら今度のも、種族を進歩させるような能力を持っているかもしれないわ」

「どの種族だ？　人類じゃないぞ。昔からよくある、『手術は成功、患者は死亡』ってやつだな。人類を存続させるためにミュータントを導入したとすれば、地球を継ぐのはミュータントで、もう人類じゃない。自分のために生存するミュータントだ。やつらをがんじがらめにして、われわれに仕えさせることができるなんて、一瞬たりとも思っちゃいけない。もしやつらがホモ・サピエンスより本当に優れているとするなら、対等の勝負に勝つのはやつらだ。生き残るためには、最初からこっちがイカサマをしなくちゃならないんだよ」

「言い換えると、新人類《ホモ・スペリアー》が出現したときにはわかるっていうことね——定義からして。つまり、安眠させられない人間がそれ」

「まあそんなところだな」とベインズは答えた。「新人類が本当にいるとしたらの話だが。もしかすると、異人類《ホモ・ペキュリアー》がいるだけなのかもしれないな。改良型の人類が」

「ネアンデルタール人は、クロマニョン人が単なる改良型だと思っていたでしょうね。記号を編み出し、火打ち石を作れるという、ほんの少し進んだ能力があると。あなたの話からすれば、今度のは単なる改良型じゃなくて、もっと根本的に違うみたい」

「今度のは」ベインズはゆっくりいった。「予測能力を持っている。今までのところは、それで生き延びてくることができた。きみやぼくよりもずっとうまく状況に対処してきている。この部屋で、エネルギー光線を浴びせられて、ぼくたちがどれだけの時間生きつづけていられると思うかい？　ある意味で、こいつは究極の生存能力を持っている。もしいつでも正確に——」

壁のスピーカーが鳴り響いた。「ベインズ、研究所まで。大至急バーから斜路をのぼってきてくれ」

ベインズは椅子をうしろに引いて立ち上がった。「一緒にこいよ。いったいウィズダムがどんなとんでもないことを思いついたのか、きみも興味を持つかもしれないぞ」

トップレベルのＤＣＡ職員たちの緊密な集団が、輪になって立っていた。白髪になった中年の男たちで、観察台の中央を占めている金属とプラスチック製の複雑な立方体状の装置について、白いワイシャツの袖をまくりあげた痩軀《そうく》の青年が説明するのに耳を傾けている。その装置からいくつも不恰好に突き出ているのがぴかぴかした光線チューブの銃口で、迷路のように入り組んだ配線の中へと消えていた。

「これは最初の本格的な実験です」青年はきびきびした口調で話していた。「発砲はランダム――少なくとも、可能なかぎりランダムということですね。重りのついた球が空気流に放り投げられ、それから自由落下して落ちたところで継電器を遮断します。落下のパターンはほとんど無限にあります。そのパターンに従って、この装置が発砲します。球が落下するたびにタイミングと位置の組み合わせが新しくできます。チューブはぜんぶ合わせて十本。そのすべてがつねに作動していることになります」

「それで、どういう発砲になるかは、だれにも予測できないの？」アニタがたずねた。

「だれにもね」ウィズダムはぶあつい手をこすり合わせた。「心が読めても、この装置には役に立たない」

　装置が位置につくと、アニタは覗き窓に移動した。そしてはっと息を呑んだ。「あれは彼なの？」

「どうかしたのか？」ベインズがたずねた。

アニタは頬を赤らめた。「だって――得体のしれないものだと思ってたから。でも、なんて美しいのかしら！　黄金の彫像みたい。神様みたい！」

ベインズは笑った。「あいつは十八歳なんだよ、アニタ。きみには歳下すぎる」

アニタはまだ覗き窓からのぞいていた。「見てよ。十八歳？　信じられないわ」

クリス・ジョンソンは部屋のまんなかで、床に座っていた。瞑想している姿勢で、頭を垂れ、腕を組み、あぐらをかいている。ぎらぎらした頭上の照明を浴びて、強健な肉体がさざなみのように輝いていた。黄金の和毛でおおわれた、揺らめく光のような姿だ。

「いかすやつだな」ウィズダムはつぶやいた。「よし。始めよう」

「殺すつもりなの？」アニタは詰め寄った。

「とにかくやってみる」

「でも彼は――」おぼつかなげに彼女の言葉がとぎれた。「彼は怪物じゃないわ。他のとは違うのよ、あの頭が二つある気味の悪いやつや、あの昆虫みたいなのとは。それにチュニスで見つかったおぞましいやつとか」

「だったら何なんだ？」ベインズがたずねた。

「知らないわ。でも、殺すだなんて。ひどいじゃない！」

装置が稼働しはじめた。銃口がぴくりとして、音も立てずに位置を変えた。そのうちの三つが引っ込んで、装置の本体に消えた。他の銃口が出てきた。すばやく、機能的に、それが位置についた――そして不意に、なんの前ぶれもなく、火を噴いた。

思わずのけぞるようなエネルギーの噴射がひろがり、瞬間瞬間に形を変える複雑なパターンとなって、角度を変え、速度を変え、そのわけのわからない霞が窓から部屋へと発射された。

黄金の男が動いた。前にうしろにと体をよけて、四方八方から彼を焼き尽そうとするエネルギーの噴射を巧妙にかわしていた。渦巻く灰の雲で彼の姿が霞んだ。激しい砲火と灰の靄《もや》に包まれて見えなくなったのだ。

「やめて！」アニタは叫んだ。「お願い、破壊しちゃうじゃないの！」

部屋はエネルギーの地獄だった。男はすっかり姿を消していた。ウィズダムは、しばらく間を置いてから、装置を操作している技術者にうなずいて合図した。技術者が操作ボタンに触れると、銃口は動きが緩慢になって停止した。装置の中に引っ込んだものもあった。すべては静かになった。装置の動作が完全にやんだ。

クリス・ジョンソンはまだ生きていた。彼はおさまりかけている灰の雲から現れた。黒くなって、焦げてはいたが、それでも傷ひとつ負ってはいなかった。どの光線もかわしたのだ。襲いかかる光線のすきまをぬって、ピンク色の砲火のきらめく刀先をダンサーさながらにひょいひょいと飛び越えた。そして生き延びたのだ。

「違うな」動揺して暗い顔つきになったウィズダムがつぶやいた。「テレパスじゃない。

発砲はランダムだった。前もって決められたパターンじゃなかった」

三人は茫然として、恐怖をおぼえながら互いの顔を見合わせた。アニタは震えていた。顔は青白く、目は大きく見開かれていた。「だとしたら、何？」彼女はささやいた。「あれは何なの？　どういう能力を持ってるの？」

「勘がいいんだろう」とウィズダムはいってみた。

「勘じゃない」ベインズが答えた。「わかってるくせに。そこが肝腎なところだろ」

「そう、勘じゃない」ウィズダムはゆっくりとうなずいた。「あいつは知っていた。光線が命中する、その一つ一つを予測できたわけだ。しかしいったい……誤ることもありえるのかな？　間違うことも？」

「われわれはあいつをつかまえたじゃないか」ベインズが指摘した。

「きみの話では、あいつは自分の意志で戻ってきたんだったな」ウィズダムの顔には奇妙な表情が浮かんでいた。「戻ってきたのは、封鎖の後だったのか？」

ベインズが飛び上がった。「そうだ、後だった」

「あの封鎖をくぐり抜けようと思っても無理だとわかった。だから戻ってきたんだ」ウィズダムは苦笑いした。「封鎖は実際に完璧だったはずだ。そういうものだからな」

「もし一つでも穴があいていたら」ベインズはつぶやいた。「あいつにはわかっただろうな——そしてくぐり抜けていた」

ウィズダムは武装警備員の集団にこっちに来るようにと命じた。「あいつをそこから出して、安眠台につれていけ」

アニタは叫び声をあげた。「ウィズダム、そんなこと絶対に――」

「あいつは進歩しすぎている。われわれでは太刀打ちできない」ウィズダムはきびしい目つきだった。「われわれだと、何が起こるか予測ができるだけだ。ところがあいつは知っている。あいつにとって、それは確実に起こることなんだ。ただ、いくらそんな能力があっても、安眠では役に立たないだろう。安眠台の全体が同時にどっとあふれる。瞬間的なガスで、隅々まで」彼はいらだったように警備員に合図した。「ぐずぐずするな。さっさとつれていけ。時間を無駄にしないで」

「本当にできるのかな？」ベインズは首をひねるようにつぶやいた。

警備員たちが部屋のロックのところで位置についた。慎重に、管制塔がロックを外した。最初に警備員が二人、光線チューブで身がまえながら、慎重に部屋に足を踏み入れた。

クリスは部屋のまんなかに立っていた。警備員が忍び寄っていくあいだも、背を向けたままだった。しばらく彼は黙ったままで、まったく身動きしなかった。警備員が扇形にひろがり、さらに残りの警備員も部屋に入ってきた。すると――

アニタが叫んだ。ウィズダムが悪態をついた。黄金の男がくるりと振り向き、目にもとまらぬ速さで前に飛び出したのだ。三列に並んだ警備員たちをすり抜け、扉を抜けて廊下へと。

「つかまえろ！」ベインズが大声を出した。

警備員たちがいたるところにうろついていた。その中をぬって斜路を男が駆けていくと、エネルギーの閃光で通路が明るく照らし出された。

「無理だな」ウィズダムが冷静にいった。「われわれにはつかまえられない」彼は次々とボタンに触れた。「でもこれならうまくいくかも」

「えっ――」とベインズがいいかけた。だが疾走する男がいきなり真正面からぶつかって、彼は片側に倒れた。男はあっというまに通り過ぎていった。走りはなめらかで、無表情のまま、エネルギー光線に囲まれても平気でかわしては飛び越していく。

一瞬、黄金の顔がベインズの前にぼんやりと現れたかと思うと、通り過ぎて脇の廊下に消えた。警備員がその後を追いかけ、膝をついて発砲し、あわただしく指令を叫んだ。建物の深部では、重砲が引きずりだされ、非常通路が自動的に封鎖されてロックがかかった。

「まったく」ベインズは立ち上がりながら喘ぎ声を出した。「あいつは走ることしかできないのか？」

「指令は出してある」とウィズダム。「この建物を外部から遮断するように。ここから逃げ出す方法はない。だれも入れないしだれも出ていけない。あいつはこの建物の中を好き勝手に走りまわれる――しかし逃げ出すことはできないんだ」

「もし出口を一つでも見落としていたら、彼にはそれがわかるんでしょ」アニタは震えながら指摘した。

「一つの出口も見落とすことはない。一度つかまえたんだから、きっともう一度つかまえてみせる」

伝令ロボットが入ってきていた。ロボットはメッセージをうやうやしくウィズダムに差し出した。「分析室からでございます」

ウィズダムはメッセージのテープを引きちぎって開封した。「さあ、これであいつの思考方法がわかるぞ」彼の手は震えていた。「もしかすると、盲点を思いつけるかもしれない。あいつはわれわれの先を行けるかもしれないが、だからといって完全無欠だということにはならないからな。あいつができるのは、未来を予測することだけだ——未来を変えることはできない。先に待っているのが死しかなければ、いくら能力があっても——」

ウィズダムの声は次第に沈黙へと変わった。しばらくして、彼はテープをベインズに渡した。

「バーにいるから」とウィズダムはいった。「一杯ぐっとひっかけないと」その顔は鉛色になっていた。「これが来るべき種族ではないことを祈るのみだな」

「分析結果はどうだったの？」アニタは待ちきれないようにたずねて、ベインズの肩越しにのぞきこんだ。「どんな思考方法なの？」

「思考していないんだ」ベインズは上司にテープを渡しながらいった。「まったく考えていない。ほとんど前頭葉がない。あいつは人間じゃない——記号を使わないから。あいつは動物でしかない」

「一つの高度に発達した能力を持つ動物だ」とウィズダムがいった。「超人じゃない。人間なんかじゃない」

ＤＣＡビルの通路のいたるところで、警備と装備が変化した。市民警官が大挙して建物に押しかけ、警備員のそばで位置についた。通路や部屋の一つ一つが点検されては閉鎖された。遅かれ早かれ、クリス・ジョンソンの黄金の姿は発見されて追いつめられることになるだろう。

「優れた知的能力を持つミュータントが出現するのを、われわれはつねに恐れていた」ベインズは考えこんでいった。「類人猿にとっての人類に相当するような、われわれにとってのＤＶが。ふくらんだ頭蓋骨、テレパシー能力、完璧な意味体系、究極の記号化や演算の能力を持った何かだ。人類がたどる道筋に沿った進歩。つまりより良い人間だな」

「彼は反射神経で行動しているわ」アニタは驚嘆していった。彼女は机に座って、手にした分析結果を熱心に調べていた。「反射神経——まるでライオンみたい。黄金のライオンね」彼女は不思議そうな表情を浮かべながらテープを脇にどけた。「ライオンの神様か」

「獣だろ」ウィズダムが辛辣に横槍を入れた。「つまり、ブロンドの獣だってことだな」

「走るのは速い」とベインズ。「だがそれだけだ。道具をなにも使えない。何かを組み立てることもできないし、自分の外部にあるものを利用することもできない。ただじっと立っていて、好機が訪れるまで待ち、それから必死になって走るだけじゃないか」

「これは予想していたよりひどいことになったぞ」とウィズダムがいった。肉付きのいい顔が鉛色になっている。彼は老人のように肩を落とし、ずんぐりした手は震えておぼつかなげだった。「動物に取って代わられるなんて！　走って隠れるだけの、言語を持たないやつに！」彼は荒々しくつばを吐いた。「言語で意思伝達できないのはそれが原因だったんだ。いったいあいつはどんな意味体系を持っているのかと、われわれは不思議に思っていた。なにも持っちゃいなかったんだ！　話したり考えたりする能力は――犬並みだ」

「つまり、知性がとだえたということだな」ベインズがしゃがれ声で続けた。「われわれは人類の系統の最後なんだ――恐竜みたいに。人類は知性を極限まで推し進めてきた。進めすぎたのかもしれないが。もう人類は知りすぎている地点にまで来てしまった――考えすぎている地点に――だから行動できないんだ」

「思考する人間」とアニタ。「行動する人間じゃなくて。それが麻痺効果をもたらしはじめたのね。でも今度のは――」

「今度のやつの能力は、これまでの人間の能力より優れている。われわれは過去の体験を思い出し、それを記憶にとどめて、そこから学ぶことができる。未来についてせいぜいできることは、過去の出来事の記憶から鋭い推測をするくらいだ。ただそれが絶対確実ということはない。そこでどうしても確率を持ち出すことになる。灰色の領域で、黒か白かじゃない。ただ推測をしているだけなんだ」

「クリス・ジョンソンは推測をしているわけじゃないのね」アニタが付け足した。

「あいつには先が読める。何が起こるのかわかる。あいつができるのは——先思考だ。まあそう呼んでおくことにしよう。あいつには未来が見通せる。おそらくはそれを未来だとは認識していないのだろう」

「そうね」アニタは考えこんでいった。「現在のように見えているのよ。彼にとって現在は幅の広いもの。でも、彼の現在は先にあって、うしろにあるんじゃない。わたしたちの現在は過去と関係している。わたしたちにとって、確実なものは過去だけ。ところが彼にとって、確実なものは未来なの。それでおそらく、過去を記憶しているということがないんだわ。せいぜいは、動物が過去に起こったことを記憶している程度」

「あいつが発達するにつれ」とベインズ。「そしてあいつの種族が進化するにつれ、おそらく先思考をする能力が拡大していく。十分だったものが、三十分に。そして一時間に。一日に。一年に。やがては一生の先まで見通せるようになる。あいつらの一人一人が、確固たる、不変の世界に生きることになる。変数もなければ、不確かさもない。動きもないんだ！　やつらには何も恐れるものはない。やつらの世界は完璧なまでに静止している、確固たるひとかたまりの物質なんだ」

「そして死が訪れるときには」とアニタ。「それを受け入れるのね。無駄な抵抗はしない。彼らにとっては、すでに起こったことなんだから」

「すでに起こったことか」ベインズは繰り返した。「クリスにとって、おれたちの射撃はすでに発砲されたものだったんだ」彼は耳ざわりな笑い声をあげた。「生き延びる方法が優れているからといって、優れた人間だというわけじゃない。もし世界中がふたたび洪水になったとしたら、生き延びるのは魚だけだろう。もし氷河期がふたたび訪れたとしたら、たぶん残っているのは北極熊だけだろう。おれたちがロックをはずしたとき、あいつはすでに入ってくる人間を見ていて、彼らがどこに立っているか、何をするつもりかをはっきりと見ていた。みごとな能力だ……でもそれは精神の発達じゃない。純粋に肉体的な感覚だ」

「でも、もしあらゆる出口が遮断されているとしたら」ウィズダムは繰り返した。「逃げられないのはわかるはずだ。あいつは前に自首してきた——今回もまた自首してくるだろう」彼は首を振った。「動物だな。言語を持たないし、道具も持たない」

「新しい感覚さえあれば」とベインズ。「あいつは他になにもいらない」彼は腕時計を見た。「二時過ぎか。この建物は完全に封鎖されているのか？」

「きみは出られないよ」ウィズダムはいった。「一晩中ここに泊まってもらわないと――あるいは、あの野郎をつかまえるまで」

「彼女のことをいっているんだ」ベインズはアニタを指さした。「彼女は朝の七時には意味局に戻っている予定だから」

ウィズダムは肩をすくめた。「わたしには彼女をどうこうできないね。彼女がそうしたいのなら、ここからチェックアウトすればいい」

「わたし、ここにいるわ」アニタはきっぱりといった。「ここにいて見届けたいの、彼が――破壊されるのを。わたしここで寝るから」彼女はためらった。「ウィズダム、他に何か方法はないの？　いくら彼がただの動物だからといって――」

「動物園か？」ウィズダムの声はヒステリーで甲高くなった。「動物園に閉じこめておけというのか？　冗談じゃない！　あいつは殺してしまわないと！」

長いあいだ、光る大きな人影は暗闇の中でうずくまっていた。彼がいるのは貯蔵室だった。箱や梱《こり》が四方に広がり、きちんと列になって積み重ねられ、どれも入念に数えられて番号が打たれていた。静かでだれもいない部屋だ。

しかしあと数分もすれば、人間たちがいきなり入ってきて部屋を捜索する。彼にはその光景が見えた。彼が見たのは、部屋のいたるところにいる、はっきりとして見分けがつき、光線チューブを持ち、きびしい表情をした、殺意を目にみなぎらせてのし歩く男たちだった。

その光景は多くのうちの一つだった。いま自分がいる場面に接している、はっきりと刻まれた無数の場面の一つだ。そしてその一つずつにはまた相互関連した無数の場面がくっついていて、その果てには霞んで小さくなっていく。曖昧さが増大し、それぞれの連鎖は次第に見分けがつかなくなる。

しかし間近の光景、彼にとって最も近いところにある光景は、はっきりと見えていた。武装した男たちの姿は容易に見分けられた。したがって、彼らが現れる前に部屋を出ることが必要だった。

黄金の人影は平然と立ち上がり、ドアのところに行った。通路にはだれもいない。彼はすでに部屋の外に出て、金属と埋め込み照明でできただれもいないドーム状のホールにいる己の姿を見ることができた。彼は大胆にもドアを開け放ち、歩み出た。

ホールのむこうでエレベーターの明かりが点滅していた。彼はそこまで行ってエレベーターに乗りこんだ。五分後には警備員の一団が走ってやってきて、エレベーターに飛び乗ろうとするだろう。そのころには彼はもう降りていて、エレベーターを下の階に戻しているはずだ。いま彼はボタンを押して、次の階へとのぼった。

降りてみると、通路に人影はなかった。視界にはだれもいない。だからといって彼は驚かなかった。驚くということがないのだ。そういう要素は彼にとって存在しない。物の位置、間近の未来におけるあらゆる物質の空間的関係は、彼にとって自分の肉体と同様に確実なものだ。唯一の未知なるものは、すでに存在しなくなったものしかない。おぼろげな、ぼんやりとした形で、通り過ぎたものはその後いったいどこへ行くのかと不思議に思うことが、彼にはときどきあった。

彼は小さな備品収納庫にやってきた。そこは捜索されたばかりの場所だった。だれかがまたそこを開けるまでには半時間かかる。それだけの時間なら大丈夫だ。それだけの先なら見通せる。そしてそれから――

それから彼が見たのは、別の区域、もっと遠くの領域だった。彼はたえず動き、これまでに見たことがないような新領域へと進んでいた。光景や場面、そして凍てついた風景が次々と展開していくパノラマが、前に広がっていた。あらゆる物体は固定されていた。それは巨大なチェス盤上の駒のようなもので、その中を彼は腕組みをして、平然とした表情で動いた。前方にある物体も、足元にある物体も、同じようにはっきりと見えている、超然とした観察者だった。

たった今、小さな備品収納庫の中にうずくまりながら、彼はこれから半時間のあいだに起こる、稀なほどに多様な無数の場面を見た。未来に待ちかまえているものはたくさんあった。その半時間は異なる形状の信じられないほど複雑なパターンに分割された。彼は臨界領域に達していた。そして今や複雑きわまりない無数の世界の中を動こうとしていた。彼は十分先のある一場面に精神を集中した。まるで三次元のスチール写真のようにそこに描き出されていたのは、わざわざ通路の遠くの端まで引きずって運ばれ、そこで設置された重砲だった。男たちは警戒しながらドアからドアへと移動し、すでに何度もやったように、それぞれの部屋を再点検していた。半時間の終わりになって、彼らは備品収納庫のところへやってきた。ある場面では彼らが中をのぞきこむ姿が映っていた。もちろん、そのときには彼はもうそこにはいなかった。彼はその場面にいなかった。別の場面へと移動していたのである。

次の場面には出口が映っていた。警備員がしっかり一列になって立っていた。そこからは逃げ出しようがない。彼はその場面にいた。片側の、ドアのすぐ内側にある壁のくぼみにいたのだ。外の道路が見えていた、そして星も、明かりも、通り過ぎる車の輪郭も、そして人間たちも。

次のタブローでは、彼は戻っていて、出口から離れていた。そこからは逃げ出しようがない。別のタブローでは、他のさまざまな出口のところにいる自分自身の姿を見た。先の領域を探索するにつれ、その姿は何度も何度も増殖して、黄金の人影の軍団となった。しかしどの出口も遮断されていた。

あるぼんやりした場面で、彼は黒焦げの死体となって横たわっている自分自身を見た。

警戒網を走り抜けて、外に出ようとしたのだ。

しかしその場面は漠然としていた。数多いスチール写真から抜き出した、揺らいで不明瞭な一枚にすぎない。彼が進んでいる不変の経路はその方向にそれたりはしない。彼をその方向に向けたりはしない。その場面の黄金の人影、その部屋のミニチュア人形は、彼の遠い親戚でしかない。たしかに彼自身ではあっても、遠く離れた自己だ。決して出会うことのない自己。彼はそれを頭から消し去って、他のタブローを点検することを続けた。

彼を取り巻く無数のタブローは複雑な迷路であり、その網の目をいま彼は少しずつ考察していた。彼は無限の部屋から成る人形の家をのぞきこんだ。その部屋には番号がなく、家具や人形があり、そのどれもが硬直して動かなかった。同じ人形や家具が他の多くの部屋でも反復されていた。彼自身も頻繁に登場していた。観察台にいる二人の男。そして女。何度も何度も同じ組み合わせが現れた。芝居はひっきりなしに再演され、同じ役者や大道具がありとあらゆる形で巡回興行を打っていた。

備品収納庫を出る時間になる前に、クリス・ジョンソンは現在いる部屋に接している部屋のそれぞれを調べ終わっていた。そのそれぞれを点検して、その内容を徹底的に吟味したのだ。

彼はドアを押し開け、平然とホールに足を踏み出した。どこへ行くかははっきりわかっていた。そして取るべき行動も。狭い収納庫にうずくまりながら、彼はミニチュアとなった自分自身を一つ一つ黙って手際《てぎわ》よく点検し、はっきりと刻まれたどの形状が不変の経路に存在するかを見極めた。人形の家の中の一つの部屋、群れの中の一つのセット、それに向かって彼はいま移動していた。

アニタは金属箔のドレスを脱ぎ、ハンガーに吊るしてから、靴を脱いでベッドの下に蹴飛ばした。そしてブラジャーをはずそうとしかけたちょうどそのときに、ドアが開いた。

彼女は息を呑んだ。音もなく、平然と、大きな黄金の人影がドアを閉め、閂を下ろした。

アニタはあわててドレッシングテーブルから光線チューブをつかんだ。手が震えた。全身が震えていた。「何の用？」と彼女はたずねた。指が衝動的にチューブを握りしめた。

「殺すわよ」

人影は両腕を組んだまま、なにも言わずに彼女を眺めた。クリス・ジョンソンを間近で見たのはこれが初めてだった。大きくて威厳のある顔は、ハンサムで無表情だ。広い肩。黄金のたてがみ、黄金の肌、体をおおうきらめく和毛――

「どうして？」彼女は息せき切ってたずねた。心臓の鼓動が激しく打っていた。「何の用？」

殺そうと思えば簡単に殺せる。でも光線チューブが揺らいだ。クリス・ジョンソンは何も恐れずに立っている。まったく怖がっていないのだ。それはそうだろう。恐怖とは何か、わかっていないのではなかったか？　こんな小さな金属のチューブで、彼に何ができるというのだろう？

「そうよね」彼女が突然いった言葉は、息がつまってささやきになった。「あなたには先が見通せるんですもの。わたしがあなたを殺さないということを知っているのね。そうでなかったら、ここには来なかったはずよ」

彼女は紅潮し、おびえた――そして恥ずかしくなった。彼女が何をするかということを、彼は正確に知っているのだ。そんなことくらいは簡単に見て取れる。ちょうど彼女がこの部屋の壁を、カバーがきっちりと折り返してあるウォールベッドを、クローゼットに吊してある衣服を、そしてドレッシングテーブルに置いてあるハンドバッグや小物を見るように。

「いいわ」アニタは後ずさりして、それから不意に光線チューブをドレッシングテーブルの上に置いた。「あなたを殺したりなんかしないから。どうしてそんなことをしなくちゃいけないの？」彼女はがさごそとハンドバッグの中から煙草を取り出した。震えながら煙草に火をつけると、どきどきした。彼女は恐怖におののいていた。そして奇妙にも魅惑されていたのだ。「ここにいるつもり？　そんなことしたってなんの役にも立たないわよ。彼らは建物をもう二回もくまなく捜索したんだから。また戻ってくるわ」

いっていることがわからないの？　表情にはなにもなく、ただ空白の威厳だけしかない。

それにしても、なんて巨大なのかしら！　まだたったの十八歳、少年、子供だなんて信じられない。それよりもずっと似ているのは、地上に降りてきた、何か大きな黄金の神様だ。

彼女は強引にその考えを振り払った。彼は神様なんかじゃない。獣だ。人間に取って代わろうとする、ブロンドの獣。人間を地球から追い出そうとする。

アニタは光線チューブをひっつかんだ。「ここから出ていって！　あなたは動物よ！　でかくてまぬけな動物なのよ！　わたしがいってることすらわからないじゃないの――言語すら持たない。あなたは人間じゃないの」

クリス・ジョンソンは黙っていた。まるで待っているみたいに。何を待っているのだろう？　彼は恐怖やいらだちの気配をいっさい見せなかった。たとえ外の通路で、捜索する男たちの音、金属が金属に触れ合う音、拳銃や光線チューブを引きずりまわす音、そして建物の一区画一区画が捜索され閉鎖されるときの叫び声やかすかな物音が鳴り響いても。

「やつらにつかまるわよ」とアニタ。「あなたはここに閉じこめられたの。やつらはこの棟をもうじき捜索しにくるわ」彼女は荒々しい手つきで煙草をもみ消した。「まったく、わたしにどうしろというの？」

クリスが彼女に近づいた。アニタはひるんだ。力強い手が彼女をつかみ、彼女はにわかに戦慄をおぼえてあえいだ。一瞬、彼女はやみくもに、必死になって抵抗した。

「放して！」彼女はふりほどくと彼から飛びのいた。彼の顔は無表情だった。平然と、彼は彼女に向かってやってきた。彼女をわがものにしようと前進する、無表情な神様だ。

「あっちに行って！」彼女は立ち上がろうとしながら光線チューブを手探りした。しかしチューブは指からすべり落ちて床の上にころがった。

クリスはかがんでそれを拾い上げた。そして手のひらの上にのせて差し出した。

「まあ」アニタはつぶやいた。震えながら、彼女はチューブを受け取り、ためらいながらそれを握ると、ふたたびドレッシングテーブルの上に置いた。

部屋の薄明かりの中で、大きな黄金の人影は揺れて輝き、暗闇を背にしてシルエットを浮かび上がらせていた。神様——いや、神様じゃない。動物だ。魂を持たない、大きな黄金の獣。彼女はわけがわからなくなった。どっちが彼なんだろう——あるいはどっちも彼なのか？　彼女は当惑して頭を振った。もう遅い、四時近くだ。彼女はすっかり疲れ果てて混乱していた。

クリスが腕の中に彼女を抱いた。礼儀をわきまえ、やさしく、彼は彼女の顔を持ち上げてキスをした。彼女は息が止まるようだった。暗闇が、揺れてきらめく黄金の靄と混ざり合いながら、彼女を包みこんだ。ぐるぐるとそれが螺旋《らせん》のように巻きついて、感覚を奪っていった。彼女はその中に悦んで沈みこんだ。暗闇がおおい、怒濤《どとう》のような力の激流の中に彼女を溶かし、その力は刻一刻と強度を増して、ついには雄叫《おたけ》びの大波となって打ち寄せると、すべてをかき消してしまった。

アニタははっと目をさました。そして起き上がると無意識のうちに髪をなおした。クリスはクローゼットの前に立っていた。彼は手を伸ばし、何かを取っているところだった。クリスはアニタの方に向きなおるとベッドの上に何かを放り出した。それは重たい金属箔でできた彼女の旅行用ケープだった。

アニタはわけがわからないままケープを眺めた。「どうしてくれというの？」

クリスはベッドのそばに立って、待っていた。

彼女はおぼつかなげにケープを拾い上げた。恐怖のひんやりとした蔓がちくりと彼女を刺した。「ここから逃がしてほしいのね」彼女はそっといった。「警備員や市民警官をすり抜けて」

クリスはなにもいわなかった。

「やつらは見つけ次第に殺すわよ」彼女はよろよろと立ち上がった。「やつらをすり抜けて走って逃げるなんてできないわ。まったく、あなた走ることしかできないの？　もう少しましな方法があるはずよ。ウィズダムに嘆願してみようかしら。わたしはクラスA――局長クラスだから。総局長会議に直接出向くこともできる。そこで引き延ばし作戦をやって、安眠を無期限に延期することもできるはずだわ。もしわたしたちがここを逃げ出そうとしたら、百万分の一の確率で――」

彼女の言葉がとぎれた。

「でもあなたは一か八か賭けたりしない」彼女はゆっくりと続けた。「賭け率では判断しない。何が出てくるか知っているから。もうカードを見てしまっているんですもの」彼女は彼の顔をしげしげと見つめた。「あなたにはイカサマなんて通用しないのね。そんなことはありえない」

しばらく彼女は物思いにふけっていた。それからすばやく、意を決したようなしぐさで、ケープをひっつかみ、むきだしになった肩にかけた。そして重いベルトを留め、かがみこんでベッドの下から靴を取り、バッグをひっつかんで戸口へと急いだ。

「さあ」と彼女はいった。呼吸は急で、頬が紅潮している。「行きましょう。まだ選べるだけの数の出口があるあいだに。わたしの車が外に停めてあるわ、建物側の脇にある駐車場に。一時間で、わたしの住んでいるところに行ける。アルゼンチンに冬を過ごす家を持ってるの。最悪の場合でもそこへ飛行機で行けばいいし。そこは都会から離れた僻地《へきち》にあるの。ほとんどすべてから切り離されて」いそいそと彼女はドアを開けはじめた。

クリスは手を伸ばして彼女を制止した。そしてやさしく、辛抱強く、彼女の前に移動した。

彼は体をこわばらせたまま、長いあいだ待った。それからノブを回して、大胆にも通路に踏み出した。

通路に人影はなかった。視界にはだれもいない。アニタは急いでむこうに行く警備員の背中をかすかに見た。もし一秒でも早く部屋から出ていたら――

クリスは通路を進みはじめた。彼女は後について走った。彼の動きはすばやくてなめらかだった。アニタがそれについていくのは大変だった。彼はどう行けばいいかはっきりわかっているようだった。右に曲がり、物資運搬用になっている、脇の通路を進む。昇りの貨物用エレベーターに乗る。エレベーターは上昇して、不意に停止した。

クリスはふたたび待った。そしてしばらくしてからドアを開いてエレベーターの外に出た。アニタが心配そうにその後に続いた。音が聞こえる。すぐ間近にいる、銃や男たちの音だ。

二人は出口の近くにいた。まっすぐ前方には、警備員が二重の列になっている。二十人の男たち、固い壁――そして中央には、巨大な重撃用ロボット砲。男たちは警戒態勢で、緊張してこわばった表情だ。大きく目を見開いて見張りながら、銃をしっかり握りしめている。指揮をとっているのは市民警察の局長だ。

「ここは絶対に通り抜けられないわ」アニタは息を呑んだ。「十フィートも行けない」彼女は後ずさりした。「やつらはきっと――」

クリスは彼女の腕をつかみ、相変わらず平然と前進を続けた。本能的な恐怖が彼女の心の中で飛び跳ねた。必死になって逃げようとしたが、彼の指はまるで鋼鉄のようだった。

どうやってもその指をほどくことはできないのだ。静かに、抗いようもなく、大きな黄金の生き物は彼女をそばに引きつれて、二重の列になった警備員たちの方へと向かっていった。

「いたぞ！」銃がかまえられた。男たちがにわかに行動しはじめた。ロボット砲の砲身がぐるりとこちらを向いた。「つかまえろ！」

アニタは茫然としていた。横にいる力強い肉体にぐったりともたれかかり、しっかりと腕をつかまれたまま、言いなりになって引きずられていた。まさしく銃でできた壁のような、警備員の列が近づいてきた。アニタは必死になって恐怖を抑えようとした。つまずいて、倒れかけた。するとクリスが難なく支えてくれた。彼女は爪をたて、もがいて、なんとかふりほどこうとした――

「撃たないで！」と彼女は叫んだ。

どうしたものかと銃が揺らいだ。「こいつはだれだ？」警備員は二人のまわりで位置につき、彼女を含めずにクリスに照準を合わせようとしていた。「そこにつれているのはだれなんだ？」

そのうちの一人が、袖に付いた記章を見た。赤と黒。局長クラス。トップレベルだ。「クラスAだ」愕然として、警備員たちが後退した。「危険ですからどいてください！」

アニタはようやく声が出るようになった。「撃たないで。彼は――わたしが保護しているから。わかった？　これから彼を外につれ出すところなのよ」

警備員の壁が不安そうに後退した。「ここはだれも通れないことになっていますので。ウィズダム局長の命令で――」

「わたしにはウィズダムの権限が及びません」彼女はてきぱきしたきつい口調を心がけた。「さあ通して。彼を意味局につれていくから」

しばらくなにも起こらなかった。なんの反応もなかった。その後でゆっくりと、おぼつかなげに、警備員の一人が脇にのいた。

クリスが動いた。目もくらむような速さで、アニタから離れ、困惑した警備員たちを尻目に、警戒網がほどけたところを抜け、出口を出て、街路へと。エネルギーの猛烈なほとばしりが彼の通った後に閃いた。警備員たちが大声で叫びながら大挙して出ていった。アニタは忘れられて、一人ぽつんと残された。警備員や重砲が早朝の暗闇の中へと流れ出していった。サイレンが騒々しく鳴っていた。パトロールカーがふたたび轟音《ごうおん》をたてはじめた。

アニタは茫然と突っ立ったまま、わけがわからず、壁にもたれて、息を整えようとした。彼はいなくなった。彼女を捨てたのだ。なんてことを――わたしはいったい何をしたのだろう？　彼女は頭を振り、混乱して、顔を両手の中にうずめた。催眠術にかけられてしまったのだ。意志を失い、常識を失った。理性を！　あの動物、あの大きな黄金の獣が、彼女をだましたのだ。利用したのだ。そしてもう彼はいない。闇の中に消え去ってしまった。

惨めな、苦痛の涙が握りしめた指のすきまから流れて落ちた。彼女はその涙をむなしく拭おうとした。しかし涙は次々とあふれてくるのだった。

「逃げられたか」とベィンズがいった。「もう絶対につかまらないな。今ごろははるか彼方だ」

アニタは部屋の隅にうずくまり、顔を壁の方に向けていた。廃品みたいな、くしゃくしゃの小さなかたまりになって。

ウィズダムはうろうろしていた。「それにしても、どこに行けるというんだ？　どこに隠れられる？　かくまったりする人間はだれもいない！　ＤＶに関する法律はだれでも知ってるんだから！」

「あいつは人生の大半を森で暮らしていた。だから狩猟して生きていくんだろう——これまでもそういうことだったんだ。いったい一人で何をやってるんだろう、と家族も不思議がっていた。実は獲物をつかまえて木の下で寝ていたわけだ」ベィンズは耳ざわりな笑い声をあげた。「そして、初めて出会う女たちは、きっと喜んでかくまってくれる——彼女みたいにな」彼は親指でアニタを指した。

「ということは、あの金色の体、あのたてがみ、あの神様のような姿勢のなにもかもが、それなりに目的を持っていたわけだ。ただの飾りじゃなくて」ウィズダムのぶあつい唇がゆがんだ。「持っている能力は一つだけ、というわけじゃない――二つある。一つは新しい、いや最新のものといっていい、生存方法だ。もう一つはそれこそ大昔からある」彼はうろつくのをやめて、隅でうずくまっている人影をにらみつけた。「羽毛。はでな色の羽、オンドリの鶏冠《とさか》、白鳥、小鳥、魚の光る鱗。きらきらした毛皮やたてがみを持つ動物。動物だからといって獣だというわけじゃない。ライオンは獣じゃない。トラだってそうだ。大型ネコはみなそうだ。およそ獣なんかじゃない」

「あいつは心配する必要がまったくないな」とベインズ。「なんとか生きていけるはずだ――世話をやいてくれる人間の女が存在するかぎり。それに先を見通し、未来を見ることができるから、自分が人間の雌にとって性的魅力にあふれていることをすでに知っているんだ」

「きっとつかまえてやるぞ」ウィズダムはつぶやいた。「政府に緊急事態宣言を出してもらった。憲兵と市民警官があいつの行方を探すことになる。人員総出だ――世界中の特殊部隊、最新の機械と装備を投入してな。遅かれ早かれ、きっと見つけ出すから」

「たとえ見つけ出したところで、そのころにはもう手遅れなんじゃないか」とベインズがいった。彼はアニタの肩に手を置き、皮肉をこめて軽く叩いた。「きみにはきっとお仲間ができるよ。きみだけじゃない。きみは長い行列の最初の一人にすぎないんだ」

「ごめんなさい」アニタは声をしぼりだした。

「最古と最新の生存方法。その二つを併せ持てば、完璧に適応した動物ができあがる。あいつを止める手だてなんてあるもんか。きみを不妊タンクで処置することはできる——しかし全員をかき集めることはできない。あいつが先々で出会う女性全員をな。そして一人でも取り逃がしたら、もうわれわれはおしまいだ」

「とにかく努力を続けよう」ウィズダムはいった。「できるかぎりたくさん検挙して。彼女たちが出産する前に」疲れて落ちこんだ顔に、かすかな希望が光った。「もしかすると、あいつの形質は劣性かもしれない。もしかすると、われわれの形質があいつのを消し去るかもしれないぞ」

「それに賭ける気にはなれないな」ベインズはいった。「どちらの形質が優性とわかるか、もうその答えは出ているような気がするよ」彼は苦々しく笑った。「つまり、おれの推測は当たりそうだということさ。それはわれわれの方じゃない」

安定社会
Stability

浅倉久志◎訳

ロバート・ベントンはゆっくりと翼をひろげ、何度か羽ばたきをして、屋上からあざやかに飛びたち、夜空へ上昇した。

あっというまに彼の姿は闇のなかへのみこまれた。眼下に散らばる何百もの光点は、ほかの人びとが飛び立ったほうぼうの屋上の明かりだった。菫色《すみれいろ》のものがすいと近づいて、また闇のなかへ消えていく。だが、ベントンはそんな気分ではなく、夜のスピードレースに魅力を感じなかった。菫色のものはまたそばに近づいてきて、翼を振りながら彼をレースに誘った。ベントンは誘いを断わって、さらに上空へ舞いあがった。

しばらくのち、水平飛行に移り、眼下の都市、〈光の都〉からの上昇気流に身をまかせた。すばらしい、わくわくするような感覚が全身にひろがる。狂おしい喜びにかられ、巨大な白い翼で空気をたたき、ふわふわ通りすぎていく小さな雲のなかへ飛びこんで、果てしなくひろがる、目に見えない黒い深鉢の底をめがけて急降下すると、ようやく都市の明かりが見えた。レジャー時間も終わりが近い。

はるかな下界で、ほかの光よりもひときわ明るい光が彼に向かってまたたいた。管理庁ビルだ。白い翼をたたみ、全身を矢にして狙いをつけ、そっちをめざした。一直線の完璧な急降下。管理庁の明かりから三十メートルたらずの高度でさっと翼をひろげ、まわりの堅固な空気をとらえると、たいらな屋上に軽く着陸した。

ベントンが歩きだすと、やがて誘導灯がつき、その光で入口へのルートがわかった。指先が軽くふれただけでドアが横にひらき、その戸口をくぐった。とたんに下降がはじまった。スピードがどんどんましていく。だしぬけに小型エレベーターがとまり、ドアを出たそこは、統制官のメイン・オフィスだった。

「こんばんは」と統制官がいった。「翼をはずして、すわりたまえ」

ベントンはそうした。翼をきちんとたたみ、壁ぎわにならんだ小さいフックにかけた。目についたなかでいちばんよさそうな椅子を選び、そっちに向かった。

「ははあ」統制官は微笑した。「きみは快楽を重視するんだな」

「まあね」ベントンは答えた。「あるものを使わないのはもったいないでしょう」

統制官は訪問者から目を上げ、透明プラスチックの壁のむこうをのぞいた。透明な壁のむこうには、〈光の都〉でも最大のシングル・ルームがならんでいる。部屋部屋は視野の果て、いや、さらにそのむこうまでつづいている。どの部屋にも——

「ご用はなんですか？」ベントンは相手の黙考をさえぎった。統制官は咳ばらいして、メタル・シートの書類をいじり、チャラチャラと音を立てた。

「きみも知っているとおり、われわれのモットーは安定だ。文明は何世紀にもわたって進歩をつづけてきた。とりわけ二十五世紀以後は。しかし、自然界の法則からしても、文明は前進するか、後退するかのどちらかだ。一ヵ所にとどまることはできない」

「それはよく知ってます」ベントンはいぶかしげにいった。「九九表もちゃんとおぼえてますよ。あらためて聞かせてもらわなくても」

統制官は彼の言葉を無視した。

「しかし、われわれはその法則を破った。百年前に——」

百年前か！　とてもそんなに大むかしのことには思えない。あの日、国際評議会の席上で、自由ドイツ合州国のエリック・フライデンブルクが起立して、集まった評議員たちにこう言明したのだ。人類はいま進歩の頂点に達した。これ以上の前進は不可能である。ここ数年間で記録にとどめられた大発明はたった二件しかない、と。そのあと、全評議員は大きなグラフとチャートをながめ、それぞれの区画のなかでグラフの線がしだいしだいに下降をつづけ、ゼロに達するのを確認した。人間の知恵という偉大な井戸も干あがり、ついにここでエリックが立ち上がって、だれもが知っていながら明言するのを恐れていた事実を述べたのだ。こうして正式に公表されてしまった以上、評議会がさっそくその問題に取り組む必要にせまられたのはいうまでもない。

解決のアイディアは三つあった。そのひとつは、ほかのふたつよりも温情的なものに思えた。結局はその解決法が採用されることになった。その解決法とは——

安定化だ！

最初、人びとがそのことを知らされたときには大騒ぎになり、世界じゅうの多くの大都市で集団暴動が発生した。株式市場は暴落し、ほうぼうの国の経済が行き詰まった。食料品の価格が暴騰し、大量の餓死者が出た。戦争がはじまった……三百年間たえてなかった戦争が！　しかし、すでに安定化ははじまっていた。反対分子は一掃され、過激派は処分された。それはきびしく残酷な方法だったが、唯一の解答に思われた。やがて、ついに世界は硬直状態に落ちついた。前進もなければ後退もなく、なんの変化も起こりえない、きびしい管理体制に。

毎年、すべての住民は一週間もつづくむずかしい試験を受け、退行していないかどうかを検査される。すべての若者が十五年間の集中教育を受ける。ついていけないものは、あっさりと消されてしまう。どんな発明も、安定をくつがえすおそれがないかどうかについて、管理庁で審査を受けることになる。万が一にもその危険があるときは——

「というわけで、われわれとしてはきみの発明の実用化を許可できない」と統制官はベントンに説明した。「きのどくだが」

ベントンの驚きようは、ただごとではなかった。顔から血の気がひき、両手がふるえていた。

「まあ、まあ」と統制官は優しくいった。「そうがっかりするな。することはほかにもあるじゃないか。とにかく、駆除車に乗せられるわけじゃない！」

しかし、ベントンはまじまじと目を見はるだけだった。ようやく言葉が出た。

「いや、そうじゃなくて。ぼくはなにも発明してません。なんの話なのかさっぱりわからない」

「発明してないだと！」統制官はさけんだ。「しかし、わたしは、きみが自分で申請した日にここでそれを受理したんだ！　所有者申告をしたきみのサインまである！　きみ自身がわたしに模型をよこしたじゃないか！」

統制官はベントンを見つめた。それからデスクの上のボタンを押し、小さい光の円に向かって命じた。

「三四五〇〇‐D号に関する情報を届けてくれ」

何秒かが過ぎ、光の円のなかに円筒がひとつ現われた。統制官はその円筒をとりあげると、ベントンにさしだした。

「このなかにきみの署名した申告書がはいっている。おまけに、指紋照合欄にあるのはきみの指紋だ。ほかの人間だったとは考えられない」

麻痺した指でベントンは円筒をひらき、そのなかから書類をとりだした。しばらくそれをながめたあと、のろのろとなかへもどし、その円筒を統制官に返した。

「たしかにぼくの筆跡、ぼくの指紋です。だが、よくわからない。生まれてから一度も発明なんてしたことがないし、ここへきたこともないのに！　いったいどんな発明ですか？」

「どんな発明だと！」驚いた統制官はおうむ返しにいった。「知らないのか？」

ベントンはうなずいた。「ええ、知りません」ゆっくりと答えた。

「そうか。もっとくわしく知りたければ、階下のオフィスへ行くしかないな。わたしにいえるのは、きみがここへ持ってきた設計図が審査委で却下されたということだけだ。わたしは一スポークスマンにすぎない。階下のオフィスでよく説明を聞いてくれ」

ベントンは立ちあがり、ドアに向かった。このドアもやはり指先を軽くふれただけでひらき、彼は管理庁のオフィス群のなかにはいった。ドアが背後で閉まりかけたとき、統制官の不機嫌な声が呼びかけた。

「いったいなにをたくらんでいるのか知らんが、安定をくつがえした場合の罰則は知っているだろうな！」

「ひょっとすると、安定はすでにくつがえされたのかも」ベントンはそう答えて、歩きつづけた。

そこは巨大なオフィスだった。ベントンはいま自分が立っている高架歩路から下を見おろした。眼下には千人もの男女が、ブーンとうなる能率的な機械の前で働いている。その機械に大量のカードを入力しているところだ。おおぜいの人間がデスクの前で働き、情報をタイプしたり、チャートに記入したり、カードを整理したり、メッセージを解読したりしている。壁面の巨大なグラフは動きをたやさない。そこで進められている仕事の重要性からか、あたりには活気がみなぎっているように思える。機械のうなり、タイプライターの印字音、そこへ低いつぶやき声が重なって、穏やかな、満ちたりた音響をかもしだしている。そして、この巨大な機構、毎日それをスムーズに運転しつづけるのに巨大な経費を要する機構には、ひとつの合い言葉がある——〝安定〟！

ここに存在するのは、この世界をひとつにまとめた機構だ。この部屋、この勤勉な人たち、カードを分類し、〝駆除〟と記された山へほうりこむ非情な人たち、そのすべてが大交響楽団のようにまとまって機能している。ひとりでも音程をはずしたり、リズムに遅れたりすれば、この機構ぜんたいが震動するだろう。だが、だれもひるまない。仕事をなまけたり、ミスをおかしたりするものはない。ベントンは階段を下りて、案内係のデスクに近づいた。

「ロバート・ベントンが申告した発明三四五〇〇‐D号についての情報を知りたいんで

す」と彼はいった。係員はうなずいて、デスクを離れた。まもなく金属ボックスを手にしてもどってきた。

「その発明の設計図と実用模型は、このなかにはいっている」係員は金属のボックスをデスクの上において、ふたをあけた。ベントンはなかをのぞいた。箱の中央には、こみいった構造の小さい機械がきちんとおかれている。その下には、図面が描かれた金属シートのぶあつい束がある。

「持って帰ってもいいですか？」

「所有者ならね」係員は答えた。ベントンが自分の身分証をさしだすと、係員はそれを調べてから、発明のデータと照合した。ようやく承認のうなずきを得て、ベントンはボックスのふたを閉め、それを手にさげて、ビルの横にある出入口から急ぎ足に外へ出た。

その出入口のすぐ外は、光が氾濫し、車の流れが行きから大きな地下街路のひとつだった。ベントンは方角を見さだめ、自宅まで運んでくれるタクシーをさがした。やがて一台を見つけて、それに乗りこんだ。二、三分してから、ベントンは注意深くボックスのふたをあけ、そのなかにあるふしぎな模型をのぞきこんだ。

「なにをお持ちなんですか？」ロボット運転手がたずねた。

「それを知りたいんだよ」ベントンは悲しげに答えた。翼をつけたふたりのフライヤーが舞いおりてきて彼に手をふり、空中で軽くダンスをしてから飛び去った。

「あ、いけねえ」とベントンはつぶやいた。「翼を忘れてきた」

いまからあともどりするには手遅れだ。車はもう自宅に近づき、スピードを落としかけている。ベントンは運転手に料金を払って、家のなかにはいり、ドアをロックした。めったにやらないことだった。ボックスの中身を調べるのにいちばんいい場所は、〝検討室〟だろう。空を飛んでいないときは、いつもそこでレジャー時間を過ごすことにしている。あそこなら本や雑誌にかこまれて、ゆっくりと発明品を調べられるだろう。

その設計図のセットは、ベントンにとって完全な謎であり、模型そのものはそれ以上の謎だった。下から、上から、そしてあらゆる角度からそれを調べてみた。設計図の専門的な記号を解釈しようとしたが、すべては無駄だった。とすれば、残された方法はひとつしかない。彼は〝オン〟のスイッチをさがし、それを押した。

ほぼ一分が過ぎるまで、なにごとも起こらなかった。やがて、まわりの壁が波打ち、柔らかくなってきた。しばらくのあいだ、壁はまるでゼリーでできたようにふるえつづけた。そして一瞬、じっと静止したかと思うと、急に消え去った。

気がつくと、ベントンは無限トンネルのような空間を落下しながら、必死に体をひねり、闇のなかでなにかつかまるところをさがしていた。果てしない時間、なすすべもなく、怖《おじ》気《け》づいたままで落下がつづいた。やがてどこかに着地したが、まったくの無傷だった。長い時間に思えただけで、そんなに長い落下ではなかったのだろう。メタリックな服にはしわひとつ寄っていない。ベントンは立ちあがり、周囲を見まわした。

到着したそこは、まったく見知らぬ場所だった。そこは農地だ……もはや存在しないはずの農地だ。何エーカーもの穀物畑。見わたすかぎりの小麦の穂が風に波うっている。しかし、もう地球のどこにも天然の穀物は生えていないはずだ。そう、それには確信がある。両手をひたいにかざして太陽を見あげたが、それはいつもの姿に見えた。ベントンは歩きだした。

約一時間歩いたところで小麦畑は終わったが、こんどはその先に天然の森があった。地球上にもはや森林がひとつもないことは、学習で教えられている。ずいぶん前に絶滅したはずだ。だとすると、ここはどこなのか？

ベントンはふたたび歩きだし、こんどはもっと足を早めた。やがて、走りだした。小さな丘が前方に現われ、その丘を頂上まで駆けのぼった。むこう側を見おろしたとたん、あっけにとられた。そこにあるのは巨大な空虚だったからだ。大地はどこまでもたいらで不毛、目の届くかぎり、一本の木も草もなく、生命の気配もない。ただ、日に晒《さら》された死の大地がえんえんとひろがっているだけだ。

彼はその平原に向かって丘をくだりはじめた。おそろしく暑く、足もとの土は乾ききっていたが、とにかく進みつづけた。歩くうちに、足が痛くなってきた――長時間歩くことには慣れていない――それに疲れてもいる。だが、がむしゃらに歩きつづけた。心のなかの小さいささやき声に駆りたてられ、足をゆるめずに歩きつづけることをせまられた。

「それを拾うな」と声がいった。

「うるさい」ベントンはなかば自分に向かってつぶやき、腰をかがめた。

声！　どこからの声だ？　すばやくふりむいたが、なにも見えなかった。しかし、いまの声はたしかに聞こえたし、しかも――つかのまだが――空中から声がするのがとても自然なことのように思えたのだ。いま自分が拾いあげようとしたものをよく見た。こぶし大のガラス球だ。

「おまえは価値ある安定をくつがえすことになるぞ」と声はいった。

「いかなるものも安定をくつがえせない」ベントンは自動的に標語を唱えた。手のひらにのせたガラス球の感触は、冷たく心地よかった。なかになにかがはいっているようだが、頭上からぎらぎら照りつける太陽の熱で目がかすみ、見きわめることができなかった。

「おまえは邪悪なものたちに心をあやつられている」と声が語りかけた。「早くその玉を下において、ここを立ち去れ」

「邪悪なものたち？」ベントンは驚いてききかえした。ひどく暑い上に、のども渇いている。その球体を上着のなかへ押しこもうとした。

「やめろ」と声が命じた。「やつらがおまえにそうさせたがっているのだ」

胸にふれる球体の感覚はすてきだった。しっくりとそこにおさまり、強烈な太陽の熱を冷ましてくれる。いったいこの声はなにをいっているのだ？

「おまえは時を超えて邪悪なものたちに呼びよせられた」と声は説明した。「いまのおまえはなんの疑問もなくやつらに服従している。わたしは邪悪なものたちの監視者だ。この時間世界が創られて以来、わたしはやつらを見張ってきた。帰れ。おまえが見つけたときのままに、玉をおいていけ」

たしかにこの平原は暑すぎる。こんなところは早くおさらばしたい。球体はいまや彼をうながし、じりじりと照りつける日ざしと、からからに渇いたのどと、ちりちりうずく頭痛を自覚させた。ベントンは歩きだした。その球体をしっかりつかんだとたん、幻の声が上げた落胆と怒りのさけびが聞こえた。

おぼえていることは、ほとんどそれぐらいしかなかった。また平原をひきかえして小麦畑にはいり、よろめき、つまずきながらそのなかを横ぎり、そしてとうとう最初の地点へたどりついたまでは、なんとか思いだせる。上着のなかのガラス球にうながされて、そこに残していったタイムマシンを手にとった。ガラス球のささやき声が、どのダイヤルの目盛を変え、どのボタンを押し、どのつまみをセットするかを教えてくれた。やがてまた落下がはじまり、ベントンは時の通廊をひきかえして、最初に経験したあの灰色のもやを抜け、自分自身の世界へともどってきた。

とつぜん球体がとまれと命じた。時を超える旅はまだ終わっていない。その前にやるべきことが残っているのだ。

「きみの名前はベントンだって？　どういう用件だね？」統制官はたずねた。「ここへきたのはこれがはじめてだな、そうだろう？」

ベントンは統制官を見つめた。いまのはどういう意味だ？　さっきこのオフィスを出たばかりなのに？　いや、それとも？　きょうは何日？　いままでどこにいたのだろう？　目まいにおそわれてひたいをさすり、大きな椅子に腰をおろした。統制官は気づかわしげに彼をながめた。

「だいじょうぶか？　気分がわるいのでは？」

「だいじょうぶ」ベントンはいった。両手になにかを持っていた。

「この発明を登録して、安定評議会の審査を受けたいんです」そういいながら、タイムマシンを統制官に手わたした。

「この構造を説明した図面はあるか？」

ベントンはポケットの奥深く手をつっこみ、設計図をとりだした。それを統制官のデスクの上にぽんとほうり、模型をそのそばにおいた。

「これがなんであるかは、安定評議会で見てもらえばすぐにわかります」ベントンは頭がずきずき痛み、早くそこを出たくなった。彼は立ちあがった。

「もう帰ります」ベントンはそういうと、さっきはいってきた横の出入口から外に出た。統制官はその後ろ姿を見送った。

「明らかに」と安定評議会の第一評議員がいった。「その男はこの機械を使っていたにちがいない。きみの話によれば、最初に彼がやってきたときは、まるで前にきたことがあるような態度だったが、二度目の訪問では、発明品の登録を申請した記憶がないばかりか、前にきた記憶さえないようだった。そうだな？」

「そう」と統制官は答えた。「最初の訪問のときからどうもようすがおかしいとは思ったが、二度目に彼がやってくるまでその意味に気づかなかった。彼がそれを使ったことは疑いがない」

「〈セントラル・グラフ〉は、まもなく変動要素が出現することを告げている」第二評議員がいった。「賭けてもいいが、ベントン氏がその要素なのは明らかだ」

「タイムマシンとは！」第一評議員がいった。「危険きわまりない。その男は――最初に――やってきたとき、なにかを持っていたか？」

「なにも目につかなかった。ただ、上着の下になにかを隠しているような歩きぶりではあったが」と統制官が答えた。

「では、さっそく行動に移らなくてはならん。すでに彼が状況連鎖を築きあげていると、わが安定化装置をもってしても、それを食いとめるのはやっかいだ。とりあえず、みんなでベントン氏を訪問すべきだろう」

ベントンはリビングルームにすわり、虚空を見つめていた。両眼はガラス玉のように凍りつき、さっきからぴくりとも身動きしない。あの球体が彼に呼びかけ、おのれの計画と希望を語りつづけているのだ。いま、その説明がふいにやんだ。

「やつらがやってくる」と球体がいった。球体はそばのカウチの上におかれ、かすかなささやきがひとすじの煙のようにらせんを描きながらベントンの脳にはいりこんでくる。もちろん、球体が声を発したわけではない。その言語はメンタルなものだからだ。しかし、ベントンには声が聞こえる。

「どうすればいい？」と彼はきいた。

「なにもするな」と球体はいった。「むこうはひきあげる」

ブザーが鳴ったが、ベントンはじっと動かなかった。ブザーがふたたび鳴り、ベントンは落ちつかなげに身じろぎした。しばらくすると、訪問者たちはふたたび小道をひきかえしていった。どうやら帰ったらしい。

「さて、どうする？」ベントンはきいた。球体はしばらく答えなかった。

「いよいよその時がきたようだ」球体のささやきがはじまった。「これまでのところ、わたしは失敗をおかさず、いちばん困難な部分を切りぬけてきた。最大の難関は、時を超えておまえを呼びよせることだった。それには何年もかかった——あの監視者には隙がない。おまえはなかなか反応せず、おまえの両手にこの機械を押しつける方法を思いつくまで、成功はおぼつかなかった。まもなくおまえはわれわれをこの球体から解放するだろう。あの永遠の日々のあとに——」

家の裏手からなにかがこすれるような音と低い話し声が聞こえ、ベントンはぎくりと立ちあがった。

「やつらは裏口からやってくる！」ベントンはいった。球体がざわざわと怒りの音を発した。

統制官とふたりの評議員が、ゆっくりと用心深く家のなかへはいってきた。ベントンがいるのを見て、彼らは足をとめた。

「在宅とは思わなかった」と第一評議員がいった。ベントンは彼に向きなおった。

「やあ、ブザーに出なくてすみません。ちょっと居眠ってたんで。どんなご用でしょう？」

彼の片手はそろそろと球体のほうに伸びた。まるで球体がひとりでに転がって、彼の手のひらのなかに保護を求めたように思えた。

「そこに持っているのはなんだ？」統制官がとつぜん詰問した。ベントンが相手を見つめるあいだに、球体のささやきが心に届いた。

「ただの文鎮ですよ」ベントンはほほえんだ。「どうぞ、すわりませんか?」

一同は着席し、第一評議員が口を切った。

「きみは管理庁へ二度やってきた。最初はある発明品を登録するため、二度目はわれわれがきみを呼びだしたためだ。その発明品の公開を許すわけにはいかなかったのでな」

「それで?」ベントンはききかえした。「そのことでなにか問題でも?」

「いやいや」第一評議員はいった。「だが、われわれから見たきみの最初の訪問は、きみにとっては二度目だった。いくつかの事実がそれを裏づけているが、いまはそのことにふれずにおく。重要なのは、きみがまだその機械を持っていることだ。これはやっかいな問題だぞ。その機械はどこにある? きみが所有しているのにちがいない。われわれとしては、きみにそれをよこせと強要はできない。しかし、いずれなにかの方法でかならず手に入れる」

「なるほどね」とベントンはいった。だが、その機械はどこにある? 統制官のオフィスへおいてきたばかりだ。しかし、その前にそれを受けとって、時間の流れのなかへそれを持ちこんだ。そのあとで現在へもどってきて、それを統制官のオフィスへ返したのだ!

「あれは存在をやめた。時間の輪のなかの非存在になった」球体が彼の思考を読み、そうささやいた。「おまえがあの機械を統制官のオフィスへ預けたとき、時間の輪は完結した。

いま、この男たちはここを去らねばならない。われわれのなすべきことができるように」

ベントンは球体を自分のうしろにおいて立ちあがった。

「あいにくだが、ぼくはタイムマシンを持ってません。どこにあるかも知りません。しかし、お望みならどうぞ家宅捜索を」

「法律を破ったことによって、きみには駆除車に乗せられる資格ができた」と統制官はいった。「しかし、悪意があってこんなことをしたのではなかろう。われわれは理由もなく人を罰したくない。ただ、社会の安定を維持したいだけだ。いったん安定がくつがえれば、あらゆるものが意味を失う」

「探してもらってもかまわないが、なにも見つかりませんよ」とベントンはいった。評議員たちと統制官は捜索をはじめた。椅子をひっくりかえし、カーペットの下や、壁にかかった絵の裏や、壁そのものを調べたが、なにも見つからなかった。

「どうです、いったとおりでしょう」三人がリビングルームにもどってくるのを見て、ベントンは微笑した。

「この家の外のどこかへそれを隠したということもありうる」第一評議員が肩をすくめていった。「だが、そんなことはどうでもいい」

統制官が一歩前に進みでた。

「安定とはジャイロスコープのようなものだ。そのコースから方向を変えるのはむずかしいが、いったん変わりはじめたらなかなかとまらない。きみ自身にジャイロスコープの方向を変える力があるとは思えんが、その力のあるものたちがべつにいるのかもしれない。それはいずれわかることだ。いまからわれわれは帰る。きみは自殺を許可されるか、それともここで駆除車を待つことになる。どちらを選択するかは自由。もちろん、それまでは監視されるし、逃げようとしてもむだだ。逃げようとしたらさいご、即時抹殺命令がくだる。いかなる代償を払っても、われわれは安定を維持しなくてはならん」

ベントンはしばらく三人をながめてから、ガラス球をテーブルの上においた。評議員たちはめずらしそうにそれをながめた。

「文鎮ですよ」ベントンはいった。「おもしろいものでしょう？」

評議員たちは興味を失った。帰りじたくをはじめた。しかし、統制官はガラス球をしげしげとながめ、明かりにすかしてみた。

「都市の模型かね、ええ？　実に細工がこまかい」

ベントンは彼を見つめた。

「いやはや、これほどのこまかい細工ができるとは驚きだ」統制官はつづけた。「どこの都市だろう？　テュロスやバビロンのような古代都市にも見える。それとも、遠い未来の都市か。これを見ると古い伝説を思いだすな」

統制官はじっとベントンを見つめながら、言葉をつづけた。

「その伝説によると、かつて非常に邪悪な都市があった。あまりにも邪悪なので、神はその都市を小さく縮め、ガラスのなかに閉じこめてから、ある種の監視者をおつけになった。だれかがやってきてガラスを割り、都市を解放するようなことがあってはならないからだ。その都市は逃亡のチャンスを待って、永遠のあいだそこに横たわっているという。

ひょっとすると、これはその都市の模型かもしれんな」

「帰ろう！」第一評議員が戸口から呼びかけた。「そろそろ帰らないと。今夜の仕事はまだたくさんあるぞ」

統制官はすばやく評議員たちをふりかえった。

「待ってくれ！　まだ帰るな」

統制官はまだガラス球を手に持ったまま、部屋を横ぎって評議員たちに近づいた。

「いま帰るのは非常にまずいと思う」そういう統制官の顔から血の気が失せ、唇がきつくひき結ばれているのを、ベントンは見てとった。とつぜん統制官は向きなおった。

「時間を横ぎる旅、ガラス球のなかの都市！　そこからなにかを連想しないか？」

ふたりの評議員はあっけにとられたのか、うつろな表情だった。

「ひとりの無知な男が時間を横ぎり、奇妙なガラス球を持ち帰った」と統制官はつづけた。

「時間の流れのなかから持ち帰ったにしては奇妙なしろものだ、そう思わないか？」

とつぜん、第一評議員が蒼白な顔になった。

「ああ、なんということだ！」と低くうめいた。「呪われた都市か！　その球体が？」

第一評議員は信じられないようにガラス球を見つめた。統制官はちらとベントンに皮肉な視線を投げた。

「奇妙だ、これまでのわれわれはなんとまぬけだったことか、そうだろう？　だが、いずれはわれわれも目がさめる。それにさわるな！」

ベントンは両手をふるわせ、ゆっくりとうしろにさがった。

「さあ、どうだ？」統制官は問いかけた。統制官の手に握られたことで、球体は怒りを示した。球体はブーンとうなりはじめ、その振動が統制官の腕を伝いおりた。それを感じた統制官は、いっそう強くそれを握りしめた。

「こいつはわたしにガラスを割ってもらいたがっている。この床の上にたたきつけさせて、割れたら逃げだそうとたくらんでいる」統制官は曇った薄暗いガラス球をすかして、細い尖塔《せんとう》や建物のてっぺんをのぞいた。あまりにも小さい都市は、そのすべてを指ですっぽりおおい隠せるほどだった。

ベントンは飛びついた。まっすぐに確実に、これまで何度も空を飛んだように。〈光の都〉の温かく暗い夜空を飛びまわった一秒一秒の記憶が、いまや彼の味方になっていた。これまでつねに仕事に追われ、この都が誇りとしているスポーツをたのしむひまのなかった統制官は、あっさりと突き倒された。ガラス球はその手を離れて床の上をバウンドし、むこうへころがっていく。ベントンは相手から身をひきはがし、そっちへ跳躍した。小さく輝く球体を追いかけながら、ちらと彼の目に映ったのは、怖気づき、狼狽《ろうばい》した評議員たちの顔、苦痛と恐怖に顔をゆがめ、立ちあがろうとしている統制官の顔だった。

球体が呼びかけ、ささやきかけている。ベントンがすばやくそっちへ足を踏みだすと、しだいに高まる勝利のささやき、そしてつぎに歓喜のさけびが聞こえた。ベントンの靴が、その都市を封じこめていたガラスを踏みくだいたのだ。

ガラス球は大きなポンという音を立てて割れた。しばらくはそのままだったが、やがてもやが立ちのぼりはじめた。ベントンはカウチにもどり、腰をおろした。しだいにもやは室内にたちこめてきた。どんどん濃くなるもやが、まるで生き物のように思えた。くねくねとした動きがあまりにも奇妙だったからだ。

ベントンはうつらうつらと眠りこけた。もやは彼のまわりに集まり、膝の上でたわむれ、胸まで上昇し、ついに顔のまわりで渦を巻いた。彼はカウチの上で背をまるめ、目を閉じ、なじみのない古風な香りに包まれるのに身をまかせた。

やがて声が聞こえてきた。最初は小さく、遠い声。しかし、あの球体のささやきを何層倍にもした声だった。そのささやきの集合体は、ふくれあがる歓喜のクレッシェンドになった。勝利の喜び！　ガラス球のなかにあった小さいミニチュア都市がさざ波立ちながら薄れ、その大きさと形を変えていく。いまではそれを目で見るのと同時に、音までが聞こえてきた。機械のたえまない搏動《はくどう》が巨大なドラムのようにひびく。ずんぐりした金属生物たちが高く低く振動している。

その金属生物たちは奉仕を受けていた。奴隷たちの姿が見えた。汗びっしょりで猫背になった青白い人間たちが、咆えたける力強い鋼鉄の高炉をしあわせな気分にたもつため、けんめいに努力している。その光景が目の前で大きくふくれあがり、やがて部屋ぜんたいを満たしたとき、汗びっしょりの労働者たちの体が彼とふれあい、彼のまわりに現われた。怒りくるうエネルギー、車輪とギアとバルブの轟音《ごうおん》で鼓膜が割れそうだった。なにかが彼の体を前に押しやり、むりやりに都市のほうへ進ませようとしている。渦巻くもやは、解放されたものたちの勝利がこもった新しい音響を、喜ばしげにこだまさせていた。

太陽が昇ったとき、ベントンはすでに目ざめていた。起床ベルが鳴ったときには、とっくに睡眠キューブをあとにしていた。行進する仲間の隊列に加わったとき、一瞬、そのなかになじみ深い顔をいくつか見かけたような気がした——どこかで前に会ったことのある男たちだ。しかし、その記憶はすぐに消えてしまった。何世紀にもわたって祖先たちが唱えつづけた単調なメロディを詠唱しながら、待ちうける機械生物の列に向かって行列が進み、背中の工具の重さがのしかかるなかで、彼はつぎの休息日までの日数をかぞえた。あとわずか三週間。それにひょっとすると、これはボーナスを受けとる行列かもしれないぞ。もし機械生物たちが満足してくれたなら——

だって、おれは受け持ちの機械にあれほど忠実に奉仕してきたじゃないか？

戦 利 船

Prize Ship

大森 望◎訳

トマス・グローヴズ司令官は壁の戦闘マップをむっつりと見上げた。ガニメデを囲む鉄のリングを示す黒の細い線は、あいかわらずそこにある。漠然とした期待を込めてしばらく待ってみたが、線は消えない。とうとうきびすを返すと、何列も並ぶデスクの前を通り過ぎ、戦略室の出口へと向かった。

戸口のところでシラー少佐に声をかけられた。「どうしました、司令官。戦況に変化なし？」

「変化なしだ」

「どうなさいますか？」

「妥協する。向こうの条件でな。これ以上は、あと一カ月も延ばせない。そんなことはだれでも知っている。向こうも知っている」

「ガニメデごとき虫けらの前に膝を折ると」

「時間さえあれば事情は違う。だが、その時間がない。こちらとしては、補給船をまた宇宙に送り出す必要がある。ただちに。そのために条件付きの降伏が不可欠なら、そうするまでのこと。ガニメデめ！」司令官は唾を吐いた。「やつらを叩きのめすことさえできれば。しかし、いまから叩きのめしたとしても、そのときには――」

「そのときには、コロニーが壊滅している、と」

「コロニーを救うには、クレードルをとりもどすしかない」グローヴズは不快げな口調で、

「たとえそのために条件付き降伏が必要だとしても」

「ほかに方法はない？」

「見つけられるものなら、おまえが方法を見つけろ」グローヴズはシラーを押しのけて廊下に出た。「そして、見つけたらすぐに知らせろ」

　地球《テラ》時間で二カ月前からつづく戦争は、いまだ終結の気配も見えなかった。太陽系評議会が困難な立場に追い込まれたのは、ガニメデが、まだ生活基盤の脆弱《ぜいじゃく》なプロキシマ・ケンタウリのコロニー群に赴くための出発基地となっているためだ。太陽系から深宇宙に旅立つ船はすべて、ガニメデに建設された広大なスペース・クレードルから打ち上げられる。太陽系内に、恒星間宇宙船を打ち上げ可能なクレードルは、ほかに存在しない。深宇宙へ

の出発ゲートとなることにガニメデが同意し、その結果、クレードルは木星の第三衛星に建設されたのだった。

ガニメデ人は不格好な小型の船で貨物や消耗品の運搬を担当し、外貨を稼いだ。年月が経つにつれ、宇宙に出るガニメデ船の数はどんどん増えていった。貨物船、クルーザー、パトロール船。

そしてある日のこと、スペース・クレードルに奇妙な艦隊が着陸し、テラおよび火星の警備兵を殺戮または幽閉して、ガニメデおよびクレードルはわれわれの財産であると宣言した。太陽系評議会がクレードルを使用したいなら、ガニメデ皇帝に使用料を払え。それもたっぷりと——すなわち、運送される貨物の価値の二十パーセント。そして、九つの惑星からなる太陽系評議会の正規メンバーとしての代表権と議決権を与えよ。

評議会艦隊が実力で奪還しようとすれば、クレードルは破壊される。ガニメデ人はすでに、クレードルの地下に水爆を埋設していた。ガニメデ艦隊は衛星を囲んで防衛している。鋼鉄の小さな環。もし評議会艦隊がこの防護帯を突破して衛星を支配下に置こうとしたら、クレードルは一巻の終わり。太陽系評議会にはどうしようもない。

そしてプロキシマ星系では、太陽系からの補給を断たれたコロニー群が飢餓に見舞われていた。

「通常のスペース・ポートから恒星間宇宙船を打ち上げられないのはたしかなんだね」と

火星の上院議員がいった。

「コロニーまでたどり着けるのはクラス1の宇宙船だけです」ジェイムズ・カーマイケル大佐がうんざりしたようにいった。「クラス1の船のサイズは、太陽系内を航行する通常船舶のざっと十倍。クラス1の宇宙船を打ち上げるには、深さ数マイル、さしわたし数マイルのクレードルが必要になります。そんな大きさの船を原っぱから打ち上げるわけにはいかないんです」

沈黙が降りた。大議事堂は、九惑星すべての代表者が集まり、定員いっぱいだった。

「プロキシマのコロニー群は、あと二十日と保たない」オブザーバーのバセット博士がいった。「ということは、来週中には補給船を打ち上げなければならない。でないと、やっと向こうについても、生存者はひとりもいなかったということになる」

「ルナの新しいクレードルが完成するのは？」

「一カ月後です」とカーマイケル大佐が答えた。

「工事を早めることはできない？」

「無理です」

「となれば、どうやらガニメデの条件を呑むしかなさそうだな」評議会議長はいまいましげに鼻を鳴らした。「こちらは惑星が九つ、向こうは冴えないちっぽけな衛星ひとつだぞ！　太陽系評議会の正規メンバーとしての代表権など、よくも要求できたものだ！」

「あのリングを破壊することは可能です」とカーマイケル。「しかし、もしそんなことをしたら、向こうは躊躇《ちゅうちょ》なくクレードルを爆破するでしょう」

「クレードルを使わずに物資をコロニーに運ぶ方法さえあれば……」と冥王星代表がいった。

「クラス1の宇宙船を使わずに、ということになりますな」とカーマイケル。

「それ以外にプロキシマ星系まで行ける船はない？」

「われわれが知るかぎりでは」

土星代表が立ち上がった。「大佐、ガニメデはどんな船を使ってるんだね？　評議会軍のものとは違う？」

「ええ、違います。しかし、ガニメデの船についてはだれもなにも知りません」

「どうやって打ち上げる？」

カーマイケルは肩をすくめた。「通常の方法で。スペース・ポートから」

「だとしたら――」

「だとしたら、深宇宙船ではないということですよ。藁《わら》にすがるのもいいかげんにしてください。恒星間宇宙を渡れるほど大型でありながら、クレードルを必要としない船など存在しない。この事実は事実として受け入れるしかありません」

太陽系評議会議長が身じろぎした。「ガニメデ人の提案を受諾し、戦争に幕を引くという動議がすでに提出されている。投票に移るかね、それともほかに質問が？」

　ライトを点灯する者はだれもいなかった。

「では、投票に移る。まず、水星。第一惑星の投票は？」

「水星は、敵の要求の受諾に投票します」

「金星。金星の投票は？」

「金星は、敵の――」

「待って！」カーマイケル大佐がとつぜん立ち上がった。議長が片手を上げて、

「なんだね？　投票の最中だぞ」

　カーマイケルは、戦略室から議場を横断して飛来したメッセージ・フォイルを開き、じっと見つめている。「どれほど重要な情報かは不明ですが、投票の前に、この情報を評議会に伝えるべきだと思いまして」

「なんだね？」

「最前線からのメッセージです。火星と木星のあいだにある小惑星に、ガニメデの研究ステーションが置かれているんですが、火星の強襲艇がそのステーションを急襲しました。すみやかに制圧して、大量の戦利品を無傷のまま手に入れました」カーマイケルは議場を見渡した。「その中には、ステーション内で試験されていた新型のガニメデ船一隻が含まれています。ガニメデ人スタッフは死亡しましたが、拿捕《だほ》された船に損傷はありません。

専門家に調査させるべく、強襲艇がいま、問題の戦利船をこちらに運んでくる途中です」

　ささやき声が議事堂全体に広がった。

「そのガニメデ船の調査が終わるまで、決定を保留にする動議を提出したい」と天王星代表が叫んだ。「なにか打開策が見つかるかもしれん！」

「ガニメデ人は、船の設計に多大なエネルギーを注いでいます」カーマイケルは、議長の耳もとでささやいた。「彼らの船は奇妙で、わがほうの船とはずいぶん違います。おそらく……」

「いまの動議に関する投票は？」と議長が議場に居並ぶ面々に向かってたずねた。「拿捕された船の調査が済むまで待つかね？」

「待とう！」と声が叫んだ。「調査の結果を待とうじゃないか」

　カーマイケルは考え込むように両手をこすりながら、「やってみる価値はあります。しかし、もしこの船からなにも収穫が得られなかったら、あとはもう、条件付き降伏しかない」メッセージ・フォイルを畳み、「いずれにしろ、調べてみて損はありません。ガニメデ船か。いったいどんな……」

　アール・バセット博士の顔は興奮に赤らんでいた。「通してくれ」制服姿の将校の列を押し分けながら、「頼むから通してくれ」

ぴかぴかの軍服に身を包んだ中尉ふたりが脇に寄って道をあけ、博士はこのときはじめて、鋼鉄とレクセロイドでつくられた巨大な球を見た。それが、拿捕されたガニメデ船だった。

「見てください」シラー少佐がささやき声でいう。「わがほうの船とはまったく違う。どうやって動くんです？」

「航行用のジェットは搭載されていない」とカーマイケル大佐。「着陸用のジェットだけだ。どんな推進システムを使っているのやら」

ガニメデの球体は、テラの実験用ラボの中央に静かに鎮座していた。まわりを囲む男たちの輪の中心に、巨大な泡のようにそびえている。美しい船だった。のっぺりしたメタリックの炎で輝き、ゆらめく冷たい光を放射している。

「妙な気分になるな」グローヴズ司令官がいった。はっと息を呑み、「これが――これが重力ドライブ船だという可能性はないだろうな？　ガニメデは重力に関する実験をおこなっているはずだが」

「なんですか、それは？」とバセット博士。

「重力ドライブ船なら、時間経過なしに目的地に到達できる。重力の速度は無限だ。測定できない。もしこの球体が――」

「そんな莫迦《ばか》な」とカーマイケル。「アインシュタインが示したとおり、重力は力ではなくひずみですよ。空間のひずみ」

「しかし、重力を利用した宇宙船を――」

「紳士諸君！」評議会議長が護衛に囲まれて足早にラボへと入ってきた。「これが例の船かね？　この球体が？」将校たちがいっせいにうしろに下がり、議長は巨大な輝く球体のそばにおずおずと歩み寄った。船殻にそっと手を触れる。

「損傷はありません」とシラー。「支障なく操作できるよう、制御装置類の表示を翻訳しているところです」

「じゃあ、これが問題のガニメデ船なんだな。役に立ちそうか？」

「まだわかりません」とカーマイケル。

「解析班が出てきた」とグローヴズ司令官がいった。球体の開いたままのハッチから、白衣の男二人が言語《セマンティ》解析ボックスを携えて姿をあらわし、慎重にラダーを降りてきた。

「結果は？」と議長。

「翻訳は終了しました。すべての操縦装置に機能が表示されています。これで、地球人クルーがこの船を操作できます」と解析班の片方が答える。

「試験航行に出る前に、エンジンを分析しなければ」とバセット博士。「まだなにひとつわかっていない。どんな推進システムを利用しているのかも、なにが燃料なのかも」

「その分析にはどのくらいかかる？」と議長。

「すくなくとも数日は」とカーマイケル大佐。

「そんなに長く？」

「どんな問題に出くわすかわかりません。まったく新しいタイプの駆動システムや燃料が使われているかもしれない。分析を完了するのに数週間を要する可能性もあります」

評議会議長は考え込むような表情になった。

「議長」とカーマイケル。「先に試験航行に出るべきだと思います。クルーの志願者は容易に集められるでしょう」

「その気になれば、すぐにでも試験航行に出発できる」とグローヴズ司令官。「しかし、エンジンの分析を待つとなると、数週間かかるかもしれん」

「必要な全クルーが志願者で集められると？」と議長。

カーマイケルは両手をこすりあわせた。「その点は心配いりません。クルーは四人でじゅうぶんです。いや、三人ですね、わたしをべつにすれば」

「ふたりだ」とグローヴズ司令官。「わしも志願する」

「わたしはどうでしょう？」シラー少佐が期待するような口調でいった。

バセット博士が心配そうな口調で、「民間人が志願してもさしつかえないかな？　この宇宙船には興味津々でね」

評議会議長はにっこりした。「いいとも。役に立つ自信があるなら、志願したまえ。ということは、クルーはもうそろったわけだ」

四人は笑顔で目を見交わした。

「で？」とグローヴズ。「なにを待ってる？　とっととはじめよう」

言語学者は計器の表示を指でたどった。「ガニメデ語の表示それぞれの横に、テラ語の翻訳を添付しました。ただし、ひとつ問題があります。たとえば、ガニメデ語で五をなんというかはわかっています。zahf。そこで、zahfと書いてある箇所には5と記載してあります。このダイヤルを見てください。針がnesiを——ゼロを指してますね。では、他の目盛をごらんください」

liw	100
ka	50
zahf	5
nesi	0
zahf	5
ka	50
liw	100

カーマイケルがうなずいた。

「それで？」

「そこから先が問題です。単位がなんなのかがわかりません。5はいいとして、5なにでしょう？　50はいいとして、50なになのか？　おそらくは速度の単位でしょう。それとも距離か。この船の仕組みについては、まだまったく調査がなされていないので──」

「翻訳できない？」

「どうやって？」言語学者はスイッチを叩いた。「明らかに、これはエンジンを起動するメインスイッチです。mel ──始動。スイッチをもどすと、表示は io ──停止。しかし、操船はまたべつの問題です。計器類がなんのためのものなのか、手がかりが少なすぎて判断できません」

グローヴズ司令官はホイールに手を触れた。「こいつで操縦できないのか？」

「そのホイールは、制動ロケットと着陸用ジェットを制御します。メインエンジンについては、いったいどういう原理のもので、始動したあとにどうやって制御するのか、まったくわかりません。役に立つのは経験だけですね。言語学には、数字を数字に翻訳することしかできませんから」

グローヴズとカーマイケルは目を見交わした。

「で？」とグローヴズ司令官がいった。「宇宙で迷子になるかもしれん。それとも太陽に墜落するか。前に一度、螺旋《らせん》を描きながら太陽に向かって落ちていく船を見たことがある。どんどん加速しながら、下へ下へと──」

「ここは、太陽からはるかに離れてますよ。それに、船を向けるのは、太陽とは逆の、冥王星方向です。まあ、いつかは制御可能になるでしょう。志願を取り消したいというわけじゃないですよね？」

「もちろんだ」

「あとのふたりは？」カーマイケル大佐がバセット博士とシラー少佐に向かっていった。

「参加する気持ちにかわりはない？」

「もちろん」バセットは慎重に手順を踏んで宇宙服を着はじめた。「参加するとも」

「ヘルメットがきちんと密閉されていることを確認してください」カーマイケルは、博士がすねあて部分のバックルを締めるのに手を貸した。「次は靴」

「大佐」グローヴズがいった。「通信スクリーンの設置作業がもうすぐ終わる。外部との連絡用に送受信システムをつけさせた。帰還に助けが必要になるかもしれんからな」

「名案です」カーマイケルがスクリーンからのびるリード線を点検しながらそちらに歩み寄った。「電源装置は内蔵？」

「安全のために、船の動力源からは独立している」

カーマイケルは通信スクリーンの前に腰を下ろし、スイッチを入れた。現地オペレーターが画面に映る。「火星基地を出してくれ。ヴェッキ大佐を」

回線がつながるのを待つあいだに、カーマイケルはブーツとすねあてを装着した。ヘルメットを所定の位置にセットしたとき、画面がふたたび点灯した。深紅の軍服を着たヴェッキの、あごの尖がった黒い顔があらわれた。

「どうも、カーマイケル大佐」といってから、ヴェッキは宇宙服に好奇の目を向け、「旅行ですか？」

「きみのところを訪ねるかもしれない。拿捕したガニメデ船を飛ばすところなんだ。万事うまくいけば、きょうのうちにそちらのスペース・ポートに着陸したいと思っている」

「到着に備えて、ポートを空けておきましょう」

「緊急対応チームも待機させておいてくれ。まだ操縦に不安がある」

「幸運を祈ります」ヴェッキの視線が動いた。「それがガニメデの宇宙船ですか。どんなエンジンなんです？」

「まだわからない。それが問題だ」

「着陸できることを祈ってますよ、大佐」

「ありがとう。われわれも祈っている」カーマイケルは接続を切った。グローヴズとシラーはすでに宇宙服を着込み、バセットがイヤフォンをロックするのに手を貸していた。

「準備完了」とグローヴズ。舷窓から外を見る。将校たちの輪が無言で見守っている。

「別れのあいさつをどうぞ」シラーがバセット博士に向かっていった。「これが地球の見納めかもしれませんよ」

「ほんとうにそこまで危険なのかね？」

グローヴズは操縦ボードの前にカーマイケルと並んで腰を下ろした。

「準備はいいか？」グローヴズの声がイヤフォンを通じてカーマイケルの耳に届く。

「準備よし」カーマイケルはmelと記されたメインスイッチのほうに、グラブをはめた手を伸ばした。「行くぞ。しっかりつかまって！」

スイッチをぐいと押し込む。


船は宇宙に向かって落ちていた。

「助けてくれ！」バセット博士が叫んだ。直立した床を滑り落ち、テーブルに衝突する。カーマイケルとグローヴズは必死の形相で操縦席にしがみついている。

球体は回転しながら、豪雨の中をどんどん落ちてゆく。舷窓を通して、広大な逆巻く大海原が眼下に見える。目の届くかぎりどこまでも広がる果てしない青い海。シラーは四つん這いになったまま、船の回転に合わせて床を滑りながらそれを見つめた。

「大佐、ここは——いったいどこなんです？」

「火星近くのどこかだ。しかし、これが火星のはずはない！」

グローヴズは制動ロケット群のスイッチを片っ端から入れた。ロケットが次々に噴射を開始すると、そのたびに球体が振動した。

「おちついて」カーマイケルが首を伸ばして舷窓の外を覗いた。「海？　いったいぜんたい――」

球体の姿勢が海面に対して水平になり、上空で高速に噴射している。シラーは手すりにすがってゆっくりと立ち上がった。バセットに手を貸して立たせると、「だいじょうぶですか、博士？」

「ありがとう」バセットがふらつきながらいった。ヘルメットの中で眼鏡がはずれている。

「ここはどこだ？　もう火星に着いたのか？」

「着いたことは着いたが」とグローヴズ。「火星じゃない」

「しかし、目的地は火星のはずでは……」

「みんなそう思っていた」グローヴズは球体の速度を用心深く落とした。「しかし、火星じゃないのは見てのとおりだ」

「じゃあ、どこなんです？」

「さあな。しかし、じきにわかる。大佐、右舷ジェットを頼む。船体のバランスが悪い。そちら側のホイールだ」

カーマイケルが噴射を調節した。「どこだと思います？　いったいどうしたんだろう。まだ地球？　それとも金星？」

グローヴズが通信スクリーンの電源を入れた。「テラだとしたら、すぐにわかる」全波受信にセットする。画面は空白のまま。なにも映らない。

「地球じゃありませんね」とカーマイケル。

「太陽系内のどこでもない」グローヴズがチューナーのつまみを回しながら、「反応なし」

「火星ステーションの周波数を試してみてください。あそこの出力がいちばん大きい」グローヴズがダイヤルを合わせた。火星ステーションの送信をキャッチできるはずの周波数帯は――反応なし。四人は茫然と画面を見つめた。この周波数では、火星のアナウンサーたちの見慣れた快活な顔が映るのがつねだった。彼らが生まれてこのかたずっと、一日二十四時間いつでも。太陽系内でもっとも大出力の送信局だ。その電波は、九つの惑星すべてと、太陽系外にさえ届く。そして、一瞬たりとも送信が途切れることはない。

「なんてことだ」とバセットがいった。「ここは太陽系のはるか外だ」

「太陽系じゃないことはたしかだ」とグローヴズ。「水平線のカーブを見ろ――ここは小型の惑星だ。あるいは衛星。しかし、いままでに見たことがあるどんな惑星でも衛星でもない。太陽系内にこんな天体は存在しない。それに、プロキシマ星系にも」

カーマイケルが立ち上がった。「なるほど、目盛の数字は、単位がものすごく大きかったにちがいない。ここは太陽系の外――もしかしたら銀河系の反対側かもしれない」舷窓の外の波打つ海に目を向けた。

「星がひとつも見えない」とバセット。

「あとで星の位置を確認しよう。太陽の光があたらない裏側にまわったときに」

「海」とシラーがつぶやいた。「何マイル四方にもわたる大海原と、快適な気温」用心深くヘルメットのロックをはずしながら、「こんなものは必要ないかもしれません」

「大気チェックを済ませるまでは装着したままのほうがいい」とグローヴズ。「船内に検査チューブはないのか？」

「見当たりませんね」とカーマイケル。

「まあ、どうだっていい。どのみち――」

「司令官！」シラーが叫んだ。「陸です」

全員が舷窓のまわりに集まった。惑星の水平線上に、陸地が見えてきた。長く延びる、低い海岸線。緑も見えた。肥沃な土地。

「針路をすこし右にとろう」グローヴズが操縦席に腰を下ろした。「これでどうだ？」

「まっすぐ陸地に向かっています」カーマイケルがグローヴズのとなりにすわった。「まあ、すくなくともこれで溺れ死ぬ心配はない。どこなんでしょうね。どうやってたしかめたものか。星図が合致しなかったら？　スペクトル分析をして、もし既知の恒星が見つかれば――」

「もうすぐ到着だ」バセットが神経質にいった。「速度を落としたほうがいい、司令官。

でないと墜落する」

「ベストをつくしている。山脈や丘陵は？」

「いや。かなり平坦みたいです。平原のように」

船はどんどん高度を下げ、速度を落としていった。緑の景観が眼下を飛び過ぎてゆく。ようやく、はるか彼方に、貧相な丘の連なりが見えてきた。船はかろうじて滑空している。ふたりのパイロットはなんとか無事に着陸させようと奮闘していた。

「ゆっくりゆっくり」グローヴズがつぶやいた。「まだ速すぎる」

制動ロケットすべてがジェットを噴射していた。球体の内部は騒音に満ち、噴射の振動でガタガタ揺れている。船はさらに速度を落とし、ほとんど滞空しているような状態になった。それから、風船のようにゆっくりと、眼下の緑の平原に向かって落下しはじめた。

「ロケットを切れ！」

パイロットふたりはジェットを切った。とつぜん、すべての音が消えた。四人はたがいに顔を見合わせた。

「いまにも……」カーマイケルがつぶやく。

どしん。

「着いた」バセットがいった。「着陸した」

彼らはヘルメットをしっかり装着したまま、ハッチのロックを用心深くはずした。シラーはボリス銃をかまえ、グローヴズとカーマイケルがレクセロイド製のハッチを引き開ける。あたたかい空気が球体の中にどっと雪崩《なだ》れ込んできた。

「なにか見える？」とバセット。

「なにも。平坦な野原。どこかの惑星だ」司令官は大地に降り立った。「ちっぽけな植物！　何千とある。種類は不明」

あとの三人も船外に出た。湿った土壌にブーツが沈み込む。彼らはあたりを見まわした。

「どっちに行きます？」とシラー。「あの山のほう？」

「そうだな。なんてひらべったい惑星だ！」カーマイケルが深い足跡を残して歩き出した。他の三人もそのあとにつづく。

「見たところ、害のなさそうな土地だな」バセットが小さな植物をひとつかみ摘みとった。「なんだろう。雑草のようだが」といって、宇宙服のポケットにしまう。

「止まれ」シラーが銃をかまえたまま体をこわばらせた。

「どうした？」

「なにか動いた。そこの低木が生えているあたりで」

彼らは待った。まわりのすべてはしんと静まり返っている。一面の緑をかすかな風がそよがせる。頭上の空はあたたかそうな澄んだブルーで、薄い雲がいくつか浮かんでいた。

「どんな姿だった？」とバセット。

「昆虫みたいな。待ってください」シラーは草むらのほうに歩いていった。茂みを足で蹴る。とつぜん、小さな生きものが一匹とびだしてきて、どこかに逃げ去った。シラーが発砲した。ボリス銃の電光が地面を発火させ、白熱する炎がうなりをあげる。煙の雲が消えると、焼け焦げた地面以外、なにも残っていなかった。

「すみません」シラーは震える手を下ろした。

「かまわん。見知らぬ惑星では、まず撃つほうがいい」グローヴズはそういって、カーマイケルとともに、低い丘のほうへとまた歩き出した。

「待ってくれ」ひとり遅れているバセットが呼びかけた。「ブーツになにか入った」

「あとから来い」三人は博士を置いて歩きつづけた。バセット博士はぶつぶついいながら湿った地面に腰を下ろし、ゆっくりと慎重にブーツを脱ぎはじめた。

周囲の空気はあたたかい。バセットはくつろいだ気分で息を吐いた。しばらくしてから、ヘルメットをはずして眼鏡の位置を直した。あたりには草花のにおいが濃密にたちこめている。大きく空気を吸いこんでから、ゆっくりと吐いた。それからヘルメットをもどし、もとどおりブーツを履いた。

そのとき、身長十五センチにも満たないちっぽけな人間が雑草の茂みから姿をあらわし、バセットめがけて矢を射た。バセットはじっと見下ろした。ちっぽけな木片でできた矢が宇宙服の袖のところに刺さっている。口を開いたが、言葉が出てこない。

第二の矢がヘルメットの透明のフェイスプレートをそれて飛んでいった。それから第三、第四の矢。ちっぽけな男に新たな仲間たちが加わっていた。そのうちひとりはちっぽけな馬に乗っている。

「こりゃたまげた!」とバセット。

「どうした?」グローヴズ司令官の声がイヤフォンごしに響く。「だいじょうぶか、博士?」

「司令官、ちっぽけな男がいまさっき矢を射かけてきました」

「はあ?」

「いまは——いまはおおぜいいる」

「気でも狂ったか?」

「いいえ!」バセットは大急ぎで立ち上がった。一斉に放たれた矢の群れが宇宙服に刺さり、ヘルメットをかすめる。ちっぽけな男たちのかん高い声が耳に届いた。興奮した、よく通る声。「司令官、もどってきてください!」

グローヴズがシラーをしたがえて、尾根のてっぺんに姿をあらわした。「バセット、きみはきっと精神状態が——」

口をつぐみ、魅入られたように見つめる。シラーがボリス銃をかまえたが、グローヴズが銃口を下げさせた。

「ありえない」地面を見下ろしたまま歩き出す。一本の矢がコツンとグローヴズのヘルメットに当たった。「小人たちが。弓と矢で」

そのときとつぜん、小人たちがきびすを返し、逃げ出した。ある者は自分の足で、ある者は馬に乗って、雑草の茂みに逃げ込み、その向こう側に出る。

「行っちゃいますよ」とシラー。「追いかけますか？　住みかをたしかめに？」

「ありえない」グローヴズは首を振った。「どんな惑星でも、あんなちっぽけな人間が生まれるわけがない。小さすぎる！」

カーマイケル大佐がこちらのほうへ尾根を降りてきた。「いまの、目の錯覚じゃないのか？　みんなおなじものを見た？　ちっぽけな人影が走り去っていくのを？」

グローヴズは宇宙服に刺さった矢を一本ひきぬいた。「見た。それに、感じた」ヘルメットのフェイスプレートの前に矢をかざし、ためつすがめつしながら、「見ろ——先端がきらきらしている。やじりは金属製だ」

「彼らの衣服に気がつきましたか？」とバセット。「物語の本で読んだことがある。ロビン・フッドの。小さな帽子に長靴」

「物語の……」グローヴズがあごをさする。ふと、その目に奇妙な表情が浮かんだ。「本か」

「どうしました、司令官？」とシラー。

「なんでもない」グローヴズはわれに返って歩き出した。「あとを追おう。彼らの都市を見てみたい」

グローヴズは歩調を速め、ちっぽけな人間たちを大股《おおまた》に追いかけた。まだそんなに遠くまでは行っていない。

「さあ、見失わないうちに」シラーは、カーマイケル、バセットといっしょにグローヴズのあとにつづき、追いついた。四人は、せいいっぱいの速度で進んでいるちっぽけな男たちとペースを合わせて、ゆっくり歩いた。しばらくすると、ちっぽけな男たちのひとりが地面に倒れ伏した。仲間たちはうしろをふりかえり、ためらうようなそぶりを見せている。

「疲れて動けなくなってるんだ」とシラー。「もう無理だろう」

かん高いキーキー声があがった。倒れた男が急きたてられている。

「手を貸してやろう」バセットがかがみ込み、ちっぽけな人間をつまみ上げた。手袋をした指のあいだに用心深くはさみ、何度もくるくる回している。

「あ痛《いた》っ！」バセットが急いで小人を地面に下ろした。

「どうした？」グローヴズがやってくる。

「刺された」とバセットが親指をさすりながらいう。

「刺された？」

「剣を突き刺してきたんだ」

「だいじょうぶ、心配ない」といって、グローヴズは、いつのまにかまた進み出している小人たちを追いかけはじめた。

「いやはや」とシラーがカーマイケルに向かっていった。「こうしていると、ガニメデの問題なんか、はるか遠い彼方のことのような気がしますね」

「はるか遠い彼方のことだとも」

「連中、いったいどんな都市に住んでるんだろう」とグローヴズ。

「おそらく、その答えならわかるような気がする」とバセット。

「わかる？　どうして？」

バセットは答えなかった。考えにふけるように、地面の小人たちをじっと見つめている。

「さあ」とバセットはいった。「見失わないうちに、追いかけよう」

四人は並んで立っていた。だれも口を開かない。前方の長い斜面の先に、ミニチュアの都市が横たわっていた。ちっぽけな男たちは、はね橋を渡ってその中に逃げ込んだ。いま、ほとんど目に見えないほど細い糸にひっぱられて、その橋が上がりかけている。四人の目の前で、ふたつに分かれた橋が直立した。

「で、どうですか、博士？」とシラー。「思ったとおりだった？」

バセットはうなずいた。「完璧に想像どおりだ」

都市は灰色の石を組んだ壁に囲まれ、そのまわりに小さな濠がめぐらしてある。壁の中は、塔や破風《はふ》や建物の屋根がぎっしり集まり、無数のトゲがにょきにょき生えているように見えた。ちっぽけな人間たちがそのあいだを活発に動きまわっている。濠を越えて聞こえてくる、大勢の小人たちのかん高い声。その不協和音がどんどん大きくなる。都市の壁に甲冑《かっちゅう》姿の兵士たちが姿をあらわし、こちらのようすをうかがっている。

とつぜん、左右に分かれたはね橋が振動し、ゆっくりともとの位置にもどりはじめた。しばらく間があり、それから——

「見ろ！」グローヴズが叫んだ。「来るぞ」

シラーが銃をかまえた。「なんとまあ！　いやはや」

武装した騎馬の兵たちの一団が橋を渡ってぞろぞろ外に出てくると、宇宙服の四人に向かってまっすぐやってくる。太陽の光を浴びて、その盾や槍がきらきら光る。何百人もの兵士が、大小さまざま色とりどりの長旗や幟《のぼり》や三角旗を掲げている。その進軍は、縮小サイズながら、まさに壮観だった。

「準備しろ」とカーマイケル。「向こうは本気だ。脚に気をつけろ」カーマイケルはヘルメットのボルトを締め直した。

騎兵の第一陣が、ほかの三人よりちょっと前に立っていたグローヴズのもとに到達した。甲冑と羽毛飾りをつけたちっぽけな戦士たちが輪をつくってグローヴズを囲み、ミニチュアの剣で足首に激しく斬りつける。

「よせ！」グローヴズがうなり声をあげてとびすさった。「やめろ！」

「厄介なことになりそうだ」とカーマイケル。

まわりに矢が飛んでくると、シラーは神経質な笑い声をあげはじめた。「思い知らせてやりましょうか？ ボリス銃を一発お見舞いすれば――」

「だめだ！ 撃つな――命令だ」とグローヴズ。槍を低く構えた騎兵の密集方陣が迫ってくると、じりじりあとずさり、重いブーツで蹴りつけて彼らの隊列を乱した。周章狼狽《しゅうしょうろうばい》した人馬の集団はなんとか態勢を立て直そうとしている。

「後退しよう」とバセット。「いまいましい弓矢の部隊が出てきた」

大弓と矢筒を背負った無数の歩兵が都市から突進してくる。かん高い音のカオスが空気を満たした。

「博士のいうとおりだ」とカーマイケル。馬を下りて決然たる覚悟で何度も何度も斬りつけてくる兵士によって、すねあてを切り裂かれている。彼らはなんとしてでも敵を切り刻むつもりらしい。「発砲しないなら退却したほうがいい。こいつらは手強いぞ」

四人の周囲には矢の雨が降り注いでいる。

「弓矢の腕はなかなかだな」グローヴズが認めた。「この連中は、兵士としてよく訓練されている」

「気をつけてください。われわれのあいだに入ってきて、ひとりずつ切り離す作戦です」

シラーは不安そうにカーマイケルのほうに近寄り、「ここを離れましょう」

「あの声が聞こえるか？」とカーマイケル。「怒り狂ってる。おれたちが気に入らないんだ」

四人は撤退しはじめた。ちっぽけな兵士たちはしだいに追ってくるのをやめ、足を止めて戦列を立て直している。

「宇宙服を着ていて助かったな」とグローヴズ。「もう、笑いごとじゃない」

シラーは身をかがめて雑草のかたまりをひきぬいた。それを騎兵たちの列に投げつける。

彼らはちりぢりになった。

「行こう」とバセットがいった。「とっとと出ていこう」

「出ていく？」とシラー。

「この星から出ていくんだ」バセットの顔は蒼白だった。「信じられない。きっと催眠術かなにかだ。精神操作されている。こんなこと、現実ではありえない」

シラーがバセット博士の腕をつかんだ。「だいじょうぶか？　どうした？」

バセットの顔が奇妙に歪んだ。「こんなのを認めてたまるか」とくぐもった声でつぶやく。「この宇宙全体の基盤が崩壊する。現実すべてのよりどころが」

「なぜだ？　どういう意味だ？」

グローヴズがバセットの肩に手を置いた。「おちつけ、博士」

「でも、司令官――」

「なにを考えているかはわかる。だが、そんなことはありえない。きっと合理的な説明がある。そのはずだ」

「おとぎ話」とバセットがつぶやく。「物語」

「偶然の一致だ。あの物語は社会風刺であって、それ以上のものではない。社会風刺、空想の産物。この場所に似ているような気がするだけだ。類似点はただ――」

「いったいなんの話だ？」とカーマイケル。

「この場所」バセットはグローヴズの手から身を引いて、「ここを出ていかないと。精神をからめとる蜘蛛《くも》の巣みたいなものに支配されている」

「だから、なんの話だ？」カーマイケルはバセットからグローヴズへと視線を移した。

「ここがどこだか知ってるんですか？」

「あの国のはずはない」とバセット。

「どこの国？」

「あれは頭の中でつくりだした国なんだ。おとぎ話。子供のための物語」

「いや、正確には社会風刺だ」とグローヴズ。

「いったいどういうことなんです？」シラーがカーマイケル大佐にたずねた。「知ってる

「まさか――」


カーマイケルがうめき声をあげた。理解の光がゆっくりと目に灯る。んですか？」

「どこだかわかったんですか？」とシラー。

「宇宙船にもどろう」とカーマイケルがいった。

グローヴズ司令官は船内をいらいらと歩きまわっている。舷窓の前で立ち止まり、じっと遠くを見つめる。

「増えてきた？」とバセット。

「どんどん新手が来る」

「いまはなにを？」

「まだ塔を建てている」

小人たちは、球形の船の側面に、塔のかたちの足場を組んでいた。数百人の騎兵、弓手に、女子供まで加わって作業している。馬や牛が引くちっぽけな荷車の列が都市から物資を運んでくる。かん高いざわめきが、レクセロイドの船殻ごしに、球体の中にいる四人の耳にまで伝わってきた。

「で？」とカーマイケル。「どうする？　退散しますか？」

「もうたくさんだ」とグローヴズ。「いまの望みは地球に帰ることだけ」

「ここはどこなんだ？」シラーがもう十回めになる同じ質問を怒鳴った。「博士は知ってるんでしょう。いいかげんに教えてくれ！　三人とも知ってるくせに、どうして教えてくれない？」

「正気を保ちたいからだよ」バセットが食いしばった歯のあいだから答えた。「それが理由だ」

「とにかく、答えが知りたいんです」シラーがつぶやくようにいった。「いっしょに隅に行ったら、こっそり耳打ちしてくれますか？」

バセットは首を振った。「かまわないでくれ、少佐」

「とにかく、ありえない」とグローヴズ。「どうしてそんなわけがある？」

「もしこのまま出発したら、答えは永遠にわからない」バセット博士。「いつまでも確信が持てない。一生、この疑問に悩まされる。われわれはほんとうに——ここにいたのか？この場所は実在するのか？　もしこの場所が実在するとしたら——」

「二番めの国がある」カーマイケルがだしぬけにいった。

「二番めの国？」

「あの話の中で。巨大な人間たちの国」

バセットがうなずいた。「そう。あの国は——なんて名前だったか……」

「ブロブディングナグ」

「ブロブディングナグだ。もしかしたら、そっちも実在するのかもしれない」

「じゃあ、きみは本気でここが――」

「作中の記述と一致する」バセットは舷窓のほうに手を振って、「書いてあるとおりじゃないか。なにもかも小さい。ちっぽけな兵士たち、城壁に囲まれた小さな都市、小さな牛や馬、騎兵、王、三角旗。はね橋。濠。それに塔も。いつも塔を建てて――それに矢を射ってくる」

「書いてあるって……」とシラー。「なんに書いてあるんです、博士？」

返事なし。

「ねえ、頼みますよ――耳もとでこっそりささやいてください」

「どうしてそんなことがありえるのか理解できない」カーマイケルがいった。「もちろん、本の中身は覚えている。みんなと同じく、子供の頃に読んだ。大きくなってから、それが当時の社会状況に対する風刺だということを理解した。しかし、おとぎ話か風刺か、そのどっちかだ。現実の場所ではない！」

「彼には第六感があったのかもしれない。ほんとうにあそこに――ここに来ていたのかも。幻視《ヴィジョン》の中で。幻を見たのかもしれない。晩年の彼は精神障害を患っていたのではないかといわれている」とバセット博士。

「ブロブディングナグ。もうひとつの国」カーマイケルが考え込むようにいった。「もし小人国が存在するなら、そっちも存在するかもしれない。だとしたら……答えがはっきりするかもしれない。ひとつの論拠になる」

「そう、われわれの仮説の。ブロブディングナグも存在するはずだと予言して、もしほんとうに存在すれば、それが証拠になる」

「L国仮説がB国の存在を予言するわけか」

「白黒はっきりさせなければ」とバセット。「確証がないまま地球にもどったら、いつまでも気になる。ガニメデ人と戦っている最中にも、ふと立ち止まって自問しはじめる――自分はほんとうにあそこに行ったんだろうか？　あれは実在するのか？　これまでずっと、あれはただのお話だ思ってきた。だがいま――」

グローヴズ司令官が操縦席に行って腰を下ろした。計器類を仔細に検分する。カーマイケル大佐がその横に着席した。

「これを見ろ」グローヴズが指先で中央の大きな表示盤に触れた。「目盛はliw、すなわち100を指している。出発したときの位置を覚えているか？」

「もちろん。nesiです。ゼロ。なぜです？」

「nesiはニュートラルの位置だ。テラにいたときのスターティング・ポジション。われわれは、一方のリミットまで来た。バセットのいうとおりだ、カーマイケル。答えをつきとめる必要がある。このままテラに帰るわけにはいかない。ほんとうにここが……その……

あれだとしたら」

「ゼロで止めずに、表示盤の逆方向に向かうと？　反対側の liw まで？」

グローヴズがうなずいた。

「ええ」大佐がゆっくりと息を吐き出した。「賛成です。わたしも知りたい。知る必要がある」

「博士」グローヴズはバセットを操縦席に呼び寄せた。「テラにはもどらない。いまはまだ。われわれふたりは、旅の継続を望んでいる」

「なんと？」バセットの顔が痙攣《けいれん》した。「つまり、向こう側へ行くと？　目盛の反対側の世界に？」

ふたりはうなずいた。船内に沈黙が降りた。球体の外では、カンカンキンキンの騒音がやんでいた。塔は、ほとんど船の舷窓に並ぶ高さまでのびている。

「是が非でも突き止めなければ」とグローヴズ。

「賛成です」とバセット。

「決まりだ」とカーマイケル。

「いったいなんの話をしているのか、だれでもいいから教えてください」シラーが哀願するようにいった。「教えられないわけでも？」

「よし、じゃあ行こう」グローヴズが表示盤の横にあるレバーを握った。しばらく、握ったままじっとすわっていた。「準備はいいか？」

「準備よし」とバセット。

グローヴズがレバーを反対の端まで一気に動かした。

巨大な、得体の知れないいくつものかたち。

球体が姿勢を制御しようと必死にもがく。船はまた、滑るように落下していた。靄《もや》のように曖昧模糊《あいまいもこ》としたかたちが浮かぶ海の中で迷子になっている。舷窓の向こうでは、ぼんやりした巨大なものが動きまわっていた。

バセットはあんぐり口を開けて外を見つめている。「いったい――」

船の落下速度がどんどん速くなる。なにもかもが拡散し、不定形だった。影のようなかたちが外を漂い、流れてゆく。巨大すぎて、そのシルエットもよくわからない。

「司令官！」シラーがつぶやいた。「大佐！　急いで！　見てください！」

カーマイケルが舷窓に歩み寄った。

外は、巨人の世界だった。高々とそびえる人影が船の前を横切った。胴体が大きすぎて、一部分しか見えない。ほかの人影もあるが、巨大すぎるのとぼんやりしているのとで、はっきり見分けがつかない。船のまわりは、荒れ狂う大海原の波音のような、咆哮する深い騒音の底流に呑み込まれている。反響する轟音《ごうおん》が何度も何度も船をどよもした。

グローヴズはバセットとカーマイケルを見上げた。

「では、やはり真実だったのか」とバセット博士。

「これが証拠だ」とグローヴズ。

「信じられない」とカーマイケル。「しかし、われわれが求めた証拠がげんにここに——そこにある」

なにかがずしんずしんとこちらに接近してくるのが舷窓ごしに見えた。シラーはとつぜん叫び声をあげて舷窓からとびのいた。真っ青な顔でボリス銃を構える。

「司令官!」バセット博士が叫んだ。「レバーをニュートラルに! はやく! 逃げないと!」

カーマイケルがシラーの銃を持つ手を下ろさせた。「あいにくだな。今度は銃が小さすぎる」

一本の手が船のほうに向かってくる。大きすぎて光がさえぎられ、船内が暗くなる。指先の皮膚に口を開けた毛穴、爪、体毛の巨大な茂みが見えた。手が四方から船をつかむと、球全体が激しく揺れた。

「司令官! はやく!」

その瞬間、手が消えた。圧力がふっと途絶える。舷窓の向こうには——なにもなかった。表示盤の針がまた動きはじめている。nesiの方向。ニュートラルに向かって。テラに向かって。

バセットは安堵《あんど》の息を吐いた。ヘルメットをはずし、ひたいの汗を拭う。

「なんとか逃げおおせた」とグローヴズ。「間一髪で」

「手が伸びてきた」とシラー。「大きな手が。あれはどこだったんです？　教えてください！」

カーマイケルがグローヴズのとなりに腰を下ろした。ふたりは無言で目を見交わした。

カーマイケルがうなり声をあげて、「だれにも口外してはならない。だれにもです。どうせ信じてもらえないし、もし信じたら、社会にとって大きなダメージですよ。こんなことを大衆に知らしめてはならない。政情が不安定になる」

「彼は幻視したにちがいない。それを子供向けのおとぎ話に仕立てた。事実として記すことはできないとわかってたんだ」

「そんなところでしょう。じゃあ、ほんとうに存在したんだ。両方とも。だとしたら、たぶんほかの世界も実在する。不思議の国、オズ、ペルシダー、エレホン、あらゆるファンタジー、あらゆる夢想が——」

グローヴズ司令官がカーマイケル大佐の腕に手を置いた。「おちつけ。みんなには、宇宙船は機能しなかったと伝えるだけでいい。彼らの目から見れば、われわれはどこへも行っていない。そうだろう？」

「ええ」すでに画面はパチパチと音をたてて息を吹き返そうとしていた。映像がかたちをとりはじめた。「そのとおり。だれにも、なにもいわない。われわれ四人だけの秘密」シラーに目をやって、「つまり、われわれ三人だけの秘密です」

通信スクリーンに評議会議長の顔が映し出された。「カーマイケル大佐！　無事なのか？　着陸できたか？　火星からはなんの報告もないぞ。クルーはだいじょうぶか？」

バセットが舷窓から外を覗き、「現在の高度はおよそ一マイル。眼下に都市が見える。テラの都市だ。船はゆっくりと降下中。空は船でいっぱい。救援は無用だね？」

「ええ」カーマイケルはそう答えると、制動ロケットをじょじょに点火し、船の降下速度をゆるめた。

「いつかこの戦争が終わったら」とバセットがいった。「この件について、ガニメデ人にたずねてみたい。いったいどういうことなのか、ぜんぶ知りたい」

「いつかそのチャンスがあるかもしれん」グローヴズはそう答えてから、とつぜんわれに返ったように、「そうだ、ガニメデだ！　戦争に勝つチャンスは、これでまちがいなく潰《つい》えた」

「評議会議長は失望するでしょうな」とカーマイケルがむっつりいった。「博士の願いはじきにかないますよ。戦争はたぶん、もうすぐ終わる。われわれが空手《からて》で帰還した以上」

すらりとした、黄色いガニメデ人が、ローブの裾を床にひきずりながらゆっくりと部屋に入ってきた。立ち止まり、一礼する。

カーマイケル大佐はぎこちなくうなずいた。

「ここに来るようにといわれまして」ガニメデ人が舌足らずな口調でおだやかにいった。

「われわれの所有物がこちらの研究室に保管されているとか」

「そのとおり」

「さしつかえなければ、ぜひわれわれの――」

「どうぞ、持っていってくれ」

「ありがとうございます。そちらに敵意がないことがわかってうれしく思います。また友人同士になったわけですから、ともに手をとりあって働くことができればと。たがいに対等の立場で――」

カーマイケルは唐突にきびすを返し、戸口のほうに歩き出した。「あなたがたの所有物はこの先にある。どうぞこちらへ」

ガニメデ人はカーマイケルのあとについて、中央研究棟に入った。広大な部屋の中央にひっそりと鎮座しているのは、あの球体だった。

グローヴズがふたりのもとにやってきた。「いよいよひきとりに来たのか」とカーマイケルに向かっていう。

「ほら、これだ」カーマイケルがガニメデ人にいった。「きみらの宇宙船。持って帰りたまえ」

「われわれの航時船、ですね」

グローヴズとカーマイケルがはっとして顔を上げた。「われわれのなんだって？」

ガニメデ人は静かに微笑んだ。「われわれの航時船ですよ、これは」球体を指し示し、

「輸送船への積み込みを開始してもよろしいですか？」

「バセットを呼んでください」カーマイケルがいった。「はやく！」

グローヴズが急ぎ足で部屋を出ていき、しばらくするとバセット博士をともなってもどってきた。

「博士、こちらのガニメデ人が、所有物をひきとりにきた」カーマイケルは大きく深呼吸して、「彼らの――彼らのタイムマシンを」

バセットがびくっとした。「彼らのなんですって？　タイムマシン？」顔の筋肉がぴくぴく痙攣する。「これが？　タイムマシン？　ということは、われわれが思っていた――思ってもみなかった――」

グローヴズは努力して自分をおちつかせた。できるかぎりさりげない風を装って、片側に立ち、ちょっと困ったような顔で、「いくつか質問させてもらえないかな、きみがその――航時船を運び出す前に」

「もちろんです。答えられることならなんでもお答えします」

「この球体だが、これは——これは時間を旅するんだな？ 空間ではなく？ タイムマシン？ 過去へ行く？ 未来へ行く？」

「そのとおりです」

「なるほど。ダイヤルの nesi は、現在」

「はい」

「上の目盛は過去？」

「はい」

「では、下の目盛は未来か。あとひとつ。ひとつだけ。過去へ赴いたときにそれとわかるのは、宇宙の膨張によって——」

ガニメデ人がその言葉に反応した。訳知り顔のかすかな笑みが口もとに浮かぶ。「ということは、この船をテストされたんですね」

グローヴズはうなずいた。

「過去に赴いて、すべてがずっと小さくなっているのを見た？ サイズが減少しているのを？」とガニメデ人がたずねる。

「そのとおり。なぜなら、宇宙が膨張しているから。そして未来は——あらゆるもののサイズが増大している。大きくなっている」

「ええ」ガニメデ人の笑みが大きくなる。「ショックではありませんでしたか？　世界のサイズが小さくなり、微小な生きものが住んでいるのを目《ま》のあたりにするのは、まさに驚きです。しかしサイズは、もちろん相対的なものです。未来へと旅したときに発見するとおり」

「では、そういうことか」グローヴズが息を吐き出した。「質問はこれでぜんぶだ。船をどうぞ」

「時間旅行は」ガニメデ人が残念そうにいった。「事業としては失敗でした。過去は小さすぎ、未来は膨張しすぎている。この船は失敗だったという結論にいたりました」

ガニメデ人は触角で球体に触れた。

「あなたがたがなぜこれを欲したのか、われわれには想像がつきませんでした。一説によれば、あなたがたがこの船を盗み出したのは」といって、ガニメデ人はにっこり笑い、「深宇宙のコロニーに物資を送るのに使うためだったとか」「しかし、それはあまりに出来すぎた笑い話ですからね。そんな話を信じるわけにはいきません」

だれも、なにもいわなかった。

ガニメデ人は口笛の合図を送った。作業クルーが一列になって入ってきて、巨大なトラックの荷台へと球体を運びはじめた。

「つまり、そういうことだ」グローヴズがいった。「あれはずっとテラだったんだ。あそこにいた連中、あれはわれわれのご先祖さまだった」

「十五世紀ごろ」とバセット。「服装から判断して、その前後でしょう。中世か」

彼らは目を見合わせた。

だしぬけに、カーマイケルが笑い出した。「なのにおれたちは——おれたちはあの場所が——」

「やっぱり、ただのおとぎ話だったんだ」とバセット博士。

「社会風刺だ」とグローヴズが訂正する。

ガニメデ人たちが球体を研究棟から運び出し、待機している貨物船に積み込むのを、彼らは無言で見守った。

火星潜入
The Crystal Crypt

浅倉久志◎訳

「通告！　惑星間旅客船に通告する。検問のため、ただちにディモス管制ステーションに着陸せよ。通告する！　ただちに着陸せよ！」

スピーカーからのメタリックな声が惑星間大型旅客船の通路に反響した。乗客たちは不安そうに顔を見あわせ、ぶつぶつ文句をいいながら、はるか眼下の小さい岩塊をのぞいた。その小衛星が、火星の検問点にあたるディモスだ。

「なにがあったんだね？」心配顔の乗客が、脱出口の点検に急ごうとするパイロットのひとりを呼びとめた。

「着陸しなくちゃなりません。そのまま""すわっていてください」パイロットは行ってしまった。

「着陸？　しかし、なぜ？」乗客たちは顔を見あわせた。腹のふくらんだ惑星間旅客船の真上には、火星軍のすらりとした三隻の追撃艇がうかび、非常事態に備えて目を光らせている。惑星間旅客船が着陸準備にはいるのを見て、追撃艇も慎重に距離をたもちつつ、高度を下げはじめた。

「なにかあったんだわ」女性の乗客が不安そうにいった。「ああ、神さま、やっとあの火星人たちと縁が切れたと思ったのに。これからどうなるのかしら？」

「むこうがもう一度臨検しようと考えるのもむりはない」頑丈な体格のビジネスマンが、連れの男にいった。「なにしろ、火星から地球への最終便だからね。出発を許可されただけでも運がよかったぐらいだ」

「ほんとに戦争が起きるんでしょうかね？」若い男が、隣席の若い女にきいた。「火星人たちもほんとに戦う意志はないと思う。地球の兵器と生産力を考えたらね。われわれがその気になれば、火星をたたくのにひと月もかからない。ほんの口先だけでしょう」

若い娘はちらと相手を見た。「さあ、どうですか。火星は必死ですから。全力を挙げてかかってくるんじゃないかしら。わたしは火星に三年もいました」ぞっと身ぶるいして、「ありがたいことに、やっと帰れます。ただ――」

「着陸開始！」とパイロットの声がした。船体はゆっくりと姿勢を変え、めったに人の訪れない衛星の小さな緊急離着場をめざした。しだいしだいに高度が下がっていく。やがてガリガリという音、胸のわるくなるような衝撃。そして静寂。

「着陸した」そういったのは、さっきの大柄なビジネスマンだった。「われわれにへたな手出しはできないぞ！　もし宇宙法規に違反したらさいご、地球は火星をこっぱみじんにするだろう」

「どうか席を立たないでください。どなたもこの船から離れないように。そのまま着席していてください」パイロットの声がひびいた。「火星当局の指示がありました」

船内に落ちつかない身じろぎがひろがった。不安そうに本を読みはじめる乗客もいた。そのほかの乗客はそわそわしながら、緊張した顔つきで人けのない離着場をのぞき、火星軍の三隻の追撃艇が着陸したあと、武装した兵士たちが下りてくるのを見まもった。

火星の兵士たちはすばやく離着場を横ぎり、駆け足でこっちへ向かってくる。

この惑星間旅客船は、火星から地球へ向かう最終便だった。ほかの旅客船は、戦闘行為が発生しないうちにと早めに出発して、無事に帰還できた。この乗客たちが最終グループということになる。苛酷な赤い惑星を最後に離れることになったビジネスマンや、一時滞在者や、旅行者――まだ母星へもどっていなかった地球人全員だ。

「やつらはなにをするつもりですかね？」さっきの若い男が若い女にたずねた。「火星人の考えはわからない、そう思いませんか？　いったん離陸許可を出して、出発させておきながら、こんどは着陸しろと無線で命令するなんて。ところで、ぼくの名前はサッチャーです。ボブ・サッチャー。しばらくごいっしょに旅をするわけだし――」

舷門がひらいた。とつぜん話し声がやみ、みんながそっちをふりむいた。黒い制服を着た、統監と呼ばれる火星の地方官吏が、わびしい日ざしを背にして入口のフレームのなかに立ち、船内を見まわしている。そのうしろには、銃を構えて待機する五、六人の火星軍兵士。

「長くはかからない」兵士をしたがえて船内にはいってきた統監がそういった。「まもなくきみたちは旅をつづけることを許される」

客席から、それとわかる安堵《あんど》のためいきがもれた。

「あれを見て」若い娘がサッチャーにいった。「あの黒い制服は大嫌い！」

「あの男はただの地方統監ですよ」サッチャーはいった。「心配しないで」

統監は腰に手を当ててしばらくそこにたたずみ、無表情に乗客を見まわした。「この船に着陸命令を出したのは、乗客全員への検問を行ないたかったからだ。おまえたち地球人は、わが惑星を離れる最終グループとなる。おまえたちの大部分は無害な民間人だろう——わたしはそれには関心がない。わたしの関心は、三人の破壊工作員を発見することにある。三人の地球人、男性二名と女性一名が、言語道断な破壊と暴力行為を犯したのだ。彼らはこの船に逃げこんだらしい」

客席のあっちこっちから、驚きと怒りのざわめきが上がった。統監は兵士たちについてこいと合図すると、客席の通路にはいってきた。

「二時間前に、火星のある都市が破壊された。都市のあった場所には、砂上にくぼみが残されているだけで、なにひとつなくなった。ひとつの都市とその全住民が完全に消失した。都市ぜんたいが、一瞬にして破壊されたのだ！ その破壊工作員たちを捕えるまで、火星は安んじて眠ることができない！ しかも、彼らがこの船に乗りこんだことはわかっている」

「そんなことはありえない」大柄なビジネスマンがいった。「破壊工作員なんか、だれもこの船に乗ってないよ」

「まず、おまえからはじめよう」統監はそういうと、そのビジネスマンの座席の横に近づいた。ひとりの兵士が四角い金属ボックスを統監にさしだした。「おまえの言葉が真実かどうかは、これですぐにわかる。起立しろ。そこに立つんだ」

ビジネスマンは頬を赤く染め、ゆっくりと立ちあがった。「そんなばかな――」

「おまえはあの都市の破壊に関係したか？ 答えろ！」

ビジネスマンは腹立たしげに唾をのみこんだ。「わたしはどんな都市のどんな破壊にも関係していない。それに――」

「彼は真実を述べています」金属ボックスが平板な声でいった。

「つぎ」統監は通路を先へ進んだ。

痩《や》せて頭の禿げた男が心配そうに立ちあがった。「いや、わたしはその件についてなにも知りません」

「彼は真実を述べています」金属ボックスが裏づけをした。

「つぎ！　起立するんだ！」

乗客たちはひとりずつ順々に立ちあがり、質問に答え、ほっと安心して腰をおろした。最後に残ったのは、まだ質問のすんでいないごく少数だった。統監はちょっと間をおいて、彼らをしげしげと見つめた。

「残りは五人。このなかに問題の三人がいるにちがいない。範囲はせばまった」統監はベルトに手を近づけた。なにかが光った。青白い炎を秘めた火筒《ほづつ》だ。彼はひきぬいた火筒を構え、五人の乗客のほうへ静かにその筒先を向けた。「よろしい。では、最初のひとりに聞く。おまえは今回の破壊についてなにか知っているか？　おまえはわれわれの都市の破壊に関係しているか？」

「いいえ、ぜんぜん」と男は小声で答えた。

「彼は真実を述べています」ボックスはそう唱えた。

「つぎ！」

「なにも――なにも知りません。わたしはなんの関係もありません」

「真実です」ボックスはいった。

船内は静まりかえった。残ったのは三人。中年の夫婦とその息子。息子は十二歳ぐらいの少年だ。三人は片隅に立ち、黒い手に火筒を構えた統監を蒼白な顔で見つめていた。

「では、おまえたちにちがいない」低い声でそういうなり、統監は近づいてきた。火星の兵士たちも銃を構えた。「きっとおまえたちだ。おい、その子供。おまえはわれわれの都市の破壊についてなにか知っているか？　答えろ！」

少年は首を横にふった。「なにも知らないよ」小声で答えた。

ボックスはしばらく沈黙してから、しぶしぶ、「彼は真実を述べています」といった。

「つぎ！」

「なにも知りません」妻がつぶやいた。「なにも」

「真実です」

「つぎ！」

「わたしはきみたちの都市の破壊になんの関係もない」夫がいった。「こんなことは時間のむだだ」

「真実です」ボックスがいった。

しばらくのあいだ、統監は火筒をもてあそびながらそこに立ちつづけた。とうとうそれをベルトにおさめると、兵士たちに合図して、舷門に向かった。

「では、旅をつづけていい」統監はそういって、兵士たちのあとから歩きだした。だが、ハッチの手前で足をとめると、きびしい表情で乗客たちをふりかえった。「出発してよろしい——だが、火星はけっして敵の脱出を許さない。三人の破壊工作員はかならず捕えられるだろう。それは約束する」考え深げにあごをさすった。「奇妙だ。彼らがこの船に乗りこんだという確信があったのだが」

ふたたび統監はひややかに地球人たちを見まわした。

「ひょっとすると、わたしの思いちがいかもしれん。よろしい、出発しろ！　だが、このことは忘れるな。あの三人はかならず捕まえる。たとえ永遠の歳月がかかろうとも。火星は彼らを捕え、そして懲罰を加える！　誓って断言する！」

それから長い時間、だれも口をひらかなかった。船はふたたび宇宙空間にはいり、エンジンがむらのない穏やかな噴射をつづけ、乗客たちを一路その母星へと運んでいた。船の背後では、デイモスと、赤いボールのような火星が、刻一刻と遠ざかり、とほうもない距離のかなたへ姿を消そうとしていた。

乗客のあいだに安堵のムードがひろがった。「なんというたわごとを聞かされたもんだ」ひとりの男がつぶやいた。

「あの野蛮人ども！」ひとりの女がいった。

二、三人が立ちあがり、通路に出て、ラウンジとカクテル・バーのほうへ歩きだした。サッチャーの隣の若い娘も立ちあがって、ジャケットの襟をかきあわせた。

「失礼します」そういって、サッチャーの前を通ろうとした。

「バーへいらっしゃる？」サッチャーはきいた。「ごいっしょしてもいいですか？」

「どうぞ」

ふたりはいっしょに通路を歩きだし、ほかの乗客のあとにつづいてラウンジへ向かった。

「そういえば」とサッチャーが切りだした。「まだあなたのお名前を知りませんが」

「マーラ・ゴードンです」

「マーラ？　すてきな名前だな。地球のどの地方のご出身ですか？　北アメリカ？　ニューヨーク？」

「ニューヨークにはしばらくいました。とてもすてきな町ですわ」マーラはすらりとした体つきの美人だった。ゆたかな黒い髪が首すじから革ジャケットの襟へとこぼれていた。

ふたりはラウンジにはいり、そこでしばらくためらった。

「テーブル席にしましょう」マーラはバーのカウンターに目をやり、ほとんど男ばかりなのを見てそういった。「あそこはどうかしら」

「でも、あそこにはもうだれかがいますよ」サッチャーがいった。大柄な体格のビジネスマンがすでにそのテーブルにつき、サンプル・ケースを床においていた。「あの男と相席でいいんですか？」

「ええ、かまいません」マーラはそのテーブルまでフロアを横ぎっていった。「ごいっしょしてもよろしい？」と、すわった男にたずねた。

ビジネスマンは顔を上げ、なかば立ちあがった。「どうぞ」と答えてから、じっとサッチャーを見つめた。「ただ、わたしの友人がもうすぐやってくるんですが」

「四人分の席はじゅうぶんにあると思いますわ」とマーラがいった。サッチャーは椅子を引いて、彼女をすわらせた。それから自分も腰をかけたあと、マーラとビジネスマンをちらと見上げた。ふたりはまるで心のなかが通いあったようにおたがいを見つめている。中年のビジネスマンは赤ら顔で、疲れた灰色の瞳。静脈が太く浮きだした両手。いま、その指が神経質にテーブルをコツコツとたたいている。

「ぼくはサッチャーです」そう名乗ると、サッチャーは手をさしだした。「ボブ・サッチャー。しばらくごいっしょに旅をするわけですから、どうかよろしく」

男はじっと彼を見つめてから、ゆっくりと手をさしだした。「こちらこそよろしく。わたしはエリクスンだ。ラルフ・エリクスン」

「エリクスン？」サッチャーは微笑した。「あなたはご商売をなさっているようですね」

床の上におかれたサンプル・ケースのほうへ首をうなずかせた。「ちがいますか？」

エリクスンと名乗った男は返事をしかけたが、その瞬間にべつの動きがあった。三十歳ぐらいの痩せた男がテーブルにやってきて、よく光る目でしたしげに三人を見おろしたのだ。「これでやっと帰れそうだね」とその男はエリクスンにいった。

「やあやあ、マーラ」痩せた男は椅子をひきだしてすばやく腰をおろし、両手をテーブルの上で組みあわせた。そこでサッチャーに気づき、やや間のわるい表情になった。「これは失礼」とつぶやいた。

「ボブ・サッチャーです。おじゃまでなければいいんですが」サッチャーはちらちらと三人を見まわした。油断なくじっとこちらを見つめているマーラ、無表情な顔の大柄なエリクスン、そしてこの痩せた男。「ねえ、あなたがた三人はお知りあいなんですか？」サッチャーはだしぬけにきいた。

沈黙が返ってきた。

給仕ロボットが音もなく滑りより、注文を聞く姿勢をとった。エリクスンは体を起こした。「さてと。なにを注文しよう？　マーラ？」

「ウイスキーの水割り」

「ジャン、きみは？」

よく光る目の痩せた男が微笑した。「おなじものを」

「サッチャー？」

「ジン・トニック」

「わたしもウイスキーの水割りをもらおう」エリクスンがいった。給仕ロボットはいったん去ってから、まもなく飲み物を運んできて、テーブルの上にならべた。みんなが自分のグラスを手にとった。「では」とエリクスンが自分のグラスをさしあげた。「おたがいの成功を祝って」

みんなが飲んだ。サッチャーとほかの三人、大柄なエリクスンと、神経質で油断のない目つきのマーラと、いまきたばかりのジャン。ふたたびマーラとエリクスンのあいだで目くばせが交わされた。あまりにもすばやい目くばせなので、もしサッチャーが彼女を見つめていなければ、それと気がつかなかったろう。

「どういうご商売なんですか、エリクスンさん？」

エリクスンはちらと彼に目をやり、つぎに床の上のサンプル・ケースをながめた。うなるようにいった。「ごらんのとおりさ。わたしはセールスマンだ」

サッチャーは微笑した。「やっぱり！　そのサンプル・ケースから、どうもセールスマンじゃないかと思ってました。セールスマンはいつも商品を持ち歩かなくちゃならない。どんな商品のセールスですか？」

エリクスンは間をおいた。厚い唇をなめ、ヒキガエルのようにまぶたをなかば閉じてうつろな目つきになった。ようやく片手で口をこすると、手をのばしてサンプル・ケースを持ちあげた。それをテーブルの上においた。

「どうだ？」と彼はいった。「サッチャー君にもお見せしようか？」

みんなはそのサンプル・ケースをじっと見つめた。金属の取っ手とバネ錠のついた、ごくありふれた革ケースに見える。

「好奇心がわいてきましたよ」とサッチャーがいった。「なにがはいってるんですか？　みなさん、とても緊張しておられますね。ダイヤ？　盗まれた宝石？」

ジャンが、ぎすぎすした、わざとらしい笑い声を上げた。「エリック、そのケースを下へおろせよ。まだ火星から遠く離れたわけじゃないんだから」

「ばかな」エリクスンはだみ声でいった。「もう離れたさ」

「おねがい」マーラがささやいた。「待ってよ、エリック」

「待つ？　なぜだ？　なんのために？　きみはすっかりあそこの――」

「エリック」マーラはサッチャーのほうに首をうなずかせた。「わたしたちはこの人のことをなんにも知らないわ、エリック。おねがい！」

「彼は地球人だ、そうだろう？」エリクスンはいった。「いまのような時節には、すべての地球人が団結すべきだ」そういうなり、サンプル・ケースの錠をいじりはじめた。「そうだよ、サッチャー君。わたしはセールスマンだ。われわれみんながセールスマンだ。三人とも」

「じゃ、みなさんは以前からのお知りあいなんですね？」

「そうだ」エリクスンはうなずいた。連れのふたりはじっとすわったまま、目を伏せていた。「そうなんだよ。ほら、商品をお見せしよう」

エリクスンはケースをひらいた。そこから彼がとりだしたのは、ペイパーナイフ、鉛筆削り、ガラスの球型文鎮、画鋲《がびょう》の箱、ホチキス、紙クリップ、プラスチックの灰皿、そして、サッチャーには用途のわからないいくつかの品物だった。エリクスンはテーブルの上へ一列にそれをならべた。そして、サンプル・ケースを閉じた。

「事務用品のセールスなんですね」サッチャーはそういって、ペイパーナイフに指をふれた。「このスチールは質がいいな。スウェーデン製のスチールみたいだ」

エリクスンはうなずいて、サッチャーの顔をじっと見つめた。「あんまりぱっとした商売じゃない、そうだろう？　事務用品。灰皿に紙クリップ」彼は微笑した。

「いや――」サッチャーは肩をすくめた。「いいじゃないですか。現代社会に必要な品物なんだから。ただひとつふしぎなのは――」

「なんだね？」

「つまり、あなたがたがわざわざ出張するのに見あうだけの得意先が火星にあったのかな、と思って」

サッチャーはガラスの文鎮を手にとり、そこで間をおいた。それを持ちあげ、明かりのほうにすかし、ガラス球のなかの風景を見つめている。やがて、エリクスンが青年の手からそれをとりあげ、サンプル・ケースのなかへもどした。

「それともうひとつ。もしおたがいに知りあいだったのなら、なぜべつべつの席にすわっていたんです？」

三人はさっと彼に注目した。

「それに、なぜデイモスを離れるまでおたがいに話をしなかったんですか？」サッチャーはエリクスンのほうへ身を乗りだして、にっこりした。「ふたりの男性とひとりの女性。ぜんぶで三人。船内でべつべつにすわっている。検問をパスするまで、おたがいに話をしない。あの火星人のいったことが、この頭から離れないんですよ。三人の破壊工作員。男性二名と女性一名」

エリクスンはサンプル・ケースに品物をしまいこんだ。いちおう作り笑いをうかべてはいるが、顔は蒼白だ。マーラは下を向き、グラスの縁についた水滴をいじっていた。ジャンは組んだ両手を握りしめ、まばたきをくりかえした。

「あの統監がさがしていた三人はあなたがたなんですね」サッチャーはものやわらかにいった。「破壊工作員というのは、あなたがただった。しかし、やつらの嘘発見機は――どうしてあなたがたに効かなかったんです？　どうやってあの尋問をうまくすりぬけたんです？　あなたがたはみごとに検問をパスして、いま無事にここにいる」サッチャーはにやりと笑い、三人を見まわした。「すごい！　最初はあなたを本物のセールスマンだと思いましたよ、エリクスンさん。完全にだまされました」

エリクスンの緊張がいくらかやわらいだ。「まあ、すべては正当な理由があってのことなんだ、サッチャー君。きみも火星にはなんの愛情も持っていないだろう。地球人はみんなそうだ。しかも、きみはわれわれといっしょにあそこを出発したんだからな」

「まったくです。きっと胸のおどるような体験をされたんでしょうね。あなたがた三人ともが」サッチャーはテーブルの一同を見まわした。

「旅はまだこれから一時間もつづきます。ときどき、すごく退屈になるんですよ。この火星＝地球航路はね。なんにも見るものがなくて、ラウンジにすわって酒を飲むよりほかにすることがない」サッチャーはゆっくりと目を上げた。「このまま居眠りしてしまわないように、なにかおもしろい話を聞かせてもらえませんか」

ジャンとマーラがエリクスンをふりむいた。「話せよ」ジャンがいった。「この男はわれわれが何者かを知っている。それなら、いっそ洗いざらい聞かせてやればいい」

「そうなさいよ」マーラがいった。

ジャンがだしぬけに息をついた。安堵の吐息だった。「ここで種明かしをして、胸のもやもやをすっきりさせようじゃないか。もううんざりだよ、こそこそ隠れて立ちまわるのは――」

「そうだな」エリクスンが明るくいった。「そうしてなにがわるい？」椅子の背にもたれ、ヴェストのボタンをはずした。「いいとも、サッチャー君。よろこんで話を聞かせてあげよう。きみが居眠りしたくてもできないほどおもしろい話なのには自信がある」

彼らは死木の森をつぎつぎに駆けぬけ、太陽に灼かれた火星の砂をけちらして、無言で走りつづけた。小さい丘を登り、せまい尾根を渡った。とつぜんエリックが立ちどまり、地面に身を伏せた。ほかのふたりもそれにならい、息をはずませながら、体を砂上に押しつけた。

「静かに」エリックはつぶやいて、すこし体を起こした。「音をさせるな。ここから先は、統監たちが近くにいるおそれがある。危険はおかせない」

いま三人が身を伏せた死木の森と、めざす都市をへだてているものは、たいらな不毛の砂漠、何キロもつづく荒涼たる砂のひろがりだった。なめらかで乾ききったその荒れ地には一木一草も生えていない。ときおりの風、渦巻く突風が、表面の砂粒をさらいあげ、小さい流れを作る。かすかなにおいが漂ってきた。風に運ばれてくる熱気と砂のにおいだった。

エリックが指さした。「見ろ。あの都市――あれがそうだ」

森のなかの疾走のあとでまだ息を切らしたまま、三人はそれを見つめた。都市はそこにある。これまでのいつよりも近くにある。過去にこれほど間近でそれを見たことはない。地球人は火星の偉大な都市のどれにも近づくことを許されないからだ。そこは火星の生活の中心だ。せまりくる戦争の脅威がなかった平時でさえ、火星人は巧妙なやりかたで、自分らの城砦から地球人を遠ざけていた。理由の一部は不安であり、あとの一部は、商業戦略で全太陽系の尊敬と嫌悪をかちとった白い肌の訪問者に対する、根強い生得の敵意だったのだろう。

「きみたちにはどう見える？」

その都市は巨大だった。ニューヨークの軍事省でしっかり頭に入れてきた図面や模型から想像していたよりも、はるかに大きかった。巨大で堅固だった。空に向かってそそり立つ黒い塔の列。古代金属の信じられないほど細い円柱。幾世紀にもわたって風と太陽に耐えてきた円柱。その都市の周囲には赤い石の城壁があった。初期の火星王朝、最初の偉大な火星王たちがふるう鞭《むち》のもとに、おおぜいの奴隷が遠路を運び、そしてそこに積みあげた巨大な煉瓦の壁だ。

古びて、太陽の熱に灼かれた都市、死木のつらなりの彼方、不毛の荒野のまっただなかに位置を占めた都市、地球人たちがほとんど見たことのない都市――しかし、地球の軍事省のあらゆるオフィスで、地図とチャートによって研究されている都市。その都市には、古びた石の城壁と古めかしい尖塔《せんとう》に似あわず、全火星の支配集団が居住している。鉄の規律で支配と統治を進める黒衣の宗主たちが。

宗主会議、狂熱的で献身的な十二人の長老。彼らは黒衣の僧侶だが、炎の火筒《ほづつ》と、噓発見機と、ロケット宇宙船と、宇宙砲、そのほか地球政府の上院が推測するしかない多くの兵器を備えている。宗主と呼ばれる長老たちと、その部下である地方統監たち――エリックとそのうしろのふたりは、わきあがる身ぶるいをこらえた。

「細心の注意が必要だ」ふたたびエリックはいった。「まもなくわれわれは火星人たちのなかへ潜入する。もしわれわれの正体や目的をさとられたら――」

エリックは手にさげてきたケースをひらき、なかを見まわした。それからケースを閉め、しっかり取っ手を握った。「行くぞ」そういって、おもむろに立ちあがった。「ふたりとも、おれの前を歩いてくれ。変装が板についているかどうかをたしかめたいんだ」

マーラとジャンはすばやく彼の前に立った。三人でゆっくりと斜面をくだり、平原に出て、黒い尖塔のそそり立つ都市へと歩きだすあいだに、エリックはとっくりとふたりを検分した。

「ジャン」とエリックはいった。「彼女の手を握れ！　忘れるなよ、きみはまもなく彼女と結婚する。彼女はきみの花嫁だ。火星の農民は花嫁をとてもだいじにするんだぜ」

ジャンは火星の農民らしく、短いズボンと上着のほかに、結び目のたくさんついたロープを腰に巻き、日ざしを避ける帽子をかぶっていた。彼の肌は黒かった。ほとんどブロンズ色になるまで肌を染めたのだ。

「なかなかいいぞ」エリックは彼にそういうと、マーラに目を向けた。マーラの黒髪は、くりぬいたユークの骨のなかを通して輪を作り、まげにまとめてある。マーラの顔もやはり黒い。儀式用の顔料で描かれた緑とオレンジの縞が、その黒い頬を横ぎっている。耳からぶらさがったイヤリング。両足にはペルルーの皮で作ったサンダルを足首に紐でゆわえつけ、長い半透明の火星のパンツをはき、華やかな色の帯を腰に巻いている。小さい乳房のあいだには、美しい石のビーズをつらねた首飾りが宿っている。きたるべき結婚の幸運のお守りだ。

「よろしい」そういうエリックは、火星の僧侶をまねて、ゆるやかな灰色の衣をはおっていた。僧侶はよごれた衣を一生着つづける定めで、死後はそれを着たまま埋葬される。

「これなら衛兵の検問を通りぬけられるだろう。この先の道はかなり混雑しているはずだから」

三人は歩きつづけ、固い砂が足もとでぎしぎし音を立てた。地平線では小さいたくさんの黒点が動いている。都市へ向かう人たち。農民や小作人や商人が、作物や商品を市場へ運んでいくのだ。

「あの荷車！」とマーラがさけんだ。

三人が近づいたのは、ふた筋のわだちが砂の上に刻まれた、幅のせまい街道だった。荷車を曳く火星のフーファは、大きなわき腹を汗で濡らし、舌をだらんとたらしている。その荷車には布地がたくさん積んであった。田舎で織った、目の粗い、手染めの織物だ。腰の曲がった農夫がフーファをうながしていた。

「あそこにも」マーラは微笑しながら指さした。

荷車のうしろからは、小さい動物の背にまたがった商人の一団がやってくる。長い衣をまとい、砂マスクで顔を隠した火星人たち。どの動物の背にも、ロープでていねいに縛りつけられた荷物がある。その商人たちのうしろには、黙々と進みつづける農民や小作人が果てしない行列を作っている。なかには荷車や動物の背に乗っているものもいるが、たいていは歩きだ。

マーラとジャンとエリックはその行列に加わり、商人たちのうしろへまぎれこんだ。だれも三人に目を向けなかった。だれも顔を上げなかったし、気にするようすもなかった。行進は前どおりにつづいた。ジャンもマーラも言葉を交わさなかった。ふたりはエリックのあとにつづき、エリックはその地位にふさわしい威厳と姿勢をたもって歩いていた。一度だけエリックは足どりをゆるめ、空を指さした。「ほら」と火星の山岳地方の方言でいった。「あれが見えるかな?」

ふたつの黒点がゆっくりと輪をえがいている。火星の哨戒艇、なにか不審な活動がないかと目を光らせている軍用艇だ。地球との戦争はいつ勃発するかもしれない。明日にも、いや、この瞬間にも。

「ちょうど間にあいそうだ」エリックはいった。「明日では遅すぎる。最終便が火星を出てしまう」

いわ」
「なにもじゃまがはいりませんように」とマーラがいった。「早くすませて故郷へ帰りた

半時間が過ぎた。都市に近づくにつれて城壁はぐんぐん高さをまし、やがて空そのものをさえぎってしまった。巨大な城壁、幾世紀もの風と太陽に耐えぬいてきた永遠の石の城壁。城門の前には火星軍兵士の一団が立っていた。石の城壁にうがたれたその門が、都市の内部へつうじる唯一の通路だった。行列から順番にひとりずつが前に進みでると、兵士たちが尋問し、衣服のなかをあらため、持ち物を調べる。

エリックは身をこわばらせた。行列のスピードはゆるみ、停止状態に近い。「もうすぐわれわれの番だ」とつぶやいた。「準備しておけよ」

「どうか統監がやってきませんように」とジャンがいった。「兵士だけならまだしも」

マーラは城壁とそのむこうの尖塔を見あげていた。足もとでは地面がふるえ、脈を打ち、ゆれていた。尖塔から立ちのぼる炎の舌は、この都市の地下深くにある工場と加熱炉から生みだされたものだ。空気には細かい煤《すす》が濃くまじっている。マーラは咳きこみ、口に手をあてがった。

「さあ、はじまるぞ」エリックが小声でいった。

商人たちの検査はすでに終わり、都市への入口である暗い城門をくぐることを許された。

商人たちも、鳴き声を出さない動物たちも、すでに城門の奥へと姿を消した。兵士たちの隊長が、気みじかにエリックを手招きしている。

「早くこい！」と隊長はいった。「急ぐんだ、爺さん」

エリックは両腕で自分の両肩をかかえ、目を伏せながらゆっくりと前に進みでた。

「おまえは何者で、この都市になんの用がある？」隊長は拳銃をおびた腰に両手を当てながら、そう問いかけた。大部分の兵士はのんびりと城壁にもたれ、なかには日陰で腰をおろしているものもいる。地べたに寝ころび、銃をかたわらにうたたねしているひとりの顔の上には、ハエが一ぴき這っていた。

「わしの用かな？」エリックは答えた。「わしは村の僧侶です」

「なぜこの都市へはいりたい？」

「このふたりを判事さんの前へ連れていって、結婚させてやりますのじゃ」彼はややうしろに立っているマーラとジャンを指さした。「それが宗主さまの作られた掟でして」

隊長は笑いだした。彼はエリックのまわりを一周した。「おまえのそのカバンにはなにがはいってる？」

「替えの下着です。今夜は泊りますので」

「どこの村からきた？」

「クラノス」

「クラノス？」隊長は兵士たちをふりかえった。「クラノスって村を知ってるか？」

「へんぴな山奥ですよ。前に狩猟の旅で通りました」

隊長はジャンとマーラに首をうなずかせた。ふたりは手を握りあい、寄りそって前に進んだ。ひとりの兵士がマーラのむきだしの肩に手をおき、自分のほうを向かせた。

「なかなかべっぴんの女房をもらうんだな。しっかり肉もついてるようだぜ」兵士は好色そうに歯をむきだしながら、ウインクした。

ジャンはむっとした表情を相手に向けた。兵士たちが大笑いした。「よし」と隊長がエリックにいった。「おまえたちは通っていい」

エリックは衣のなかから小さい財布をとりだし、隊長にコインを一枚わたした。それから三人は城門に近づき、城壁にうがたれた暗いトンネルをくぐった。その先がめざす都市だった。

ついに都市のなかへはいりこめたのだ。

「さあ」とエリックはささやいた。「急ごう」

三人の周囲では、都市が吠《ほ》えたけり、ぱちぱちはじけていた。無数の通気口からもれる工場の轟音《ごうおん》が、足もとの敷石をゆるがしている。エリックはマーラとジャンの先に立ち、煉瓦造りの倉庫がならぶ一角に身をひそめた。人びとはいたるところで足を急がせ、騒音に負けまいと声を張りあげている。市場へ向かう商人たち、呼び売りの行商人たち、兵士たち、娼婦たち。エリックは背をかがめ、持ってきたケースをひらいた。そのケースからとりだしたのは、三個の小さい装置だった。精巧に編まれた金属のワイヤと翼板が小さい円錐を作りあげている。ジャンとマーラがそれぞれ一個ずつをとった。エリックは残った円錐を自分の衣のなかにおさめ、ぱちんとケースを閉じた。

「さあ、忘れるなよ。この都市の中心を力線が横ぎるように、その装置を埋めろ。建物がいちばん密集した中央地区を三等分しなくちゃならない。あの地図を思いだせ！　路地と街路を注意深く見張れ。できれば、だれにも話しかけるな。ふたりとも火星通貨をたんまり持っているから、たとえまずい事態になっても袖の下を使って逃げられるだろう。財布をすられないように用心しろ。それと、たのむから道に迷うな」

エリックは言葉を切った。黒衣の統監がふたり、城壁の内側ぞいを歩いてくる。両手を腰のうしろにまわし、ぶらぶら散歩しているようすだ。倉庫のわきの片隅に立った三人に気づいたのか、むこうは足をとめた。

「行け」エリックは声をひそめた。「日暮れまでにここへもどってこい」暗い笑みをうかべた。「もどってこられるとしての話だが」

三人はあともふりかえらず、思い思いの方角に向かった。ふたりの統監はそれを見送った。「あの小柄な花嫁はなかなかの美人だった」と片方がいった。「山岳地方の連中は高貴な血すじを引いているからな、古代からの」

「彼女を自分のものにできる農夫は、実に運がいいわけだ」もう片方がいった。ふたりは歩きつづけた。エリックはまだ薄笑いをうかべながら、統監たちをやりすごした。それから都市の街路をたえず往き来する群集の流れのなかに加わった。

日暮れどきに三人は城門の外で落ちあった。日はまもなく沈もうとしており、空気は薄く、冷たくなった。冷気が三人の衣服をナイフのように切り裂いてきた。

マーラはジャンに身をすりよせ、身ぶるいしながら、むきだしの腕をさすった。

「どうだった？」エリックがいった。「ふたりともうまくいったか？」

三人のまわりでは、農夫や商人がぞろぞろと城門から出てくる。都市をあとにして、自分たちの農地や村に帰る人たち、これから平原を横ぎって遠い山々への長い旅がはじまるのだ。城門のそばにたたずんだ三人、身ぶるいしている若い娘と、若い男と、年老いた僧侶を気にとめるものはだれもいない。

「おれのはだいじょうぶ」ジャンがいった。「都市のむこう側、いちばんはずれ。井戸のそばに埋めた」

「わたしのは工業地域のなか」マーラは寒さに歯をガチガチいわせながらささやいた。

「ジャン、なにかはおるものをちょうだい！　凍え死にしそう」

「よし」とエリックがいった。「それなら三本の力線が、この都市の中心部をかっきり三等分するだろう。もしあの模型が正確ならな」彼は暗くなりかけた空を仰いだ。すでに星ぼしが現われはじめた。ふたつの黒点、夕方の巡視についた哨戒艇が、ゆっくりと地平線めざして動いている。「急ごう。あまり時間がない」

三人は、都市をあとに街道を歩いていく人びとの流れに加わった。背後では、都市が夜のくすんだ色調のなかに沈み、黒い尖塔の列も闇のなかに消えかかっている。

三人が田舎の人びとの群れと無言で歩きつづけるうちに、死木のつらなるたいらな尾根が地平線に現われた。そこで三人は街道を離れ、森に向かって歩きだした。

「もうすぐだ！」エリックが足どりを速め、気みじかにジャンとマーラをふりかえった。

「早く！」

三人は足を急がせた。薄暮のなかで道をたどり、岩や枯枝につまずきながら、山腹を登りつづけた。ようやく頂上にたどりつくと、エリックは足をとめ、両手を腰に当てて、うしろをふりかえった。

「見ろ」とささやいた。「都市だ。いよいよこれが見おさめだぞ」

「ちょっとすわらせてよ」マーラがいった。「足が痛くて」

ジャンがエリックの袖をひっぱった。「急ごう、エリック！　もう時間がない」神経質な笑い声を上げた。「もし万事がうまくいけば、いくらでもながめられる理屈じゃないか

――好きなときに」

「だが、こんなふうに見ることはできない」エリックはつぶやいた。彼はそこにうずくまり、ケースの留め金をパチンとあけた。なかからチューブと配線をとりだし、尾根の頂上でそれを組み立てはじめた。ワイヤとプラスチックでできた小ピラミッドが、彼の器用な指先で形づくられていった。

ようやくエリックはのどの奥でなにかつぶやき、立ちあがった。「これでよし」

「まっすぐ都市のほうを向いてる？」マーラがピラミッドをながめて、心配そうにたずねた。

エリックはうなずいた。「うん、計画どおりに——」とつぜん言葉を切り、身をこわばらせた。「退避しろ！　時間だ！　早く！」

ジャンが走りだした。マーラの手をひいて、反対側の山腹、都市から遠い側の斜面へ向かった。ほとんど夜空のなかに溶けこんだ遠い尖塔の列をまだふりかえりながら、エリックもすばやくそのあとにつづいた。

「伏せろ」

ジャンが地面に身を投げだし、マーラはそのわきでふるえる体を彼にくっつけた。エリックは砂と枯枝のなかで身を低くしながら、まだむこうをのぞこうとしていた。「見たい」とエリックはつぶやいた。「奇跡を。それを見たい——」

閃光、目もくらむ菫色《すみれいろ》の光の爆発が空を照らしだした。エリックは両手で目をおおった。

閃光は白くなり、しだいに大きくひろがっていく。だしぬけに轟音がひびき、強烈な熱風が吹きつけて、砂の上へエリックをうつぶせに投げつけた。乾いた熱風は三人の体をなめ、髪を焦がし、枯枝のいくつかを燃えあがらせた。マーラとジャンは目をつむり、ひしと抱きあった。

「神さま――」エリックがつぶやいた。

ようやく嵐は過ぎ去った。三人はじょじょに目をひらいた。夜空にはまだ炎が燃えさかっていた。夜空に漂う火花の雲が、夜風に吹き散らされているところだ。エリックはふらふらと立ちあがり、ジャンとマーラを助けおこした。三人はそこに立ち、暗い荒野、黒い平原の彼方を無言で見つめた。だれも口をひらこうとしない。

都市はなくなっていた。

ようやくエリックがそっちに背を向けた。「第一部は終わった。さあ、これからだ！　てつだってくれ、ジャン。いまに哨戒艇がごまんとここへやってくるぞ」

「もうすでに一隻」とマーラが指さした。上空で黒点がまたたいた。高速で移動する黒点。

「やってくるわよ、エリック」その声には肌寒い恐怖が脈うっていた。

「知ってる」エリックとジャンは、チューブとプラスチックのピラミッドの前で地上にうずくまり、そのピラミッドの外殻をはがしとりはじめた。ピラミッドは融けていた。高熱で溶融したガラスのようにくっついていた。エリックはふるえる指でその破片をはがしとった。やがて、ピラミッドの残骸のなかからなにかが出てきた。エリックはそれを上にかざし、暗がりのなかで見わけようとした。ジャンとマーラもそれを見ようと近づいた。ふたりとも息をこらし、じっと見つめた。

「これだ」エリックはいった。「やったぞ！」

エリックの手のなかには球体があった。小さい透明なガラス球。そのガラス球の内部でなにかがうごめいている。微小でひよわななにか。ほとんど目に見えないほど細い尖塔の列。極微のこみいった網が、中空のガラス球の内部で泳いでいる。尖塔の網が。都市が。

エリックはその球体をケースにおさめ、ふたを閉じた。「行こう」

三人は森のなかを走りはじめた。前にきた道を逆にたどった。

「車のなかで着替えよう」走りながらエリックがいった。「車に乗りこむまでは、いまの服装のままでいたほうがいい。まだだれかに出会うかもしれない」

「早く自分の服にもどりたいもんだ」ジャンがいった。「この小さいパンツ、どうもしっくりこない」

「わたしがどんな気分だと思うの？」マーラが息をはずませた。「こんな薄着じゃ凍えちゃうわ。服とさえいえない」

「若い火星の花嫁はみんなそういうなりをするんだ」エリックがいった。ケースをしっかりかかえて走りつづけた。「よく似あってるよ」

「どうもありがと」マーラがいった。「でも、寒くて」

「やつらはどんなふうに考えるだろうな？」ジャンがいった。「きっと都市が破壊されたと思いこむ、そうだろう？　それはたしかだ」

「そう」エリックはいった。「やつらはきっと都市がこっぱみじんにされたと考える。それはまちがいない。そこが重要なんだ、やつらがそう思いこむことが！」

「あの車はこのへんのどこかにあるはずだわ」マーラが足どりをゆるめながらいった。

「いや、もっと先だ」エリックがいった。「あそこの小さい丘のむこうだ。小さい谷のなか。林のそば。いまいる場所からだとおそろしくさがしにくい」

「なにか明かりをつけようか」ジャンがいった。

「いや。ひょっとすると、このへんにもパトロールが――」

エリックはふいに立ちどまった。ジャンとマーラもそのそばで足をとめた。「いったい――」マーラがいいかけた。

明かりが見える。なにかが暗闇のなかで動いた。そして物音。

「早く！」エリックは命じた。身を低くかがめざま、すこし離れた茂みのなかへケースを投げこんだ。つぎに、そろそろと背をのばした。

やがて、闇のなかから人影が現われた。そのうしろにはもっと多くの人影。制服姿の兵士たちだ。ふいに明るい光に照らされて、三人は目がくらんだ。エリックは目をつむった。

その光は彼を離れ、無言で寄りそい、手をとりあっているマーラとジャンをなめた。それから光は下へ移動し、地面の上でぐるっと円を描いた。

統監が前に進み出た。長身の黒衣の男で、すぐうしろには銃を構えた兵士たちをしたがえている。「そこの三人」と統監はいった。「おまえたちは何者だ？　動くな。そのまま立っていろ」

統監はエリックに近づいて鋭く見つめた。火星人のきびしい顔は無表情だった。エリックのまわりを一周し、彼の衣と、袖のなかを調べた。

「どうか――」エリックはふるえ声で切りだしたが、統監は彼をだまらせた。

「質問にだけ答えろ。おまえたち三人は何者だ？　ここでなにをしていた？　答えろ」

「あのう――わしらは村へもどるところで」エリックは目を伏せ、両手で肩をかかえたままで答えた。「都市での用がすんだので、これからもどるところでして」

兵士のひとりが受話器になにかいった。スイッチを切り、受話器をしまいこんだ。

「いっしょにこい」統監がいった。「おまえたちを連れていく。急げ」

「連れていく？　都市へですかな？」

兵士のひとりが笑いだした。「都市はなくなった。あとに残されたものは、おまえの手のひらに乗るぐらいしかない」

「でも、なにがあったんですか？」マーラがいった。

「だれも知らない。さあ、くるんだ。早く！」

そこで物音が聞こえた。闇のなかからひとりの兵士が小走りに現われた。「宗主さまが。こちらへこられます」兵士はまた姿を消した。


「宗主さま」兵士たちはそこで待った。敬意のこもった不動の姿勢をたもっていた。まもなく宗主が明かりのなかに現われた。黒衣の老人で、その年老いた顔は鷹のように痩せてきびしく、目がらんらんと光っている。老人はエリックからジャンへと視線を移した。

「この三人は何者だ？」と老人はたずねた。

「これから家へ帰る村人です」

「いや、ちがうぞ。立った姿勢が村人らしくない。村人はもっと前かがみになる——粗食のせいだ。この三人は村人ではない。このわしも山岳地方の出身だから、よく知っておる」

老人はエリックに歩みより、鋭い目つきで彼の顔をのぞきこんだ。「おまえは何者だ？みんな、このあごをよく見ろ——こやつは研《と》いだ石でひげを剃ったことがない！　どうも怪しいぞ」

老人の手に、青い炎を秘めた火筒《ほづつ》がきらりと光った。「都市はなくなり、それと同時にすくなくとも宗主会議の面々の半数が失われた。実に奇妙だ。閃光、つぎに高熱、そして強風。だが、あれは核爆発ではない。どうもわけがわからん。とつぜん都市が消えた。あとに残されたのは砂上のくぼみだけだ」

「この三人を連行します」若い統監がいった。「みんな、この三人を包囲しろ。用心してかかれ――」

「逃げろ！」エリックがさけびざま、宗主の手から火筒をはたきおとした。三人は走りだし、兵士たちは罵声を上げ、明かりをふりまわし、暗闇のなかでたがいにぶつかりあった。エリックは膝をついて、茂みのなかを必死に手さぐりした。指がケースの取っ手をさぐりあてるのといっしょに、さっと立ちあがった。地球語でマーラとジャンに呼びかけた。

「急げ！　車へ！　逃げろ！」エリックは走りだし、闇のなかで足をもつれさせながら、斜面を駆けおりた。背後に兵士たちの足音が聞こえる。走る兵士、倒れる兵士。だれかにぶつかって、エリックは拳《こぶし》をつきだした。どこか背後でシューッと音がしたとたん、斜面の一部が燃えあがった。宗主の火筒だ――

「エリック」マーラが闇のなかからさけんだ。彼はそっちへ走った。とつぜん足を滑らし、石の上に倒れた。大混乱のなかの銃声。兵士たちの興奮したさけび声。

「エリック、きみか？」ジャンが彼の腕をつかんで助けおこした。「車。このへんだ。マーラは？」

「ここよ」マーラの声がした。「こっち、車のそば」

閃光が走った。一本の死木がばあっと炎に包まれた。エリックは焦げるほどの高熱が顔にあたるのを感じた。ジャンといっしょにマーラのほうへ急ぐ。闇のなかでマーラの手が彼をつかんだ。

「さあ、車だ」エリックがいった。「やつらに先まわりされなければいいが」小さな谷への斜面を滑りおり、ケースの取っ手を握りしめたまま、闇のなかを手さぐりで進んだ。手をのばし、手をのばし――

なにか冷たくなめらかなものが手にふれた。金属、ドアの取っ手の金属だ。安堵の思いが全身にひろがった。「あったぞ！　ジャン、なかにはいれ。マーラも早く」エリックはジャンを車内へ押しやった。マーラがジャンのあとにつづき、小柄で敏捷《びんしょう》な体をその横に滑りこませた。

「とまれ！」上から声がさけんだ。「その谷に隠れてもむだだ。いずれは捕まるぞ！　登ってこい――」

車のエンジンのとどろきで、その声はかき消された。つぎの瞬間、車は暗闇のなかからジャンプし、空中へ上昇した。木の枝がつぎつぎに折れ、はじけ飛ぶなかで、エリックは車体を左右に向け、地上からひらめく青い光線を避けた。それは宗主と統監と兵士たちの最後の猛反撃だった。

やがて、車は梢の上に出ると高度を上げ、火星人の一団を遠く背後におきざりにして、ぐんぐんとスピードをました。

「行き先はマーズポート」ジャンがエリックにいった。「そうだろう？」

エリックがうなずいた。「そうだ。宙港の手前で山あいに着陸する。そこでもとの服装に着替え、セールスマンの姿にもどる。くそ——運がよければ、船の出発に間にあうが」

「最終便よ」マーラが胸を波うたせながらささやいた。「もし間にあわなかったら？」

エリックは膝の上の革ケースに目をやった。「ぜったいに間にあわせる」と彼はつぶやいた。「ぜったいに！」

長い沈黙がおりた。サッチャーはエリクスンことエリックを見つめた。年上の男は椅子の背にもたれ、飲み物をちびちびすすっていた。マーラとジャンはだまりこんでいた。

「つまり、あなたがたは都市を破壊したわけじゃなかった」サッチャーはいった。「まったく破壊なんかしていない。あなたがたは都市を小さく縮め、ガラス球のなか、文鎮のなかへ閉じこめてしまった。そして、もとのセールスマンの姿にもどった。事務用品のサンプル・ケースをさげて！」

エリクスンが微笑した。サンプル・ケースをひらき、なかに手を入れて、例のガラス球の文鎮をとりだした。それを持ちあげて、なかをのぞきこんだ。「そう、われわれは火星人からあの都市を盗みとった。だから、嘘発見機にもひっかからなかった。破壊された都市についてわれわれがなにも知らないのは事実だったから」

「しかし、なぜ？」とサッチャーはきいた。「なぜ都市を盗むんです？　あっさり爆破するほうが簡単では？」

「人質」きらきらした黒い瞳でガラス球のなかをのぞきこみながら、マーラが熱のこもった口調でいった。「火星最大の都市、宗主会議のメンバーの半数――それがエリックの手のなかにあるのよ！」

「これで火星は地球のいいなりになる」エリクスンがいった。「これで地球は通商上の要求に圧力をかけることができる。ひょっとすると戦争は起こらないかもしれない。ひょっとすると、地球は戦わずに要求を通せるかもしれない」まだほほえみながら、エリックはガラス球をサンプル・ケースのなかにもどして、錠をかけた。

「すごい物語ですね」サッチャーはいった。「サイズの縮小とは、なんとすごいプロセスだろう――都市ぜんたいがほんのちっぽけなサイズに縮小されてしまう。すごい技術だ。あなたがたが脱出できたのもふしぎはない。これほど大胆な計画になると、だれにも防ぎようがないですよね」

サッチャーは床の上のサンプル・ケースをながめた。その下ではロケット・エンジンが低くささやき、一様な振動がつづき、惑星間旅客船は遠い地球をめざして宇宙空間を横ぎっている。

「まだ先は長いよ」とジャンがいった。「サッチャー、われわれの話はこれだけだ。こんどはきみの話をしてくれないか？　きみはなんの仕事をしてる？　どういう商売なんだ？」

「そうよ」マーラがいった。「あなたはどういうお仕事？」

「ぼくの仕事？」サッチャーはいった。「そうだな、お知りになりたいなら、お見せしましょうか」彼は上着のなかに手をつっこむと、なにかをとりだした。きらきら光り輝くもの、すらりと細長いもの。青い炎を秘めた火筒《ほづつ》だ。

三人は目をまるくしてそれを見つめた。心の凍りつくようなショックがゆっくりとしみこんできた。

サッチャーは落ちついた手つきで軽く火筒を構え、エリクスンを狙った。「われわれはきみたち三人がこの船に乗りこんだことを知った。それには疑いの余地がない。だが、都市がどうなったのか、それがわからなかった。わたしの仮説からすると、都市は破壊されていない。なにかべつのことが起きたのだ。宗主会議堂の計器が測定したところでは、あの地域でとつぜん質量の喪失、都市の全質量に匹敵する減少が生じた。どういう手段でか、都市は破壊されずに、盗みとられたらしい。だが、わたしはほかの宗主たちを説得できなかった。そこで、きみたちのあとをこうして追ってきたわけだ」

サッチャーはすこし向きを変え、バーのカウンターにすわっている男たちにうなずきを送った。男たちはさっと立ちあがり、テーブル席へ近づいてきた。

「きみたちはなかなか興味深い技術を持っているようだ。火星はそこから大きな利益を得られるだろう。ひょっとすると、これで形勢はわれわれの有利にかたむくかもしれない。マーズポートにもどったら、さっそくその研究をはじめようと思う。では、すまないが、そのサンプル・ケースをこちらへよこしてくれたまえ——」

歴戦の勇士

War Veteran

浅倉久志◎訳

老人はぎらぎらと暑い日ざしの下で公園のベンチに腰かけ、通りかかる人びとをながめていた。

公園は手入れがよく、清潔だった。百本ものスプレー管からほとばしる水しぶきを浴びて、濡れた芝生が緑の光沢を放っていた。ぴかぴかのロボット園丁がそこかしこで雑草を抜いたり、ごみを集めて屑《くず》かごに入れたりしていた。子供たちは大声で走りまわっていた。若いカップルは手を握りあい、日なたで眠そうにすわっていた。ハンサムな兵士の一団が、プールサイドで体を焼いている褐色の肌の娘たちに見とれながら、ポケットに両手をつっこんでのんびり散歩していた。公園の外から車の往来する音が聞こえ、ニューヨークの超高層ビルの尖塔《せんとう》が日ざしをきらきらはねかえしていた。

老人はゴホンと咳《せき》ばらいして、渋い顔で茂みの中に痰《たん》を吐いた。まぶしく暑い日ざしが気にいらないようすだった。強烈な金色の太陽に照りつけられて、垢《あか》じみたぼろぼろの軍服に汗がぐっしょりしみとおってくる。老人はごま塩のあごひげと、なくなった左目を気にしていた。片頬の肉をこそげとった深くみにくいやけどの痕《あと》を気にしていた。老人は瘦《や》せこけた首にぶらさげた病院の内線電話機を神経質にいじった。上着のボタンをはずし、熱くなった金属製のベンチの上でまっすぐにすわりなおした。退屈と、孤独な苦い思いをかかえたまま、身をよじって、木々と、芝生と、たのしそうに遊ぶ子供たちの平和な風景に興味をいだこうとした。

老人の向かい側のベンチに白い顔をした三人の若い兵士がすわり、ピクニック用のランチ・ボックスをひろげはじめた。

老人はのどの奥で、悪臭のする弱々しい息をつまらせた。年老いた心臓が苦しげに動悸《どうき》を早め、ここ数時間ぶりに老人は生き返ったようになった。老人は眠気をふりはらうと、衰えた視力で若い兵士たちを見つめた。ハンカチをとりだし、汗まみれの顔をぬぐってから、彼らに話しかけた。

「いい日和《ひより》だね」

兵士たちはちらっと顔を上げた。「ああ」とひとりがいった。

「うまくこしらえたもんだ」老人は金色の太陽と、都市の超高層ビルを指さした。「まったくよくできてる」

兵士たちはなにもいわなかった。熱いブラック・コーヒーとアップルパイのほうに夢中だった。

「もうちょっとでだまされそうになったぜ」老人は哀れっぽい声でつづけた。「あんたらは播《は》種《しゅ》部隊かい？」

「いや」ひとりが答えた。「ロケット乗りだよ」

老人はアルミニウムの杖をぎゅっとにぎりしめた。「わしは爆破班だった。あの有名なBa‐3分隊のな」

若い兵士たちはなんの反応も示さなかった。おたがいにひそひそ話しあっていた。遠くのベンチにすわった若い娘たちがこっちに目を向けたからだ。

老人は上着のポケットに手をつっこみ、ぼろぼろの灰色のティッシュに包んだものをとりだした。ふるえる手でティッシュをひろげ、それから立ちあがった。よろよろと砂利道を横ぎって、兵士たちに近づいた。

「見えるかい？」老人はその品物をさしだした。きらきら光る小さい正方形の金属板だった。「わしは八七年にこれをもらった。あんたらよりひと時代前のことだがな」

若い兵士たちは、つかのま興味をひかれた。「ありゃ」とひとりが驚いて口笛を吹いた。「クリスタル・ディスクだぜ——しかも、一級の」彼はいぶかしげに目をあげた。「あんたがこれをもらったの？」

老人は誇らしげにしわがれた笑い声をもらしてから、その勲章をていねいに包んで上着のポケットにしまいこんだ。「わしは〈ウインド・ジャイアント〉号のネイサン・ウエスト艦長の下で戦ったんだ。こんな体にされたのは、敵の最後の大攻勢のときだった。しかし、わしは自分の爆破班を率いてたんだぜ。あんたらもおぼえてると思うが、あの日、わしらは仕掛けておいた大がかりなネットワークを起爆させて――」

「あいにくだけど」とひとりの兵士がうわの空で答えた。「そんな大昔のことは知らないよ。おれたちの生まれる前の話だね、きっと」

「そうとも」老人は熱心にうなずいた。「六十年以上も前の話だ。ペラーティ少佐の話は聞いたかね？　敵が最後の決戦で集結したときに、少佐がやつらの掩護《えんご》艦隊に猛攻をかけて、流星雲の中へふっとばした話を？　敵が最後にわが軍をうちのめすまで、Ba‐3分隊が何カ月も持ちこたえた話を？」老人は苦々しく悪態をついた。「わしらは敵を防ぎとめたんだ。こっちはとうとうふたりだけになった。すると、やつらはハゲタカみたいにおそいかかってきた。ところが、どっこい――」

「わるいね、おやじさん」兵士たちはすばやく立ちあがり、ランチ・ボックスをかたづけて、若い娘たちのいるベンチのほうへ歩きだした。娘たちは恥ずかしそうに彼らをながめ、期待をこめてクスクス笑っている。「じゃ、また」

老人は腹だたしげに向きを変え、足をひきずって自分のベンチにもどった。落胆して小声でぶつぶつ文句をいい、濡れた茂みに痰を吐き、らくな姿勢をとろうとした。しかし、日ざしが気になる。人びとの話し声や車の騒音も癇《かん》にさわる。

老人はベンチにすわってなかば目をつむり、しなびた唇をゆがめて失意と敗北の冷笑をうかべた。だれもこの片目のよぼよぼ老人に興味を持ってくれない。だれもこの老人が戦った戦闘、目撃した戦術についてのこんがらかった長話を聞きたがらない。だれもあの戦争のことをおぼえてないようだ。だが、あの戦争は、老人の衰えた脳の中でいまも邪悪な腐食性の炎のように燃えさかっている。聞き手さえあれば、この老人は、あの戦争のことを話したくてうずうずしているのに。

ヴェイチェル・パタースンは非常ブレーキを踏んで車を急停止させた。「またこれだ」と彼は肩ごしにいった。「らくにしていてくれ。ちょっと待たなきゃならん」

それは見なれた光景だった。灰色の帽子に灰色の腕章の地球人が千人あまり、スローガンを唱え、何ブロック先からでも見えそうな文字を書きつらねた大きなプラカードをかかげて、街路を行進している。

交渉の余地なし！　話しあいは手ぬるい！
人間は行動あるのみ！

口でいうより、見せつけろ！

強力な地球こそ最高の安全保障！


車の後部座席で、近眼のエドウィン・ルマールが驚きのつぶやきをもらし、報告テープをわきにおいた。「どうしてとまったんだ？　なんだね？」

「例のデモよ」イヴリン・カッターが冷淡に答えた。彼女はシートの背にもたれ、不機嫌にタバコの火をつけた。「どれもみなおんなじ」

そのデモ行進は絶頂に達していた。男も、女も、午後の講義がない学生も、興奮しきった熱心な顔で行進している。あるものはプラカードをもち、あるものは粗末な武器を持ち、制服らしいものを着こんでいる。歩道の上にいたおおぜいの野次馬が、しだいに行列に加わりはじめた。交通規制をしているのは、青服の警官たちだ。彼らは無関心にデモをながめ、だれかがデモのじゃまをするのを待っていた。もちろん、じゃまするものはいなかった。だれもそれほどばかではない。

「なぜ総裁政府がデモにストップをかけない？」ルマールがいった。「装甲車を二台ほど出せば、こんなものは根絶やしにできるのに」

彼の隣で、ジョン・Vスティーヴンスがひややかな笑い声をひびかせた。「総裁政府はデモを後援し、組織し、テレビのネットワークで無料の放送時間を与えた上に、文句をいう人間を迫害していらっしゃる。あそこに立ってる警官どもを見ろよ。だれかをなぐろうと待ちかまえてるじゃないか」

ルマールは目をぱちくりさせた。「パタースン、いまの話はほんとか?」

六四年式ビュイックのなめらかなボンネットのむこうに、怒りにゆがんだおおぜいの顔が近づいてきた。デモ隊が足を踏みだすたびに、クロムのダッシュボードがカタカタ鳴った。ルマール医師は不安な手つきでテープを金属ケースにおさめ、おびえた亀のように周囲を見まわした。

「なにを心配してる?」Vスティーヴンスがきびしい口調でいった。「やつらはきみに指一本ふれないぜ――きみは地球人だ。冷や汗をかかなきゃならんのはおれのほうさ」

「あの連中はどうかしてる」とルマールはつぶやいた。「あのうすのろどもはスローガンを唱えて――」

「いや、うすのろじゃない」パタースンが冷静に答えた。「だまされやすいだけだ。そこらのみんなとおなじで、聞かされた話をうのみにしてる。ただ困るのは、彼らが聞かされた話が真実でないことだ」

パタースンは巨大なプラカードのひとつを指さした。デモ隊の足どりに応じて揺れたりねじれたりをくりかえしている、とてつもなく大きい立体写真だった。

「責任はあ**い**つにある。この嘘を思いついたのはあの男だ。総裁政府に圧力をかけ、憎悪と暴力をでっちあげたのはあの男だ――おまけに、そいつを売りこむ資金まで持っている」

プラカードの写真は、威厳のある顔つきをした、白髪の紳士だった。ひたいが広く、ひげをきれいに剃っている。一見学者風だが、体つきはたくましく、年は五十代後半。優しいブルーの瞳、ひきしまったあご、みんなの尊敬を集めた堂々たる高官だ。その端正なポートレートの下には、一瞬の霊感でひねりだされた個人的スローガンが記されている。

反逆者のみが妥協する！

「あれがフランシス・ギャネットだ」Vスティーヴンスはルマールに教えた。「なかなかハンサムじゃないか」あとをつけたした。「地球人にしてはな」

「すごく上品に見えるわ」イヴリン・カッターがいった。「あんなにインテリっぽい男がこんなことに関係してるの？」

Vスティーヴンスはぎすぎすした笑い声を上げた。「あいつのきれいな白い手は、あそこをデモってるどんな配管工や大工の手よりもよごれてるんだ」

「でも、なぜ――」

「ギャネットとその一党はトランスプラネット産業を所有してる。太陽系内惑星の輸出入の大半を支配する持株会社だ。もし、おれの同胞と火星の人たちが独立を果たせば、彼の事業がおびやかされる。彼の競争相手になる。だが、現状のままなら、金星人も火星人も不公平な重商主義の壁に閉じこめられたままだ」

デモ行進は交差点に達した。中の一団がプラカードを捨てて、棍棒《こんぼう》と小石をとりだした。彼らは命令をくだし、手まねでみんなをうながして、〝植連〟というネオンの出た小さいモダンなビルをめざして決然と歩きだした。

「まずい。やつらは植連を狙ってるぞ」パターースンがドアのハンドルに手をかけたが、Vスティーヴンスがそれをとめた。

「きみにやれることはなにもない」Vスティーヴンスはいった。「どのみち、あそこはからっぽだ。たいていの場合、予告がはいるから」

暴徒はプラスチックのはめ殺し窓を割って、しゃれた内装のオフィスへ押しいった。警官たちはのんびりと現場に近づいて、腕組みしながらおもしろそうに見物している。めちゃめちゃにされたオフィスから、家具の残骸が歩道にほうりだされた。ファイル戸棚、デスク、椅子、テレビ、灰皿、そして系内惑星のたのしい生活を描いた華やかなポスターまでが。ホット・ビームで倉庫に放火がはじまり、いがらっぽい黒煙が五本の指のようにひろがってきた。まもなく暴徒は満ちたりた幸福な顔つきでぞろぞろ街路にもどってきた。

歩道の上では、人びとがさまざまな感情をいだいてそれをながめていた。喜んでいるものもいた。たんなる野次馬もいた。しかし、大多数の人びとの顔には不安と幻滅が現われていた。頭に血ののぼった暴徒が略奪品をかかえて荒々しく彼らのあいだをかきわけはじめると、人びとはいそいであとずさりした。

「見たか？」とパタースンはいった。「こういうことをやってるのは、ギャネットがスポンサーになった委員会の二、三千人だ。先頭に立ってるのは、ギャネットの工場の雇い人というか、ならず者の課外活動だよ。やつらは人類の代表づらをしているが、とんでもない。声のでっかい少数派、骨身を惜しまない狂信者の小集団さ」

デモ隊は解散した。植連、つまり、植民惑星連合機構のオフィスは、火炎になめつくされたみじめな廃墟だった。交通規制で車の流れはとまっている。すでにニューヨークのダウンタウンの大部分が、どぎついスローガンを目にし、靴音のひびきと、憎悪のさけびを耳にした。人びとはふたたびオフィスや商店、それぞれの日常の仕事にもどろうとしていた。

そのときだった、錠をおろし、ボルトのはまった戸口に、金星人の若い娘がうずくまっているのを、暴徒が見つけたのは。

パタースンはいきなり車のエンジンをふかした。飛びだした車は荒っぽく急カーブを切って車道を横ぎり、歩道に乗りあげ、獰猛《どうもう》な顔つきで駆けだす暴徒に追いすがった。バンパーが最初の人波をとらえ、木の葉のようにはねとばした。ほかの連中は車体にぶつかって、手足をばたつかせながらころがった。

金星人の若い娘は、車が自分のほうへ走ってくるのに――そして、運転席に乗っているのが地球人であることに気づいた。一瞬、彼女は恐怖に立ちすくんだ。それから、くるりと背を向けて逃げだした。歩道を横ぎり、車道でごったがえす群集のほうへと。ふたたび暴徒は一団にまとまり、怒号を上げて彼女を追いかけはじめた。

「その水かきをつかまえろ！」

「やつらの星へ追いかえせ！」

「地球を地球人の手に！」

そのスローガンの合唱のかげには、口に出さない欲情と憎悪がみにくくうごめいていた。

パタースンは車をバックさせて車道に出た。荒々しくホーンを鳴らしながら、娘のあとから車を飛ばし、走っている暴徒に追いつき、そして追い越した。投石がひとつ、後部の窓に当たってはねかえった。そして、しばらくはいろいろのがらくたが雨あられとそこに降りそそいだ。前方では、群集がなんとなく両側に分かれ、車と暴徒に道をあけた。必死に逃げる娘を助けようとするものはいなかった。娘はすすり泣き、息を切らしながら、とまった車の行列と人びとのあいだを走りつづけた。だれも彼女を救おうとしない。われ関せずという鈍感な目つき。自分に無関係な出来事をながめる冷淡な見物人。

「おれが助ける」Vスティーヴンスがいった。「彼女のすぐ前へ車をとめてくれれば、あとはおれがやる」

パタースンはいったん娘を追い越してから、ブレーキを踏んだ。娘はおびえた兎《うさぎ》のように街路をひきかえそうとした。Vスティーヴンスがすばやく車から飛びだした。そして、愚かにも暴徒のほうへ駆けだそうとする彼女に追いついた。彼女の体をすくいあげると、いそいで車にとってかえした。ルマールとイヴリン・カッターがふたりを中にひっぱりあげた。パタースンは車を出した。

たちまち車は角を曲がり、警察の張った通行止のロープを突破して、危険地帯の外に出た。人びとのさけび、道路をばたばた走る足音、それらが後方に去っていった。

「もうだいじょうぶだ」Vスティーヴンスは若い娘に優しくくりかえした。「われわれは味方だよ。ほら、おれも水かきだ」(Vは金星人Venusianの略)

娘は緑の目を恐怖に見ひらき、細い顔をけいれんさせ、両膝を胸にくっつけるようにして、車のドアによりかかっていた。年は十七、八。水かきのある指が、破れたブラウスの襟をあてどなくひっかいている。片方の靴をどこかになくしたようだ。顔にはひっかき傷が残り、黒い髪がくしゃくしゃになっていた。ふるえる唇からは、意味のない音しか出てこなかった。

ルマールは彼女の脈をとった。「心臓がいまにも破裂しそうだ」と彼はつぶやいた。上着から救急カプセルをとりだすと、彼女のふるえる上膊部《じょうはくぶ》に鎮静剤を注射した。「これでおちつくだろう。けがはしてないようだ――やつらが手を出すひまはなかった」

「もうだいじょうぶ」Vスティーヴンスがささやいた。「われわれは市立病院の医師だ。ミス・カッターのほかはね。彼女はファイルと記録の管理。ドクター・ルマールは神経科医、ドクター・パタースンはガンの専門医、おれは外科医――この手を見たかい？」彼は外科医の手で娘のひたいをさわった。「しかも、おれはきみとおなじ金星人だ。これからきみを病院に連れていって、しばらくそこへかくまってあげるよ」

「あの連中を見たか？」ルマールがつばを飛ばしていった。「だれも彼女のために指一本動かそうとしなかった。ただ、じっと立ってるだけだった」

「みんな怖いんだよ」パタースンがいった。「トラブルを避けたいんだ」

「それはむりよ」カッターがにべもなくいった。「だれもこの種のトラブルは避けられないわ。サイドラインに立って見物してるわけにはいかない。フットボールのゲームじゃないんだから」

「これからどうなるんですか？」と金星人の娘がふるえ声でいった。

「きみは地球を離れたほうがいい」Vスティーヴンスが優しくいった。「ここではどんな金星人も安全じゃない。自分の惑星に帰って、この騒ぎが静まるまで待つことだ」

「静まるかしら？」若い娘はきいた。

「いずれはね」Vスティーヴンスは手をのばして、イヴリンのタバコを娘にさしだした。

「こんなことをいつまでもつづけさせてたまるか。われわれは自由をかちとるんだ」

「ちょっと待ってよ」イヴリンが険しい声でいった。敵意を秘めた瞳が燠火《おきび》のようにくすぶっていた。「こんなことには超然としてる人じゃなかったの」

Vスティーヴンスの濃緑色の顔が紅潮した。「おれがじっとしていられると思うか。同胞が殺され、侮辱され、われわれの権益が無視され、ギャネットのような練り粉づらが、われわれから絞りとった血で肥えふとるのを――」

「練り粉づら」ルマールがふしぎそうにいった。「どういう意味だ、ヴェイチェル?」

「彼らが地球人につけたあだ名だ」パタースンは答えた。「やめとけよ、Vスティーヴンス。すくなくともわたしたちは、きみたちとわれわれを区別する気はない。みんなおなじ種族だ。きみたちの先祖は、二十世紀末に金星へ移住した地球人だった」

「環境適応によるごくわずかな変化だけだ」ルマールがVスティーヴンスにいった。「まだ混血の子供を作ることも可能だ――それがおなじ種族であることを証明してる」

「たしかに可能だわ」イヴリン・カッターが小声でいった。「でも、水かきやカラスと結婚したがるものがいる?」

みんながだまりこんだ。パタースンが病院をめざして車のスピードを上げるあいだに、車内の空気はとげとげしく緊張をはらんだものになった。金星人の娘はうずくまってすわり、無言でタバコをふかしながら、振動する床をおびえた目で見つめていた。パタースンは検問所で車をとめ、身分証を見せた。病院の守衛が通れと合図するのを待って、また車のスピードを上げた。身分証をしまいかけて、ポケットの内側にクリップどめしてあるものに指がさわった。ふいに記憶がよみがえった。

「これで悩みから気をそらしたらどうだ」パタースンはVスティーヴンスに声をかけ、密封されたチューブをぽんとうしろに投げた。「けさ、軍から送りかえしてきたんだ。事務の手ちがいだといって。見おわったら、イヴリンにわたしてくれ。最初から彼女にわたすべきものなんだが、ちょっと興味をひかれてね」

Vスティーヴンスはチューブの封を切って、中身をシートの上にあけた。復員兵の認識番号がスタンプされた、公立病院への入院申込書。汗のしみついた古いテープと、長年持ち歩いてぼろぼろになった書類。油でギトギトしたメタルホイル――これは何度も折り畳んだりひろげたりした上に、長いあいだシャツのポケットの中で、毛むくじゃらの不潔な胸と境を接していたらしい。

「これが重要なのか?」Vスティーヴンスは短気な口調できいた。「事務の手ちがいで、われわれが頭を痛めなくちゃならんのか?」

パタースンは病院の駐車場に車を入れて、エンジンを切った。「その申込書の認識番号を見てくれ」と車のドアをひらきながらいった。「それを調べれば、奇妙なことがわかる。

申請者は古い復員兵士の身分証を持ち歩いていた――だが、その通し番号はまだ発行されていないんだ」

完全に頭が混乱してきたルマールは、イヴリン・カッターとVスティーヴンスの顔を見くらべたが、なんの説明も得られなかった。

首にぶらさげた病院の内線電話機が、うつらうつらしていた老人を目ざめさせた。「デイヴィッド・アンガーさん」と女の声が小さくくりかえしている。「病院へもどってください。すぐ病院にもどってください」

老人は不満そうにうなって、よいしょと立ちあがった。アルミの杖を握りしめて、汗に濡れたベンチを離れ、公園出口の斜路に向かってよたよた歩きだした。せっかくまぶしい太陽と、子供や若い娘や若い兵隊のかんだかい笑い声を閉めだして、気持ちよく眠ろうとしていたのに……。

公園のはずれで、ふたつの人影がこそこそと茂みの中に這いこんだ。その老人、ディヴィッド・アンガーは足をとめ、小道の上ですれちがった人影を信じられない目で見つめた。自分の声に自分でも驚いた。アンガーはありったけの大声でさけんでいた。その怒りと嫌悪のさけびは公園ぜんたいにこだまし、静かな木立と芝生をゆるがした。

「水かきだ!」よたよたとさっきの人影を追いかけながらさけんだ。「水かきとカラスだ！　助けてくれ！　だれか助けてくれ！」

アルミの杖をふりかざし、息をはずませて、アンガーは火星人と金星人のあとを追った。人びとがびっくりして寄り集まってきた。おびえたカップルを追いかける老人のまわりに、人垣《ひとがき》ができあがった。へとへとになった老人は水飲み場にぶつかってよろめき、手から杖をとり落とした。しなびた顔に血がのぼっていた。赤いまだらのできた顔に、やけどの痕がみにくく浮きあがった。残った片目は憎悪と怒りに充血していた。しわだらけの唇からよだれが糸を引いていた。老人がかぎ爪のように痩せた両手をあがかせているうちに、ふたりの改造人間は公園の奥にあるヒマラヤ杉の木立へ逃げこんでしまった。

「つかまえろ！」デイヴィッド・アンガーはろれつのまわらない舌でわめいた。「やつらを逃がすな！　いったいおまえらはどうしたんだ？　生っ白い腰抜けどもめ。それでも軍人か？」

「おちつきなよ、おやじさん」若い兵士が気のいい口調でいった。「あいつらはだれに迷惑かけたわけでもないんだから」

アンガーは杖を拾いあげると、兵士の頭上を横になぎはらった。「やい、きさま！」と彼はどなった。「きさまはそれでも兵隊か？」

咳の発作で、あとの言葉が出てこない。アンガーは体をふたつに折り、息をしようともがいた。

「わしの時代には」とようやくあとをつづけた。「あの連中にロケット燃料をぶっかけて、吊るし首にしたもんだ。それから火をつけたもんだ。けがらわしい水かきどもやカラスどもを切り刻んでやったもんだ。見せしめにな」

このころには、大柄な警官がふたりの改造人間をつかまえていた。「出ていけ」と警官はすごみのきいた口調で命令した。「おまえらにここへくる権利はない」

ふたりの改造人間は小走りに逃げだそうとした。警官はゆっくりと棍棒を構え、火星人の両目をなぐりつけた。もろく薄い頭蓋にひびがはいり、視力を奪われた火星人は苦痛のさけびを上げながらよろよろと逃げだした。

「やれ、やれ、もっとやれ」デイヴィッド・アンガーは満足の声を弱々しくしぼりだした。

「このいじわる爺《じじ》い」ひとりの女が恐怖で顔を蒼白にしてつぶやいた。「あんたみたいな人がよけいな騒ぎを作りだすんだわ」

「おまえはなんだ？」アンガーがいいかえした。「カラスの味方か？」

群集がしだいに散りはじめた。アンガーは杖をつかんで、出口の斜路へよろよろ歩きだした。ぶつぶつと悪態をつき、茂みにつばを吐き、頭を横にふった。

病院の構内にはいっても、老人はまだ怒りと敵意に身ぶるいしていた。「なんの用なんだ？」とメイン・ロビーの受付に詰問した。「ここのやることは、まったくわけがわからん。ひさしぶりにぐっすり眠りかけたところをたたき起こしやがって。つぎになにが見えたと思う？　水かきとカラスが白昼堂々と町なかを歩いとるんだ。まるで――」

「パタースン先生があなたを呼んでおられます」看護婦はしんぼうづよく説明した。「三〇一号室です」ロボットに首をうなずかせた。「アンガーさんを三〇一号室にお連れして」

老人はなめらかに廊下を滑っていくロボットのあとを、不機嫌な顔でよたよた歩いた。

「おまえらブリキ人形は、八八年のエウロペの戦いで全滅したんじゃないのか」老人はおさまらない顔つきでいった。「まったくわけがわからん。あの軍服を着た腰抜け坊やども。みんながぼけーっと遊びくさって。草の上に裸で寝ころんで、目じりを下げて若い女といちゃつくことしか知らんようだ。これはまちがっとる。なにか手を打たんと――」

「この部屋です」とロボットがいい、三〇一号室のドアがひらいた。

部屋にはいった老人が、アルミの杖をわしづかみにして、ぷりぷりしながらデスクの前に立つのを見て、ヴェイチェル・パタースンはすこし腰を浮かした。デイヴィッド・アンガーと顔を合わせるのは、これがはじめてだった。ふたりはおたがいを見つめあい、値踏みしあった。痩せて鷹のような顔をした老兵士と、こざっぱりした服装の若い医師。医師の黒い髪はやや薄くなりかけ、人のよさそうな顔に太縁のメガネをかけている。パタースンのデスクのそばで、金髪のイヴリン・カッターが赤い唇にタバコをくわえ、無表情にこの場を見まもり、耳をすませている。

「わたしがドクター・パタースン、こちらはミス・カッターです」パタースンは、デスクの上に散らかっている、古びたテープをもてあそんだ。「おかけください、ミスター・アンガー。二、三質問があるんです。あなたの書類にちょっとした疑問点がありましてね。たぶん、事務の手ちがいだと思いますが、わたしのところへもどってきたんです」

アンガーは用心深く腰をおろした。「質問とお役所の手続きか。ここへきて一週間になるが、毎日ごたごたつづきだ。これなら道ばたで野たれ死にしたほうがましだった」

「この書類によると、ここに入院されてからきょうで八日目ですね」

「だろうな。そう書いてあるなら、きっとそうなんだろうよ」老人は煮えたぎる思いをせいいっぱい皮肉な口調にこめた。「事実でなきゃ、書類には書くまい」

「あなたは復員兵士として入院を許可されました。すべての治療費と扶養費は総裁政府が負担します」

アンガーは怒りだした。「わるいか？　わしはそれだけのことをしてきたんだ」彼はパタースンのほうに身を乗りだし、骨ばった指を彼につきつけた。「入隊したときのわしは十六だった。それからずっと、地球のために戦いつづけた。いまでもまだ戦ってたかもしれんぞ。やつらの卑劣な掃討作戦で死にかけなけりゃな。命があっただけめっけものさ」老人はなかば意識的に、赤みがかった瘢痕《はんこん》をさすった。「おまえさんは戦争に行かなかったのか。徴兵逃れのできる場所があるとは知らなんだ」

パタースンとイヴリン・カッターは顔を見あわせた。

「あなたはおいくつですか？」だしぬけにイヴリンがたずねた。

「そこに書いてあるだろうが」アンガーは食ってかかった。「八十九だ」

「では、生まれた年は？」

「二一五四年。それぐらい計算できんのか？」

パタースンはメタルホイルの報告書に小さくメモを書きつけた。「所属部隊は？」

この質問で、アンガーの口はほぐれてきた。「Ba－3分隊だ、聞いたことがあるかな。もっとも、ここのようすだと、戦争があったことさえ知らんようだが」

「Ba－3分隊ね」パタースンはくりかえした。「で、何年ぐらい勤務したんですか？」

「五十年。それから退役した。一回目はだぞ。わしは六十六だった。ふつうの定年だ。年金と土地をすこしもらった」

「で、再召集がきたんですか？」

「もちろん、きたとも！　おぼえてないのか、ロートルばっかりのBa－3分隊が戦線に舞いもどって、敵にひと泡吹かせたのを？　そのころ、あんたはまだ子供だったんだろうな。わしらの奮戦ぶりはみんなが知ってるぞ」アンガーは一級のクリスタル・ディスクをとりだし、それをデスクの上にたたきつけた。「これをもらったんだ。生存者みんなが。三万人の中で、生き残ったのはたったの十人」老人はふるえる手で勲章を拾いあげた。「わしは重傷を負った。この顔を見ろ。焼かれたんだ。ネイサン・ウエストの戦艦が爆発したときにな。軍の病院に二年ほど入院してた。そのときだ、やつらが地球をめちゃくちゃに破壊したのは」年老いた手が、むなしい拳《こぶし》に握りしめられた。「わしらはあそこでじっとしてるしかなかった。やつらが地球を煙のくすぶる廃墟に変えるのをじっとながめるしかなかった。地球はかなくそと灰だけになった。果てしない死の荒野に。村もない、町もない。わしらの目の前で、やつらのCミサイルが飛んでいった。とうとうやつらは地球をかたづけた──そして、つぎにルナのわしらを攻めてきたんだ」

イヴリン・カッターは口をはさもうとしたが、言葉が出てこなかった。デスクの前でパタースンの顔も蒼白になっていた。

「つづけて」パタースンはかろうじて声を出した。「つづけてください」

「わしらはコペルニクス・クレーターの地下でがんばったよ。やつらがCミサイルを撃ちこんできてもな。かれこれ五年は持ちこたえた。すると、やつらが着陸をはじめた。わしは生き残った仲間と高速魚雷艇で逃げだし、外惑星の近くに潜伏基地を作った」アンガーはおちつかなげに体をよじった。「そのへんの話はしたくない。負けたんだ、すべての終わりだ。なぜわしに聞く？　わしは3－4－9－5の建設をてつだった。最高の人工衛星基地だった。天王星と海王星のあいだのな。それからまた退役した。だが、やがてうすぎたないネズミどもがあの基地に忍びこんで、面白半分に爆破した。五万人の老若男女《ろうにゃくなんにょ》が死んだ。コロニーは全滅した」

「あなたは脱出したの？」イヴリン・カッターがたずねた。

「もちろん、脱出したさ！　ちょうどパトロール中でな。水かきどもの艦艇を一隻仕留めたぜ。そいつをやっつけて、やつらが死ぬのを見とどけた。いくらか溜飲《りゅういん》がさがった。それから3－6－7－7へ移動して、二、三年そこにいた。そこが攻撃されるまでだ。それが今月のはじめだ。絶体絶命だった」きたない黄色の歯が苦しそうに光った。「こんどこそ、どこにも逃げ場がない。わしの知るかぎりではな」赤く充血した目が豪華なオフィスを見まわした。「こんなものがあるとは知らなんだ。えらくまた上手に人工衛星基地を修理したもんじゃないか。思い出にある本物の地球そっくりだぜ。ちょいと気ぜわしいし、まぶしすぎる。本物の地球ほど静かじゃない。だが、空気のにおいまでよく似てる」

沈黙がおりた。

「じゃ、あなたがここへきたのはその……そのコロニーが破壊されてからですか？」パタースンはかすれ声できいた。

「そうらしい」アンガーは大儀そうに肩をすくめた。「最後におぼえてるのは、ドームが割れて、空気と熱と重力がもれだしたことだ。カラスと水かきがそこらじゅうに着陸してきた。まわりでみんながばたばた死んでいく。すごい爆風でわしは意識をなくした。つぎに気がついたら道ばたに倒れていて、通行人が助け起こしてくれたんだ。それからブリキ人形どもと医者のひとりにここへ連れてこられた」

パタースンは身ぶるいといっしょに、深いためいきを吐きだした。「なるほど」彼の指は、腐食して汗のしみついた証明書類をぼんやりといじりつづけた。「なるほど、それで不審な点の説明がつきました」

「書類はそろってるだろう？　なにか足りんものがあるかい？」

「書類はぜんぶそろってます。ここへ運びこまれたとき、あなたの手首にチューブがぶらさがっていたそうです」

「そうだろうとも」アンガーの鳥に似た胸が誇りにふくらんだ。「十六のときからそれはたたきこまれてる。たとえ死んでも、そのチューブを体から離しちゃいかんのだ。記録をありのままに伝えるためにな」

「記録はちゃんとしたものです」パタースンはかすれ声で認めた。「もう病室へもどってけっこうですよ。それとも公園でも。どこでも」

彼の合図で、ロボットがしなびた老人にそっと近づき、オフィスから廊下へ連れだした。ドアが閉まるのを待って、イヴリン・カッターがゆっくりと単調に悪態をついた。ハイヒールの踵《かかと》で吸いがらを踏みにじり、勢いよく行ったりきたりをはじめた。「まったくもう、わたしたちはなんに首をつっこんだのかしら？」

パタースンは映話機に近づいて、外線に切り替え、惑星映話の交換手を呼びだした。

「軍司令部につないでくれ。いますぐに」

「ルナのですか？」

「そうだ」とパタースンは答えた。「ルナの主力基地に」

緊張して行ったりきたりをつづけているイヴリン・カッターのむこうで、オフィスの壁のカレンダーは、二一六九年八月四日を表示していた。もしデイヴィッド・アンガーが二一五四年生まれだとすれば、いま十五歳の少年であるはずだ。しかし、彼が二一五四年生まれなのはまちがいない。あの黄ばんで汗のしみついた、ぼろぼろの身分証には、たしかにそう書いてあった。まだ起こらない戦争のあいだ、彼はその身分証を肌身離さず持っていたのだ。

「彼はまちがいなく復員兵士だよ」パタースンはVスティーヴンスにいった。「あと一カ月しないとはじまらない戦争のな。彼の申込書がコンピューターにつっかえされたのもふしぎはない」

Vスティーヴンスは濃緑色の唇をなめた。「その戦争は、地球対ふたつの植民惑星の戦争なんだな。そして、地球が負けるのか？」

「アンガーはその戦争を戦いぬいた。最初から最後までを見てきた——地球の全面破壊までを」パタースンは窓ぎわによって、外をながめた。「地球は戦争に負け、地球人という種族が全滅したんだ」

Vスティーヴンスのオフィスの窓から、パタースンは都市のひろがりを見わたした。何キロにもわたってつづくビル群が、夕日に白く輝いている。一千百万の人口。商工業の巨大な中心地、太陽系経済の中核。そして、その外側には、都市群と農地とハイウェイの世界があり、三十億の男女がそこに住んでいる。繁栄する健康な惑星、改造人間たち、金星と火星への野心的な移民たちが、そこから巣立っていった母星。いま、地球と植民惑星のあいだには、鉱物や原石や生産物を積んだ貨物船の果てしない列が往復している。しかも、すでに調査団は外惑星にさぐりを入れ、総裁政府の名のもとに新しい資源の宝庫の所有権を主張しようとしている。

「アンガーはこのすべてが蒸発して放射能塵《ほうしゃのうじん》に変わるのを見た」パタースンはいった。「地球の防衛線が突破された最後の総攻撃を自分の目で見たんだ。そのあとで、ルナ基地も抹殺された」

「ルナから軍のお偉方がやってくるんだって？」

「彼らの腰を上げさせる材料を与えたんだよ。ふつうだと、お偉方が動きだすまでには何週間もかかるんだが」

「そのアンガーとやらに会ってみたいな」Vスティーヴンスが思案深げにいった。「なにかの方法で――」

「きみは彼に会ったことがある。きみが蘇生させたんだよ、おぼえてるだろう？　彼が最初に発見されて、運びこまれたときに」

「そうか」Vスティーヴンスは小さく声をもらした。「あのきたならしい爺さんが？」黒い瞳を輝かせて、「あれが復員兵のアンガーだったのか……われわれが敵味方に分かれる戦争の」

「その戦争できみたちの側が勝つ。地球は敗北する」パタースンはふいと窓ぎわから離れた。「アンガーは、ここが海王星と天王星の中間にある人工衛星だと思ってる。ニューヨークの一部の復元――二、三千人の人間と機械がいるだけのプラスチック・ドームだと思ってる。自分の身になにが起こったかに、まったく気づいていない。どこをどうやってか、彼の時間線の過去へ飛ばされたことに」

「おそらくエネルギーの大量放出と……それに、もしかすると彼の強烈な脱出願望が作用したのかな。だが、たとえそうだとしても、この現象は想像を絶してる。なんというか――」Vスティーヴンスは言葉をさぐった。「――一種の神秘的なひびきがある。いったいこれはどういうことだろう？　超絶的存在の訪れか。天国からの預言者か？」

ドアがひらき、Vラフィーアが首をのぞかせた。「あら」彼女はパタースンに気づいた。「ごめんなさい、知らなくて――」

「いいんだ」Vスティーヴンスは彼女にうなずきかえし、部屋の中にはいらせた。「パタースンをおぼえてるだろう。きみを助けたときに、車を運転していた男だ」

Vラフィーアは数時間前に比べてかなり元気になっていた。顔のひっかき傷はもう目立たず、髪もきれいにととのえられ、清潔なグレーのセーターとスカートに着替えていた。彼女は緑の肌を光らせながら、まだ不安の残るようすでVスティーヴンスのそばに近づいた。

「ここにしばらくいることにしたんです」Vラフィーアは言い訳がましくパタースンに説明した。「しばらく外に出られそうもないから」助けをもとめるように、ちらっとVスティーヴンスを見た。

「彼女は地球に家族がいない」Vスティーヴンスが説明した。「二級生化学者の資格でこっちへきてた。シカゴの郊外にあるウエスチングハウスの研究所に勤めてたんだ。ショッピング・ツアーでニューヨークへきたのがまちがいだった」

「デンヴァーのVコロニーへ入れてやれないか？」パタースンがきいた。

Vスティーヴンスはむっとした。「ここに水かきをおきたくないというのか？」

「ほかに方法があるか？　ここは防備の固い要塞じゃない。高速貨物ロケットに彼女を乗せて、デンヴァーへ送り届けてはどうだ。だれも妨害はしないだろう」

「それはあとで相談しよう」Vスティーヴンスはいらいらした口調でいった。「もっと重要な話がある。アンガーの書類をチェックしてみたか？　あれが偽造でないという確信はあるのか？　おれも本物の可能性は高いと思うが、たしかめる必要はある」

「このことは秘密にしておきたい」パタースンはＶラフィーアにちらと目をやって、切迫した声でいった。「外部の人間を入れてはまずい」

「それはわたしのこと？」Ｖラフィーアはためらいがちにきいた。「じゃ、わたしは帰ります」

「帰るな」Ｖスティーヴンスは荒っぽく彼女の腕をつかんだ。「パタースン、秘密にしておくのはむりだ。アンガーはおそらく五十人以上の人間に身の上話をしてる。なにしろ、一日じゅう公園のベンチにすわって、通行人をかたっぱしからひきとめていたんだぜ」

「どういうことなの？」Ｖラフィーアが好奇心にかられてきいた。

「べつに重要なことじゃない」パタースンが警告するようにいった。

「重要なことじゃない？」Ｖスティーヴンスがおうむがえしにいった。「そうとも、ただのちょっとした戦争だ。プログラムの前売りだ」さまざまな感情が彼の顔を駆けぬけた。心の奥からわきでる興奮と渇望が。「さあ、賭けてください。大穴を狙わずに。本命に賭けましょう。なんたってこれは歴史なんです。ちがうか？」確認を求めるように、彼はパタースンに向きなおった。「さあ、なんとかいってみろよ。おれにはとめられない——きみにもとめられない。そうだろう？」

パタースンはゆっくりとうなずいた。「どうやらそうらしい」彼は悲しげに答え、それから渾身《こんしん》の力で拳をふるった。

彼のパンチはやや狙いがそれ、Vスティーヴンスは四つんばいになって逃れた。Vスティーヴンスはコールドビームを抜いた。ふるえる手で狙いを定めようとした。パタースンは彼の両手から銃をけとばし、彼の手をひっぱって立たせた。

「失敗だったよ、ジョン」パタースンはあえぎながらいった。「アンガーの身分証をきみに見せるんじゃなかった。教えるんじゃなかった」

「そのとおりだ」Vスティーヴンスはようやくかすれた声をしぼりだした。パタースンを見つめる彼の瞳は、悲しみに満たされていた。「これでおれは知った。これで、おれたちふたりが知った。きみたちは戦争に負ける。たとえアンガーを鉄の箱に閉じこめて、地球の中心へ沈めたってむだだ、もう遅い。おれがここを出たとたんに、植連もそれを知ることになる」

「ニューヨークの植連は全焼した」

「だったら、シカゴの植連を見つけるさ。それともボルティモアの植連を。もし必要なら、金星へもどってもいい。このすばらしいニュースをひろめるんだ。苦しくて長い戦争だろうが、われわれが勝つ。そして、きみたちにはどうすることもできない」

「きみを殺すことはできる」

パタースンは必死に頭を回転させた。まだ手遅れじゃない。もしVスティーヴンスを監禁できれば。そして、デイヴィッド・アンガーを軍部に引き渡せれば——

「なにを考えているかはわかるぞ」Vスティーヴンスがあえぐようにいった。「もし戦わなければ、もし戦争を避けられれば、地球側にもまだチャンスはあるというんだろう」緑の唇が荒々しくゆがんだ。「いまさら戦争を避けたがっても、われわれがそれを許すと思うか？　こうなったからにはむりだ！　反逆者のみが妥協する——おまえたちのスローガンによればな。もう手遅れなんだ」

「きみがここから出なければ手遅れにはならん」

パタースンの手はデスクの上をまさぐり、スチールの文鎮を見つけた。彼はそれをひきよせ——そして、コールドビーム拳銃のなめらかな銃口が肋《あばら》に押しつけられるのを感じた。

「この拳銃の使いかたはよく知らないけど」とVラフィーアがゆっくりといった。「押すボタンはひとつしかなさそうだわ」

「そのとおりだ」Vスティーヴンスがほっとしたように答えた。「だが、まだ押すなよ。もうすこし彼と話しあいたい。たぶん、道理を説き聞かしてやれるだろう」彼は感謝の目をVラフィーアにそそいでから、パタースンの手をふりほどき、二、三歩離れて、裂けた唇と折れた前歯を舌でさぐった。「これはきみの身から出た錆だぞ、ヴェイチェル」

「気はたしかか」パタースンはVラフィーアのたよりない手もとで揺れているコールドビーム拳銃を見つめながら、食ってかかった。「負けるとわかっている戦争をわれわれにやらせるつもりか？」

「地球の勝ち目はない」Vスティーヴンスの目がきらりと光った。「いやでも戦争にひきこんでやる。こっちが地球の都市を攻撃すれば、反撃せずにいられないだろう。それが人間の悲しいさがだ」

最初のコールドビームの一撃はパタースンに当たらなかった。彼は身をかわし、Vラフィーアの細い手首をつかもうとした。だが、パタースンの手は空を切り、いそいで彼は床に伏せた。ふたたびビームがしゅっと発射されたのだ。Vラフィーアは、不安に目を大きく見ひらいて後退しながら、立ちあがりかけたパタースンにおぼつかない狙いを定めた。パタースンは跳びかかり、おびえた娘に両手を伸ばした。彼女の指に力がこもり、拳銃の銃口が黒ずむのが見えた。そこまでだった。

蹴破《けやぶ》られたドアから飛びこんできた青服の兵士たちが、死の十字砲火の中にVラフィーアをとらえた。氷の息がパタースンの顔にかかった。彼は必死に両手をかざし、死のささやきが耳の横をかすめる中でよろよろと後退した。

Vラフィーアの体がふるえ、その周囲に絶対冷気の雲がきらめくあいだ、短いダンスを踊った。とつぜん、一生涯を記録したテープが映写機の中でとまったように、彼女はぴたりと静止した。その体からはすべての色彩が溶け去った。人間の立ち姿の奇怪なイミテーションは、静寂の中で片手を上げたむなしい防御のしぐさをたもったままだった。

つぎの瞬間、凍った人柱が破裂した。膨張した細胞がはじけて微粒子の結晶の雨に変わり、吐き気のするような音を立ててオフィスの中に降りそそいだ。

フランシス・ギャネットが、赤い顔に汗をにじませて兵士たちのあとから用心深くはいってきた。

「きみがパタースンか？」ギャネットは大きな手をさしのべてきたが、パタースンは握手しなかった。「当然のことながら、軍はわたしに知らせてきた。例の老人はどこにいる？」

「どこかそのへんに」とパタースンはつぶやいた。「監視つきで」

彼はVスティーヴンスに向きなおり、一瞬ふたりの視線がからみあった。「わかったか？」とかすれ声でいった。「これが現実の出来事なんだ。気がすんだか？」

「きたまえ、ミスター・パタースン」とフランシス・ギャネットが短気な大声を出した。「時間をむだにしているひまはない。きみの話だと、これはなにか重要な問題らしいが」

「そのとおり」Vスティーヴンスがわきから穏やかに答え、口からしたたる血をハンカチでぬぐった。「あんたがはるばるルナから旅をしただけの価値は充分にある。おれの言葉を信じなさい――おれは知ってる」

ギャネットの右隣にすわっている中尉は、畏怖《いふ》に言葉を失って、スクリーンに目を釘づけにしていた。灰色のもやの中、巨大な宇宙戦艦が、原子炉を破壊され、船首砲塔をつぶされ、船体にぱっくり大穴があいたまま漂っているのを、若くハンサムな白い顔に驚きをたたえて見つめていた。

「なんてこった」ネイサン・ウエスト中尉はかぼそい声でいった。「あれは〈ウインド・ジャイアント〉号。わが軍の最大の戦艦だ。それが――使用不能になっている。完全にやられている」

「これはきみの戦艦なんだ」パタースンがいった。「八七年に金星と火星の連合艦隊がこの戦艦を破壊するとき、きみは艦長をつとめているだろう。デイヴィッド・アンガーはきみの下で勤務しているだろう。きみは戦死するが、アンガーは脱出する。きみの戦艦の少数の生存者は、地球が金星・火星連合軍のCミサイルで組織的に破壊されていくのを、ルナから目撃することになる」

画面では、泥だらけの水槽の底にいる魚のように、人影が跳びはね、渦巻いていた。その中心に激しい大渦巻がわきおこった。巨大な痙攣《けいれん》のように船体を鞭《むち》うつエネルギー流だ。銀色の地球艦隊は、つとためらってから散り散りになった。ひろがった裂け目から黒い火星戦艦が殺到してきた――それと同時に、待ちかまえていた金星艦隊が地球艦隊の側面からおそいかかった。まだ生き残っていた地球の艦艇も、鋼《はがね》のはさみでつかまれ、押しつぶされ、存在から消されていった。艦艇が一隻また一隻と消滅するごとに、まぶしい一瞬の閃光が上がった。遠くでは、美しい青と緑の球体である地球が、ゆっくりと威厳たっぷりに自転をつづけていた。

だが、すでに地球の表面にはみにくいあばたが現われはじめていた。防衛網を突破したCミサイルが作りだした爆孔だった。

ルマールがプロジェクターをとめ、スクリーンは空白になった。「この記憶シークエンスはこれで終わりです。われわれが入手したのは、こうした視覚的断片、彼に強い印象を残した短い瞬間だけでした。連続したものは得られません。つぎのシークエンスは、これから数年後の、ある人工衛星でのものです」

照明がもどり、一団の観客はもぞもぞと立ちあがった。ギャネットの顔は不健康な土気色だった。

「ドクター・ルマール、あそこの場面をもう一度見たい。あの地球の遠景だ」ギャネットはじれったそうに身ぶりした。「わたしのいう場面はわかるだろう」

照明が暗くなり、ふたたび画面がよみがえった。こんどそこに映ったのは地球だけだった。デイヴィッド・アンガーが乗った高速魚雷艇が外宇宙へと突進するにつれて、しだいにうしろに去っていく天体。アンガーは、死にゆく母星が最後まで見えるように席をとっていたのだ。

地球は廃墟だった。それをながめる将校団から思わず嘆声がもれた。生き物は全滅だ。

なにひとつ動くものはない。クレーターにおおわれた表面をさまようものは、放射能塵の死の雲だけ。三十億の人びとが住んでいた生命の惑星は、黒焦げの燃えかすでしかなかった。たえず吠《ほ》えたける風に悲しく吹き散らされた灰燼《かいじん》が、空白の海上を漂っている。

「たぶん、なにかの植物生命があとをひきつぐのね」画面が薄れ、天井の照明がもどると、イヴリン・カッターがきびしい声でいった。彼女は激しく身ぶるいして、背中を向けた。

「雑草かな、おそらく」ルマールがいった。「黒っぽいかさかさした雑草が、かなくそのあいだから顔を出す。そのあとに昆虫が現われるかもしれない。もちろん、バクテリアも。バクテリアの働きで、いずれはあの灰も利用可能な土壌に変わる。そして、十億年も雨が降りつづく」

「事実に直面しよう」ギャネットがいった。「水かきどもとカラスどもが、地球に再移住するだろう。われわれが全滅したあとで、やつらはこの地球に暮らすようになる」

「われわれのベッドで眠るというんですか？」ルマールが穏やかにたずねた。「われわれのバスルームや、居間や、交通機関を使うというんですか？」

「きみのいうことはよくわからん」ギャネットは苛立《いらだ》たしげに答え、パタースンを手招きした。「これを知っているのは、この部屋にいる人間だけだろうな？」

「Vスティーヴンスは知ってますよ」パタースンはいった。「しかし、いまは精神病棟に監禁してあります。Vラフィーアも知っていたが、彼女は死にました」

ウエスト中尉がパタースンに近づいた。「その老人に会わせてもらえないか？」

「そうだ、アンガーはどこにいる？」ギャネットが問いただした。「わたしのスタッフは、じかに彼と会いたがっている」

「必要な事実はすべてお話ししました」とパタースンはいった。「この戦争の結果がどうなるかを、あなたがたは知った。地球がどうなるかも知った」

「なにをいいたいんだ？」ギャネットは警戒のいろを見せた。

「戦争を避けなさい」

ギャネットは美食で肉づきのいい肩をすくめた。「どのみち、歴史は変えられない。いまのこれは未来の歴史だ。戦争に突入する以外に選択の道はない」

「すくなくとも、やつらの何人かを死の道連れにできるわ」イヴリン・カッターがひややかにいった。

「なにをいってる」興奮したルマールがどもりながらいった。「病院の仕事をしているのに、よくそんなことがいえるな」

女の瞳が燃えあがった。「やつらが地球になにをしたか、あんたも見たでしょうが。やつらが地球人をずたずたにしたのを見たでしょうが」

「われわれはもっと高所に立つべきだ」ルマールは反論した。「もし、この憎悪と暴力にずるずるひきずりこまれたら——」とパタースンに訴えた。「なぜVスティーヴンスは監禁された？　かりに彼が狂っているにしても、イヴリンほどじゃない」

「たしかにな」パタースンはいった。「しかし、イヴリンのは地球の側に立った狂いかただ。その種の狂人は監禁されないよ」

ルマールは彼のそばを離れた。「きみも先頭に立って戦う気か？　ギャネットやその兵士たちといっしょに？」

「わたしは戦争を避けたい」パタースンは沈んだ声でいった。

「そんなことができるかね？」ギャネットが詰問した。淡いブルーの瞳の奥に、つかのま熱心な輝きがまたたき、そして薄れていった。

「できるかもしれない。どうしてだめなんです？　アンガーがこの時代にもどったことで、新しい要素がふえたんですよ」

「もし未来が変えられるものなら」とギャネットはおもむろにいった。「さまざまな可能性を選択できるかもしれん。もし、ふたつの可能な未来があるとすれば、無限の数の未来があるかもしれん。どれもが、ちがった時点から枝分かれしていくわけだ」彼の顔は花崗《かこう》岩《がん》のようにきびしくなった。「アンガーの戦闘の記憶を利用できるかもしれん」

「アンガーと話をさせてください」ウエスト中尉が興奮した口調で割りこんだ。「うまくすれば、水かきどもの戦術と戦略をはっきりつかめるかもしれません。彼は数多くの戦闘を頭の中で千回もくりかえしたことでしょうから」

「アンガーがきみの顔に気づくとまずい」ギャネットがいった。「なにしろ、きみの指揮のもとで戦った男だからな」

パタースンはじっと考えてから、ウエストにいった。「そうは思えない。きみはデイヴィッド・アンガーよりずっと年上だから」

ウエストは目をぱちくりさせた。「どういう意味だ？　彼は衰弱した老人で、わたしはまだ二十代だぞ」

「デイヴィッド・アンガーは十五歳なんだ」とパタースンは答えた。「この時点でのきみは彼の倍近い年齢だ。すでにルナの政策決定レベルの将校団にも属している。アンガーはまだ入隊さえしていない。彼は戦争がはじまってから志願する。なんの経験もなく、訓練も受けてない新兵としてね。きみが〈ウインド・ジャイアント〉号を指揮する老提督になったときには、デイヴィッド・アンガーは砲塔のひとつに勤務しているが、ありふれた中年の兵士で、きみは彼の名前さえ知らないだろう」

「じゃ、アンガーはもうすでに生まれているのか？」

「アンガーはどこかにいて、舞台に登場する時期を待ってるわけだ」パタースンは将来の調査のために、その考えを頭の中にしまいこんだ。ここに貴重な可能性があるかもしれない。「彼がきみの顔を見わけるとは思えないよ、ウエスト。彼は艦長の顔を一度も見たことがないんじゃないかな。〈ウインド・ジャイアント〉号は大きな戦艦だ」

ウエストはすぐに同意した。「わたしにスパイ・システムをつけてください、ギャネット。司令部のスタッフが、アンガーの話を音と映像の両方で傍受できるように」

朝の明るい日ざしの中で、デイヴィッド・アンガーは不機嫌に公園のベンチに腰かけ、節くれだった指でアルミの杖をにぎって、ぼんやり通行人をながめていた。

彼の右手では、ロボット園丁がおなじ芝生の一角を何度も何度も手入れしながら、背をまるめたしわだらけの老人の姿に、金属の眼球レンズの焦点を固定していた。砂利道のむこうからは、一団の人びとがのんびりくつろぎながら、公園のいたるところに散らばったさまざまなモニターに気まぐれな感想を送り、中継システムをひらきつづけていた。プールサイドでおっぱいを出して体を焼いている若い女性が、デイヴィッド・アンガーの姿の見える範囲で公園を歩きまわっているふたりの兵士に、かすかなうなずきを送った。

その朝の公園には、百人ほどの人間がいた。そのひとりひとりが、うとうとしかけている不機嫌な老人をとりまく壁の一部だった。

「よし」とパタースンがいった。彼が車をとめた場所は、緑の木立といくつかの芝生のある区画のはずれだった。「あの老人をあまり興奮させないように。最初に彼を蘇生させたのはVスティーヴンスなんだ。万一老人の心臓がとまりかけたら、こんどはVスティーヴンスにたのめないからね」

金髪の若い中尉は首をうなずかせ、ぱりっとした青い軍服のしわをのばして歩道に出ていった。ヘルメットをあみだにかぶりなおし、公園の中央に向かって砂利道をすたすたと歩きだす。彼が近づくにつれて、それまでのんびりくつろいでいた人影が、それとなく移動しはじめた。芝生の上や、ベンチの上や、プールのまわりのあっちこっちで、つぎつぎに指定の持ち場についた。

ウエスト中尉は水飲み場の前で足をとめ、ロボット頭脳が送りだしたつめたい水の噴流を口にふくんだ。彼はゆっくりそこを離れ、両手をだらんと下げて、ひとりの若い女をぼんやりながめた。女は服をぬぐと、色あざやかな毛布の上にけだるく体を伸ばした。目をつむり、赤い唇をひらいて、心地よさそうな吐息をもらした。

「むこうから話しかけてくるようにしむけなさい」とその女が小声で教えた。中尉は黒いブーツをベンチの端にかけ、二、三歩離れて立っていた。「こっちから話を切りださないように」

ウエスト中尉はさらに一秒だけ彼女を見つめてから、また砂利道を歩きだした。すれちがった大柄な男が、せかせかと耳打ちした。「それじゃ歩きかたが速すぎる。たっぷり時間をかけるんだ。いそいだようすを見せるな」

「ひまをもてあましてるような印象を与えるのよ」細くとがった顔の子守り女が、乳母車を押しながら中尉とすれちがって、そうあいさつした。

　ウエスト中尉は極端に足どりをゆるめた。手持ちぶさたなようすで、道の上の小石を濡れた茂みの中に蹴りこんだ。ポケットに深く手をつっこみ、中央のプールへ近づいて、ぼんやりとその底を見つめた。タバコに火をつけ、通りがかりのロボット・セールスマンからアイスクリーム・バーを買った。

「アイスのしずくを軍服の上にこぼしなさい」ロボットのスピーカーが小声で教えた。「悪態をついて、こぼれたアイスを拭きとるんです」

　ウエスト中尉は暖かい夏の太陽の下で、アイスクリームが溶けるままにしておいた。やがて、糊のきいたブルーの上着の袖にしずくが垂れるのを待って、ハンカチをとりだし、プールの水で湿らせて、不器用にアイスクリームを拭きとろうとした。

　ベンチの上では、顔に大きな傷痕のある老人が片目で彼をながめ、アルミの杖を握りしめて、たのしそうにけたけた笑った。「気をつけろ」老人はぜいぜい咳きこみながらいった。「ほら、また！」

　ウエスト中尉はむっとして顔を上げた。

「またこぼれたぞ」老人はしわがれた笑い声をあげ、歯のない口をおもしろそうにあけて、ベンチの背にもたれた。

　ウエスト中尉は人のいい笑顔を返し、「あ、ほんとだ」と認めた。溶けた食べかけのアイスクリームを廃物処理スロットにつっこむと、上着のしみを拭きおわった。「まったく暑いですね」といいながら、ぶらぶらと老人に近づいた。

「よくできとるよ」アンガーは鳥のような頭をうなずかせた。それから首をのばし、目をこらして、若い軍人の肩章《けんしょう》を読みとろうとした。「あんたはロケット乗りかい？」

「爆破班」とウエスト中尉は答えた。その朝にかぎって、記章がとりかえられていた。

「Ba－3です」

老人は身ぶるいした。咳ばらいし、近くの茂みに唾をぺっぺっと吐いた。「ほんとか？」興奮と不安にかられた老人は、中尉がむこうへ行きかけるのを見て中腰になった。

「なあ、知ってるか。実はわしも何年か前までBa－3にいたんだよ」老人は平静でさりげない口調をたもとうとした。「あんたよりもひと時代前にな」

驚きと不信の表情が、ウエスト中尉のハンサムな白い顔にひろがった。「まさか。むかしの班でまだ生き残ってるのは、ほんの二、三人ですよ。からかってるんでしょう」

「ほんとだよ、ほんとなんだ」アンガーは激しく咳きこみ、ふるえる指でそそくさと上着のポケットをさぐった。「なあ、これを見てくれよ。ちょっと待った、見せるものがある」うやうやしい態度で、老人はクリスタル・ディスクをさしだした。「な？　これがなにかは知ってるだろう？」

ウエスト中尉は、その金属板をじっと見つめた。嘘いつわりのない感動が胸にあふれてきた。お芝居をするまでもなかった。「さわってもいいですか？」やっとのことでそういった。

アンガーはためらった。「いいとも。ほら」

ウエスト中尉はその勲章を受けとって、しばらく手にのせた。その重みをはかり、なめらかな掌《てのひら》でつめたい表面の感触を味わった。ようやくそれを返してたずねた。

「この勲章を八七年にもらったんですか？」

「そうだ」アンガーはいった。「おぼえてるか？」その勲章をポケットにもどして、「いや、そのころあんたはまだ生まれてもいないな。しかし、その話は聞いたろう？」

「はい。何度も聞かされました」

「あんたは忘れてないんだな？　ほかのやつらはそれを忘れちまった。わしらがあそこでやったことを」

「あの日は惨敗でしたね」ウエストはいった。彼はベンチの老人の隣にゆっくり腰をおろした。「地球にとっての厄日《やくび》というか」

「わしらは負けた」アンガーはうなずいた。「脱出できた人間はわずかだった。わしはルナへ逃げた。地球がすこしずつ破壊されて、とうとうなんにも残らなくなるのをこの目で見たんだ。胸が張り裂けそうだった。泣いて泣いて、とうとう抜けがらみたいになっちまった。みんなが泣いた。兵隊も、作業員も、ぼんやり突っ立ったままだった。そのあと、やつらはルナへもミサイルを撃ちこんできた」

　中尉は乾いた唇をなめた。「あなたの艦長は脱出できなかったんでしたっけ？」

「ネイサン・ウエストは艦内で戦死したよ」アンガーはいった。「あの人は、艦隊きっての名司令だった。〈ウインド・ジャイアント〉号の艦長に任命されたのもふしぎはないさ」年老いてしなびた顔が、回想に涙ぐんだ。「ウエスト艦長みたいな人は二度と出てこんだろう。一度あの人の顔を見たことがある。肩幅の広い、きびしい顔をした大男だった。あれこそ巨人だ。偉大な老人だった。ほかのだれにもあれ以上のことはやれなんだ」

　ウエストは口ごもった。「どう思います？　もしほかのだれかが指揮していたら、負けずに――」

「とんでもない！」アンガーはさけんだ。「だれにもあれ以上のことはできん！　そんな陰口は聞いた――けつの重い、理論倒れの戦術家がいいそうなこった。だが、やつらはまちがっとる！　だれがやっても、あの戦闘に勝てるもんじゃない。最初から勝ち目はなかった。五対一の劣勢だぜ――むこうは大艦隊がふたつもいて、片方はこっちのどてっ腹を狙い、もう片方はこっちをバリバリ噛《か》んで飲みこもうと待ちかまえてたんだ」

「なるほど」ウエストはのどをつまらせた。揺れ動く心で、不承不承に先をつづけた。「その理論倒れの戦術家はいったいどんなことをいってるんです？　お偉方の話はあんまり聞いたことがなくて」にやっと笑おうとしたが、顔がいうことを聞いてくれなかった。

「やりかたによってはあの戦闘に勝てたし、〈ウインド・ジャイアント〉号も救えたという説があるのは知ってますが、くわしいことは――」

「これを見ろ」アンガーは落ちくぼんだ目を荒々しく燃えたたせ、熱をおびた口調でいった。アルミの杖の先で足もとの砂の上に深い線を刻みはじめた。「この線がわれわれの艦隊だ。ウエストがどんな隊形をとったかをおぼえてるかい？　あの日の艦隊の配置は、名将の手ぎわだった。天才だった。やつらが中央突破に成功するまで、われわれは十二時間も持ちこたえたんだ。そんなことができるとはだれも思わなんだ」アンガーはぐいともう一本の線を地上に引いた。「これがカラスの艦隊だ」

「なるほど」ウエストはつぶやいて、大きく身を乗りだした。こうすれば、胸のレンズが砂の上の略図を撮影して、それを送信できるだろう。いま頭上をゆっくり旋回している中継ユニットの走査センターに。そこからさらにルナの最高司令部へと。「じゃ、水かきの艦隊は？」

アンガーはとつぜんはにかみ、用心深い目をちらと彼に向けた。「こんな話は退屈じゃないかね？　年寄りは長話が好きでな。ときどき、みんなをひきとめて退屈させる」

「つづけてください」ウエストは答えた。本心から出た言葉だった。「図で説明してください――よく見てますから」

イヴリン・カッターは腕組みをして、やわらかな照明のついたアパートの中をいらいらと歩きまわった。赤い唇が怒りにひきしまっていた。

「あなたのやることはよくわからないわ！」彼女は途中で足をとめ、厚いカーテンをひきおろした。「こないだはＶスティーヴンスを殺そうとまでしたのに。いまはルマールの行動をじゃましようともしない。ルマールがいまの状況を把握してないことは知ってるはずよ。彼はギャネットを嫌っていて、三惑星の科学者の連帯とか、全人類に対するわれわれの責任とか、愚にもつかないことをしゃべってる。もしＶスティーヴンスが彼を利用すれば――」

「ひょっとするとルマールが正しいかもな」とパタースンはいった。「わたしもギャネットは嫌いだ」

イヴリンは怒りを爆発させた。「やつらに殺されるのよ！　やつらと戦争するわけにはいかないわ――こっちには勝ち目がないんだから」彼女は瞳を燃やし、パタースンの前で立ちどまった。「でも、まだやつらはそれを知らない。すくなくともしばらくはルマールを拘束しておかないと。彼が自由に歩きまわる一分ごとに、この世界は危険にさらされるのよ。この事実を隠しておけるかどうかに、三十億の生命がかかってるのよ」

パタースンは考えこんだ。「きょう、ウエストがやった最初の探査のことは、ギャネットから聞いたと思うが」

「これまでのところ、収穫なしね。あの老人はどの戦闘もそらでおぼえてるけど、ぜんぶ敗北ばかりだった」イヴリンは疲れたようにひたいをさすった。「つまり、地球軍は連戦連敗するわけよ」麻痺した指で、からになったコーヒーカップをとりあげた。「お代わりは？」

考えこんだパタースンには、彼女の言葉が耳にはいらなかった。彼が窓ぎわで外を見つめているところへ、イヴリンは熱くて濃いコーヒーのお代わりを持ってきた。

「きみはギャネットがあの女を殺すところを見てない」パタースンはいった。

「どの女？ あの水かきのこと？」イヴリンは自分のコーヒーに砂糖とクリームを入れてかきまぜた。「彼女はあなたを殺そうとしていたのよ。Ｖスティーヴンスは植連に逃げこんで、そこから戦争がはじまるかもしれない」苛立たしげに彼女はコーヒーカップを彼にさしだした。「どのみち、あれはわたしたちが救ってやった女だわ」

「わかってる」パタースンはいった。「だから、気になるんだ」機械的にコーヒーを受けとり、味もわからずにそれをすすった。「彼女を暴徒から救った意味はどこにあるんだろう？ ギャネットのしわざだ。われわれはギャネットに雇われてる」

「だから？」

「あいつがどんなゲームをやってるかは、きみも承知のはずだ」

イヴリンは肩をすくめた。「わたしは現実的なだけよ。地球が破壊されるのは見たくない。ギャネットにしてもそれはおなじだわ――彼は戦争を避けたがってる」

「つい二、三日前まで、彼は戦争をしたがっていた。勝てる気だったときは」

イヴリンは鋭く笑いだした。「あたりまえじゃない！　負けるとわかってる戦争をだれがしたいもんですか。ばかばかしい」

「いま、ギャネットは戦争を防ごうとしている」パタースンはしぶしぶ認めた。「彼は植民惑星の独立を認めるだろう。植連を認めるだろう。デイヴィッド・アンガーと、彼のことを知ってるすべての人間を抹殺するだろう。善意の和平使節を気どるだろう」

「もちろんよ。彼はすでにドラマチックな金星への旅行を計画してるわ。戦争回避のために、植連の役人たちと瀬戸際会談をひらく。総裁政府に圧力をかけ、火星と金星の分離を承認する。ギャネットは太陽系のアイドルになるわ。でも、地球が破壊されて、わが種族が絶滅するよりはましじゃない？」

「いま、大きな歯車が戦争に反対して動きはじめた」パタースンの唇は皮肉にゆがんだ。「憎悪と破壊の代わりに、平和と譲歩を旗印にしてね」

イヴリンは椅子の肱《ひじ》かけに腰をのせ、すばやく暗算した。「デイヴィッド・アンガーは、何歳で入隊したんだったかしら？」

「十五か十六のときだ」

「入隊すると、その場で認識番号をもらうんでしょう、ちがう？」

「そうだよ。それで？」

「思いちがいかもしれないけど、わたしの計算からすると——」彼女は目を上げた。「まもなくアンガーが現われて、その認識番号を受けとるころよ。最近の志願者の激増ぶりからすると、いつその番号の順番がきてもふしぎじゃない」

パタースンの顔を奇妙な表情がよぎった。「アンガーはすでに生まれている……十五歳の少年だ。若いアンガーと、老いぼれた復員兵のアンガー。ふたりが同時に生きている」

イヴリンは身ぶるいした。「不気味よね。もしふたりが出会ったら？　おたがいに共通点はあまりないと思うわ」

パタースンの頭の中に、目をきらめかせた十五歳の少年のイメージが浮かんだ。一刻も早く戦争に行きたがっている少年。軍隊に加わって、理想主義的な情熱で、水かきやカラスを殺したがっている少年。いまこの瞬間にも、アンガーは容赦なく徴兵局へ近づきつつある……そして、あの八十九歳の片目の老兵士は、アルミの杖にすがって病院の部屋から公園のベンチへとぼとぼ歩き、しわがれた哀れっぽい声で、耳をかたむけてくれそうな人間に話しかけていたのだ。

「しっかり目をあけておく必要があるな」パタースンはいった。「軍のだれかにたのんで、その番号が出てきたらすぐきみに知らせるよう手配してくれ。アンガーが現われて、その番号を受けとった瞬間にだ」

イヴリンはうなずいた。「それはいい考えね。徴兵局の統計調査部にたのんで、チェックしてもらおうかな。そうすれば――」

　彼女は言葉を切った。アパートのドアが静かにひらいた。エドウィン・ルマールがノブを握って立ち、薄明かりの中で充血した目をまたたかせていた。荒い息をついて、ルマールは部屋にはいった。

「ヴェイチェル、話がある」

「どうした？」とパタースンはきいた。「なにがあった？」

　ルマールは純粋な憎悪の視線をちらとイヴリンに送った。「やつが見つけたんだ。こうなるんじゃないかと思った。やつがそれを分析させ、すべてをテープに記録したら――」

「ギャネットか？」つめたい恐怖がパタースンの背骨を切り裂いた。「ギャネットがなにを見つけたんだ？」

「戦局の転機だよ。あの老人は五隻の輸送船団のことをしゃべっていた。カラスの戦闘艦隊の補給燃料を積んだ船団だ。それが護衛もなしに前線に近づいていた。アンガーは、わが軍の偵察隊がそれを見過ごしたという」ルマールの呼吸は荒く、かすれていた。「彼がいうには、もし事前にそのことを知っていたら――」彼は必死に自分を落ちつかせた。

「わが軍はその輸送船団を撃破できたと」

「なるほど」パタースンはいった。「そして、戦況は地球有利になるわけか」

「もしウエストが輸送船団のコースを予測できれば」とルマールは結論をくだした。「地球は戦争に勝つだろう。つまり、ギャネットが戦争をはじめるということだ——正確な情報をつかみしだいに」

Vスティーヴンスは、椅子とテーブルとベッドを兼用している精神病棟のベンチの上にすわっていた。濃緑色の唇からはタバコがぶらさがっていた。立方形の独房は質素で、なんの飾りもない。壁はにぶく光っている。Vスティーヴンスはときどき腕時計に目をやっては、ドアのロックの縁を這いずっている物体に視線をもどしていた。

その物体は用心深くそろそろと動いていた。これで二十九時間ぶっとおしに、ロックを探査しているのだ。すでにその物体は、重いプレートを受座に接着している電力線をさぐりあてた。その線と、ドアの磁気シリンダーを接続したターミナルもさぐりあてた。ここ一時間、その物体は、表層材のレクセロイドを切り裂いて、そのターミナルに近づこうとしている。這いまわり、探査をつづけるその物体は、Vスティーヴンスの外科手術用義手だった。精密技術を備えた自己充足的ロボットで、ふだんは彼の右手首につながっている。

いまのそれは右手首につながっていない。この密室から脱出するため、Vスティーヴンスは義手をはずして、壁面をよじ登らせたのだ。金属の指はつるつるの壁面にあぶなっかしくつかまり、親指のカッターでせっせと切り口を深くしている。外科手術用の義手にとっては大仕事だ。これがすんだら、もう手術台では使い物にならないだろう。しかし、V

スティーヴンスは簡単に新品を入手できる——金星では、どこの医療器具店でも売っている品物だ。

義手の人差し指がターミナルのマイナス端子にたどりつき、そこでいぶかしむようにとまった。四本の指が直立し、昆虫の触角のようにふるえた。指が一本また一本と切り口にもぐりこみ、もよりのマイナス端子につながるリード線をさぐった。

だしぬけに目もくらむ閃光が上がった。いがらっぽい白煙が渦巻き、鋭いポンという音がした。ドアのロックをそのままに残して、仕事をすませた義手は床に落ちた。Vスティーヴンスはタバコをもみ消し、のんびり立ちあがって義手を拾った。

その義手を手首にはめこみ、ふたたび自分の神経筋肉系に復帰させてから、Vスティーヴンスはそうっとロックの外縁部をつかみ、ぐいと中にひっぱった。ロックはたわいなくひらき、目の前に人けのない廊下が現われた。物音も動きもない。見張りはいない。この精神病棟には監視システムがない。Vスティーヴンスは足早に廊下を歩き、角を曲がり、いくつかの連絡通路をくぐりぬけた。

まもなく広い展望窓の前に出た。そこからは街路と、周囲の建物と、病院の敷地が見晴らせる。

Vスティーヴンスは、腕時計とライターと万年筆とキーとコインをとりだした。それらを材料に、肉と金属でできた器用な指を使って、手早くリード線とプレートの精密な集合体をこしらえた。親指のカッターをはずし、ドライバーに変えて、発熱素子を集合体の中にねじこんだ。つかのまの敏捷《びんしょう》な動きで、そのメカニズムを外側の窓枠の下に溶接した。ここなら廊下から見えないし、地上からも遠くて目につかないだろう。

廊下をもどりかけたとき、物音を聞いて、はっと足をとめた。話し声がする。病院のガードマンと、ほかのだれかの声だ。聞きおぼえのある声だ。

Vスティーヴンスは精神病棟に駆けもどり、さっきの独房の中にはいった。磁気ロックがなかなか閉じてくれない。電流のショートで発生した熱のために、バネ仕掛けのクランプが飛びだしたままになっている。やっとドアを閉めおわったとき、足音が廊下でとまった。ロックの磁場は消えているが、もちろん訪問者はそれを知らない。Vスティーヴンスが愉快そうに耳をすませる前で、訪問者は存在しない磁場を念いりに消去してから、ロックをひらいた。

「はいれよ」Vスティーヴンスはいった。

ルマール医師が、片手にブリーフケースを下げ、もう片手にコールドビーム拳銃を構えてはいってきた。「いっしょにこい。万事手配ずみだ。現金、にせの身分証、パスポート、チケットと出星許可。きみは金星の貿易商という名目だ。ギャネットが気づくころには、きみは軍の検問線を通過して、地球の管轄外に出ているよ」

Vスティーヴンスはあっけにとられた。「しかし――」

「はやく！」ルマールはコールドビーム拳銃で彼を廊下へうながした。「ぼくはこの病院の幹部医局員だから、精神病棟の監禁患者を扱う権限がある。書類上、きみは精神病患者として登録されている。ぼくが見るかぎり、きみの狂気はほかのみんなとおっつかっつだ。より正気とはいえないまでもな。だから、ぼくはここへきた」

Vスティーヴンスは懐疑の目でルマールをながめた。「自分がなにをしているか、わかってるのか？」彼はルマールのあとにつづいて廊下を歩き、無表情なガードマンの前を通りぬけ、エレベーターに乗りこんだ。「もし捕まったら、反逆者として処刑されるぞ。あのガードマンはきみの顔を見た――どうやってこの一件を秘密にするつもりだ？」

「これを秘密にするつもりはない。ギャネットがここにいるのは知ってるな。ギャネットの一党は、いまあの老人を徹底的な尋問にかけている」

「なぜ、おれにそんなことを話す？」ふたりは下り斜路を通って、地下のガレージにはいった。係員がルマールの車を出してくるのを待って、ふたりは乗りこみ、ルマールが運転席にすわった。「そもそも、なぜおれが精神病棟の独房に入れられたかを知ってるのか？」

「これを持っていけ」ルマールはVスティーヴンスにコールドビーム拳銃をほうり、トンネルをくぐって地上に出た。白昼のニューヨークの交通流のまっただなかだった。「きみは植連に連絡して、地球が絶対確実に戦争に負けることを知らせろ」ルマールは車を交通流の中央からサイドレーンに移して、宇宙港に向かった。「妥協案に乗るのはやめて、強硬策に出ろといえ――すぐにだ。全面戦争だよ。わかるか？」

「わかる」Vスティーヴンスはいった。「もしわれわれの勝利が確実なら――」

「確信がないんだな」

Vスティーヴンスは緑の眉を上げた。「そう思うかね？　アンガーは完全な敗北を経験した老兵士じゃないのか」

「ギャネットは戦争の流れを変えようとしている。戦局の転機を発見したんだ。くわしい情報をつかみしだい、彼は金星と火星に総攻撃をかけるよう、総裁政府に圧力をかけるだろう。いまとなっては、戦争は避けようがない」ルマールは宇宙港のはずれで車をとめた。「もし戦争が避けられないなら、すくなくともきみらがだまし打ちで不意をつかれないようにしたい。植民惑星連合機構に、地球の戦闘艦隊が出動準備中だと知らせるんだ。彼らに準備しろと伝えろ。彼らに――」

ルマールの言葉はそこでとぎれた。彼はゼンマイの切れたおもちゃのように、シートの上でずるずるとくずおれ、ハンドルに顔をくっつけて静かに倒れた。メガネが鼻の上から床にずり落ち、Vスティーヴンスはそれを拾いあげて、かけなおしてやった。

「すまんな」と彼は小声でいった。「善意の行動だってことはわかるが、せっかくの計画をめちゃくちゃにしてくれたぜ」

彼はルマールの頭蓋の表面を調べた。コールドビームの衝撃は脳細胞まで届いていない。あと二、三時間でルマールは意識をとりもどし、しばらく激しい頭痛に悩まされるだけですむだろう。Vスティーヴンスはコールドビーム拳銃をポケットにしまい、ブリーフケースをつかみあげ、ぐったりしたルマールの体をわきにどかせた。まもなく彼は運転席にすわり、車をUターンさせた。

いそいで病院にひきかえしながら、腕時計をたしかめた。まだ間にあう。身を乗りだして、ダッシュボードの有料映話にコインを入れた。機械的な呼びだし手続きのあと、植連の交換手の顔がちらちらと画面に現われた。

「こちらはVスティーヴンス」と彼はいった。「計画が狂った。むりやり病院の外に連れだされたんだ。これから病院へもどる。たぶん、間にあうと思う」

「振動パックは組み立てたの？」

「ああ、組み立てた。だが、ここには持ってない。もうすでに磁束を分極して溶接してある。いつでも発射できる――おれがあそこにもどりさえすれば」

「こっちにも手ちがいが生じたわ」緑の肌の娘がいった。「これは閉回路？」

「いや、開回路だ」Vスティーヴンスは認めた。「しかし、有料映話だし、たぶんランダムだろう。これに盗聴器が仕掛けてあるとは思えない」彼は映話機の保証シールの上にある電力計をチェックした。「ドレーンはないようだ。どうぞ」

「宇宙船は、あなたを市内で拾えそうもない」

「くそ」Vスティーヴンスはいった。

「自力でニューヨークから脱出してちょうだい。こちらは力が貸せない。ニューヨーク宇宙港の植連施設が暴徒に破壊されたのよ。地上交通機関でデンヴァーまで行くしかないわね。宇宙船が着陸できるもよりの場所はあそこよ。わたしたちにとっての地球最後の砦《とりで》」

Vスティーヴンスはうめきをもらした。「おれも運がいいな。やつらに捕まったらどうなると思う?」

若い娘はうっすらとほほえんだ。「地球人から見れば、水かきはみんなおんなじよ。やつらは見さかいなしにわたしたちを吊るし首にする。死ぬときはいっしょ。じゃ、幸運を祈る。みんなで待ってるわ」

Vスティーヴンスは荒々しく通話を切り、車のスピードをゆるめた。みすぼらしい裏通りの公共駐車場に車をとめ、いそいで外に出た。そこは、緑のひろがる公園のはずれだった。むこうに病院の建物がそびえたっていた。ブリーフケースをわしづかみにして、彼は病院の入口へと走りだした。

デイヴィッド・アンガーは服の袖で口をぬぐい、ぐったりと椅子の背にもたれた。「ようわからん」弱々しい、かすれた声でくりかえした。「いったろうが。それ以上は思いだせんと。大昔のことだもんな」

　ギャネットの合図で、将校たちは老人のそばから離れた。

「近づいてきたぞ」とギャネットは疲れた声でいった。汗のにじんだひたいをハンカチで拭いた。「徐々に、だが確実にな。あと半時間で、目的のものが手にはいるだろう」

　治療室の片側は、軍の作戦図テーブルに改造されていた。地図の上に、水かきとカラスの艦隊を示す駒がおいてあった。白い光沢のある駒が地球の艦隊で、敵の攻撃に備えて第三惑星の周囲を厳重に防衛している。

「この近くのどこかだ」ウエスト中尉がパタースンにいった。目を血走らせ、無精ひげを生やした彼は、疲労と緊張で両手をふるわせながら地図上の一点を指さした。「士官たちがこの輸送船団のことを話していた、とアンガーはいうんだ。輸送船団はガニメデの補給基地を出発した。そして、意識的に一種のランダムなコースをたどって姿を消した」中尉の両手がそのあたりをさっと掃いた。「当時は、地球のだれもそれに注意をはらわなかった。自分たちがなにを見逃していたかをさとったのは、あとになってからだ。ある軍事専門家が記憶の中からそのコースを再生し、それがテープにおさめられて回覧された。士官たちが集まって、その事件を分析した。その輸送船団のコースはエウロペに近かったと思う、とアンガーはいう。しかし、カリストの可能性もあるという」

「それだけでは充分じゃない」ギャネットがかみつくようにいった。「いまのところ、わかったのは当時の地球の戦術家たちが推測したコースのデータだけだ。もっと正確な知識をつけたす必要がある。事後に公表された資料を」

デイヴィッド・アンガーが、グラスの水をすすった。「ありがとう」とそのグラスをさしだしてくれた若い士官に礼をいった。「もっとあんたらの役に立ちたいんだが」と悲しげに訴えた。「これでも思いだそうと努力はしとるんだよ。だが、どうも頭がはっきりせん。むかしのようにはな」むなしい精神集中の努力にしわだらけの顔をゆがめて、「そうだ、あの輸送船団はなにかの流星群にでくわして、火星のそばで足止めを食ったような気がする」

ギャネットが膝を乗りだした。「つづけて」

アンガーは、あわれっぽい口調で彼に訴えた。「わしはなんとかあんたの役に立ちたいと思ってる。戦争のことを書く人間は、たいていほかの本から材料を集めてくるだけだ」老いさらばえた顔にみじめな感謝が浮かんだ。「あんたなら、本のどこかにわしの名を出してくれるよな」

「もちろんだ」ギャネットが調子よく答えた。「きみの名は第一ページに出てくる。きみの写真をいっしょに添えることになるかもしれん」

「わしはあの戦争のことをぜんぶおぼえてる」アンガーはつぶやいた。「時間をくれれば、ちゃんと思いだすよ。もうすこし時間をくれ。これでもがんばってるんだ」

　老人は急速に憔悴《しょうすい》していた。しわだらけの顔は不健康な灰色だった。乾きかけたパテのような肉が、脆《もろ》く黄ばんだ骨にすがりついていた。息がのどでぜいぜい鳴った。デイヴィッド・アンガーの死が近いことは、だれの目にも明らかだった。

「もし彼がこれを思いだす前にくたばったら」とギャネットは声をひそめてウエスト中尉にいった。「わたしは——」

「なに？」アンガーが鋭くたずねた。残った片目を急に光らせて、怪しむようにいった。

「よく聞こえん」

「抜けている部分を埋めてくれ」ギャネットは疲れた口調でいい、あごをしゃくった。「彼を地図の前に連れていって、陣形を見せてやれ。そうすれば、思いだす助けになるだろう」

　老人はぐいとひき起こされて、テーブルの前に連れてこられた。専門家と軍のお偉方がそのまわりをとりかこみ、よぼよぼの老人の姿は、人垣の中に隠れてしまった。

「あれじゃ体がもたない」パタースンが荒々しくいった。「すこし休ませないと、心臓がまいってしまう」

「ぜひとも情報が必要なんだ」ギャネットはいいかえした。パタースンをじっと見つめて、「もうひとりの医師はどこにいる？　ルマールだったかな、名前は」

　パタースンはちらっとまわりを見まわした。「いませんね。とても見ていられなかったんでしょう」

「ルマールは最初からいなかった」ギャネットは無感情にいった。「だれかをやって逮捕させるべきだったか」彼はイヴリン・カッターを指さした。いま到着したばかりの彼女は、蒼白な顔に黒い目を大きく見ひらき、息をはずませていた。「彼女の提案だが――」

「もう関係ありません」イヴリンは冷たくいった。ちらと訴えるような視線をパタースンに送ってから、「あなたにも、あなたの戦争にも関係したくないわ」

ギャネットは肩をすくめた。「とにかく、彼を指名手配させよう。念のためにな」

彼は部屋を出ていき、イヴリンとパタースンだけがあとにとり残された。

「聞いて」イヴリンが熱い唇を彼の耳もとに寄せて、鋭くささやいた。「ア、ア、アンガ、ガーの番号が出たのよ」

「いつ通報があったんだ？」パタースンはたずねた。

「ここへくる途中で。あなたのいうとおりに手配しておいたの――軍のある事務官を抱きこんで」

「いつだ？」

「ついさっき」イヴリンの顔がふるえた。「ヴェイチェル、彼はここにきてるのよ」

一瞬おいて、パタースンは理解した。「というと、軍が彼をここへよこしたのか？　この病院に？」

「わたしがたのんだの。もし彼が志願してきたら、もし彼の番号の順番がきたら――」

　パタースンはイヴリンの手をつかみ、いそいで治療室からまぶしい日ざしのもとに出た。彼女を上り斜路に押しやり、自分もあとにつづいた。「彼はどこにいる？」

「一般待合室。彼にはごくふつうの身体検査だといってある。なにかのちょっとした検査だと」イヴリンはおびえていた。「これからどうする？　わたしたちになにかができる？」

「ギャネットはそう思ってる」

「かりにわたしたちが……彼の入隊をとめたら？　検査ではねたら？」イヴリンは茫然とかぶりをふった。「なにが起こるかしら？　もし彼の入隊をとめたら、未来はどうなるかしら？　あなたなら彼の入隊を阻止できるわ――医者だもの。彼の健康診断書に小さい赤のバッテンをひとつ入れれば」彼女はヒステリックに笑いだした。「わたしがふだん見なれてる印を。小さな赤いバッテン。それでもうデイヴィッド・アンガーはいなくなる。ギャネットが彼に会うこともなくなる。ギャネットは地球が勝てないことも、やりようによっては地球が勝てることも知らず、Vスティーヴンスが精神病患者として監禁されることもなく、あの水かきの娘も――」

　パタースンはイヴリンの顔をひっぱたいた。「よせ、しっかりしろ！　ここで取り乱してるひまはない！」

イヴリンは身ぶるいした。パタースンは彼女をつかんで、しっかりと抱きよせた。ようやく彼女は顔を上げた。赤いみみず腫《ば》れがゆっくりと彼女の頬に現われていた。

「ごめんなさい」と彼女はつぶやいた。「ありがとう。もうだいじょうぶよ」

エレベーターはロビーの階に着いた。ドアがひらき、パタースンは彼女を廊下に導いた。

「きみは彼を見たのか？」

「いいえ。その番号が出て、彼が病院にくると知らされたとき」——イヴリンは息を切らしてパタースンのあとを追った——「すぐにここへ駆けつけたのよ。ひょっとするともう手遅れかもしれない。待ちくたびれて、帰ってしまったかも。なにしろ十五歳の少年だもの。彼は戦争に行きたがってる。もう帰っちゃったかもしれない！」

パタースンはロボット職員を呼びとめた。「いま忙しいか？」

「いいえ」ロボットは答えた。

パタースンはロボットにデイヴィッド・アンガーの認識番号を教えた。「この男を一般待合室から連れてきてくれ。ここへ連れてきたら、この廊下を閉めきれ。両端を閉鎖して、だれも出入りできないようにしろ」

ロボットは納得がいかないように、カチッと音を立てた。「ほかにご命令はありますか？　その行動様式はまだ完全な——」

「あとは追って指図する。かならず彼だけを連れてくるんだぞ。ここで彼だけに会いたい」

　ロボットは番号を走査してから、待合室の中へ姿を消した。

　パタースンはイヴリンの腕をつかんだ。「怖いか？」

「怖くてたまらないわ」

「話はぼくがする。きみはそこに立ってればいい」彼はイヴリンにタバコのパックをわたした。「火をつけてくれ。ふたりのために二本」

「三本じゃどう？　アンガーにも一本」

　パタースンはにやりとした。「彼は若すぎるよ、忘れたのか？　まだタバコをすう年じゃない」

　ロボットがもどってきた。連れられてきたのは金髪の少年だった。小ぶとりで瞳は青く、心配そうにひたいにしわをよせている。

「ぼくを呼びましたか、先生？」少年はおずおずとパタースンの前にやってきた。「なにかわるいところでもあるんでしょうか？　病院へいけっていわれたけど、理由を教えてくれないんです」少年の不安は怒濤《どとう》のように盛りあがってきた。「まさか、入隊できないんじゃないでしょうね？」

　パタースンは支給されたばかりの身分証を少年の手からとりあげ、ざっと目を走らせてから、それをイヴリンにわたした。彼女は金髪の少年を見つめたまま、麻痺した指でそれを受けとった。

その少年の名はデイヴィッド・アンガーではなかった。

「きみの名前は？」とパタースンはきいた。

少年は恥ずかしそうにどもりながら、自分の名前をいった。「バート・ロビンスン。そのカードに書いてないですか？」

パタースンはイヴリンに向きなおった。「番号は合ってる。だが、これはアンガーじゃない。なにかが起こったんだ」

「あのう、先生」とロビンスンが哀れっぽい声でたずねた。「入隊できない理由がなにかあるんですか？　はっきり教えてください」

パタースンはロボットに合図した。「廊下をあけろ。用はすんだ。おまえは自分の仕事にもどっていい」

「よくわからないわ」イヴリンがつぶやいた。「さっぱり意味をなさない」

「きみはだいじょうぶだよ」パタースンは少年にいった。「入隊式に出席していい」

少年の顔は安堵《あんど》でやわらいだ。「ありがとう、先生」彼は下り斜路のほうへとにじりよった。「ほんとにありがとう。おれ、早く水かきをやっつけたいんです」

「さて、これから？」少年の大きな背中が消えるのを待って、イヴリンは緊張した声できいた。「これからどこへ行けばいいの？」

パタースンは身ぶるいをひとつして、行動に移った。「統計調査部に連絡して、チェックしてもらおう。アンガーをさがさないと」

通信室は映像と音声の報告でごったがえしていた。パタースンは人をかきわけて開回路の電話にとりつき、相手を呼びだした。

「その調査にはすこし時間がかかります」統計調査部の女性職員が彼にいった。「このままお待ちになりますか、それともこちらからご返事しましょうか？」

パタースンは病院の内線電話機をひとつとって、それを首にぶらさげた。「アンガーのことでなにかわかったら、知らせてくれ。この内線電話にすぐ割りこんでいいから」

「承知しました」女性職員は答えて、回路を切った。

パタースンは部屋の外に出て、廊下をくだった。イヴリンが追いかけてきた。「これからどこへ？」

「治療室だ。あの老人と話がしたい。彼にたずねたいことがある」

「ギャネットよ、質問してるのは」地下へ降りながら、イヴリンはあえぎをもらした。

「なぜあなたが――」

「ぼくが彼にたずねたいのは、現在のことだ。未来じゃない」ふたりはまぶしい午後の日ざしの下に出た。「彼に、いま起こっていることをたずねたいんだ」

イヴリンは彼の行く手をさえぎった。「説明してくれない？」

「ひとつの仮説がある」先をいそぐパタースンは彼女を押しのけた。「行こう、手遅れにならないうちに」

ふたりは治療室にはいった。技術者と将校たちが巨大な作戦図テーブルをとりかこみ、駒とインディケーターをながめている。

「アンガーはどこです?」とパタースンはきいた。

「出ていった」将校のひとりが答えた。「きょうの質問をギャネットが打ち切りにしたんだ」

「どこへ行ったんです?」パタースンは激しく悪態をついた。「なにがあったんですか?」

「ギャネットとウエストが彼を本館へ連れていった。アンガーは疲れきって、もうあれ以上はむりだった。あと一歩なんだがね。ギャネットはひきつけを起こしかけたが、まあ、待つしかないだろう」

パタースンはイヴリン・カッターの手をつかんだ。「非常警報ベルを鳴らすように手配してくれ。このビルを包囲させるんだ。早く!」

イヴリンはぽかんと彼を見つめた。「でも——」

パタースンは彼女を無視して、治療室から病院の本館へ走りだした。前方には、のろのろと動く三つの人影が見えた。ウエスト中尉とギャネットが、足どりの遅い老人を両側から支えているのだ。

「逃げろ!」パタースンがうしろからさけんだ。

ギャネットがふりむいた。「どうしたんだ?」

「彼を避難させろ!」パタースンは老人をめがけて飛びついた――だが、遅かった。

灼熱のエネルギー流が彼のそばをかすめた。目のくらむような白い炎の円がいたるところをなめた。腰をかがめた老人の姿がゆらゆらと揺れ、そして黒焦げになった。アルミの杖がぐにゃりと曲がり、溶けた塊になって流れた。さっきまで老人であったものが煙を上げはじめた。死体がはじけて割れ、そして縮んでいった。それから、ごくゆっくりと、脱水され、ひからびた遺骸《いがい》が崩れ、重さのない灰の山になった。エネルギーの円はしだいに消えていった。


ギャネットは、肉づきのいい顔をショックと驚きに麻痺させ、ぼんやりと灰をけとばした。「彼は死んだ。われわれは情報をつかめなかった」

ウエスト中尉も、まだ煙の立ちのぼる灰を見つめていた。唇がゆがみ、言葉が出てきた。「情報は永久につかめない。歴史は変えられない。われわれは勝てない」とつぜん中尉の指は自分の上着をつかんだ。そこから記章をむしりとり、四角い布きれを荒々しく投げ捨てた。「あなたに太陽系の買い占めをさせるために、この命を捨てるのはまっぴらだ。そんな死の罠にだれが飛びこむもんか。わたしはやめる！」

非常警報のサイレンが病院の建物から鳴りだした。いっせいに飛びだした人影が、ギャネットのほうに駆けよっていく。兵士たちと病院のガードマンたちが右往左往している。パタースンは彼らを無視した。彼の目は真上の窓にそそがれていた。

だれかがそこに立っている。男だ。午後の日ざしにきらきら光る物体を、両手で器用にとりはずしている。その男はVスティーヴンスだった。彼は金属とプラスチックの物体をとりもどすと、窓の前から消えた。

イヴリンがパタースンのそばに駆けよってきた。「なにが——」彼女は遺骸を見て悲鳴を上げた。「ああ、神さま。だれがやったの？　だれが？」

「Vスティーヴンスだ」

「きっとルマールが彼を逃がしたのよ。こんなことになるんじゃないかと思った」彼女の目には涙があふれ、声がヒステリックに高まった。「あいつに気をつけなさいといったのに！　ちゃんと警告したのに！」

ギャネットが子供っぽい口調でパタースンに訴えた。「いったいこれからどうすればいい？　彼は暗殺された」大柄な男は、とつぜんの激怒にかられて、恐怖を忘れたようだった。「この惑星にいる水かきをみな殺しにしてやる。やつらの家を焼きはらい、吊るし首にしてやる。わたしは——」彼はそこでいいやめた。「だが、もう手遅れだ、ちがうかね？　残された手段はなにもない。われわれは負けたんだ。敗北したんだ。まだ戦争がはじまらないうちに」

「そのとおり」パタースンはいった。「もう手遅れです。あなたのチャンスは消えた」

「もし、あの老人から話を聞きだしていたら――」ギャネットは力なくぼやいた。

「むりです。できるはずがなかった」

ギャネットは目をぱちくりさせた。「なぜだ？」生来の動物的な狡知《こうち》がいくらかもどってきたようだった。「なぜそんなことをいう？」

パタースンの首にぶらさがった内線電話機が大きく鳴った。「ドクター・パタースン」と交換手の声が聞こえた。「統計調査部からの緊急連絡です」

「つないでくれ」

統計調査部の係員の声が、小さく彼の耳に聞こえてきた。「ドクター・パタースン、お求めの情報がわかりました」

「どうなっている？」パタースンはたずねた。だが、すでに答はわかっていた。

「確認のために、いったん出た結果をクロスチェックしました。あなたのおっしゃった人物は存在しません。いま現在も、過去にも、デイヴィッド・アンガーという名前で、あなたのおっしゃった外見特徴に該当する人物はいません。脳波パターン、歯列、指紋とも、それに該当するものはファイルにありません。ほかになにか調査することがあれば――」

「いや。それで質問の答は出た。ありがとう」彼は内線電話のスイッチを切った。ギャネットがぼんやりとそれを聞いていた。「わたしにはなんのことかさっぱりわからん。説明してくれ」

パタースンはとりあわなかった。しゃがみこんで、さっきまでデイヴィッド・アンガーだった灰をつついた。やがて、内線電話のスイッチをもう一度入れた。「この灰を階上の分析実験室へ運んでほしい」と彼は静かにいった。「すぐにチームをよこしてくれ」のろのろと立ちあがってから、いっそう小声でいった。「では、Vスティーヴンスをさがしにいく——もし見つかればだが」

「きっと、もういまごろ金星へ向かってるわ」とイヴリン・カッターが苦い口調で、「まあ、しかたがないわね。わたしたちにはどうすることもできない」

「結局、戦争になるんだ」とギャネットは認めた。彼は徐々に現実に目ざめてきたようだった。強烈な努力で周囲の人びとに目の焦点を合わせた。たてがみのような白髪をなでつけ、上着の乱れを直した。かつては印象的だった体軀《たいく》に威厳らしいものがもどってきた。「男らしくそれに立ち向かうしかないだろう。逃げてもむだなんだから」

一団の病院ロボットが黒焦げの遺骸に近づいて、それをていねいにひと山に集めはじめるのを見て、パタースンはわきに寄った。

「徹底的に分析してくれ」とパタースンは作業班を監督している技術者にいった。「基本的な細胞単位まで分解するんだ。特に神経系を。結果がわかったら、さっそくわたしに知らせてくれ」

　分析には一時間ほどかかった。

「自分の目で見てください」と実験室の技術者はいった。「ほら、この標本。手ざわりからしておかしいでしょう」

　パタースンは乾いた脆い有機物を受けとった。燻製《くんせい》にしたなにかの海中生物の皮のようにも見える。それは彼の手の中であっさりばらばらになった。検査器具の中にもどそうとすると、こなごなに崩れてしまった。

「なるほど」彼はゆっくりといった。

「よくできてますよ。しかし、弱い。そのままでも、あと二日もったかどうか。急速に老化が進んでたんです。日光、空気、あらゆるものが衰弱を速めていた。内在的な修復システムがないからです。われわれの細胞はたえず再生され、清掃され、維持されている。だが、この生き物は組み立てられてから始動にはいった。明らかに、生合成化学の分野でわれわれよりはるかに進歩した連中がいるらしい。これは傑作です」

「ああ、よくできてるよ」パタースンは認めた。彼はデイヴィッド・アンガーの肉体だったものからべつの標本を採取し、思案深げにそれをつついて乾いた細片にした。「われわれは完全にだまされた」

「あなたは気づいていたのでは？」

「最初は気づかなかった」

「ごらんのように、灰のひとつずつを復元して、全システムを再構成しているところです。もちろん、なくなった部分はあるが、全体像は手にはいるでしょう。これを作りあげた連中に会ってみたいですね。これはみごとに動いた。たんなる機械じゃなかった」

黒焦げの灰は、すでにアンドロイドの顔に復元されていた。しなびて黒ずんだ、紙のように薄い肉。どんより濁った片目がこちらを見ている。統計調査部は正しかった。デイヴィッド・アンガーという人間は最初から存在しなかったのだ。そんな人間は、地球にも、ほかのどこにも、生きていたことがない。〝デイヴィッド・アンガー〟と呼ばれていたものは、人造の合成物だったのだ。

「完全に一杯食わされたな」パタースンは認めた。「われわれふたりをべつにすると、いったいどれだけの人間が知っているだろう？」

「だれも知りませんよ」技術者は作業ロボットの一団を指さした。「このチームでは、わたしがたったひとりの人間です」

「このことを秘密にしてくれるかね？」

「もちろん。ボスはあなたですから」

「ありがとう」パタースンはいった。「だが、もしきみがそうしたければ、この情報でいつでもべつのボスに乗りかえられる」

「ギャネットですか？」技術者は笑った。「彼の下で働きたくはないですね」

「彼は多額の報酬を出すと思うよ」

「たしかにね」と技術者はいった。「しかし、いずれそのうちに前線へ駆りだされることになる。だったら、この病院で働くほうがいいです」

パタースンはドアのほうに歩きだした。「もしだれかに聞かれたら、分析できるだけの材料が残ってなかったといってくれ。この遺骸を処分してくれるか？」

「惜しいけど、そうしろというならやりますよ」技術者はふしぎそうに彼を見た。「だれがこんなしろものを組み立てたか知ってるんですか？　できたら、その連中と握手したいですね」

「いま、わたしの関心はひとつだけだ」パタースンは答をはぐらかした。「Vスティーヴンスを見つけないと」

ルマールはまばたきした。夕方の鈍い日ざしが、脳にじわじわとしみとおった。上体を起こしたはずみに、車のダッシュボードで強く頭をうった。目がくらみ、しばらくは激痛の闇の中に沈みこんだ。それからまたじわじわと浮かびあがった。そして、周囲を見まわした。

彼の車がとまっているのは、荒れはてた小さい駐車場だった。時刻はそろそろ五時半。駐車場が面したせまい通りには、けたたましく車が行き来している。ルマールはそっと側頭部に手をやった。ドル銀貨ほどの大きさの麻痺した部分がある。そこだけまったく感覚がない。そこから放射されているのは、氷の息、完全な熱の不在だった。まるで外宇宙の中核に頭をうちつけたようだ。

ルマールが考えをまとめ、失神直前の出来事を思いだそうとしているとき、Vスティーヴンス医師がすばやい動きで現われた。

Vスティーヴンスは片手を上着のポケットに入れ、油断のない目つきで、パークされた地上車のあいだを敏捷に駆けぬけた。いまの彼にはどこか見なれないところがあったが、頭のぼうっとしたルマールにはそのちがいがはっきりつかめなかった。Vスティーヴンスが彼の車にたどりつく直前に、やっとルマールはそれがなんであるかに気づき——そして同時に、どっと記憶が押しよせてきた。彼はまたシートに横になり、できるだけぐったりするとドアによりかかった。それでも、Vスティーヴンスがドアをひきあけ、運転席にすわるのを見て、思わずぎくりとなった。

Vスティーヴンスはもはや緑色ではなかった。

金星人はドアをばたんと閉めると、車のキーをロックにつっこみ、エンジンをスタートさせた。タバコに火をつけ、自分の厚い手袋に目をやり、ちらとルマールをうかがってから、駐車場を出て夕方の交通流に加わった。しばらく彼は片手を上着の中に入れたまま、手袋をはめた片手で運転していた。やがて、車がフルスピードで走りだすと、コールドビーム拳銃をとりだし、いったんそれを握ってから、運転席のかたわらにおいた。

ルマールがそれに飛びついた。Vスティーヴンスは、ぐったりしていた相手が急に動くのを目のすみでとらえた。彼は非常ブレーキをかけ、ハンドルから手を離した。ふたりの男は無言で激しくもみあった。車はキーッと急停止し、まわりの車が怒りの塊になって、けたたましくホーンを鳴らしはじめた。ふたりの男は必死に格闘をつづけた。息をつめたまま、一瞬、五分と五分に渡りあって、ほとんど動かなくなった。やがてルマールが体を引き離し、Vスティーヴンスの脱色された顔にコールドビーム拳銃の狙いをつけた。

「なにがあったんだ？」ルマールはしわがれ声できいた。「五時間分の記憶がない。きみはなにをしたんだ？」

Vスティーヴンスは無言だった。彼はブレーキをはずし、混乱した交通の中へゆっくりと車を進めはじめた。灰色のタバコの煙が唇から細く流れだした。彼の目はなかば閉ざされ、どんよりしていた。

「きみは地球人だな」ルマールがふしぎそうにいった。「結局、水かきじゃなかったのか」

「いや、金星人さ」Vスティーヴンスは無関心にいった。水かきのついた指を見せてから、厚い運転用手袋をはめなおした。

「だが、どうやって——」

「われわれが自由に有色ラインを通過できると思うか？」Vスティーヴンスは肩をすくめた。「染料と、合成ホルモンと、軽い外科手術、バスルームに半時間こもりきって、注射器と軟膏《なんこう》で……ここは緑の肌をした人間が住めない惑星なんだ」

通りの向かい側には急ごしらえのバリケードができていた。一団の険悪な顔をした男たちが、銃や粗末な棍棒で武装し、中の何人かは地方義勇隊のグレーの制帽をかぶっていた。車が順々にストップを命じられ、検問を受けている。肉づきのいい顔をした男が手をふり、Vスティーヴンスに停車を命じた。男は近づいて、窓を下げろと手まねした。

「なにがあったんだね？」ルマールは神経質にたずねた。

「水かきどもをさがしてるんだ」男はうなるように答えた。ガーリックと汗の強いにおいが、厚いキャンバス地のシャツから立ちのぼっていた。男は怪しむように、すばやく車内を目でさぐった。「やつらを見かけたか？」

「いや」とVスティーヴンスは答えた。

男は車のトランクをあけ、中をのぞいた。「二、三分前にひとりつかまえたばかりだ」男は太い親指をしゃくった。「あれが見えるか？」

その金星人は、街灯の柱に首を吊るされていた。緑色の体が宙にぶらさがって、夕風に揺れていた。その顔はまだらになり、恐ろしい苦痛の仮面になっていた。そのまわりに集まった群集は、きびしい残忍な顔つきだった。なにかを待っていた。

「もっとふえるぞ」男は車のトランクを荒っぽく閉めた。「もっとおおぜいになる」

「なにがあったんだ？」ルマールはようやくそうたずねた。彼は嫌悪と恐怖におそわれていた。ほとんど聞きとれない声でいった。「なぜこんなことを？」

「水かきが人間を殺したんだ。地球人をな」男はうしろにさがり、車体をたたいた。「よし——行っていい」

Vスティーヴンスは車を出した。あたりをうろついている何人かは、地方義勇隊のグレーと地球人のブルーを組みあわせた制服を着こんでいた。ブーツ、ごついベルトのバックル、帽子、拳銃、それに腕章。腕章には赤い地に黒い肉太の文字でDCと書いてある。

「あの文字はなんだ？」ルマールがかすれた声で聞いた。

「防衛委員会の略語だ」とVスティーヴンスが答えた。「ギャネットの表向きの組織だ。地球を水かきとカラスから守るためのな」

「しかし——」ルマールは弱々しく身ぶりした。「地球は攻撃されているのかね？」

「いや。おれの知るかぎりでは」

「車の向きを変えてくれ。病院にひきかえすんだ」

Ｖスティーヴンスはためらってから、いわれたとおりにした。まもなく車はニューヨークの中心街へとスピードを上げはじめた。

「どういうわけだ?」Ｖスティーヴンスはたずねた。「なぜ病院にひきかえしたい?」

ルマールは聞いていなかった。通りを歩く人びとを恐怖の目で見つめていた。男も女も、なにかの獲物を見つけて殺そうと、けもののようにうろついている。

「あいつらは狂ってしまった」ルマールはいった。「まるで野獣だ」

「いや」Ｖスティーヴンスはいった。「これはまもなくおさまる。防衛委員会が、財政支援のつっかい棒をはずされれば。いまの委員会はフル回転で動いているが、じきにギアが切り替えられて、大きなエンジンがきしみながら逆にまわりだす」

「なぜ?」

「もうギャネットが戦争を望んでいないからだ。新しい方向に政策が切り替わるには時間がかかる。これからのギャネットは、おそらくＰＣという運動に金をつぎこみはじめるぞ。つまり、平和委員会さ」

病院は、戦車とトラックと機動火砲にとりかこまれていた。Ｖスティーヴンスは車を徐行させ、タバコの火をもみ消した。どの車も非常線を通してもらえない。兵士たちがまだグリスのついたままの真新しい銃をかついで、戦車のあいだを歩きまわっている。

「おい」とＶスティーヴンスがいった。「これからどうする? 銃を持ってるのはきみだ。

この厄介な問題はそっちにまかせるぜ」

ルマールは、ダッシュボードの有料映話機にコインを入れた。病院の番号にかけ、交換手が出るのを待って、かすれ声でヴェイチェル・パタースンにつないでくれといった。

「どこにいるんだ？」と画面のパタースンがたずねた。彼はルマールの手に握られたコールドビーム拳銃を見てとり、つぎにVスティーヴンスに視線を向けた。「彼をつかまえたのか」

「ああ」ルマールは答えた。「だが、なにが起こってるのかさっぱりわからない」彼はパタースンの小さい映像にむかって力なく訴えた。「これからどうすればいい？　いったいこれはどういうことなんだ？」

「いまの居場所を教えろ」パタースンは張りつめた口調でいった。

ルマールは居場所を教えた。「彼を病院へ連れていこうか？　なんなら――」

「そこでコールドビーム拳銃をつきつけていてくれ。すぐそっちへ行く」パタースンが接続を切り、スクリーンは空白になった。

ルマールは困惑したように首をふった。「ぼくはきみを逃がそうとした」とVスティーヴンスにいった。「ところが、きみはコールドビームでぼくを撃った。なぜだ？」とつぜん、ルマールは激しく身ぶるいした。完全な理解が訪れたのだ。「きみがデイヴィッド・アンガーを殺したんだな！」

「そのとおりだ」Vスティーヴンスが答えた。ルマールの手の中で拳銃がふるえた。「いまこの場できみを殺すべきかもしれん。それとも、この窓をあけて、あそこにいる狂信者どもに、きみを捕まえにこいとさけぶべきかもしれん。ぼくにはわからない」

「自分でいちばんいいと思ったことをやれよ」Vスティーヴンスがいった。

ルマールが決断をつけかねているとき、パタースンが車の外に現われた。彼は窓をたたき、ルマールがドアのロックをひらいた。パタースンはすばやく乗りこみ、ドアを閉めた。

「車を出せ」とVスティーヴンスにいった。「走りつづけるんだ。ダウンタウンを離れて」

Vスティーヴンスはちらと彼をふりかえってから、ゆっくりモーターを始動させた。

「やるならここでやれよ」とパタースンにいった。「だれにもじゃまされずにすむ」

「この町から外に出たいんだ」とパタースンは答えた。そして説明をつけたした。「わたしの研究室のスタッフがデイヴィッド・アンガーの遺体を分析した。合成物質の大半を復元できた」

Vスティーヴンスの顔に、わきあがる狂おしい感情が刻まれた。「ほう？」

パタースンは手をさしのべた。「握手しよう」彼は沈痛な顔つきでいった。

「なぜ？」Vスティーヴンスはけげんな顔でききかえした。

「ある男からそうするようにいわれた。その男は、あのアンドロイドを作った金星人のすばらしい手ぎわを認めてるんだ」

　車は夕闇の中で、ハイウェイを軽快に走りつづけた。

「デンヴァーが最後に残った砦《とりで》なんだ」Vスティーヴンスはふたりの地球人に説明した。「あそこにはおおぜいの仲間がいる。植連の話だと、防衛委員会の連中があっちこっちの支部を襲撃しはじめたが、総裁政府がとつぜんストップをかけたそうだ。おそらくギャネットの圧力だろう」

「もっとくわしい話を聞きたい」とパタースンはいった。「ギャネットのことじゃない。彼の考えはわかってる。ぼくが知りたいのは、きみたちがなにを考えているかだ」

「あのアンドロイドを作ったのは植連だ」Vスティーヴンスは認めた。「われわれの未来に関する知識も、きみたちと同様だ――まったくなにも知らない。デイヴィッド・アンガーという男はもとから存在しなかった。われわれは身分証を偽造し、にせの全人格と、存在しない戦争の歴史を作りあげた――あらゆるものを」

「なぜ？」ルマールがたずねた。

「ギャネットを怖気《おじけ》づかせて、好戦的な扇動をやめさせるためだ。彼をおびえさせ、金星と火星の独立を承認させるためだ。ギャネットが経済的独占権をたもつために戦争をあおるのをやめさせるためだ。われわれがアンガーの頭の中に組みこんだにせの歴史では、ギャネットの九世界の帝国がうち負かされて崩壊する。ギャネットは現実主義者だ。勝ち目のあるときしかリスクをおかさない――だが、われわれのでっちあげた歴史では、彼の勝ち目はどこにもない」

「そこでギャネットが手を引いたわけか」パタースンはゆっくりといった。「で、きみたちは？」

「われわれはつねに中立だ」Vスティーヴンスは静かにいった。「戦争ごっこに興味はない。われわれがほしいのは、自由と独立だけなんだ。あの戦争が実際にどんなものになるかは知らないが、だいたいの見当はつく。あまり愉快なものにはならんだろう。どちらの側にとっても、戦争をする価値はない。だが、これまでの状況だと、戦争になる可能性は充分にあった」

「二、三はっきりさせたい問題があるんだが」とパタースンはいった。「きみは植連の情報員か？」

「そうだ」

「じゃ、Vラフィーアは？」

「彼女も情報員だった。というか、すべての金星人と火星人は、地球の土を踏んだとたんに植連の情報員になるわけだ。植連は、Vラフィーアをおれの助手として病院にもぐりこませようとした。おれが適当な時期にあの合成物を破壊できなくなる可能性もある。もしおれがそうできない場合は、Vラフィーアが代わりにそうする予定だった。だが、ギャネットが彼女を殺してしまった」

「なぜ、あっさりとアンガーをコールドビームで殺さなかったんだ？」

「第一に、あの合成物質の肉体を完全に破壊したかったからだよ。もちろん、それは不可能だ。灰にしてしまうのが次善の策だった。通りいっぺんの検査ではなにもわからないように、黒焦げにしてしまうのがね」彼はパタースンをちらと見やった。「なぜきみは徹底的な検査をさせた？」

「アンガーの認識番号が出てきたんだ。しかし、それを受けとりにくるアンガーはいなかった」

「そうか」Vスティーヴンスは不安そうにいった。「まずかったな。あの番号がいつ現われるかは、予測のしようがなかった。まだ二、三カ月先にくる番号を選んだつもりだったんだが――ここ二週間ほどの志願兵の数は急上昇したからな」

「もし万一きみがアンガーを破壊できなかったら？」

「生き残るチャンスがないように、あの合成物には破壊メカニズムを組みこんであった。それは彼の肉体と同調していた。こっちはアンガーのどこかを作動させるだけでよかった。もしおれが殺されたり、そのメカニズムを起動させられなかった場合でも、ギャネットが目的の情報をつかむ前に、あの合成物は自然死をとげるはずだった。だが、できればおれがギャネットやそのスタッフの目の前であれを破壊するほうがいい。こっちが戦争のことを知っていると思わせることが重要なんだ。アンガーの暗殺を目撃する心理的衝撃値に比べたら、おれの逮捕のリスクなんてめじゃない」

「つぎはなにが起こる?」とまもなくパタースンはきいた。

「おれは植連に合流するつもりだ。そもそもは、ニューヨーク支部で宇宙船をつかまえる予定だったが、ギャネットの暴徒のためにそうできなくなった。もちろん、きみたちがおれをとめないとしての話だが」

ルマールは脂汗《あぶらあせ》をにじませていた。「もしかりにギャネットがだまされたと気づいたら? もし、デイヴィッド・アンガーという男が存在しなかったのを知ったら――」

「そのあたりはすでに対策を講じたよ」Vスティーヴンスがいった。「ギャネットが調査するころには、デイヴィッド・アンガーが存在した証拠ができあがっているはずだ。それよりも――」彼は肩をすくめた。「いまはおふたりの意向だな。銃を持ってるのはそっちだからね」

「彼を逃がそう」ルマールは熱心にいった。

「それはあまり愛国的じゃないな」パタースンが指摘した。「われわれは水かきどもの計画に加担しているわけだ。防衛委員会に通報するべきかもしれない」

「あんなやつらはくそくらえだ」ルマールが歯ぎしりをしていった。「リンチにとりつかれたあの狂信者どもに、だれも引き渡す気はない。たとえ――」

「たとえ水かきでもか？」Ｖスティーヴンスがたずねた。

パターソンは星の輝く黒い夜空を見あげた。「いったい最後にはどうなるんだろう？」

とＶスティーヴンスにたずねた。「こんなことがいつかは終わると思うか？」

「もちろんだ」Ｖスティーヴンスはすぐに答えた。「いつかそのうち、われわれは恒星の世界に進出する。太陽系の外へだ。そして、ほかの種族と出会うだろう――つまり、まったくの異種族に。本当の意味での人間でない種族に。そうすれば、だれにも、われわれがおなじ幹から分かれたことがわかる。われわれとの比較の対象ができたとき、はっきりとそれがわかる」

「よし」とパターソンはいった。彼はコールドビーム拳銃をとりあげ、それをＶスティーヴンスに渡した。「ぼくが心配なのはそれだけだったんだ。こんなことがいつまでもつづくのはいやだからな」

「つづかないよ」Ｖスティーヴンスは静かにいった。「その異種族の中には、かなり恐ろしいのもいるかもしれない。彼らをひと目見たら、地球人は自分の娘を緑の皮膚をした男とでもよろこんで結婚させたがるさ」一瞬、彼はにやりと笑った。「異種族の中には、皮膚さえないものもいるだろうから……」

奉仕するもの
To Serve the Master

浅倉久志◎訳

　アップルクィストは、近道を選んで無人の荒野を横ぎった。地割れのように口をあけた小峡谷の縁《へり》をつたい、せまい山道を登っているとき、声が聞こえた。

　彼は身を凍りつかせ、S拳銃に手をかけた。長いあいだじっと耳をすましたが、聞こえるのは尾根のひき裂かれた木々の枝を渡る遠い風の音だけだった。風のうつろな囁《ささや》きが、そばの枯草のカサコソすれあう音といりまじっている。さっきの声は小峡谷の下から聞こえた。谷底には破壊の跡があり、岩屑《がんせつ》とかなくそでいっぱいだ。彼は谷の縁にしゃがんで、声の出所を見きわめようとした。

　動きはなかった。なにひとつ動くものの気配はない。曲げたままの両足が痛くなってきた。ハエがうるさくそばを飛びまわり、彼の汗ばんだひたいにとまった。じりじり日に照りつけられて、頭痛がはじまった。ここ二、三カ月前から、砂塵《さじん》の雲が薄れてきたのだ。

放射能ブザーつきの腕時計が三時を指している。とうとう彼は肩をすくめて、凝った両膝をのばした。まあいい。あとで武装チームをここへ派遣してもらおう。これはおれの仕事じゃない。おれは四級文書配達係で、おまけに民間人だ。

道路に出ようと山腹を登っていく途中で、またさっきの声が聞こえた。こんどは小峡谷を見おろす位置に立っていたので、ちらっと動きが見えた。胸騒ぎと、信じられない驚きの念が彼をおそった。ありえない――しかし、いまこの目で見たとおりだ。回覧ニュースの噂とはわけがちがう。

あんな見捨てられた谷底で、ロボットがいったいなにをしているのか？ ロボットは、ずっと昔にぜんぶ破壊されてしまったはずだ。しかし、あそこの雑草と石ころのあいだには、まちがいなくロボットが横たわっている。錆びついて、なかば腐食した残骸。そいつが山道を通る人間に、弱々しい声で呼びかけているのだ。


地下シェルターの防衛システムのチェックを受けたのち、アップルクィストは三重ロックをくぐって、トンネル・エリアにはいった。ゆっくりとエレベーターが下降をはじめる。行政レベルまでおりていく途中も、じっと考えこんでいた。郵便カバンを肩からおろしたとき、課長補佐のジェンキンズがいそいでそばにやってきた。

「いったいどこをうろついていたんだ？ もう四時だぞ」

「すみません」アップルクィストはそばの警備員にS拳銃を返却した。「どうでしょう、五時間の外出証を発行してもらえませんか。ちょっと調べてみたいことがあって」

「ばかをいうな。いま、右翼の全組織を解体中なのは知ってるだろうが。全員に厳格な二十四時間の警戒態勢が要求されてるんだ」

アップルクィストは手紙の選別にとりかかった。大部分は、北米情報局各支部のお偉方同士の親展文書だった。ほかには支部のシェルター外にいる慰安婦たちへの手紙。下級官僚から家族にあてた手紙、それに請願書。

「じゃ、しかたがない」アップルクィストは思案深げにいった。「とにかく、ひとりで調べてみます」

ジェンキンズは疑惑の目で相手の青年を見やった。「なにをたくらんでるんだ。ひょっとして戦時中の遺物、破壊されなかった備品かなにかを見つけたのか。どこかに埋もれていた無傷の貯蔵所とか。おい、図星だろう？」

アップルクィストはもうすこしで秘密を打ち明けそうになったが、やめておいた。「かもね」むぞうさな調子で答えた。「その可能性はあります」

ジェンキンズは憎悪をむきだしに顔をしかめてから、すたすたと歩いて観測室のドアを横にひらいた。壁面いっぱいの大きな地図の前に職員たちがたたずんで、きょうの活動状況を調べている。あっちこっちの椅子にだらしなくすわった五、六人の中年男はほとんど頭が禿《は》げ、カラーには垢《あか》としみがこびりついている。部屋の隅では、ラッド課長が太った両足を前に投げだし、オープンシャツから胸毛を出して居眠っている。これがデトロイト支部を運営している幹部たちだ。地下シェルターで暮らす一万世帯の全員が、この男たちをたよりにしている。

「なにを考えておる?」

その声はアップルクィストの耳に大きくひびいた。部屋にはいってきたローズ支部長が、例によって彼の不意をついたのだ。

「なんでもありません」アップルクィストは答えた。しかし、相手の青磁色の鋭い瞳は、彼の内心を見通しているようだった。「いつもの疲労です。緊張指数が上がってまして。休暇をとるつもりでしたが、仕事がいそがしく……」

「ごまかすな。四級文書配達係が多忙なはずはない。なにをいいたいんだ?」

「支部長」アップルクィストは思いきってその質問を口にした。「なぜロボットは破壊されたんですか?」

沈黙がおりた。ローズの厚ぼったい顔に驚きがうかび、つぎに敵意が宿った。アップルクィストは相手がさえぎろうとする前に、いそいでつづけた。

「わたしの階級には理論的質問が許されていないことは存じています。しかし、どうしても知ることが肝心なんです」

「その情報は非公開だ」ローズは重々しく答えた。「トップレベルの官僚にさえもな」

「ロボットはあの戦争とどういう関係があったんですか？　なぜ戦争が起こったんですか？　戦前の生活はどんなものだったんですか？」

「その情報は非公開だ」ローズはくりかえすと、壁の地図へゆっくりと近づいた。

アップルクィストはその場にとり残された。カチカチ音を立てる機械の中央、課長たちと職員たちのささやきの中央に。

自動的にアップルクィストは手紙の選別にもどった。ずっと昔に戦争があり、ロボットもそれに関係していた。そこまではわかっている。数はすくないが、戦後まで生き残ったロボットもあったぐらいだ。

子供のころ、アップルクィストは父親に連れられて産業センターにいき、そこで機械を動かしているロボットたちを見学したことがある。昔はもっと複雑なタイプのロボットもあったらしい。そのタイプは、すでにすっかり姿を消していた。まもなく、このての単純なタイプも解体されるということだった。そして、新しいロボットはもう絶対に生産されない……。

「なにがあったの？」あのとき、そうたずねた彼は、父親にいそいで外へ連れだされたものだ。「そんなにたくさんのロボットがどこへいったの？」

あのときも答はもらえなかった。それが十六年前。そして、いまでは最後のロボットもすでに破壊されたあとだ。ロボットに関する記憶までが薄れかけている。あと二、三年すれば、ロボットという言葉さえ使われなくなるだろう。ロボット。いったいなにがあったのか？

アップルクィストは手紙の選別をすませ、観測室から外に出た。課長たちはこっちに目もくれなかった。博識をひけらかして、専門的な戦略を論じあっていた。支部間相互の作戦と対抗作戦。緊張した空気の中で、悪罵《あくば》が飛びかっている。アップルクィストはポケットをさぐり、ひしゃげたタバコをとりだして、不器用に火をつけた。

「夕食のお知らせです」通路のスピーカーがキンキンした声で告げた。「上級職員はいまより一時間の休憩」

何人かの課長が騒々しく彼のそばを通りすぎていった。アップルクィストはタバコの吸いがらをもみ消し、自分の部署に向かった。勤務は午後六時までだ。それから夕食の時間。土曜まではそれ以外の休憩がない。だが、もし夕食ぬきで外出すれば……。

あのロボットはたぶん下級のタイプで、最後のグループといっしょに廃棄されたんだろう。子供のころに見た、あの低性能タイプだ。戦時中の精巧なロボットであるはずがない。戦争が終わって百年も経ったいままで、雨ざらしの錆だらけになって、あの谷底で生きながらえているなんて……。

アップルクィストは、しいて希望を心から閉めだした。胸をどきどきさせながらエレベーターに乗りこみ、ボタンを押した。日暮れまでには真相がわかるだろう。

　ロボットは溶融した金属の山と雑草のあいだに横たわっていた。ぎざぎざの錆びた破片が行く手をはばんでいる。アップルクィストはS拳銃を片手に、放射能防護マスクをしっかり装着して、用心深く谷の斜面をおりていった。

　ガイガー・カウンターが大きく鳴りはじめた。この谷底は危険だ。赤錆びた金属の破片、融けてくっついた鋼鉄とプラスチック、はらわたを抜かれた機械の残骸、そのあっちこっちに強い汚染箇所がある。黒焦げの網になった電線の束を足でわきにどけ、つる植物におおわれた古代機械のぱっくり口をあけた燃料タンクをまたぎ越えた。ネズミが一ぴき、チョロチョロと逃げていった。日没が近い。暗い影があらゆるものの上に長く尾をひいている。

　ロボットは静かに彼を見つめていた。体の半分がどこかへ吹っとんでしまっている。頭と両腕、胴体の上部が残っているだけだ。腰から下は金属のささらになって、途中からすぱっと断ち切られている。これでは動けるわけがない。体表は腐食して、あばたになっている。片目のレンズも見あたらない。金属の指も、何本かグロテスクに折れ曲がったままだ。ロボットは仰向けに倒れ、空と向かいあっている。

　これは戦時中のロボットだ。まちがいない。残った片目は古びてはいるが、意識のきらめきがある。子供のころに見た、あの単純な労働ロボットとはべつの種類だ……。アップルクィストの呼吸は荒くなった。こいつは本物だ。こっちの動きを熱心に追っている。まだ生きてるんだ。

あれだけの期間、あれだけの年数が経ったのに……、とアップルクィストは思った。うなじの毛がちりちりした。周囲のあらゆるものが静まりかえっている。山々も、木々も、廃墟の鉄塊も、なにひとつ動かない。生きているのは自分と、この古いロボットだけだ。こいつはこの谷底で、だれかがやってくるのをずっと待ちわびていたんだ。

一陣の寒風が茂みをそよがせ、思わず彼は外套《がいとう》の襟をかきあわせた。吹きよせられた枯葉が、ロボットの鈍重な顔の上に貼りついた。ロボットの胴体には植物のつるがからみつき、ねじれながら体内へ食いこんでいる。このロボットは雨ざらしになり、太陽に焼かれていた。冬は雪の下敷きになったことだろう。ネズミやいろいろな動物にクンクン匂いを嗅《か》がれたことだろう。虫たちが体内に這いこんで巣を作ったことだろう。それでもこいつはくたばらなかった。

「おまえの声が聞こえたんだ」アップルクィストはいった。「上の小道を歩いていたときに」

まもなくロボットが答えた。

「知っている。きみが立ちどまるのが見えた」ロボットの声はかぼそく、カサカサしていた。灰をこすりあわせたような声。特徴も抑揚もない。「きょうの日付を教えてもらえないだろうか。わたしは電源の故障に悩んでいる。配線ターミナルが一時的にショートしたのだ」

「きょうは六月十一日だよ」アップルクィストは教え、「二一三六年の」とつけ加えた。

明らかにロボットは乏しい力をたくわえようとしている。片腕をすこし上げかけて、またおろした。いいほうの片目がぼんやりと曇り、体内のどこかでギアが錆びた音を立てた。

アップルクィストはとつぜんさとった――このロボットはもういつ死ぬかしれない。ここまで生きのびてきただけでも奇跡なんだ。胴体の上には、カタツムリがくっついている。ぬらぬら光る跡だらけだ。一世紀ものあいだこうして……。

「いつからここにいるんだ?」アップルクィストはたずねた。「戦争中からか?」

「そうだ」

アップルクィストは神経質な笑みをうかべた。「それは長いな。百年以上だぜ」

「そのとおり」

あたりが夕闇に包まれるのは早かった。ひとりでに、アップルクィストの手は懐中電灯をさぐった。谷の斜面はもうほとんど見わけられない。どこか遠くの闇の中で、一羽の鳥が悲しげに鳴いた。茂みがざわざわ風に揺れた。

「助けがほしい」ロボットはいった。「わたしの運動システムの大部分は破壊された。ここから動けない」

「ほかの部分の状態はどうなんだ？　電源は？　いつまでもつ？」

「電池にも相当な損傷があった。機能しているのは、リレー回路のかぎられた一部だけで、それさえもが過負荷状態にある」ロボットの残された片目がまた彼を見つめた。「最近のテクノロジーの状況はどんなふうだ？　上空を航空機が飛ぶのは何度か見た。いまでも電子機器の生産と保全はつづいているのか？」

「われわれはピッツバーグの近くで産業ユニットを運営しているよ」

「基本的な電子部品のことを説明したら、わかってくれるか？」ロボットはきいた。

「ぼくは機械関係の教育を受けていない。分類でいうと、四級文書配達係なんだ。しかし、修理部門にコネがある。シェルターでは、残された機械を修理でもたせているわけだ」彼は不安そうに唇をなめた。「もちろん、見つかったらやばい。法律があるからな」

「法律？」

「ロボットはぜんぶ破壊された。おまえは残された最後の一台だ。ほかのみんなは、何年も前に廃棄処分になった」

ロボットの目は無表情だった。

「なぜここへおりてきた？」ロボットはたずねた。アップルクィストの手に握られたS拳銃に視線を移して、「きみはある種の階級社会の一職員だ。上からの命令で動いている。より大きいシステムの中で機械的に作動している一個体だ」

アップルクィストは笑いだした。「まあそんなところだな」そこで笑いやめて、「戦争はなぜ起こった？　戦前の生活はどんなふうだった？」

「知らないのか？」

「知るわけがないだろう。理論的な質問は許されてないいんだよ。トップレベルの官僚にしか。しかも、課長たちでさえ戦争のことは知らない」

アップルクィストはしゃがみこんで、闇に包まれたロボットの顔に懐中電灯の光を当てた。「戦前はこんなふうじゃなかったよな、そうだろう？　人間は昔から地下シェルターに住んでいたわけじゃない。この世界は昔から屑鉄《くずてつ》の山だったわけじゃない。人間は昔からあっちこっちの支部で奴隷のように働かされていたわけじゃない」

「戦前にはそんなものはなかった」

アップルクィストは勝利を味わいながらうなずいた。「やっぱり」

「人間は都市に住んでいた。それが戦争で破壊されたのだ。地下に避難していた情報局は生き残った。その各支部の高級官僚たちが政府にとってかわった。戦争は長くつづいた。価値あるものはすべて破壊された。残されたのは燃えつきた外殻だけだ」ロボットはいっとき言葉を切ってから、また話をつづけた。「最初のロボットは一九七九年に作られた。

二〇〇〇年には、すべての単純労働はロボットの手で行なわれていた。人間は好きなことを自由にやれるようになった。芸術、科学、娯楽、なんでも自分の好きなことを」

「芸術って？」アップルクィストはきいた。

「内的な基準の実現をめざす創造的活動だ。地球上のあらゆる人間が自由に文化の拡大にいそしめることになった。ロボットが世界を維持していた。人間はもっぱら生活をたのしんだ」

「都市はどんなふうだった？」

「人間の芸術家が作成した計画にしたがって、ロボットが古い都市を改造したり、新しい都市を建設したりした。清潔で、衛生的で、美しい都市。どれもまるで神々の住む都のようだった」

「戦争はなぜ起きたんだ？」

ロボットの片目がまたたいた。「わたしはしゃべりすぎた。電圧が危険値まで下がっている」

アップルクィストは身ぶるいした。「なにが必要なんだ？　持ってきてやるよ」

「いそいで。Aパックの原子力電池が必要だ。出力は一〇〇〇f単位」

「わかった」

「それから、工具とアルミの材料も要る。抵抗のすくない導線。こんどはペンと紙を持ってきてくれ――リストを書いて渡す。きみには理解できないだろうが、電子機器の修理をやっている人間ならわかるだろう。まず必要なのは電源だ」

「それを持ってきたら、戦争のことを話してくれるか」

「もちろん」ロボットのカサカサした声がやんだ。ちらつく影がロボットのまわりをとりまいた。つめたい夜風がくろぐろとした雑草や灌木《かんぼく》の茂みをそよがせた。「どうかいそいでくれ。できれば明日に」


「おまえのことを報告してもいいんだぞ」ジェンキンズ課長補佐はアップルクィストをどなりつけた。「半時間も遅刻した上に、無理な注文を持ちこみやがって。いったいなにをたくらんでるんだ？　この支部から追放されたいのか？」

アップルクィストは相手に顔を近づけた。「この品物がぜひとも必要なんです。あの……貯蔵所は地下にある。安全な通路を作らないとね。早くしないと、瓦礫《がれき》でなにもかも埋まっちまいますよ」

「どれぐらいの規模の貯蔵所なんだ？」ジェンキンズのいかつい顔にうかんでいた疑惑が、貪欲《どんよく》にとってかわられた。もうすでに支部の報奨金を手にした気分らしい。「中は見えたのか？　未知の機械があったか？」

「なにも見えませんよ」アップルクィストは苛立《いらだ》たしげに答えた。「時間をむだにしないで。上に積もった瓦礫が、いまにも崩れてきそうなんです。いそいで手を打たないと」

「場所はどこだ？　おれも見たい！」

「これはぼくひとりでやります。材料を調達して、ぼくの留守をうまくとりつくろってください。それがあなたの役目です」

ジェンキンズは不安そうに顔をゆがめた。「おい、まさか嘘じゃないだろうな、アップルクィスト——」

「嘘なんかつきませんよ」アップルクィストは憤然といいかえした。「電池はいつ調達してもらえます？」

「明日の朝だ。記入しなきゃならん申請書がゴマンとあるんだぞ。本当におまえひとりでやれるのか？　修理班を同行させたほうがいいんじゃないのか。まちがいなく——」

「だいじょうぶ」アップルクィストは相手をさえぎった。「電池を手に入れてくれさえすれば。あとはぼくがやります」

朝の日ざしが岩屑《がんせつ》とかなくその上にふりそそいでいる。アップルクィストは不安な手つきで新しい電池をはめこみ、端子を接続し、腐食したシールドをその上にかぶせて、よろよろと立ちあがった。古い電池を投げ捨てると、しばらく待った。

ロボットが身じろぎした。その目が生命と認識をとりもどした。まもなくロボットはためすように片腕を動かし、自分の傷ついた胴体と両肩にさわった。

「だいじょうぶか？」かすれ声でアップルクィストはきいた。

「もちろんだ」ロボットの声は力強かった。きのうよりも声が太く、自信がみなぎっていた。「古い電池はほとんど切れかかっていた。あのとき、きみが通りかかったのは幸運だった」

「人間は都市に住んでいたといったね」アップルクィストはさっそく話題をむしかえした。

「労働はロボットがしていたのか？」

「ロボットは、産業システムを維持するのに必要な単純労働をやっていた。人間は好きなことをする余暇ができた。われわれは喜んで人間のかわりに働いた。それがわれわれの仕事だった」

「じゃ、なにがあったんだ？　どうしてその仕組みがうまくいかなくなった？」

ロボットは鉛筆と紙を受けとった。話しながら、注意深くそこに記号を書きつけた。

「狂信的な人間の集団があった。宗教的組織だ。神は人間をひたいに汗して働くようにお創《つく》りになった、というのが彼らの主張だった。彼らはロボットを廃棄し、人間を工場にもどして、単純労働につかせようとした」

「しかし、なぜ？」

「彼らは、労働が精神を向上させると考えていた」ロボットは彼に紙片を渡した。「これが必要品のリストだ。損傷を受けたシステムの復元には、これだけの資材と工具が必要なのだ」

アップルクィストはその紙片をもてあそびながらいった。「その宗教集団は――」

「人間は二派に分かれた。復古主義者とレジャー主義者。この二派が何年も戦いつづけ、その間われわれはサイドラインにしりぞいて、自分たちの運命がどう出るかを待った。復古主義者が理性と良識にうち勝つとは、とうてい信じられなかった。だが、彼らは勝った」

「なあ、どう思う――」アップルクィストはそこでいいやめた。心の奥底でうごめいている考えを口に出すのがためらわれた。「ロボットがまた復活する可能性はあるだろうか？」

「きみのいう意味は不明確だ」ロボットはとつぜん鉛筆をぽきりと折り、それを投げ捨てた。「いったいなにが知りたい？」

「支部での生活は楽じゃない。死と重労働。めんどうな書式、当直制、長い作業時間、命令」

「それはきみたちが作ったシステムだ。わたしに責任はない」

「いまでもロボットの製造工程をおぼえているか？　戦争中はなんの係だった？」

「わたしはユニット管理者だった。ある応急ユニット工場に向かう途中、乗っていたロケット船が撃墜された」ロボットは周囲の残骸を示した。「これがわたしの乗っていた船体と貨物だ」

「ユニット管理者というのは？」

「わたしはロボット生産の責任者だった。わたしが基本的なロボットのタイプを設計し、それを生産工程に乗せていた」

アップルクィストは頭がくらくらするのを感じた。「じゃ、ロボットの生産工程にはくわしいわけだ」

「そう」ロボットはアップルクィストの手の中の紙片を指した。「そこに記入した工具と資材をできるだけ早く持ってきてほしい。いまの状態では、わたしはまったく無力だ。運動能力をとりもどしたい。もしもロケット船がこの上空を通過したら……」

「支部間の相互連絡は不調なんだよ。ぼくは歩いて手紙を配達している。このあたりはほとんど廃墟だ。おまえがなにをしたって、気づかれるおそれはない。その応急ユニット工場はどうなんだ？　ひょっとしたら破壊されてないかもしれないぞ」

ロボットはゆっくりうなずいた。「工場施設は注意深く隠蔽《いんぺい》されていた。破壊をまぬかれた可能性もないではない。小さい工場だが、設備は完全だ。自給自足できる」

「もし、ぼくが修理部品を持ってきたら、おまえは――」

「そのことはあとで話しあおう」ロボットは仰向けに横たわった。「きみがもどってきたときに、もっとくわしく打ち合わせよう」

アップルクィストはジェンキンズから資材を受けとり、二十四時間の外出証も手に入れた。いま、彼は谷の斜面にしゃがんで、ロボットが手際《てぎわ》よく自分の体を分解し、こわれた部品を交換していくのを、魅せられたようにながめていた。たった二時間ほどで、新しい運動システムができあがった。下肢《かし》の基本部分がそこに溶接された。昼までに、ロボットは両脚の試運転を終わっていた。

「夜のあいだに」とロボットがいった。「応急ユニット工場と、なんとか無線連絡がついた。工場は無傷で存在しているらしい。ロボット・モニターによると」

「ロボット？　ということは――」

「通信を中継する自動機械だ。わたしのように生きているわけではない。厳密にいえば、わたしはロボットではないのだ」声に誇りがこもった。「わたしはアンドロイドだ」

そのへんの細かい区別は、アップルクィストにはよくわからなかった。興奮した彼の心は、さまざまの可能性の上を駆けめぐっていた。

「じゃ、これでぼくたちは前進できるぞ。おまえの知識と、支部の資材を使えば――」

「きみはあの恐怖と残虐行為を見ていない。復古主義者たちは計画的にわれわれを破壊していった。ひとつの町を占領するたびに、そこのアンドロイドを一掃した。わが種族の仲間は、レジャー主義者の退却につれて、むごたらしく抹殺されていった。自分の担当する機械からひき離され、そして破壊されたのだ」

「しかし、それは一世紀も前の話じゃないか。いまではもうロボットを破壊したがる人間はいないよ。この世界を復興させるにはロボットが必要だ。復古主義者は戦争には勝ったが、この世界を廃墟にしてしまった」

ロボットは両脚の協調が完全になるまで、運動システムの調整をつづけた。「彼らの勝利は悲劇だったが、わたしはきみよりも状況をよく把握している。ことは慎重に運ばなくてはならない。もし、今回も一掃されるような結果になったら、永久に希望はない」

ロボットがためらいがちに破壊の跡をかきわけ、谷の斜面へと歩きはじめたので、アップルクィストはそのあとを追った。

「ぼくたちはつらい労働にうちひしがれている。いわば地下シェルターの奴隷だ。こんなことをいつまでもつづけるわけにはいかない。みんながきっとロボットを歓迎するよ。ぼくたちにはロボットが必要なんだ。ときどき、黄金時代がどんなふうだったかと空想することがある。大きな建物やいろいろの草花、美しい地上都市……。いまあるのは廃墟と貧困だけだ。復古主義者が勝ったが、だれも幸福じゃない。ぼくたちは喜んで――」

「わたしのいる場所は？　ここの位置は？」

「ミシシッピー川のすこし西。三、四キロってとこかな。ぼくたちは自由がほしい。いつまでも地下で働きづめに働くなんてごめんだ。もし自由な時間があれば、この全宇宙の謎をさぐることができる。昔の科学テープを何本か見つけたんだよ。生物学の理論的研究だ。あの人たちは、抽象的な問題を何年もかけて研究した。あの人たちにはその時間があった。自由だった。ロボットが経済システムを維持しているあいだに、あの人たちは外へ出て、存分に――」

「戦争中には」とロボットが彼をさえぎった。思案深げに、「復古主義者が何百平方キロもの有効範囲を持つ探知スクリーンを張りめぐらしていた。その種のスクリーンはまだ機能しているか？」

「知らない。たぶんこわれているだろう。支部のシェルターの付近には、なにひとつ満足に残ってないからね」

ロボットは考えこんだ。こわれた片目は、すでに新しいレンズに交換されていた。両眼が思いつめたようにきらきらと輝いた。

「今晩、きみの支部に関する計画を練ろう。そのときに、わたしの決心を知らせる。それまではだれにもこの状況を話すな。わかるね？　いま現在、わたしが心配なのは道路システムだ」

「昔の道路はほとんど破壊されているよ」アップルクィストは興奮を抑えようと必死に努力した。「ぼくの見たところ、うちの支部の人間は大半が……レジャー主義者だ。トップの何人かは復古主義者かもしれない。たぶん、何人かの課長はね。しかし、下級官僚やその家族は――」

「わかった」ロボットがさえぎった。「そのことはあとで話そう」あたりをちらっと見まわして、「あのこわれた機械は利用できそうだ。まだ一部分は機能するだろう。すくなくとも、ここしばらくは」


アップルクィストはなんとかジェンキンズに会うのを避けて、行政レベルを横ぎり、自分の部署へといそいだ。頭の中が渦を巻いていた。周囲のあらゆるものがぼんやりとして、現実味が薄れた感じだった。口論している課長たち。カチカチ、ブーンと音を立てる機械類。事務員や下級官僚がメッセージやメモをたずさえて、せわしなく往来している。アップルクィストは機械的に手紙の束をとりあげ、それぞれのスロットへと選《え》りわけはじめた。

「おまえは外出していたな」ローズ支部長が苦い顔つきでいった。「お目当てはなんだ、女か？　外部の人間と結婚すれば、いまのささやかな地位も失うことになるぞ」

アップルクィストは手紙の束をわきに押しやった。「支部長、お話があります」

ローズ支部長は首を横にふった。「気をつけろ。四級職員の服務規定は知っているはずだ。それ以上の質問はやめたほうがいい。自分の仕事に専念して、理論的問題はわれわれにまかせることだ」

「支部長」とアップルクィストはたずねた。「この支部はどっちの味方なんですか？　復古主義者ですか、レジャー主義者ですか？」

ローズには質問の意味がよくわからないようすだった。「なんのことだ？」首を横にふった。「そんな言葉は知らん」

「あの戦争です。あの戦争で、われわれはどっちの側だったんですか？」

「なんということを」ローズはいった。「人間の側にきまっとるだろう」厚ぼったい顔が幕を引いた表情になった。「どういう意味なんだ、復古主義者とは？　いったいなんの話だ？」

とつぜんアップルクィストは冷汗がにじみでてくるのを感じた。声がのどにひっかかった。「支部長、それはどうも変です。あれは二派の人間の戦争でした。復古主義者がロボットを破壊したのは、彼らがレジャーをたのしむ人間を敵視したからなんです」

「あれは人間とロボットの戦争だ」ローズはきびしい声でいった。「われわれが勝った。われわれがロボットを破壊した」

「しかし、ロボットは人間のために働いていたんですよ！」

「彼らは労働者として作られたくせに、反乱を起こしたんだ。彼らにはひとつの思想があった。自分らが人間よりもすぐれた生物――アンドロイドだと思っていた。彼らはわれわれをたんなる家畜とみなしていた」

アップルクィストは激しく身ぶるいしていた。「しかし、あいつの話では――」

「彼らは人間を虐殺した。こちらが勝利を握るまでに、何百万もの人間が死んだ。彼らは人間を殺し、嘘をつき、隠れ、盗み、生きのびるためにありとあらゆる手段を講じた。彼らか、われわれか――そこにはなんの容赦もなかった」ローズはアップルクィストの襟をつかんだ。「この大たわけ！　いったいなにをやらかした？　答えろ！　いったいなにをやらかしたんだ？」


太陽が沈むころ、武装キャタピラー車が一台、轟音《ごうおん》を上げて小峡谷の縁へやってきた。一団の兵士が車から飛びだし、S小銃を肩に、谷の斜面をくだりはじめた。ローズがアップルクィストを連れて足早に現われた。

「場所はここか？」ローズが詰問した。

「はい」アップルクィストはがっくり肩を落とした。「しかし、もういません」

「当然だろう。やつは修理を完了した。ここでぐずぐずする理由はなにもない」ローズは兵士たちに合図した。「さがしてもむだだ。戦術核爆弾をセットして、ここから立《た》ち退《の》こう。空軍がやつをつかまえられるかもしれん。この地域には放射性ガスを散布する」

アップルクィストは麻痺した気分で、谷の縁へと近づいた。眼下には、しだいに濃くなっていく影の中に、雑草とかいかなくその山が見える。もちろん、ロボットの姿はどこにもない。ロボットがいた場所には、導線の切れはしと、胴体の一部が捨ててある。古い電池も、彼が捨てた場所に残っている。ほかには二、三の工具。それだけだ。

「よし」ローズは兵士たちに命令をくだした。「引き揚げよう。仕事が山ほどある。全警報システムを作動させろ」

兵士たちが谷の斜面を登りはじめた。アップルクィストは彼らのあとにつづいて、キャタピラー車へ向かおうとした。

「いかん」ローズが早口にいった。「おまえはここに残るんだ」

アップルクィストは彼らの表情に気づいた。鬱積《うっせき》した不安、狂おしい恐怖と憎悪。彼は逃げようとしたが、たちまち兵士たちに組み伏せられた。きびしい顔の兵士たちは無言で彼にやきを入れた。気のすむまでぶちのめし、けりつけてから、まだ息のある彼の体をわきにけとばし、キャタピラー車に乗りこんだ。ハッチがばたんと閉じ、モーターが始動した。キャタピラー車は道路に向かって山道を登りはじめた。まもなくその姿は小さくなり、そしてまったく見えなくなった。

アップルクィストは、なかば埋められた爆弾と、しだいに色濃くなる影の中に、ただひとり残された。巨大で空虚な闇があらゆるものを押しつつもうとしていた。

ジョンの世界

Jon's World

浅倉久志◎訳

カストナーは無言で船体の周囲を歩きまわっていた。タラップを昇り、用心深く船内にはいっていく。しばらくは船内を動きまわる人影となった。ふたたびタラップの上に姿を現わしたときは、大きな顔が生き生きと輝いていた。

「どうだった?」とケイレブ・ライアンがいった。「どう思う?」

カストナーはタラップを下りてきた。「いつでも出発できるのかね? もう手直しするところはないのか?」

「ほとんど準備完了だ。いま作業員が残った部分を仕上げている。リレーの接続とか、配線設備とか。しかし、大きな問題はない。すくなくとも予測可能なかぎりでは」

ふたりの男はならんでそこに立ち、ずんぐりした金属のボックスと、その表面にくっついた窓や、バリヤーや、観測グリルを見あげた。船体はお義理にも美しいとはいえない。

なめらかでもないし、クロームやレクセロイドの支柱を使って、ぜんたいを先細りの涙滴形にする手間もかけてない。船体は角ばってごつごつしており、いたるところにタレットやその他の突起物が飛びだしている。

「あそこから出てくるわれわれを見たら、相手はどう思うだろう？」カストナーはつぶやいた。

「船のスタイルまでよくするひまはなかったんだ。もちろん、もう二カ月待ってもいいというなら――」

「あの出っぱりをいくつか削れないのかね？　あれはなんのためのものだ？　どういう役目をする？」

「バルブだよ。設計図を見せようか。電流のピークが高くなりすぎたときに、負荷を逃がす仕掛けだ。時間旅行には危険がともなう。船体が過去に移動するにつれて、巨大な負荷が蓄積していく。そいつをじょじょに放出しなくちゃならない――でないと、われわれは何億ボルトもの電圧をかかえた、巨大な爆弾になってしまう」

「わかった、信用するよ」カストナーはブリーフケースを持ちあげ、出口のひとつへと歩きだした。連盟の警備員たちが彼に道をゆずった。「局長たちには、準備がほぼ完了したと伝えておこう。ところで、ひとつ知らせがある」

「なんだ？」

「だれをあんたに同行させるかがきまった」

「だれだ？」

「わたしだよ。あの戦争以前の世界がどんなふうだったか、昔からそれを知りたかった。歴史テープで見ることはできても、あれは本物じゃない。現場へ行ってみたいんだ。歩きまわりたいんだ。わかるだろう、あの戦争以前には灰などなかったという。地表は緑におおわれていた。何キロ歩いても、廃墟にぶつかったりはしなかったという。それをこの目でたしかめてみたい」

「知らなかったな、きみが過去に関心があるとは」

「あるんだよ。わたしの一族が、当時のようすを描いたイラスト入りの本を何冊か保存していたもんだからね。ＵＳＩＣがスコーナマンの研究論文にご執心なのもむりはない。もし復興にとりかかれたら——」

「われわれ全員がそう望んでる」

「うまくいけばその論文が手にはいるかもな。じゃ、またあとで」

小太りの小柄なビジネスマンがブリーフケースをしっかりかかえて去っていくのを、ライアンは見送った。連盟の警備員たちがカストナーの通り道だけをあけて一歩うしろにさがり、彼の姿が戸口から消えると、また前に出た。

ライアンは船体に目をもどした。そうか、カストナーが同行するのか。ユナイテッド合成産業団、略称USICは、今回の旅に対等の代表権を要求してきた。連盟からひとり、USICからひとり。USICは、商業面でも資金面でも〈クロック計画〉の後援者だ。その協力がなければ、〈クロック計画〉は机上の空論に終わっていたろう。ライアンは作業台の前にすわり、設計図をつぎつぎとスキャナーにかけた。長い苦労が報われようとしている。作業は九分九厘かたづいた。あとは細かい部分の仕上げが残っているだけだ。

映話スクリーンがカチッと鳴った。ライアンはスキャナーを一時停止にして、そっちに向きなおった。

「ライアンだ」

連盟の交換手がスクリーンに現われた。連盟の専用回線からだ。「緊急通話です」

ライアンは身を凍りつかせた。「つないでくれ」

交換手の顔が薄れた。ほどなく年老いた顔が画面に現われた。しわの多い赤ら顔。「ライアン――」

「なにがあった？」

「すぐ帰宅してほしい。なるべく早く」

「どうした？」

「ジョンが」

ライアンは平静になろうとつとめた。「また発作か？」声がかすれていた。

「そう」

「これまでのような発作か？」

「これまでとそっくりおなじ発作だ」

ライアンは片手をスイッチに近づけた。「わかった。すぐ帰宅する。だれもなかに入れるな。ジョンを落ちつかせてくれ。部屋から出すな。必要なら警備員を倍にふやせ」

ライアンは回線を切った。ほどなく彼は屋上へむかった。ビルの屋上の発着場には、専用の都市間連絡艇がパークされている。

都市間連絡艇は果てしない灰色の廃墟の上空を突進した。自動捕捉装置がそれを第四都市へと誘導している。ライアンはぼんやり窓の外を見つめたが、眼下の風景はろくに目にはいらない。

いま飛んでいるのは、都市と都市の中間地帯だ。地表は荒廃し、溶けた金属の平原と灰の山が視野のかぎりまでつらなっている。どこまでもひろがる灰色の荒野のなかに、まばらに生えたテングダケのような都市。ぽつんぽつんと生えたテングダケは、人びとが働いているタワーとビルだ。地表の再生はしだいに進んでいる。補給品と工具が月面のルナ基地から輸送されてくる。

戦時中、人類は地球を離れ、ルナに避難した。地球は完全に破壊しつくされた。廃墟と放射能塵《ほうしゃのうじん》におおわれた球体でしかなくなった。しかし、戦争が終わったいま、人類はまた地球にもどってきた。

実際にはふたつの戦争があった。最初は人間対人間の戦争。第二のそれは人間対クローの戦争。クローは兵器として創造された精巧なロボットである。ところが、クローは創造主である人間に反旗をひるがえし、新しいタイプの同族や装備を設計しはじめたのだ。

ライアンの連絡艇は降下しはじめた。そこは第四都市の上空だった。まもなく連絡艇は第四都市の中央にある巨大な私邸の屋上に着陸した。ライアンはすばやく飛びおりると、屋上を横切ってエレベーターに急いだ。

ほどなく彼は居住階まで下りて、ジョンの部屋に急いだ。

さきほどの老人が沈痛な表情で、ガラスごしに室内のジョンを見まもっていた。ジョンの部屋はなかば闇のなかにある。ジョンはベッドに腰かけ、両手を固く組んでいた。目はつむったまま。口は半びらきで、こわばった舌の先がときどきのぞく。

「いつからこんな状態になった?」ライアンはかたわらの老人にたずねた。

「約一時間前から」

「これまでの発作とおなじパターンかね?」

「今回のほうが重症だ。だんだん症状が重くなっている」

「あなた以外のだれも、これを見ていないな?」

「われわれふたりだけだ。確信がついたとき、すぐに電話した。発作はもうすぐ終わるだろう。ジョンの意識がもどりかけたようだ」

ガラスの向こう側で少年が立ちあがり、腕組みをしたままベッドから離れた。金髪が乱れて顔にたれさがっている。目はまだかたくつむったままだ。青ざめて緊張した顔。唇がぴくぴくふるえる。

「最初のうち、ジョンは完全に意識を失っていた。ほんのしばらくひとりにしておいた留守に。わたしはこのビルのほかの階へでかけていた。もどってきたら、ジョンが床に倒れていた。それまではテープで読書していたらしい。テープがまわりに散らばっていた。顔は真っ青だった。呼吸は不規則。これまでとおなじように、筋肉のけいれんが反復されていた」

「で、どうした？」

「あの部屋にはいって、ジョンをベッドまで運んだ。最初は体が硬直していたが、しばらくすると緊張がゆるんだ。体がぐったりとなった。脈拍を調べてみたが、とてもゆるい。呼吸は前よりらくになったようだった。それからあれがはじまったんだ」

「あれとは？」

「話だよ」

「なるほど」ライアンはうなずいた。

「きみがその場にいなかったのは残念だ。ジョンはこれまでのいつよりもよくしゃべった。しゃべりつづけた。奔流のように。休みなく。まるで歯止めがきかないように」

「で――それは前とおなじ話だったのか？」

「そっくりおなじだった。そのうちにジョンの顔が輝いてきた。生き生きしてきた。これまでとおなじように」

ライアンはしばらく考えた。「わたしが部屋へはいってもだいじょうぶかな？」

「ああ。発作は終わりかけているからね」

ライアンはドアに近づいた。彼の指先がコードロックを押しつけると、ドアが壁のなかにひっこんだ。

そうっと部屋にはいってきたライアンに、少年は気づかなかった。目をつむったまま、交差した両手で自分の肩を抱くようにして、行ったりきたりをつづけている。すこし体が左右にゆれていた。ライアンは部屋の中央で立ちどまった。

「ジョン！」

少年はまばたきした。目をひらいた。小刻みに首を左右にふった。「ライアン？　いったい……なんの用？」

「まあ、すわれ」

ジョンはうなずいた。「うん。ありがとう」少年はふらふらとベッドに腰をおろした。

両目は間隔が広く、瞳はブルーだった。顔にかかった髪をはらいのけ、にっとライアンに笑いかけた。

「気分はどうだ？」

「だいじょうぶ」

ライアンは椅子をひきずってきて、少年の真向かいにすわった。両脚を組み、椅子の背にもたれた。長い時間、じっと少年を見つめていた。どちらも口をひらかない。

「グラントはきみが軽い発作を起こしたといってる」ライアンがぽつりといった。

ジョンはうなずいた。

「もう回復したか？」

「ああ、うん。航時船のほうはどんなぐあい？」

「順調だ」

「準備ができたら見せると約束してくれたよね」

「見せるよ。完成したらな」

「それはいつごろ？」

「もうすぐだ。あと二、三日かな」

「どうしても見たいんだ。そのことをずっと考えていたんだよ。時間旅行なんて想像できる？　古代ギリシアへも行けるんだよね。過去へもどって、ペリクレスやクセノフォンや……エピクテトゥスに会える。古代エジプトにもどって、イクナートンと話ができる」少年はにっこりした。「早く見たいな。待ちきれない」

ライアンは脚を組みかえた。「ジョン、ほんとに外出してだいじょうぶか？　なんなら——」

「だいじょうぶかって？　どういう意味？」

「発作だよ。外出してもだいじょうぶか？　それだけの体力があるか？」

ジョンは顔をくもらせた。「あれは発作じゃないんだよ。ほんとはね。できたら、発作といわないでほしいな」

「発作じゃない？　じゃ、あれはなんだ？」

ジョンはためらった。「あれは——やっぱりやめておくよ、ライアン。理解してもらえそうもないから」

ライアンは立ちあがった。「わかったよ、ジョン。話す気がないのなら、わたしは実験室にもどる」部屋を横切ってドアに向かった。「残念だな、航時船を見せてやれなくなるとは。気にいると思ったが」

ジョンは訴えるようにうしろからついてきた。「見せてもらえないの？」

「とはかぎらんよ。もしきみの……発作の性質がもっとよくわかって、外出してもだいじょうぶだという見きわめがつけばだが」

ジョンの表情がゆれ動いた。ライアンはじっとそれを見つめた。さまざまな考えがジョンの頭のなかをよぎるのが、はっきり顔に出ている。内心の葛藤がうかがえる。

「話したくないのか？」

ジョンは大きく息を吸った。「あれはまぼろしだよ」

「なに？」

「まぼろしなんだ」ジョンの顔は生き生きと輝いてきた。「ぼくにはずっと前からわかってた。グラントはちがうというけど、そうなんだ。ライアンもあれを自分の目で見ればわかるよ。ほかのどんなものともちがう。もっとリアルなんだ。たとえばこれよりも」ジョンはどんと壁をたたいた。「これよりもリアルなんだ」

ライアンはゆっくりとタバコに火をつけた。「つづけてくれ」

奔流のように言葉が飛びだしてきた。「ほかのどんなものよりもリアルなんだ！　窓から外を見てる感じ。その窓はべつの世界にひらいてる。現実の世界に。ここよりもずっと現実の世界に。あれに比べたら、これなんかは影の世界だよ。ぼんやりした影の世界。もののかたちだけ。イメージだけ」

「究極の現実の影法師か」

「そうなんだ！　うまいことというね。このすべての裏にべつの世界がある」ジョンは興奮につき動かされて、行ったりきたりをはじめた。「この――こういったすべてのものの裏に。ぼくらはここでなにを見てるか。建物。空。都市。どこまでもひろがる灰。どれもリアルじゃない。ぼんやりとかすんでる！　どれもぼくにはあの世界ほどあざやかに感じられない。どんどんリアルでなくなってくる！　逆に、あっちの世界はどんどん強まってくるんだよ、ライアン。どんどんあざやかになってくる！　グラントはたんなる想像だといった。でも、ちがう。リアルなんだ。ここにあるもの、この部屋のなかのどんなものよりも、ずっとリアルなんだ」

「じゃ、なぜわれわれみんなにそれが見えないんだろう？」

「さあね。ライアンにも見えればいいんだけど。ほんとにあれを見せてあげたいよ。美しいんだ。きっと好きになるよ。慣れてしまえばね。慣れるまでに時間がかかるけど」

ライアンは考えこんだ。「話してくれ」とややあってからいった。「きみが見ているものをくわしく知りたい。いつもおなじものが見えるのか？」

「うん。いつもおなじものだ。でも、だんだん強烈になってくる」

「どういうものなんだ？　なにがそんなにリアルに見える？」

ジョンはしばらく答えなかった。自分の殻に閉じこもってしまったようだ。ライアンはわが子を見まもりながら待った。この子の頭のなかにはなにが駆けめぐっているのか？　この子はなにを考えているのか？　少年の目はふたたび閉ざされていた。指先が白くなるほど、両手を強く組んでいる。この子はまた飛び立ってしまった。自分だけの世界へ。

「つづけろ」ライアンは声に出していった。

なるほど、この子が見ているのはまぼろしか。究極の現実の幻影。まるで中世の時代だな。しかも、わが子が。なんと残酷な皮肉だ。人間のあの頑固な性癖、いつまでたっても現実に直面できず、夢を見つづける性質を、ようやく矯正できたと思ったのに。科学はけっして理想を実現できないのだろうか？　人間はつねに現実よりも幻影にひかれるのだろうか？

わが子が。退行。一千年の昔への退行。幽霊と神々と魔物と秘められた精神世界。究極の現実の世界。人間がこの世界への不安と恐怖を補償するため、何世紀にもわたって利用しつづけたすべての寓話と小説と形而上学。人間が事実を隠し、現実の苛酷な世界を隠すために作りあげたすべての夢。神話、宗教、おとぎ話。彼岸と天上のよりよい国。楽園。そのすべてが復活して、再出現しようとしている。しかも、わが子の心のなかに。

「つづけろ」ライアンはしびれを切らした。「なにが見える？」

「野原が見えるよ」ジョンがいった。「太陽みたいに明るい黄色の田畑。田畑と公園。たくさんの公園。緑と黄がまじってる。小道がある。みんなの歩く道が」

「そのほかには？」

「男の人と女の人。長い衣を着てる。林のなかの小道を歩いてる。空気はさわやかでいいにおいがする。空はすごく青い。鳥。けもの。けものが公園のなかにいる。チョウチョウ。

海。水のきれいな、波うった海」

「都市はないのか？」

「ここの都市みたいなのはないよ。ぜんぜん似てない。みんなが公園のなかに住んでるんだ。あっちこっちに小さい木造の家がある。林のなかに」

「道路は？」

「小道だけ。車も艇もない。歩くだけ」

「そのほかになにが見える？」

「それだけだよ」ジョンは目をあけた。頬が紅潮している。瞳が踊り、きらめいている。「それだけだよ、ライアン。公園と黄色の田畑。長い衣を着た人たち。それからたくさんの動物。すてきな動物」

「どんな暮らしをしてるんだ？」

「え？」

「そこの人たちはどんな暮らしをしてるんだ？　なにをして生きてる？」

「作物を育ててるんだよ。田畑で」

「それだけか？　なにも建造しないのか？　工場はないのか？」

「ないみたいだね」

「農耕社会だな。原始的な」ライアンは眉をひそめた。「工業も商業もない」

「みんな田畑で働いてるよ。そして、議論をしてる」

「聞こえるのか？」

「ほんのかすかにね。うんと耳をすましてると、ときどきちょっと声が聞こえる。でも、言葉はよく聞きとれない」

「なんの議論をしてるんだ？」

「いろいろの」

「いろいろって？」

ジョンは漠然と手をふった。「大きなことだよ。世界とか。宇宙とか」

沈黙がおりた。ライアンは小さくうなったが、なにもいわなかった。ようやくタバコをもみ消してから、「ジョン――」

「はい？」

「自分の見たものが現実だと思うのか？」

ジョンはほほえんだ。「思うんじゃなくて、知ってるんだよ」

ライアンの視線は鋭かった。「それが現実とはどういう意味だ？　きみが見た世界は、どんなふうに現実なんだ？」

「存在してるから」

「どこに存在してる？」

「ここに存在するのか？」

「わからない」

「ここにか？　ここじゃないよ」

「いや、ここじゃないよ」

「どこかほかの場所か？　うんと遠くの？　われわれの経験の範囲外にある、この宇宙のべつの部分か？」

「宇宙のどこかじゃないよ。宇宙空間とは関係ない。このへんだ」ジョンはまわりに手をふった。「この近くだよ。すぐ近く。ぼくのまわりに見える」

「いまも見えるのか？」

「いや。現われたり、消えたりする」

「存在をやめるわけか？　ときどきしか存在しないとか？」

「いや。いつも存在してる。でも、いつも接触できるわけじゃない」

「どうしていつも存在してるとわかる？」

「理屈ぬきでわかるんだよ」

「どうしてわたしには見えない？　なぜきみだけにしか見えない？」

「わからない」ジョンは疲れたようにひたいをさすった。「なぜぼくだけに見えるのかな。ライアンにも見えるといいんだけど。みんなにも見えるといいんだけど」

「それが幻覚じゃないことを、どうして証明できる？　なんの客観的な根拠もない。きみ自身の内的感覚、きみ自身の意識の状態があるだけだ。どうやってそれを経験的分析にかけられる？」

「もともと、そうできないものかもしれないよ。わからない。そんなことはどうでもいい。ぼくはそれを経験的分析にかけたくない」

また沈黙。ジョンの表情はきびしくなり、歯を食いしばっている。ライアンはため息をついた。手詰まりだ。

「わかったよ、ジョン」ライアンはゆっくりドアに向かった。「あとでまた会おう」

ジョンは答えなかった。

戸口でライアンは足をとめ、うしろをふりかえった。「で、そのまぼろしは、だんだん強くなってくるんだな？　だんだん鮮明になってくる？」

ジョンはこっくりとうなずいた。

ライアンはいっとき考えてから、とうとう片手を上げた。ドアが壁のなかにひっこみ、彼は部屋から廊下に出た。

グラントが近づいてきた。「窓からのぞいていたよ。あの子はすっかり自分の殻に閉じこもっている、ちがうかね？」

「あの子との話は骨が折れる。あの発作を一種のまぼろしだと信じているらしい」

「知ってる。あの子がそういったよ」

「どうして教えてくれなかった?」

「よぶんな心配をさせたくなかった。あの子のことで胸を痛めているのを知っているからね」

「発作は悪化するいっぽうだ。あの子はまぼろしがどんどんあざやかになってくるという。どんどん強まってくる、と」

グラントはうなずいた。

ライアンはグラントをうしろにしたがえて、考えこみながら廊下を歩いた。「どういう行動方針がベストなのか、判断がむずかしい。発作がしだいにあの子をのみこんでいく。あの子はまぼろしを真剣にとりはじめた。まぼろしが外界にとって代わろうとしている。しかも――」

「しかも、きみはまもなく出発する」

「時間旅行のことがもっとよくわかっていればな。どんな不測の事態が起きるかもしれない」ライアンはあごをさすった。「帰ってこられない可能性もある。時間は恐るべき力だ。これまでまったく探測がなされていない。なんにでくわすか見当もつかない」

彼はエレベーターの前で足をとめた。

「わたしも早く決断をくだす必要がある。出発の前に」

「決断?」

ライアンはエレベーターに乗りこんだ。「あとで知らせるよ。ジョンから目を離さないでくれ。かたときもそばを離れないように。わかったか？」

グラントはうなずいた。「わかった。あの子を部屋から出さないようにするよ」

「今夜か明日のうちに連絡する」ライアンは屋上に出て都市間連絡艇に乗りこんだ。

空に飛びたつのと同時に、ライアンは映話スクリーンのスイッチを入れ、連盟本部を呼びだした。連盟の交換手の顔が現われた。「本部です」

「医療センターを」

交換手の顔が消えた。まもなく医療部長のウォルター・ティマーが画面に現われた。ライアンを見たとき、彼は目を泳がせた。「どういうご用だね、ケイレブ？」

「腕のいい医者を二、三人、救急艇で第四都市へよこしてくれないか？」

「なぜ？」

「何カ月か前に話しあった件だ。おぼえていると思うが」

ティマーの表情が変わった。「きみの息子さんか？」

「決心したよ。もうこれ以上は待てない。症状がどんどん悪化しているし、わたしはまもなく時間旅行に出発する。だから、出発の前に手術を」

「わかった」ティマーはメモをした。「さっそく手配する。息子さんを迎えにすぐ艇を出すよ」

ライアンはいいよどんだ。「いい仕事をしてくれるだろうな？」

「もちろんだ。実際の手術はジェイムズ・ブライアーにまかせる」ティマーは画面のスイッチを切ろうと手をのばした。「心配ないよ、ケイレブ。彼はうまくやってくれる。ブライアーはこのセンターでも最高のロボトミー専門家だからね」

ライアンは地図をひろげ、テーブルの上でその四隅を平らにのばした。「これは空間投影のかたちで作図した時間地図だ。われわれの行く先がひと目でわかる」

カストナーがライアンの肩ごしにのぞきこんだ。「われわれの行動は、スコーナマンの研究論文を手に入れる〈クロック計画〉だけに限定されるのかね？　それとも、ほうぼうを歩きまわれるのか？」

「〈クロック計画〉で予定された行動だけだ。しかし、成功の確率を高めるために、スコーナマンの時代の手前で何回かとまって、ようすを見ることにする。この時間地図は不正確かもしれないし、推進そのものの作用でゆがみが生じるかもしれない」

建造作業は完了した。あらゆる部分の最終点検が終わった。

部屋の隅にすわったジョンが、無表情にそれをながめていた。ライアンは息子をふりかえった。「あれをどう思う？」

「すてきだよ」

航時船は、いぼやこぶだらけのずんぐりした昆虫のように見えた。窓と無数のタレットがくっついた四角な箱。船という感じはぜんぜんしない。

「きみもいっしょにきたいだろう」カストナーがジョンにいった。「そうだね？」

ジョンはかすかにうなずいた。

「気分はどうだ？」ライアンが息子にきいた。

「だいじょうぶ」

ライアンは息子をしげしげと見つめた。顔色はよくなっている。以前の元気な少年にもどる日も近いだろう。もちろん、あのまぼろしはもう存在しない。

「たぶん、このつぎにはきみもいっしょに乗れるよ」とカストナーがいった。

ライアンは地図にもどった。彼の研究の成果は、スコーナマンは二〇三〇年から二〇三七年のあいだに大半の研究を完成した。その数年後までまったく利用されなかった。それを戦争に役立てようという決定がくだるまでには、長い検討期間があった。政府はそれにともなう危険を認識していたらしい」

「だが、それでもまだ認識はじゅうぶんでなかった」

「そうなんだ」ライアンはためらった。「われわれもそれとおなじ状況におちいるおそれはある」

「人工頭脳に関するスコーナマンの発見は、最後のクローが破壊されたときに失われた。

われわれのだれひとり、彼の研究を復元できなかった。その研究論文を持ち帰れば、また社会を危険にさらすかもしれない。クローを復活させる結果になるかもしれない」

カストナーはかぶりをふった。「いや。スコーナマンの研究が、必然的にクローを生みだすわけじゃない。人工頭脳の発達は、かならずしも致命的な使用法を意味しない。それをいいだせば、どんな科学的発見だって破壊の道具になりうる。車輪でさえ、アッシリアの二輪戦車に使われた」

「それはそうだ」ライアンはカストナーをちらと見あげた。「USICがスコーナマンの研究を軍事目的に使う意図がないのはたしかかね？」

「USICは企業合同体だよ。政府じゃない」

「あの研究があれば、長期にわたって優越性を確保できる」

「USICは現在でもじゅうぶんに強力だ」

「そのへんにしておくか」ライアンは地図をしまった。「いつでも出発できる。早くそうしたい。長年この日のために苦労してきたんだ」

「同感だね」

ライアンは部屋を横切って、息子に近づいた。

「じゃ、行ってくるよ、ジョン。まもなく帰れるだろう。幸運を祈ってくれ」

ジョンはうなずいた。「幸運を祈るよ」

「気分はよくなったか？」

「うん」

「ジョン――ほんとに気分がいいんだな？　前よりも」

「うん」

「あれがなくなってうれしいだろう？　いろいろな悩みがぜんぶなくなって？」

「うん」

ライアンは不器用に息子の肩を抱いた。「じゃ、またあとで」

ライアンとカストナーはタラップを昇り、航時船のハッチに近づいた。ジョンは片隅から無言でそれを見あげた。連盟の警備員が二、三人、研究所の入口でのんびり見物していた。

ライアンはハッチの前で立ちどまり、警備員のひとりを呼んだ。「わたしから用があると、ティマーに伝えてくれ」

警備員はドアを押しあけて出ていった。

「どうした？」とカストナーがたずねた。

「彼に最後の指示を与えておきたい」

カストナーは彼に鋭い視線をくれた。「最後の？　どういうことだね？　われわれの身になにかが起こるとでも？」

「いや、大事をとっておくだけだよ」

ティマーが大股《おおまた》な足どりではいってきた。「出発かね、ケイレブ？」

「すべて準備完了だ。これ以上待つ理由はない」

ティマーがタラップを昇ってきた。「わたしに用というのは？」

「よぶんな心配かもしれん。しかし、なにかの手ちがいが起きる可能性はつねにある。万一わたしが連盟に提出したスケジュールどおりにこの船が再出現しないときは——」

「わたしにジョンの保護者を指名しろ、と？」

「そのとおり」

「なにも心配はいらないよ」

「わかってる。だが、そのほうが安心だ。だれかにあの子の世話をたのみたい」

部屋の片隅に無言ですわった無表情な少年を、ふたりはふりかえった。ジョンは真正面を向いたままだ。その顔は空白だった。瞳はどんよりして無関心。なにも読みとれない。

「じゃ、幸運を」とティマーがいった。彼とライアンは握手した。「成功を祈るよ」

カストナーは船内にはいり、ブリーフケースをおいた。ライアンはそのあとにつづいて、ハッチを閉ざし、ハンドルをまわして固定した。内部エアロックも密閉した。自動照明がいっせいについた。温度調節された空気が船室にしゅうしゅうと流れこんできた。

「空気、照明、温度と」カストナーは外にいる連盟の警備員たちを窓ごしにのぞいた。

「信じられない気がするね。あと何分かで、このすべてが消えてしまうとは。あの建物も。警備員たちも。あらゆるものが」

ライアンは航時船の操作パネルの前にすわり、時間地図をひろげた。地図を所定の位置に固定し、操作パネルからのケーブル端子をその表面に接触させた。

「途中で観測のために何回かストップする予定だ。これからの作業に関連した過去の出来事をのぞいてみる」

「あの戦争を?」

「おもにね。クローが実際の作戦にどう使われたのか、それが見たい。一時はクローが地球を完全に制覇していた。陸軍省の記録によると」

「あまり近づくなよ、ライアン」

ライアンは笑った。「着陸はしない。空から観察する。われわれが実際に接触するのはスコーナマンだけだ」

ライアンは動力回路をオンにした。エネルギーが船体を循環し、操作パネルの計器に流れこんだ。計器の針がジャンプして、入力を記録した。

「第一に注意しなければいけないのはエネルギーのピークだ」ライアンが説明した。「時間エルグの負荷がかかりすぎると、この船は時間流から出られなくなる。過去へさかのぼりつづけて、どんどん負荷が蓄積されていく」

「巨大な爆弾になるわけか」

「そのとおり」ライアンは目の前のスイッチを調節した。計器の示度が変化した。「さあ行くぞ。しっかりつかまれ」

彼は制御を解いた。航時船は身ぶるいしながら正しい位置に分極し、じょじょに時間流にはいっていった。翼と突起の設定が変化し、応力に順応した。リレーが閉じ、押し進めようとする流れにさからって船にブレーキをかけた。

「海に似ている」ライアンはつぶやいた。「宇宙でいちばん強力なエネルギーだ。すべての運動の背後にある偉大な原動力。第一動者」

「たぶんこれかな、むかしの人びとが神という言葉で意味したものは?」

ライアンはうなずいた。船体が周囲で振動をつづけている。ふたりは巨大な手につかまれ、その手は巨大な拳《こぶし》となって、音もなくふたりを握りつぶそうとしている。すべてが動いていた。窓からのぞくと、人びとも壁もゆらゆら波打ち、現在という位相を離れた船がしだいに時間流の奥へ押しやられるのにつれて、じょじょに薄れていく。

「そう長くはかからない」ライアンがつぶやいた。

とつぜん、窓の外のながめが消えた。外にはなにもなくなった。いっさいのものが。

「どの時空間の物体からも位相がずれたんだ」ライアンが説明した。「宇宙そのものの焦点からずれた。この瞬間のわれわれは無時間のなかに存在するわけだ。どんな連続体のなかでも機能していない」

「もう一度もとにもどれるだろうね」カストナーは空白の窓を見つめて、神経質に腰をおろした。「潜水艇で海にもぐった最初の人間のような気分がする」

「というと、アメリカ独立戦争のときだな。潜水艇の推進装置は、パイロットの手回しクランクだった。クランクのもう一端にはスクリューがついていた」

「そんなものでどうやって深く潜れたんだろう？」

「深くは潜れなかった。イギリス軍の木造フリゲート艦の下まで潜り、船底に穴をあけたんだ」

応力を受けて振動し、小刻みな音を立てている航時船の船体に、カストナーはちらと目をやった。「もしこの船に穴があいたら？」

「われわれは原子に還元される。周囲の流れのなかに吸収されてしまう」ライアンはタバコに火をつけた。「時間流の一部になるわけだ。そして果てしなく往復運動をくりかえす。宇宙の果てから果てまでを」

「宇宙の果て？」

「時の果てでだ。時間は両方向に流れている。いまのわれわれは過去にさかのぼっている。しかし、エネルギーが平衡をたもつためには、両方向に流れる必要がある。でないと、厖《ぼう》大《だい》な量の時間エルグがひとつの連続体に集中して、大激変が起きる」

「そのすべての背後には、なにかの目的があると思うかね？　そもそも、どうして時間流が発生したんだろう？」

「その質問は無意味だ。目的に関する質問は、客観的有効性がまったくない。そういう質問は、どんなかたちの経験的分析にかけることもできない」

カストナーはだまりこんだ。不安そうに窓をながめて、自分の服の袖をいじった。

時間地図の上でケーブルのアームが動き、現在から過去に引かれた線をたどっていく。ライアンはそのアームの動きを見つめた。「そろそろ戦争の末期だ。戦争の最終段階。この船を位相同調させて、時間流からひきだしてみる」

「そうすると、もとの宇宙へもどれるわけか？」

「物質世界にね。ある特定の連続体のなかに」

ライアンは動力スイッチをにぎった。大きく息を吸った。航時船の最初の大きな試練はすでにパスした。ぶじに時間流へはいることができたのだ。こんどはそこからぶじに出られるか？　ライアンはスイッチをオフにした。

船体が跳躍した。カストナーはよろめいて壁の手すりをつかんだ。窓の外では、灰色の空がねじれ、ちらついていた。船体を空中で水平にしようと、調節機能が働いた。ふたりの眼下で大地が旋回し、ぐらりとかたむいたあと、やっと船体がバランスを回復した。

カストナーは窓のそばに駆けよって、外をのぞいた。船体は地上から約百メートル上空を水平に突進していた。どちらを向いても灰色がひろがり、その単調さを破るのは、ときおり目につく瓦礫《がれき》の山だけだ。都市の廃墟。破壊されたビルと、崩れた壁。軍用品の残骸。立ちのぼった灰の雲が空を吹きわたり、太陽をかげらせている。

「まだ戦争がつづいているのか？」カストナーがきいた。

「クローがまだ地球を制圧してる。そのうちにクローが見えるだろう」

ライアンは航時船を上昇させて、視界をひろげた。カストナーは地上を見わたした。

「もし、クローが攻撃してきたら？」

「こっちはいつでも時間流へ逃げられる」

「クローがこの船を捕獲したら、これを使って現在へやってくるかもしれない」

「それはどうかな。戦争のこの段階では、クロー同士の戦いで手いっぱいだから」

ふたりの右手には曲がりくねった道路があって、灰のなかに見えたり隠れたりしていた。すり鉢形の弾孔があっちこっちにぽっかり口をあけ、道路を寸断している。その道路の上を、なにかがゆっくりこっちへやってくる。

「あそこだ」カストナーがいった。「道路の上。なにかの一隊だよ」

ライアンは船を水平移動させた。道路の真上で宙にうかんだまま、ふたりは下界をながめた。のろのろと道路の上を進んでくるのは、暗褐色の隊列だった。兵士だ。灰色の風景のなかを、兵士の一隊が黙々と行進している。

ふいにカストナーがさけんだ。「おんなじだ！　みんなまるきりおんなじだ！」

ふたりが見ているのは、クローの一部隊だった。鉛の兵隊のようなロボットたちが、灰を踏みしめて歩いていた。ライアンは息をのんだ。もちろん、こうした光景を予想はしていた。クローには四つのタイプしかない。いま見ているのは、おなじ地下工場で、おなじ金型、おなじプレス機から作られたものだ。若い男の姿に似せて作られた五、六十体のロボットが、静かに行進してくる。速度は非常に遅い。みんな、片脚しかないからだ。

「きっと同士討ちをしていたんだ」カストナーがつぶやいた。

「ちがう。このタイプは最初からこんなふうに作られている。傷痍兵《しょういへい》型だ。もともとは人間の歩哨をあざむいて、掩蔽壕《えんぺいごう》へ侵入するために作られたんだ」

不気味なながめだった。無言の隊列。どれもおたがいに見わけのつかない、まったくおなじ兵士の隊列が、黙々と道路を歩んでくる。どの兵士も一本の松葉杖で体を支えている。その松葉杖までがそっくりおなじだ。カストナーは口をぱくぱくさせるだけで、嫌悪のあまり、言葉が出てこなかった。

「あんまり愉快なながめじゃないよな」ライアンがいった。「人間がルナに避難できたのは、ほんとに幸運だった」

「クローが追跡してこなかったのかね？」

「少数のクローが。しかし、そのころには人間もクローに四つのタイプがあるのを知って、防備をかためた」ライアンは動力スイッチをにぎった。「先に進もうか」

「待った」カストナーが片手を上げた。「なにか起こりそうだ」

道路の右手からなにかの一団が、灰におおわれた丘の斜面を小走りに下りてくる。ライアンも動力スイッチから手を離して、それを見おろした。こちらの一団もみんなおなじ姿だった。女たちだ。軍服とブーツに身をかためた女たちが、道路上の部隊へ静かに接近していく。

「べつの変種だな」カストナーがいった。

ふいに兵士の一隊がとまった。彼らはぎごちない動きで四方へ散らばった。なかにはばったり倒れて、松葉杖をとり落とすものもいた。女たちは道路へ突進した。黒い髪と瞳、若くてすらりとした体格だ。ひとりの傷痍兵が射撃をはじめた。ひとりの女がベルトをさぐった。モーションをつけてなにかを投げた。

「あれは――」カストナーはつぶやいた。だしぬけの閃光。白い光の雲が道路の中央から立ちのぼり、渦を巻きながら周囲へひろがっていく。

「一種の震盪《しんとう》手榴弾だ」ライアンがいった。

「もうひきあげたほうがよくはないか」

ライアンがスイッチをオンにした。眼下の光景はゆらぎはじめた。ふいにそれが薄れた。

そして、ふっと消えた。

「よかった。あれが終わって」とカストナーがいった。「戦争とはああいうものだったのか」

「戦争の第二部はな。主要部分は。クロー対クロー。彼らが同士討ちをはじめてくれて幸運だった。つまり、人間にとっては」

「こんどはどこへ行く？」

「もう一回だけストップして観察しよう。戦争の初期だ。クローがまだ出現してない時代」

「それからスコーナマンの時代へ？」

ライアンはあごをひきしめた。「そういうことだ。もう一度ストップして、そのつぎはスコーナマン」

ライアンは操作パネルをいじった。計器がわずかに動いた。時間地図の上でケーブルのアームがふたりの進路を描いた。「長くはかからない」ライアンはつぶやき、スイッチをにぎって、リレーをセットした。「こんどはもっと慎重にやろう。あれよりもっと激烈な戦闘がつづいているはずだ」

「だったら、むしろやめたほうが――」

「この目で見たい。こんどは人間対人間の戦争だ。ソ連対国際連合。それがどんなものだったか、ぜひともこの目で見たい」

「もし発見されたら？」

「いそいで脱出するよ」

カストナーは口をつぐんだ。ライアンがコントロールの調節をはじめた。時間が過ぎていく。操作パネルのへりでタバコが燃えつきて灰になった。やがてライアンは背すじをのばした。

「さあいくぞ、用意」彼はスイッチをオフにした。

真下には緑と褐色の平原がひろがり、ところどころに弾孔が見えた。都市のはずれを通りすぎた。都市は炎上している。巨大な黒煙の柱が立ちのぼり、空にひろがっている。道路の上には無数の黒点が動いている。都市から避難する車と人びとの流れだ。

「爆撃だよ」カストナーがいった。「つい最近の」

都市がうしろに去っていった。いまふたりがいるのは田園地帯の上空だった。軍用トラックの列が先をいそいでいる。おおかたの土地はまだ無傷だ。何人かの農民が畑で働いているのが見える。頭上を通過する航時船を見て、彼らは地面に身を伏せた。

「航空機か？」

ライアンは空に目をやった。「気をつけろ」

「ここがどこなのか確信がない。戦争のこの時期、双方の位置関係がどうだったか、よく知らないんだ。ここは国連の領空かもしれないし、ソ連の領空かもしれない」ライアンはスイッチをにぎりしめた。

　青い空にふたつの黒点が現われた。黒点は大きくなった。ライアンは目をこらした。かたわらでカストナーが不安のつぶやきをもらした。「ライアン、逃げたほうが――」

　黒点がさっと左右に分かれた。スイッチをにぎったライアンの手に力がこもった。彼はスイッチをオンにした。外界が溶けはじめたとき、ふたつの黒点がすれちがった。すると、もう周囲は灰色の無に変わっていた。

　二機の爆音はまだふたりの耳にこびりついていた。

「間一髪だった」カストナーがいった。

「まったくだ。むこうの反応は速かった」

「もうどこへも寄らないだろうね」

「ああ。もう観察目的の寄り道はしない。いよいよ〈クロック計画〉にとりかかる。スコーナマンの時間域に近づいたぞ。そろそろ船を減速させよう。ここから先が冒険だ」

「冒険？」

「スコーナマンに近づく前に、いろいろやっかいな問題が待っている。時間的にも空間的にも、彼の連続体へ正確に到着する必要がある。彼は厳重に警護されているかもしれない。いずれにせよ、こちらが何者かを説明する時間はあまり与えられないだろう」ライアンは時間地図を指でつついた。「それに、この情報がまちがっている可能性もある」

「あとどれぐらいでその連続体に位相を同調させるんだね？　スコーナマンの連続体に？」

ライアンは腕時計に目をやった。「あと五分から十分。いつでも外に出られるように準備しといてくれ。この計画の一部は徒歩でやることになる」

外は夜だった。なんの物音もなく、かぎりない静寂があるだけだ。カストナーは船体に耳をくっつけるようにして、聴覚をとぎすました。「静かだね」

「ああ。なにも聞こえない」ライアンは慎重にハッチのハンドルをまわし、エアロックをひらいた。銃をしっかりかかえて、ハッチを押しあけた。暗闇に目をこらした。

空気はつめたくさわやかだった。成長するもののにおい、樹木と花の香りでいっぱいだ。彼は大きく息を吸った。なにも見えない。あたりは漆黒の闇。はるか遠くで、コオロギが泣いている。

「聞こえるか？」ライアンはいった。

「あれは？」

「昆虫だよ」ライアンはそうっと船から下りた。靴底にやわらかい地面が当たった。しだいに目が闇に慣れてくる。頭上にはまばらな星が光っていた。樹木の輪郭が見わけられた。野原と木立。その木立のむこうは高いフェンス。

カストナーが彼のそばに下りてきた。「これからどうする？」

「声が大きい」ライアンはフェンスを指さした。「あそこへ行ってみよう。なにかの建物だ」

ふたりは野原を横切ってフェンスに向かった。ライアンは最小出力に銃をセットして、フェンスを狙い、引き金をひいた。支柱が黒こげになって倒れ、有刺鉄線が赤熱して溶けていった。

ライアンとカストナーは倒れたフェンスをまたいだ。建物の側面が目の前に大きく現われた。コンクリートと鉄でできたビルだ。ライアンはカストナーに首をうなずかせた。

「すばやい行動が必要だ。姿勢を低く」

彼は腰をかがめ、息を吸った。それから、その姿勢のままで走りだした。カストナーもつづいた。ふたりは敷地を横切って建物に近づいた。行く手に窓が大きくうかびあがった。

そしてドア。ライアンは全体重をそのドアにぶつけた。

ドアがひらいた。ライアンはよろよろとなかにころがりこんだ。何人かの驚愕した顔が目にはいった。兵士たちがぱっと立ちあがった。

ライアンは撃った。部屋の内部をブラスター拳銃で掃射した。火炎が噴きだし、周囲でパチパチとはぜた。カストナーも彼の肩ごしに撃った。炎のなかを人影が動きまわり、もうろうとした姿が倒れ、床にころがった。

炎が消えた。ライアンは床の上の黒焦げ死体をまたいで前進した。ここは兵舎だ。二段ベッドとテーブルの残骸。ひっくりかえったスタンドとラジオ。

そのスタンドの明かりで、ライアンは壁に貼られた作戦地図を調べた。思案げにその地図を指でたどった。

「遠くかね?」戸口で銃を構えたまま、カストナーがたずねた。

「いや、ほんの数キロだ」

「どうやってそこまで行く?」

「航時船で移動しよう。そのほうが安全だ。幸運だったよ。へたをすると、地球の裏側に着いたかもしれない」

「衛兵はおおぜいいるだろうか?」

「くわしいことはむこうへ着いてから教えるよ」ライアンはドアに向かった。「行こう。だれかに姿を見られたかもしれない」

カストナーはこわれたテーブルの上から新聞をひとつかみさらいとった。「これをもっていこう。なにかがわかるかも」

「いい考えだ」

ライアンはふたつの丘のあいだの窪地に航時船を着陸させた。新聞をひろげ、熱心に記事を読んだ。「思ったより早い時点に着いた。二カ月ほど。これが新しいとしてだが」ライアンは新聞にさわった。「べつに黄ばんでいない。おそらく一日か二日前の新聞だ」

「日付は？」

「二〇三〇年の秋。九月二十一日」

カストナーは窓の外をのぞいた。「まもなく日が昇る。空が白みはじめた」

「いそいで行動しよう」

「まだよくわからないんだが、わたしはなにをすればいい？」

「スコーナマンは、この丘の向こうの小さい村にいる。ここはアメリカ合衆国だ。カンザス州。このあたりは、軍隊とトーチカと地下シェルターの円にとりかこまれている。われわれはその円の内側にいるわけだ。この連続体では、まだスコーナマンは無名に近い。彼の研究はまだ発表されてない。この時期には、政府の大研究開発プロジェクトの一職員として働いている」

「じゃ、それほど厳重に保護されてないわけか」

「彼が昼夜とも厳重に保護されるようになるのは、もっとあと、彼の研究が政府の手にわたってからだ。地下実験室に閉じこめられ、まったく地上に出してもらえなくなる。政府にとっては最も貴重な科学者だからね。しかし、いまはまだ――」

「どうやって彼を見わける？」

ライアンはカストナーに何枚かの写真をさしだした。「これがスコーナマンだ。戦火を生きのびて、われわれの時代まで残った写真はこれだけだよ」

カストナーはその写真に目をこらした。スコーナマンは角縁《つのぶち》のメガネをかけた小男だった。カメラに向かっておずおずと笑いかけている。額の広い、痩《や》せて神経質そうな男。ほっそりとした手、長い先細りの指。べつの写真では、ウールの袖なしセーターに薄い胸を包み、パイプをかたわらに、デスクの前にすわっている。またべつの写真では、脚を組んですわり、膝の上に虎猫をのせ、前にビールのマグをおいている。ドイツ製の琺瑯《ほうろう》びきの古いマグで、狩猟風景やゴシック文字がはいっている。

「なるほどね。これがクローの発明者というか、その研究開発をした男か」

「いや、人工頭脳の最初の実用的原理を完成した男だよ」

「軍部がその研究を利用してクローを作ることを、彼は知っていたのかね？」

「はじめは知らなかった。報告によればね。はじめてスコーナマンがそれを知ったのは、すでに最初のクローの一団が登場したあとだという。それまでの国連軍は敗色濃厚だった。ソ連側は、最初の奇襲の成果で初期には有利に戦いを進めていた。クローは西側の科学の勝利と讃えられた。しばらくはそれで勝敗の流れが逆転したかに見えた」

「それから――」

「それから、クローは自己の変種を作りはじめ、ソ連と西側諸国の両方を攻撃した。生きのびたのは、ルナの国連基地にいた人間たちだけだった。ぜんぶで二、三千万人」

「やがてクローが同士討ちをはじめたのは、たしかに幸運だったわけだね」

「スコーナマンは、自分の研究の発展をその最終段階まで見とどけた。そして、おそろしい幻滅を味わったということだ」

カストナーは写真を返した。「ところで、彼はまだそれほど厳重に警護されてないといったね？」

「この時期にはな。ほかの研究者と似たりよったりだ。彼はまだ若い。この時期の彼はまだ二十五歳だ。それを忘れないように」

「で、彼のいる場所は？」

「政府のプロジェクトが使っているのは、古い小学校の校舎だ。作業の大半は地上で行われている。大地下施設の構築はまだはじまってない。職員宿舎は、研究所から四、五百メートルの距離にある」ライアンは腕時計に目をやった。「彼が研究所の作業台で一日の仕事をはじめるときを狙うのが、いちばん確率が高い」

「宿舎でなく？」

「論文はぜんぶ研究所にある。政府はいかなる文書の持ち出しも許さない。職員は外出のさい、かならず所持品検査を受ける」ライアンはそっと自分の上着にふれた。「慎重に行動しよう。スコーナマンに危害を加えてはならない。ほしいのは彼の論文だけだ」

「ブラスターは使わない？」

「そう。彼を傷つける危険はおかせない」

「彼の論文が作業台の上にあるのはたしかなのか？」

「いかなる理由でも、書類の保管場所の移動は許されないんだ。こっちのほしいものの所在は正確にわかっている。論文のありかはたったひとつだ」

「政府の保安対策が、こっちにさいわいしたわけだね」

「そのとおりだ」とライアンはつぶやいた。


ライアンとカストナーは、丘の斜面を滑りおり、木々のあいだを駆けぬけた。足もとの地面はかたく、つめたかった。ふたりは町はずれに出た。早起きの人びとがちらほら通りを歩いていた。この町は爆撃を受けていない。まだ破壊の跡がない。商店の窓は板でふさがれ、大きな矢印が地下シェルターのありかを示している。

「あれはなんだろう？」カストナーがいった。「顔になにかをかぶった人がいる」

「細菌防護マスクだ。さあ行こう」ライアンはブラスター拳銃をにぎりしめ、カストナーといっしょに町のなかへと歩きだした。ふたりに目をとめるものはいなかった。

「制服の人間がふたりふえただけのことだからね」とカストナーがいった。

「不意をつけるのがこっちの強みだよ。ここは防衛線の内側だ。空はソ連機の来襲に備えて哨戒されている。ソ連のスパイがここに着陸するのはむりだ。いずれにしても、アメリカ合衆国中央部のささやかな研究施設だし。ソ連スパイがやってくる理由がない」

「しかし、衛兵はいるだろう」

「あらゆるものが警備されているよ。全科学部門、研究開発のすべてが」

行く手に小学校の校舎が現われた。入口のまわりに何人かの男が待っている。ライアンは心臓が締めつけられそうになった。スコーナマンはあのなかにいるのだろうか？

男たちは順々に建物へはいっていった。ヘルメットと軍服姿の衛兵が、バッジを点検しているのだ。職員の一部は細菌防護マスクをつけ、目だけを出している。これでスコーナマンの顔がわかるのか？　もし彼がマスクをつけていたら？　急にライアンは不安にとりつかれた。マスクをつけたスコーナマンは、ほかの職員と見わけがつかないだろう。

ライアンはブラスター拳銃をホルスターにしまい、カストナーにも手真似でそうしろと伝えた。彼の指は上着のポケットを押さえた。催眠ガスのクリスタルだ。戦争初期にはだれも催眠ガスの免疫処置を受けてなかった。このガスが開発されるのは、まだ一、二年先だ。このガスは半径百メートルの範囲内で、程度の差はあるが、あらゆる人間を眠らせてしまう。使いにくく、制約の多い武器――しかし、この状況には理想的といえる。

「用意はいいぞ」カストナーがつぶやいた。

「待て。彼がやってくるのを待たないと」

ふたりは待った。太陽が昇り、つめたい空を温めた。研究技術者の数がじょじょにふえ、小道と建物の中庭がいっぱいになった。彼らは白い息を吐きながら、両手をうちあわせている。ライアンの不安はつのった。衛兵のひとりが自分とカストナーを見ている。もし怪しまれたら——

厚いオーバーを着こみ、角縁のメガネをかけた小男が小道に現われ、急ぎ足で建物へ向かった。

ライアンは身をかたくした。スコーナマンだ！　スコーナマンは衛兵にバッジを見せた。寒そうに足踏みしてから、ミトンをぬいで建物のなかへはいっていった。一秒とかからなかった。職場へ急ぐ元気のいい青年。研究論文はそこにある。

「行くぞ」ライアンはいった。

彼とカストナーは歩きだした。ライアンはポケットの内側にくっつけてあったガス・クリスタルを何個かひきはがした。クリスタルは手のなかでつめたく、かたく感じられた。ダイヤモンドのように。衛兵は銃を構え、ふたりの接近を待ちうけた。その顔がひきしまっている。ふたりを観察している。見おぼえがないからだろう。衛兵の顔を観察したライアンは、苦もなく相手の思考を読むことができた。

ライアンとカストナーは入口で足をとめた。「ＦＢＩだ」ライアンが冷静な口調でいった。

「身分証を拝見」衛兵は動かなかった。

「これが身分証」ライアンは上着のポケットから片手を出した。そして、ガス・クリスタルをにぎりつぶした。

衛兵は膝をついた。顔が弛緩した。体がぐったりと地上にくずおれた。ガスがひろがっていく。カストナーは戸口をくぐり、目を輝かせてあたりを見まわした。

小さい建物だった。どっちを向いても作業台と実験器具がならんでいる。職員たちはそれまで立っていた場所で、口をあけたまま床の上にぐったり倒れている。

「いそげ」ライアンはカストナーの横をすりぬけ、小走りに実験室のなかを横切った。いちばん奥で、スコーナマンが金属製の作業台の上につっぷしている。メガネがはずれていた。ひらいた両目が宙を見つめている。すでに書類は引き出しからとりだしてあった。引き出しの鍵がまだ作業台の上にある。書類は彼の頭の下と、両手のあいだに散らばっていた。

カストナーはスコーナマンに駆けより、書類をさらいとってブリーフケースにつっこんだ。

「なにも残すな！」

「わかった」カストナーは引き出しをあけた。そこにあった書類をわしづかみにした。

「ぜんぶ持ったぞ」

「行こう。ガスは急速に薄れる」

ふたりは外に駆けだした。入口には何人かの体が折り重なっていた。あとから出勤してきた職員たちだ。

「早く」

ふたりはこの町のたった一本のメインストリートを駆けだした。人びとがびっくりしてながめている。カストナーは息をあえがせ、ブリーフケースをしっかりつかんで走りつづけた。「もう……息が……」

「とまるな」

ふたりは町はずれに出て、丘を登りはじめた。ライアンは木々のあいだを駆けぬけた。腰をかがめ、うしろをふりかえらなかった。職員の一部はそろそろ正気づく。それに、ほかの衛兵も駆けつけてくるはずだ。警報が出るのもそう遠くない。

背後でサイレンが鳴りだした。

「きたぞ」ライアンは丘の頂上で足をとめ、カストナーが追いつくのを待った。背後の町では、人びとが地下シェルターから街路に飛びだしてきた。たちまちサイレンの数がふえ、悲しげな反響をひびかせた。

「いそげ！」ライアンは航時船に向かって斜面を駆けおりた。乾いた大地の上を滑りおりるというほうが近い。カストナーもすすり泣きのような息をもらしてそのあとを追った。

命令をくだす大声が聞こえる。おおぜいの兵士がふたりを追って丘を登ってくる。

ライアンが先に船にたどりついた。カストナーの手をつかんで、なかにひきいれた。

「ハッチを閉めろ。早く！」

ライアンは操作パネルへいそいだ。カストナーはブリーフケースをほうりだして、ハッチのへりをひっぱった。丘の頂上に兵士たちが現われた。銃の狙いをつけ、射撃しながら丘を駆けおりてくる。

「伏せろ」ライアンがどなった。数発の銃弾が船体にはねかえされた。「伏せろ！」

カストナーはブラスターで応戦した。火炎の波が丘の斜面を登って兵士たちに打ちよせていった。ハッチが大きな音を立てて閉じた。カストナーはハンドルをまわし、内部エアロックを密閉した。「完了。準備完了」

ライアンは動力スイッチをオンにした。外では、残った兵士が火炎のなかをくぐりぬけ、船体に近づこうとしている。ライアンは窓ごしに彼らの顔を見ることができた。炎に焼かれ、焦がされた顔を。

ひとりがふらふらと銃を構えた。大部分の兵士は倒れ、ごろごろ転がりながら起きあがろうともがいている。その光景がぼやけ、薄れはじめるなかで、ひとりの男が両膝で這っているのが見えた。男の服は燃えていた。両腕と肩から煙が立ちのぼっていた。顔が苦痛にゆがんでいた。男は船に向かって身を乗りだし、ふるえる両手をライアンのほうにのばしている。

だしぬけにライアンは凍りついた。

彼がまだ窓の外を見つめているうちに、その場面は消えて、なにも見えなくなった。まったくの無。計器の示度が変わった。時間地図の上でアームが静かに動き、船の軌跡を描いている。

最後の瞬間に、ライアンはあの男の顔を正面から見たのだ。苦痛にゆがんだ顔を。その顔は別人のようにゆがんでいた。角縁のメガネもどこかになくなっていた。しかし、疑いの余地はなかった――あれはスコーナマンだ。

ライアンは着席した。ふるえる指で髪の毛をかきわけた。

「それはたしかかね？」カストナーがきいた。

「ああ。スコーナマンはすぐに眠りからさめたのにちがいない。ガスの影響は人によってまちまちなんだ。それに彼は部屋のいちばん奥にいた。正気づくと、すぐにわれわれのあとを追ったんだろう」

「彼は重傷を負っていた？」

「わからない」

カストナーはブリーフケースをひらいた。「とにかく、論文はここにある」

ライアンはうなずいたが、半分うわの空だった。スコーナマンはブラスターで負傷し、服が燃えていた。そこが計画とはちがう。

だが、それよりも重要なのは——あれも歴史の一部だったのか？

いまの行為の波及効果が、ようやく頭のなかにしみこんできた。ふたりの目的は、ＵＳＩＣが人工頭脳を利用できるように、スコーナマンの研究論文を手に入れることだった。スコーナマンの発見を正しく利用すれば、破壊されつくした地球の復興が大きくはかどるはずだ。労働ロボットの大部隊による再植林と再建設。機械の大軍が地球をもう一度肥沃にしてくれる。人間が何百年もの重労働でなしとげることを、ロボットなら一世代でやってのけるだろう。地球は生まれかわる。

しかし、ふたりが過去へもどったことで、新しい因子が導入されたのでは？　新しい過去が創造されたのでは？　なにかのバランスがくつがえったのでは？

ライアンは立ちあがって、行ったりきたりをはじめた。

「どうしたんだね？」カストナーがいった。「書類は手に入れたのに」

「わかってる」

「ＵＳＩＣもきっと満足するよ。連盟への協力を期待してもらっていい。すべてはお望みしだい。ＵＳＩＣはこれで永久に盤石《ばんじゃく》だ。なにしろ、ＵＳＩＣがロボットを作るんだからね。作業ロボットを。人間の労働は終わった。人間のかわりに機械が土地をたがやしてくれる」

ライアンはうなずいた。「すばらしい」

「じゃ、なにが気に入らない？」

「われわれの連続体が気がかりなんだよ」

「どう気がかりなんだ？」

ライアンは操作パネルに近づいて、時間地図を調べた。航時船は現在に向かって復航の途中で、アームがいままでのコースを逆にたどっている。

「過去の連続体になにかの新しい因子を導入したんじゃないかと、それが気がかりなんだ。スコーナマンが負傷したという記録はない。あの事件の記録はない。あの事件からべつの因果関係の連鎖が発生するかもしれない」

「たとえば？」

「わからない。だが、それを知りたい。いますぐストップして、われわれがどんな新しい因子を発生させたかを調べよう」

ライアンはスコーナマン事件の直後の時期へ船を移動させた。十月初旬、前回より一週間あまりあとだ。日が暮れるのを待って、航時船をアイオワ州デモインの農地に着陸させた。寒い秋の夜で、足もとの大地はかたく凍てついていた。

ライアンとカストナーは歩いて町にはいり、カストナーはブリーフケースをしっかりかかえていた。デモインはソ連の誘導ミサイルの攻撃を受けたあとだった。工業地帯の大部分はふっとんでいた。まだこの都市に残っているのは、軍人と建設労働者だけだ。一般市民はすでに疎開していた。

がらんとした街路を犬や猫がうろつき、餌をあさっている。いたるところに散らばるガラスとコンクリートの破片。町はさむざむと荒れ果てていた。どの通りも攻撃のあとの火災で黒焦げだった。秋の大気には、交差点や空き地に山積みされたごみと死体の腐臭がまじっていた。

板囲いされた売店から、ライアンは〈ウィーク・レビュー〉というニュース週刊誌を一部盗みとった。雑誌は湿ってカビだらけだった。カストナーはそれをブリーフケースに入れ、ふたりは航時船にひきかえした。市内から武器や器材を運びだす兵士たちが、ときおりふたりを追いこしていった。だれもふたりを呼びとめようとはしなかった。

ふたりは航時船にたどりつき、なかにはいってハッチを閉めた。まわりの農地はすでに見捨てられている。農家は焼け落ち、作物は立ち枯れ、私道には横転した車が一台。黒焦げの残骸だ。豚の群れが農家の焼け跡を嗅《か》ぎまわり、食べ物をあさっている。

ライアンは腰をおろし、雑誌をひらいた。湿ったページをゆっくりめくりながら、長い時間をかけて調べた。

「なにが出ている?」カストナーがきいた。

「戦争のことばかりだ。まだ初期段階らしい。ソ連の誘導ミサイルが落下したとか。アメリカの円盤爆弾がソ連全域を猛爆しているとか」

「スコーナマンのことは？」

「それが見つからない。ほかの事件が多すぎる」ライアンはさらに雑誌を読みつづけた。さがしていたものは、とうとう終わりに近いページに見つかった。たった一パラグラフの小さい記事だった。

ソ連スパイあわてて逃走

ソ連スパイ団がカンザス州ハリスタウンの政府研究施設を破壊しようと企てたが、衛兵に発見され、ただちに撃退された。ソ連スパイは衛兵の隙をついて研究施設に侵入を試みた。FBI職員といつわり、早番の研究所員の出勤時間に合わせて所内へもぐりこもうとした模様。衛兵はただちに応戦、彼らを追跡した。研究所と器材に損害は皆無。衛兵二名と所員一名が交戦中に死亡。衛兵の氏名は——


ライアンは雑誌をぎゅっとつかんだ。

「どうした？」カストナーはいそいで駆けよった。

ライアンはその記事の残りを読んでから、雑誌をのろのろとカストナーのほうへ押しやった。

「なにが出ていた？」カストナーはそのページをさがした。

「スコーナマンが死んだ。重傷のやけどで。われわれが彼を殺したんだ。われわれが過去を変えたんだ」

ライアンは立ちあがって窓に近づいた。いくらか落ちつきをとりもどして、タバコに火をつけた。「われわれは新しい因子を発生させ、新しい一連の事件をスタートさせた。その結末がどうなるかは予想がつかない」

「どういう意味だね？」

「だれかべつの人間が人工頭脳の原理を発見するかもしれない。歴史が自己補正をするかもしれない。時間流が既定のコースに復元するかもしれない」

「なぜそうなる？」

「わからない。現状では、われわれは彼を殺し、研究論文を奪った。政府が彼の研究論文を入手できる見こみはない。というか、そんなものが存在したことさえ知らないだろう。ほかのだれかがおなじ研究をして、おなじ発見にたどりつかないかぎりは——」

「どうすればそれがわかる？」

「もうすこし観察するしかない。それが唯一の方法だ」

ライアンは二〇五一年を選んだ。

二〇五一年は、最初のクローが出現した年である。ソ連はほとんど勝利を手中にしていた。国連は最後の捨て身の反撃で一気に形勢逆転を狙い、クローを使いはじめたのだ。

ライアンは航時船を丘の頂上に着陸させた。眼下にひろがる平野には、廃墟と、有刺鉄線と、遺棄された武器がいりまじっていた。

カストナーはハッチのハンドルをゆるめ、用心深く外に下りたった。

「気をつけろ」ライアンがいった。「クローがいるのを忘れるな」

カストナーはブラスター拳銃をひきぬいた。「忘れないよ」

「この時期のクローはまだ小型だ。体長三十センチぐらい。全金属製。灰のなかに隠れている。人間もどきのタイプはまだ出現していない」

太陽は空高く昇っていた。そろそろ真昼だ。空気はなま暖かい。風に吹きあげられた灰の雲が、渦巻きながら地上を横切っていく。

ふいにカストナーが身をこわばらせた。「おや。あれはなんだろう？　道路をこっちへやってくる」

一台のトラックががたがたゆれながら、ゆっくり近づいてきた。褐色の頑丈なトラックで、おおぜいの兵士が乗っている。トラックは丘のふもとへと道路を走りつづける。ライアンはブラスター拳銃をぬいた。カストナーといっしょに油断なく身構えた。

トラックがとまった。何人かの兵士が荷台から飛びおり、灰を踏みしめながら丘の斜面を登りはじめた。

「きたぞ」ライアンがつぶやいた。

兵士たちは丘の上までくると、二、三メートル手前で立ちどまった。ライアンとカストナーはブラスター拳銃を構えて立った。

ひとりの兵士が笑いだした。「そんなものはしまえよ。戦争が終わったのを知らないのか？」

「終わった？」

兵士たちは緊張を解いた。赤ら顔をした大男の士官が、ひたいの汗をぬぐいながらライアンに近づいてきた。士官の軍服はよごれてぼろぼろだった。ブーツは破れて、灰が泥のようにこびりついていた。「戦争は一週間前に終わった。いっしょにこい！　することはいっぱいある。連れて帰ってやろう」

「帰る？」

「いま、すべての前哨を呼びもどしているところだ。きみたちは孤立していたのか？　通信連絡は？」

「ない」とライアンはいった。

「みんなが戦争の終結を知るまでには、まだ何カ月もかかりそうだな。いっしょにこい。ここでむだ口をたたいているひまはない」

ライアンはもぞりと体を動かした。「教えてほしい。ほんとに戦争が終わった？　しかし——」

「よかったじゃないか。あのまま戦争がつづけば、長生きはできなかったろう」士官は自分のベルトを軽くたたいた。「ひょっとしてタバコを持ってないか？」

ライアンはゆっくりとタバコのパックをとりだした。なかのタバコをぜんぶその士官にわたし、用心深くパックをまるめてポケットにおさめた。

「ありがとう」士官はタバコを部下にくばった。兵士たちはそれを口にくわえた。「そう。これでよかったんだ。われわれの命も危なかった」

カストナーが口をひらいた。「クローは？　クローはどうなった？」

士官は顔をしかめた。「なに？」

「どうして戦争がそんなに……とつぜんに終わったんだろう？」

「ソ連の内部で反革命が起きた。その前から、こっちは何カ月にもわたってスパイと資材を投下しつづけたんだ。しかし、たいした効果は期待していなかった。彼らの結束は意外に弱かったらしい」

「では、戦争はほんとに終わった？」

「もちろんだ」士官はライアンの腕をつかんだ。「行こう。われわれには仕事がある。このくそいまいましい灰をかたづけて、ものを植えようとしてるところだ」

「植える？　作物を？」

「もちろんだ。ほかに植えるものがあるか？」

ライアンは腕をもぎはなした。「もうすこし教えてほしい。戦争は終わった。もう戦闘はない。しかし、だれもクローのことを知らないのか？　クローという名の武器を？」

士官はひたいにしわをよせた。「なんのことだ？」

「殺人機械だよ。ロボット。武器としてのね」

兵士たちの輪がすこし後退した。「いったいこいつはなにをしゃべってるんだ？」

「説明しろ」士官がとつぜん表情をこわばらせた。「そのクローとはなんだ？」

「そういう線で開発された兵器はないのかね？」カストナーがきいた。

沈黙がおりた。やがて、ひとりの兵士が小さくつぶやいた。「あれのことじゃないかな。ほら、ダウリングの地雷」

ライアンはふりかえった。「え？」

「イギリスの物理学者だよ。自動制御方式の地雷を試作した。ロボット地雷だ。しかし、その地雷は自己修復がきかない。そこで政府はそのプロジェクトを放棄して、そのかわりに宣伝工作に力を入れたんだ」

「そのおかげで戦争が終わった」と士官がいった。そして歩きだした。「行くぞ」

兵士たちはそのあとにつづいて、丘の斜面をくだりはじめた。

「くるかね？」士官は立ちどまり、ライアンとカストナーをふりかえった。

「あとで」ライアンがいった。「まず、機材をまとめないと」

「わかった。キャンプはこの道路の一キロほど先にある。そこには仮居住地もある。月からもどってきた人たちの」

「月から？」

「われわれはルナ基地へ部隊の移動を開始したんだが、もうその必要もなくなった。たぶん、それでよかったんだ。だれが地球を離れたがる？」

「タバコありがとう」ひとりの兵士が呼びかけた。兵士たちはトラックの荷台に乗りこんだ。士官は運転席にすわった。トラックは走りだし、ガタガタゆれながら道路を去っていった。

ライアンとカストナーはそれを見送った。

「すると、スコーナマンの死は結局補正されないままで終わったわけだ」ライアンがつぶやいた。「まったく新しい過去が――」

「その変化の影響はどこまで波及するだろう。われわれの時代まで波及するかな？」

「それをたしかめる方法はひとつしかない」

カストナーはうなずいた。「早く知りたい。早ければ早いほどいい。すぐ出発しよう」

ライアンも考えこみながらうなずいた。「早ければ早いほどいい」

ふたりは航時船に乗りこんだ。カストナーはブリーフケースを抱いてすわった。ライアンがコントロールをいじった。窓の外で丘の風景が消えた。ふたりはふたたび時間流のなかにはいり、現在に向かって移動を開始した。

ライアンは沈痛な表情だった。「信じられない。過去の構造ぜんたいが変化した。まったく新しい連鎖が動きだした。そして、あらゆる連続体にひろがっている。歴史の流れをどんどん変えていく」

「だとすると、これからもどる先も、われわれの現在じゃなくなっているわけだ。どんなふうに変わっているのか見当もつかない。すべてはスコーナマンの死から枝分かれした。ひとつの事件から、まったく新しい歴史が誕生したわけだ」

「スコーナマンの死が原因じゃない」ライアンが訂正した。

「というと？」

「彼の死ではなく、彼の研究論文が失われたのが原因だ。スコーナマンの死によって、政府は人工頭脳を製作する方法論を入手できなくなった。したがって、クローもついに出現しなかった」

「おなじことじゃないか」

「そうかな？」

カストナーはいそいで顔を上げた。「説明してくれ」

「スコーナマンの死は重要じゃない。彼の研究論文が政府の手にはいらなかったことが、決定的要因だ」ライアンはカストナーのブリーフケースを指さした。「その論文はどこにあるか？　ここにある。われわれが持っている」

　カストナーはうなずいた。「そのとおり」

「もしわれわれが過去にもどって、その論文を政府の機関にわたせば、状況は復元される。スコーナマンは重要じゃない。彼の研究論文が重要なんだ」

　ライアンの手が動力スイッチのほうに動いた。

「待て！」カストナーがいった。「現在を見たくないのか？　われわれの時代にどんな変化が起こっているかを、まず見るべきだよ」

　ライアンはためらった。「そうだな」

「その上で、つぎの行動を決定すればいい。この書類をもとにもどすかどうかを」

「わかった。とにかく現在までもどって、それから判断をくだそう」

　時間地図をたどるアームは、ほとんど出発点までもどった。ライアンは動力スイッチに手をおいたまま、長いあいだそれを見つめた。カストナーは膝にのせた重い革のブリーフケースを両手でしっかりかかえていた。

「そろそろ着くぞ」ライアンがいった。

「われわれの時代に？」

になることになるかな」

「あと何秒かで」ライアンは立ちあがり、スイッチをにぎった。「どんなものを見ること

「おそらく、見おぼえのあるものはほとんどないだろう」

ライアンは大きく息を吸い、手にあたる金属のつめたさを感じた。もとの世界はどれぐらい変わっているだろう？　見おぼえのあるものがなにか残っているだろうか？　われわれの行動が、なじみ深いあらゆるものを存在から抹消したのでは？

巨大な連鎖反応が発生したのだ。時間をつらぬいて大津波が押しよせ、あらゆる連続体を変化させ、来たるべきすべての時代にその反響をとどろかせた。戦争の第二段階はついに起こらなかった。クローが発明される以前に戦争が終わったのだ。人工頭脳という発想はついに実用化されなかった。最も強力な武器はついに出現せずにすんだ。人類のエネルギーは戦争から地球の復興へと方向転換した。

ライアンの周囲で計器とダイアルが振動した。数秒でそれはもとにもどるだろう。いったい地球はどう変わったのか？　前とおなじものがなにかあるだろうか？

五十の都市。おそらくそれも存在しないだろう。部屋のなかで静かに読書している息子のジョン。ＵＳＩＣ。政府。連盟、その実験室とオフィス。その建物、屋上発着場と警備員たち。複雑な社会構造ぜんたい。そのすべてが跡形もなく消えたのだろうか？　おそらく。

そして、そのかわりに、どんな世界がそこにあるのか？

「それはいまにわかる」ライアンはつぶやいた。

「あとすこしで」カストナーは立ちあがって、窓に近づいた。「早く見たいね。きっとまるでなじみのない世界だろう」

ライアンは動力スイッチをオフにした。船体が大きくゆれ、時間流から離脱した。窓の外でなにかが漂い、回転し、そして船体がひとりでに姿勢を回復した。重力自動制御装置が働きはじめた。船は大地の真上を突進していた。

カストナーがあえぎをもらした。

「なにが見える？」ライアンが速度を修正しながらきいた。「外にはなにがある？」

カストナーは答えなかった。

「なにが見える？」

しばらくして、ようやくカストナーは窓に背を向けた。「とても興味深い。自分の目で見たほうがいい」

「なにがあるんだ？」

カストナーはのろのろと腰をおろし、ブリーフケースを手にとった。「まったく新しい思考の方向がひらけたよ」

ライアンは窓に近づいて外をながめた。船の下には地球がある。しかし、それはふたりが出発したあの地球ではない。

田畑。果てしない黄色の田畑。そして公園。公園と黄色の田畑。目の届くかぎり、いちめんの黄色のなかにある緑の方形。そのほかにはなにもない。

「都市がない」ライアンはだみ声でいった。

「ああ。忘れたのか？　みんなは田畑にいるんだよ。でなければ、公園のなかを歩いている。宇宙の性質を議論している」

「それはジョンの見た世界だ」

「きみの息子さんの話は実に正確だった」

ライアンはうつろな顔で操作パネルの前にもどった。脳が麻痺していた。彼は腰をおろし、着陸装置を調節した。船はしだいに高度を下げ、やがて平坦な農地の上空を徐行しはじめた。人びとがびっくりして空を見あげた。長い衣を着た男たちと女たちだ。

公園の上空を通過した。動物の群れが必死に逃げだした。鹿の一種らしい。

これが息子の見た世界だ。これがあの子の見たまぼろしだ。田畑と公園と、長いゆるやかな衣を着た男女。小道を歩いている。宇宙に関する問題を議論している。

そして、もうひとつの世界、自分の世界は、もはや存在しない。連盟はなくなった。生涯をかけた仕事が無に帰った。この世界には連盟が存在しない。ジョン。わが子も消されてしまった。もう二度とあの子に会えない。自分の仕事、自分の息子、そしてなじみ深いすべてのものが、存在から消し去られたのだ。

「もどらなくては」ライアンはだしぬけに口を切った。

カストナーは目をぱちぱちさせた。「なんだって？」

「この書類を、本来それが属していた連続体へ持ち帰ろう。あれとまったくおなじ状況は作りだせないが、この書類を政府の手に渡すことはできる。それですべての関連因子が復元されるだろう」

「本気かね？」

ライアンはふらりと立ちあがり、カストナーに近づいた。「その書類をよこせ。これは重大な状況だ。いそいで行動するべきだ。万事を復元しよう」

カストナーは後退しながら、ブラスター拳銃をひきぬいた。ライアンはとびかかった。彼の肩がカストナーにぶつかり、小柄なビジネスマンはひっくりかえった。拳銃が床の上をすべって壁にぶつかった。書類があたりに散らばった。

「このばかもの！」ライアンはそこに膝をついて、書類を拾い集めようとした。

カストナーは拳銃を追いかけた。それを拾いあげた彼の丸顔には真剣な決意がみなぎっていた。ライアンは横目でその姿をとらえた。一瞬、笑いだしたい誘惑にかられた。カストナーの顔には血がのぼり、頬が紅潮していた。拳銃をいじり、構えようとしている。

「カストナー、たのむから――」

小柄なビジネスマンの指が引き金にかかった。とつぜんの恐怖にライアンは背すじが寒くなった。彼はよろよろと立ちあがった。ブラスターが咆哮し、火炎が航時船のなかにはじけた。ライアンはあわててとびのき、炎の尾ですこしやけどをした。

床に散らばったスコーナマンの論文に火がついた。ほんの数秒間、めらめらと燃えあがった。やがて炎の輝きがまたたきして薄れ、あとには黒い灰だけが残った。かすかにいがらっぽいにおいがライアンの鼻を刺激し、目がひりひりして涙がにじんできた。

「すまない」カストナーはつぶやいた。彼は操作パネルの上に拳銃をおいた。「着陸したほうがよくないか？　この船は地上すれすれだよ」

ライアンは機械的に操作パネルの前へ近づいた。まもなく座席についてコントロールをいじり、船を減速させはじめた。だが、ひとことも口をきかない。

「やっとジョンのことが理解できるようになった」とカストナーはつぶやいた。「彼は一種の並行時間感覚を備えていたのにちがいない。ほかの可能な未来に関する認識力だ。航時船の完成が近づくにつれて、彼のまぼろしは強まってきた、そうだろう？　日ごとに彼のまぼろしは鮮明になっていった。日ごとに航時船が現実化していったからだ」

ライアンはうなずいた。

「これで新しい思考の方向がひらけたよ。中世の聖者たちの神秘的ヴィジョンだ。たぶん、それはべつの未来、べつの時間流のヴィジョンだったのだろう。地獄のヴィジョンは好ましくない時間流。天国のヴィジョンは好ましい時間流。われわれの時間流は、そのどこか中間にあるのにちがいない。そして、永遠に変化しない世界のヴィジョン。それはおそらく無時間の知覚だろう。それはべつの世界でなく、時間流の外に見えるこの世界なんだよ。そのあたりをもっとよく考えてみる必要がある」

航時船は着陸した。そこはある公園のはずれだった。カストナーは窓に近づいて、外に見える木々をのぞいた。

「わたしの一族がとっておいた本のなかには樹木の絵があった」と彼は考え深げにいった。「すぐそばに見えるあの木。あれは胡椒木《こしようぼく》だ。そのむこうのは常緑樹。一年じゅう緑の葉をつけている。それでそんな名前がついたんだよ」

カストナーはブリーフケースをとりあげ、それをしっかりとつかんだ。彼はハッチのほうへと歩きだした。

「ここの人たちに会いにいこう。それから討論だ。哲学的な討論」カストナーはにやっとライアンに笑いかけた。「前からわたしは哲学的な問題が大好きでね」

変種第二号

Second Variety

若島 正◎訳

丘のけわしい斜面を、ロシア兵が銃をかまえて不安そうにのぼってきた。あたりを見まわし、乾いた唇をなめ、かたい表情だ。ときおり手袋をはめた手を伸ばし、首筋の汗をぬぐい、コートの襟を下げている。

エリックはレオーネ伍長の方をふり向いた。「お任せしましょうか？　それともわたしが片づけてもいいですか？」彼は視野を調節してロシア兵の顔つきがレンズにちょうど収まるようにした。きびしく重苦しい顔つきが、十字線で区切られている。

レオーネが考えこんだ。ロシア兵は近くに来ていて、ほとんど走るように、すばやく動いている。「撃つな。待て」レオーネは体をこわばらせた。「われわれが手を下す必要はなさそうだ」

ロシア兵は歩みを速め、通り道にある灰や瓦礫《がれき》をけとばしながら進んだ。そして丘のてっぺんにたどりつくと息をはあはあさせて立ち止まり、あたりを見つめた。空はどんよりとして、灰色の放射能塵《ほうしゃのうじん》でできた雲がただよっている。ところどころに裸の木の幹が突き出していた。地面は平らでむきだしになり、瓦礫だらけで、あちこちに立っている廃墟と化した建物はまるで変色しかけの頭蓋骨のようだ。

ロシア兵は不安そうな様子だった。どうも何かおかしいと勘づいているのだ。丘を下りかけて、地下壕からほんの数歩のところまで来た。エリックはそわそわして、拳銃をいじりながら、レオーネをちらりと見た。

「心配するな」レオーネがいった。「ここまでたどりつけるはずがない。やつらが始末してくれるから」

「本当ですか？　すぐそこまで来てるんですよ」

「やつらは地下壕のそばにたむろしているからな。あいつはやばい場所に足を踏み入れかけているのさ。用意はいいか！」

ロシア兵はあわてだし、丘をすべり下りて、軍靴を灰の山にめりこませながらも、なんとか銃を担おうとしていた。そして一瞬立ち止まり、双眼鏡を顔のところに持っていった。

「もろにこっちを見ていますよ」エリックがいった。

ロシア兵が前進してきた。二個の青い石のような目まで見えた。口元は少しあいていた。顎には無精髭。骨ばった頬の片方に絆創膏が貼ってあり、その縁が青くなっている。キノコ状真菌症だ。コートは泥だらけでほころびていた。手袋も片方ない。走ると、ベルトにつけた放射能測定器が上下して体にぶつかる。

レオーネがエリックの腕に触れた。「いよいよお出ましだぞ」

地面のむこうから何か小さな金属製のものがやってきた。真昼の鈍い陽射しを受けて光っている。金属の球だ。そいつがキャタピラーを飛ぶように動かしながら、ロシア兵を追いかけて丘を駆け上がっていった。小さくて、ベビー型のやつだ。爪が出ていて、その二本の剃刀《かみそり》のような突起が目にもとまらない速さで白い鋼《はがね》を回転させている。ロシア兵はその音を聞いた。そしてすばやくふり向いて発砲した。球は溶けて塵になった。しかしもうすでに二つめの球が現れ、一つめの後を追いかけていた。ロシア兵がまた発砲した。

三つめの球がカチャカチャクルクルと音をたてながら、ロシア兵の足に跳びついた。そしてそこから肩に跳び乗った。回転する刃がロシア兵の喉元に消えた。

エリックの緊張が解けた。「これでおしまいか。まったく、やつらを見ているとぞっとしますね。ときどき、あんなものを作らなかった方がましだったんじゃないかと思うくらいで」

「われわれが発明していなかったら、敵が発明していただろうさ」レオーネは震える手で煙草に火をつけた。「どうしてロシア兵はわざわざここまで一人で来たのかな。だれの援護もなかったようだが」

スコット中尉がトンネルですべってころびながら地下壕にやってきた。「何かあったのか？　スクリーンに何か映ったぞ」

「ロシア兵《イワン》ですよ」

「一人だけか？」

エリックはファインダーをぐるっとまわした。スコットがのぞきこんだ。いまや、倒れている体の上を鈍い色をした金属球が無数に這いまわっていて、カチャカチャクルクルと音をたてながら、ロシア兵を運びやすいように小さな部分に腑分けしていた。

「よくあれだけたくさんいるものだな」スコットがつぶやいた。

「ハエみたいに群がりましたよ。もうたいした相手じゃありません」

スコットはうんざりしたようにファインダーを押し戻した。「ハエみたい、か。どうしてあいつはやってきたんだろう。このあたりには爪《クロー》がうじょうじょいることくらいわかっているはずなのに」

大きなロボットが小さな球の群れに加わった。長くて先のまるいチューブに突き出た目がついているロボットは、指令を出していた。兵士の死体はもうほとんど残っていなかった。その残骸を爪《クロー》の群れが丘の斜面に運んだ。

「中尉」レオーネがいった。「もしよろしければ、外に出て、死体をちょっと検分したいと思うのですが」

「なんでまた？」

「何かを持ってきたのかもしれませんから」

スコットは考えた。そして肩をすくめた。「いいだろう。だが気をつけろよ」

「タブを持っています」レオーネは手首につけた金属製のバンドを軽く叩いた。「禁止区域に出ますので」

彼はライフルをつかみ、コンクリートのかたまりとねじまがった鋼鉄の突起の中を進んで、慎重に地下壕の入り口へとのぼっていった。外の空気はひんやりしていた。地面を横切って兵士の残骸に近づいていくと、足元はやわらかな灰になった。風がまわりに吹きつけ、灰色の塵が舞って顔にかかった。彼は顔をしかめながらも前進した。

そばに行くとクローは後ずさりして、なかには体をこわばらせて動かなくなったものもいた。彼はタブに触れた。これがあればイワンも助かっていただろうに！　タブから出た短くて強い放射能がクローを威圧して、稼働不能にした。近づくと、ゆらゆら動く二本の眼軸を持った大きなロボットですら、うやうやしく後ずさりした。

レオーネは兵士の残骸にかがみこんだ。手袋をはめた手はしっかりと握られていた。その手の中に何かがある。レオーネは指をこじあけた。アルミ製の密閉容器。まだピカピカだ。

彼はそれをポケットに入れて地下壕に引き返していった。背後では爪《クロー》が息を吹き返し、ふたたび稼働していた。行列が再開し、金属球は荷物をかかえて灰塵の中を動いていた。キャタピラーが地面にこすれる音が聞こえた。彼はぞっとした。

ポケットからピカピカのチューブを取り出すと、スコットは真剣なまなざしで見ていた。

「あいつはそれを持っていたのか？」

「握りしめていました」レオーネはキャップをはずした。「ご覧になってください、中尉」

スコットはそれを受け取った。そして中身を手のひらにあけた。小さなシルク紙で、丁寧に折りたたまれている。彼は明かりのそばに座って開封してみた。

「何と書いてあるんですか、中尉？」エリックがいった。将校が数人、トンネルをやってきた。ヘンドリックス少佐が現れた。

「少佐」スコットがいった。「これを見てください」

ヘンドリックスは紙切れを読んだ。「今届いたばかりなのか？」

「伝令が一人、援護なしで。たった今」

「そいつはどこにいる？」ヘンドリックスがきびしい口調でたずねた。

「クローにやられました」

ヘンドリックス少佐はうなり声をあげた。「ほら」少佐は紙切れを同僚にまわした。

「どうやらこれは、われわれが待ち望んでいたものらしい。やつらが時間をかけて考えたのはたしかだな」

「交渉したいというわけですか」スコットがいった。「話に乗りますか？」

「それはわれわれが決めることではない」ヘンドリックスは座りこんだ。「通信担当将校はどこだ？　月面基地と話をしたい」

通信担当将校がそろそろと外部アンテナを出し、ロシアの偵察船がいないかと地下壕の上空をスキャンしているあいだ、レオーネは考えこんでいた。

「少佐」スコットはヘンドリックスにいった。「やつらが突然折れてきたのは不思議だと思いませんか。われわれがクローを使いだしてもう一年近くになるんですよ。それなのに、突然降参だとは」

「クローがやつらの地下壕にもぐりこんだんじゃないか」

「軸のついている、大きいやつが、先週イワンどもの地下壕に入りこみました」エリックがいった。「むこうが蓋を閉めてしまう前に、一小隊をまるごと殲滅したとか」

「どこで聞いた？」

「親友が教えてくれました。クローが戻ってきたときには——残骸を持っていたそうです」

「通信担当将校が出ました」通信担当将校がいった。

スクリーン上に月面監視員の顔が現れた。ピンとした軍服は地下壕内の軍服とは対照的だった。それに髭もきれいに剃ってある。「こちら月面基地」

「こちら前線司令部Lホイッスル。地球《テラ》。トンプソン将軍を出してくれ」

監視員が消えた。しばらくして、トンプソン将軍の肉付きのいい顔がくっきりと現れた。

「何だ、少佐？」

「メッセージを持って援護なしで現れたロシア軍の伝令一人を、クローが始末しました。

そのメッセージに従って行動したものかどうかと――過去にも、こういうひっかけがありましたので」

「そのメッセージとは？」

「ロシア軍は、政策レベルでの決定によって、やつらの前線まで将校を一人、護衛なしで送ってほしいといっています。会談をしたいと。会談の内容は書いてありません。むこうがいうには――」少佐は紙切れを見た。「――緊急事態により、連合軍の代表とむこうの代表とのあいだで議論が開始されることが望ましい、と」

将軍に見てもらおうと、彼はメッセージをスクリーンにかざしてみせた。トンプソンの目が動いた。

「どうしますか？」ヘンドリックスはいった。

「だれか一人派遣しろ」

「罠だとは思わないんですか？」

「かもしれん。だが、相手がいってきている前線司令部の位置は正確だ。とにかく、やってみる値打ちはある」

「それでは将校を派遣します。その男が戻りしだい、結果をご報告します」

「それでよし」トンプソンが接続を切った。スクリーンがまっくらになった。頭上では、アンテナがゆっくりと降りてきた。

ヘンドリックスは紙切れを巻きながら、すっかり考えこんでいた。

「わたしが行きます」レオーネがいった。

「むこうが求めているのは、政策レベルの人間だ」ヘンドリックスは顎をこすった。「政策レベルのな。わたしはこの何ヵ月も外に出ていない。ちょっと新鮮な空気を吸うのも悪くはないな」

「危険だとは思わないんですか？」

ヘンドリックスは、ファインダーを手にしてのぞきこんだ。ロシア兵の残骸はもうなくなっていた。視界に映っているのはクローが一匹。そいつは体を折りたたみ、カニみたいに灰の中へもぐりこもうとしていた。おぞましい金属製のカニみたいに……。「気になるのはあれだけだな」ヘンドリックスは手首をこすった。「クローが味方についていてくれるかぎり、わたしは安全だとわかっている。しかしどうも気持ちが悪いんだよ。わたしはやつらが大嫌いだ。あんなもの、発明しなかったらよかったのに。やつらにはどこか変なところがある。情け無用の小さな――」

「われわれが発明していなかったら、イワンどもが発明していたでしょう」

ヘンドリックスはファインダーを押し戻した。「とにかく、戦争には勝利しつつあるようだからな。それでよしとしなくては」

「そんなに不安をおぼえるなんて、まるでイワンみたいに聞こえますよ」

ヘンドリックスは腕時計を見た。「そろそろ出かけるとするか。暗くなる前にたどりつきたいからな」

彼は深呼吸をしてから、瓦礫におおわれた灰色の地面に踏み出した。そして一分後、煙草に火をつけ、あたりを眺めまわした。風景は死んでいた。なにひとつぴくりともしない。何マイルも見渡すかぎり、どこまでも続く灰と金屎《かなくそ》、そして建物の廃墟ばかりだ。木々は葉も枝もなく、幹だけ。頭上には永遠に渦巻く灰色の雲が、地球と太陽のあいだにただよっている。

ヘンドリックス少佐は先を進んだ。右手で何かまるくて金属製のものがかさこそと動いた。クローだ。全速力で何かを追いかけている。おそらくノネズミのような小動物を追いかけているのだろう。クローはノネズミも取る。いってみれば副業で。

彼は小さな丘のてっぺんに来ると双眼鏡を手にした。ロシア軍の前線は前方数マイルにある。そこが前線司令部だった。伝令はそこから来たのだ。

可動アームを持つずんぐりしたロボットが彼のそばを通り過ぎた。ロボットは不審そうに腕をふっていた。そしてそのまま進んで、瓦礫の下に消えた。ヘンドリックスはその姿を見守った。こんな型のロボットは今まで見たことがない。そういう見たことがない型のロボットがどんどん増えて、新しい変種やサイズのものが地下工場から現れるようになった。

ヘンドリックスは煙草の火を消して先を急いだ。戦争で人工製品が使用されるようになったのは興味深いことだ。そもそもの始まりは？　必要からだ。戦争を仕掛けた側にはよくあることで、最初はソ連が大成功を収めた。北米の大半が吹っ飛んで地図から消えた。もちろん、即座に報復攻撃が行われた。戦争が始まるずっと前から、空には飛びまわる円盤爆撃機がわんさといた。もう何年も前からそこにいたのである。円盤は、ワシントンが攻撃を受けた数時間後に、ロシア全土に降り注ぎはじめた。

しかし、それでワシントンが救われたわけではなかった。

最初の年に、アメリカ連合政府は月面基地に移転した。他にはたいして手がなかった。ヨーロッパは消滅していた。灰や骨から生えてくる黒い雑草がはびこった、金屎の山と化していたのだ。北米のほとんどは役に立たなかった。なんの植物も植えられないし、だれもそこで生活できないのだから。数百万の人々はカナダか南米に逃げた。しかし二年目になると、ソ連のパラシュート部隊が落下しはじめた。最初のうち数はわずかだったが、やがてどんどん多くなった。部隊は、本当に効果的なものとしては最初となる、放射能防護装備を身に着けていた。かろうじて残ったアメリカの生産部門は、政府とともに月へ移動した。

後に残ったのは軍隊だけだった。軍隊は、数千の兵がこちら、一小隊があちらと、最善を尽くしてとどまりつづけた。とどまれる場所にとどまり、夜になると動きまわって、廃墟や、下水道や、地下室に隠れて、ノネズミやヘビと一緒に暮らしていた。状況はあたかもソ連が戦争にほぼ勝利したかのように見えた。ソ連に向けられる兵器はほとんどなく、あるものはといえば、月から毎日発射される、一握りのミサイルくらいのものだ。どうぞお好きなように、とソ連側はいわんばかり。戦争は実際的には終わっていた。ソ連に立ち向かう効果的なものはなにもなかった。

最初のクローが登場したのはそのときだった。そして、一夜にして戦争の様相が変わってしまったのだ。

クローは最初のうちはぎこちなかった。第一のろい。クローが地下トンネルから這いだしてくるのとほぼ同じくらいの速さで、イワンどもはそれを殴り倒すことができた。ところがやがて、クローは性能が向上し、より速く、より狡猾《こうかつ》になった。すべて地球にある工場がクローを出荷した。地下深く、ソ連戦線の背後にある工場、かつては原子ミサイルを生産し、今ではほとんど忘れられた工場だ。

クローは速くなり、大きくなった。新型が登場し、触手を持つもの、飛ぶものもあった。飛び跳ねるタイプのものもいくつかあった。

月で最高の技術者たちが設計に取り組んでいて、クローをより精巧な、柔軟性に富んだものにしていた。クローは不気味な存在になった。イワンどもにとって厄介な敵になった。小さなクローには、身を隠すことをおぼえ、灰の中にもぐりこんで、待ち伏せするものもいた。

そしてクローはロシア軍の地下壕に入りこみはじめた。ちょっと外の空気でも吸って、あたりの景色でも見ようかと、蓋をあけた瞬間にもぐりこむ。刃と金属でできた、くるくる回転する球の形をしたクローが一匹でも地下壕の内側に入れば、それで充分だ。一匹が入ってしまうと他のものがそれに続く。こんな兵器があっては戦争が長く続くはずはない。

もしかすると、もう終わっているのかも。

もしかすると、彼はその知らせを聞くことになるのかも。もしかすると、政治局はタオルを投げることを決めたのかも。これだけ長く続いたのは残念だ。六年も。あんな戦い方をした戦争にしては長いあいだだった。回転しながらロシア全土に落下する、何十万もの円盤型自動報復兵器。細菌クリスタル。空中を飛ぶソ連製誘導ミサイル。連鎖型爆弾。そして今度はこれ、ロボットに、クローに――

クローは他の兵器と似ていない。どのような実用的見地から見ても、政府が認めようと認めまいと、クローは生きているのである。やつらは機械ではない。生きていて、くるくる回転し、忍び寄り、灰塵から突如ぶるぶるっと起き上がって標的に向かって突進し、そいつによじのぼって、喉元をめがける。それが設計どおりのふるまいであり、任務なのだ。やつらは任務をうまく遂行した。一人立ちしたのだ。新型が現れている最近では特にそうだ。今では自分で修理するようになった。放射能タブは連合軍を守ってくれるが、タブをなくすと、どんな軍服を着ていようが、クローの絶好の餌食になる。地下では自動機械がやつらを製造して送り出している。人間はあまりにも放置しすぎていた。危険すぎて、だれもやつらのそばに近づこうとはしない。やつらは放っておかれて、任務をちゃんとこなしているように見えた。新型はより速く、より複雑になっていた。そしてより効果的に。どうやらやつらは戦争に勝ったらしい。

ヘンドリックス少佐は二本目の煙草に火をつけた。景色を見ていると気分が滅入ってくる。灰と廃墟しかない。まるで世界中で生き物は自分しかいないようだ。右手に見えてきたのは町の廃墟で、わずかばかりの壁と瓦礫の山だ。彼はマッチの燃えかすを投げ捨てて、歩みを速めた。突然、彼は立ち止まり、銃をかまえ、体をこわばらせた。一分ほど、まるで——

荒廃した建物の枠組のうしろから、人影が現れた。ゆっくりと、ためらいがちにこちらの方へ歩いてくる。

ヘンドリックスはとまどった。

その少年が立ち止まった。ヘンドリックスは銃口を下げた。少年は黙って立ったまま、彼を見ている。小柄で、そんなに歳を取っているわけではない。おそらく八歳くらいだろうか。そうはいっても見分けはつきにくい。残った子供のたいていは発育不良になっているからだ。埃まみれになって色あせた青いセーター、それに短いズボンという恰好《かっこう》。髪は伸び放題でねっとりしている。茶色の髪。それが顔にも耳のあたりにも垂れ下がっている。少年は両腕に何か抱えていた。

「何を持ってる？」ヘンドリックスはきつい口調でいった。

少年がそれを差し出した。それはおもちゃだった。クマの。クマのぬいぐるみだ。少年の目は大きかったが、無表情だった。

ヘンドリックスはほっとした。「いらないから。持ってなさい」

少年はクマをまた抱きしめた。

「どこに住んでるんだい？」ヘンドリックスはいった。

「あそこ」

「廃墟？」

「うん」

「地下？」

「うん」

「何人そこにいる？」

「何――何人？」

「きみたちは何人かって。きみの住んでるところはどれくらい大きいのかな？」

少年は答えなかった。

ヘンドリックスは眉をひそめた。「まさか、きみはたった一人なんてことは？」

少年はうなずいた。

「どうやって生き延びてるんだい？」

「食べ物がある」

「どんな食べ物？」

「いろいろ」

ヘンドリックスは少年をじろじろと見た。「歳はいくつ？」

「十三」

まさかそんなはずが。いや、もしかすると。少年は瘦《や》せていて、発育不良だ。そしておそらくは生殖不能。何年もたてつづけに放射能を浴びてきたのだから。こんなに小柄なのも不思議ではない。手足はパイプ掃除用ブラシみたいで、ごつごつして細い。ヘンドリックスは少年の腕にさわってみた。皮膚は乾燥してがさがさしている。放射線皮膚炎だ。彼はかがんで少年の顔をのぞきこんだ。まったくの無表情。大きな目、大きくて黒い。

「目が見えないのか?」ヘンドリックスはいった。

「ううん。少しは見える」

「どうやってクローから逃げのびてるんだい?」

「クロー?」

「まるいやつだよ。走ったりもぐりこんだりするやつ」

「わからない」

この辺にはクローがいないのかもしれない。そういう地域はたくさんある。やつらは主に、人間がいる地下壕のまわりに集まる。クローはあたたかさ、それも生き物のあたたかさを感知するように設計されていたのだ。

「運のいいやつだな」ヘンドリックスは身を起こした。「さてと。きみはどっちの方向へ行く? あっち――あっちに戻るのかい?」

「ぼくも一緒に行っていい?」

「わたしと?」ヘンドリックスは腕組みをした。「先が長いんだよ。まだ何マイルもある。急がなくちゃいけないから」彼は腕時計を見た。「日暮れまでには着かないと」

「ぼくも行きたい」

ヘンドリックスは背嚢《はいのう》の中を手探りした。「行っても仕方ないぞ。ほら」彼は持っていた食料の缶詰を投げてやった。「これをやるから帰りなさい。いいか？」

少年はなにもいわなかった。

「わたしはこっちに戻ってくるつもりだ。一日かそこらで。もし戻ってきたときにきみがこのあたりにいたら、一緒についてきてもいい。わかったか？」

「いま一緒に行きたい」

「長い道のりだぞ」

「歩けるから」

ヘンドリックスは不安そうに姿勢を変えた。二人の人間が一緒に歩いていたら、絶好の標的になる。それに少年と一緒だと歩みも遅くなるだろう。だが、こちらには戻ってこないかもしれない。そしてもし少年が本当に一人きりなら――

「わかった。ついてこい」

少年は横に並んだ。ヘンドリックスは大股《おおまた》で歩いた。少年はクマのぬいぐるみを抱きしめながら、黙って歩いた。

「きみの名前は？」ヘンドリックスはしばらくしてからいった。

「デイヴィッド・エドワード・デリング」

「デイヴィッド？　いったい――いったい、きみのお母さんとお父さんはどうなったんだ？」

「死んじゃった」

「どうやって？」

「爆発で」

「どのくらい前？」

「六年」

ヘンドリックスの歩みがゆっくりになった。「六年間も一人きりだったのか？」

「ううん。しばらく、他の人もいたけど。いなくなっちゃった」

「それからずっと一人きり？」

「うん」

ヘンドリックスは少年を見下ろした。変な子で、ほとんどしゃべらない。内向的だ。しかし、生き延びた子供たちというのはそういうものだろう。もの静かで。ストイックで。奇妙な運命観にとらえられている。なにが起こっても驚かない。出会うものすべてを受け入れる。精神的であれ、肉体的であれ、当たり前だと思うような普通の物事、自然な物事というものはもはやない。慣習や、習慣、学習が持つ決定的な影響力といったものは、消えてなくなった。後に残っているのは野蛮な経験だけだ。

「歩くのが速すぎるか？」ヘンドリックスはいった。

「ううん」

「わたしを偶然に見かけたのは、どうやって？」

「待ってたんだ」

「待ってたって？」ヘンドリックスは首をひねった。「何を待ってた？」

「ものをつかまえようと」

「ものってどんな？」

「食べるもの」

「ああそうか」ヘンドリックスはきびしい表情になって口を一文字に結んだ。十三歳の少年が、ノネズミやホリネズミ、それに腐りかけの食料の缶詰を餌にして生きている。町の廃墟の地下にある、穴にもぐって。放射能汚染水やクローがあふれ、それに頭上にはロシアの爆撃機が空を巡回している世界で。

「どこに行くの？」デイヴィッドがたずねた。

「ロシア軍の前線さ」

「ロシア軍？」

「敵のことだよ。戦争を始めた連中だ。やつらが最初に放射能爆弾を落とした。このなにもかも、やつらがおっぱじめたんだ」

少年はうなずいた。相変わらず無表情だった。

「わたしはアメリカ人だ」ヘンドリックスはいった。

それに対して、少年はなにもいわなかった。二人は先に進んだ。ヘンドリックスが少し前を歩き、そのうしろでデイヴィッドが、汚いクマのぬいぐるみを胸に抱きしめながら、のろのろとついていく。

午後四時ごろ、二人は食事をとるために立ち止まった。ヘンドリックスはコンクリートの瓦礫のあいだにできたくぼみで焚き火をおこした。雑草をどけて、木片を積み上げる。ロシア軍の前線はそこからさほど遠くはない。まわりはかつて長い谷だったところで、果物の木やブドウが何エーカーも広がっていた。それが今は残っているものはといえば、寒々とした切り株がわずかばかり、それにむこうの地平線に広がっている山並みだけだ。そして風に吹かれながらただよう、放射能塵の渦巻く雲が、雑草や、建物の残骸や、あちこちの壁、かつては道路だったものの上におおいかぶさっているだけ。

ヘンドリックスはコーヒーをいれて、茹でた羊肉とパンをあたためた。「ほら」彼はデイヴィッドにパンと羊肉を渡した。デイヴィッドは焚き火の端に座りこんだ。ごつごつした膝が白い。少年は食べ物を手に取って調べてから、首をふって戻した。

「ううん」

「え？　ほしくないのか？」

「うん」

ヘンドリックスは肩をすくめた。たぶん少年はミュータントで、特殊な食べ物に慣れているのかもしれない。まあいい。腹がへったら何か食べ物を探すだろう。変な子だ。しかし世界を襲った奇妙な変化はたくさんある。世の中はもはや以前とは違う。元に戻ることは二度とないだろう。人類はそのことにいつかは気づかざるをえない。

「好きなようにしろ」ヘンドリックスはいった。彼はパンと羊肉を勝手に食べて、コーヒーと一緒に流しこんだ。消化しにくい食べ物だったので、食べるのに時間をかけた。食べ終わると彼は立ち上がり、火を足でもみ消した。

若いのか年寄りなのかわからない目でヘンドリックスを見ながら、デイヴィッドもゆっくりと立ち上がった。

「行くぞ」ヘンドリックスはいった。

「いいよ」

ヘンドリックスは銃を手にして歩いていった。二人はもう前線の近くに来ていた。彼は緊張して、何事が起こってもいいように心の準備をしていた。ロシア軍は、伝令をやったその返事として、こちらも伝令をよこすと思っているはずだが、やつらは狡猾だ。うっかりミスをしてしまう可能性はつねにある。彼はあたりの景色をざっと眺めた。金屎《かなくそ》と灰、わずかばかりの丘、そして焼け焦げた木しかない。コンクリートの壁。しかし、この先のどこかに、ロシア軍前線の最初の地下壕がある。そこが前線司令部だ。地下深くにもぐり、地上には潜望鏡一つといくつかの銃口をのぞかせているだけだ。アンテナもどこかにあるのだろう。

「もうじき着く？」デイヴィッドがたずねた。

「そうだな。疲れたか？」

「ううん」

「だったら、なぜ？」

デイヴィッドは答えなかった。少年は用心深い足どりで、灰を踏みしめながらうしろを歩いていた。足も靴も埃にまみれて灰色になっていた。やつれた顔には、青白い皮膚に灰の跡が縦に流れるようについていて、縞模様ができていた。地下室や下水道や地下シェルターで育った、新世代の子供たちにはよくあることだ。

ヘンドリックスの歩みがゆっくりになった。彼は双眼鏡をかざして、前方の地面を調べた。やつらはそのあたりのどこかで、待ち受けているのだろうか？　彼の部下がロシア軍の伝令を観察していたように、彼を観察しているのだろうか？　背筋に寒気が走った。もしかすると、いつでも発砲できるように、銃をかまえているのかもしれない。彼の部下がいつでも殺戮できる準備をしていたように。

ヘンドリックスは立ち止まり、顔の汗をぬぐった。「くそ」彼は不安になった。しかし、彼が来ることはわかっているはずだ。状況は異なっている。

彼は両手でしっかりと銃を握りながら、灰の上を大股で歩いた。そのうしろにデイヴィッドがついてきた。ヘンドリックスは口元をかたく結んであたりを見まわした。いつ何時起こるかもしれない。深いコンクリートの地下壕の中から入念に狙いをつけた、閃く白光、そして爆発が。

彼は腕を上げ、円を描くようにふりまわした。

なにも動かなかった。右手には長い崖が続いていて、そのてっぺんには枯木の幹が並んでいる。木のまわりに野生のツタが巻きついているのは、あずまやの名残《なごり》なのだろう。そして永遠にはびこる黒い雑草。ヘンドリックスは崖をつぶさに眺めた。そこには何かいるのか？　見張りをするには絶好の場所だ。彼はそろそろと崖に近づき、そのうしろにデイヴィッドが黙ってついてきた。ここで指揮がとれるのなら、そこに歩哨を一人派遣して、管轄区域に入りこもうとする敵軍を見張らせるだろう。もちろん、指揮がとれるのなら、完全な援護のためにその一帯にクローを配置するだろう。

彼は立ち止まり、両足を広げ、両手を腰にあてた。

「着いたの？」デイヴィッドがいった。

「もうちょっとだ」

「どうして立ち止まったの？」

「万が一に備えてな」ヘンドリックスはゆっくりと前進した。今や崖はちょうど真横の、右手にあった。こちらを見下ろして。不安がさらにつのった。もしイワンどもがあの上にいたら、もう助かる見こみはない。彼はふたたび腕をふった。カプセルに入れた手紙に応えて、連合軍の軍服を着た人間をだれか派遣するものと思っているはずだ。もしこのすべてが罠ではないとすれば。

「一緒についてこい」彼はデイヴィッドの方に向きなおった。「遅れるな」

「一緒に？」

「わたしの横だ！　もう近くまで来ているからな。万が一に備えないと。さあ来い」

「大丈夫だよ」デイヴィッドは相変わらずうしろの数歩離れたところにいて、まだクマのぬいぐるみを抱きしめていた。

「好きなようにしろ」ヘンドリックスはふたたび双眼鏡をかざし、にわかに緊張した。一瞬――何か動かなかったか？　彼は崖を注意深く調べた。どこも静まりかえっている。死んでいるのだ。あそこに生命はない、あるのは木の幹と灰だけだ。ノネズミも数匹いるかもしれない。クローに負けずに生き延びた、大きくて黒いノネズミが。突然変異だろう――唾液と灰から自分たちのシェルターを作って。漆喰《しっくい》のようなもの。それが適応ということか。彼はまた歩きだした。

背の高い人影が、マントをなびかせ、上の斜面から現れた。軍服は灰色がかった緑。ロシア兵だ。その背後に二人めの兵士が現れた。やはりロシア兵だ。二人とも銃をかまえて、狙いをつけている。

ヘンドリックスは凍てついた。彼は口をあけた。兵士たちは膝をつき、斜面の脇からこちらに照準を合わせていた。崖のてっぺんに第三の人影が現れた。灰色がかった緑の軍服を着て、小柄な人影が。女性だ。彼女は他の二人のうしろに立った。

ヘンドリックスは声を取り戻した。「やめろ！」そして必死に手をふった。「わたしは──」

ロシア兵二名が発砲した。ヘンドリックスの背後でかすかに衝撃音が聞こえた。熱波が襲い、彼は地面に投げ出された。灰が顔に飛びかかり、こすれるように目や鼻の中に入りこんだ。息をつまらせながら、彼は懸命にひざまずいて起き上がろうとした。なにもかも罠だったのだ。もうおしまいだ。彼は若牛のように、殺戮されるためにやってきたのだ。

兵士たちと女がやわらかい灰をすべりながら、斜面をこちらに向かって下りてきた。ヘンドリックスは無感覚になって動けなかった。頭がずきずきした。ぎこちない動作で、彼はライフルをかまえて狙いをつけた。ライフルは重さが一千トンもあるようで、ほとんど持っていられなかった。鼻や頬がちくちくした。空気はつんと鼻をつくような爆発の臭いで充満していた。

「撃つな」最初のロシア兵が、ひどく訛《なま》りのある英語でいった。

三人は彼のところにやってきて取り巻いた。「ライフルを置けよ、ヤンキー」もう一人がいった。

ヘンドリックスは茫然とした。何もかもがあっというまに起こったのだ。彼はつかまった。そしてやつらは少年を爆破したのだ。彼はふり向いてみた。デイヴィッドはいなかった。その残骸が地面に散らばっていた。

三人のロシア兵は好奇の目で彼をじろじろ見た。ヘンドリックスは座って、鼻から出ている血をぬぐい、目に入りこんだ灰の粒を取った。彼は意識をはっきりさせようと頭をふった。「なぜあんなことをしたんだ？」彼は不明瞭な声でつぶやいた。「あの子に」

「なぜだって？」兵士の一人が荒々しく彼を立ち上がらせた。そしてヘンドリックスの体をぐるっとまわしてうしろに向けた。「見ろよ」

ヘンドリックスは目を閉じた。

「見ろ！」ロシア兵二人が彼をひっぱっていった。「ほら。急げよ。あまり時間がないんだから、ヤンキー！」

ヘンドリックスは見た。そして息を呑んだ。

「ほらな。これでわかったか？」

デイヴィッドの残骸から金属製の歯車がころがった。継電器、光る金属。部品、配線。ロシア兵の一人が残骸の山を足で蹴ると、部品が飛び出てころがった。歯車にバネにロッドだ。プラスチックの部分は半分焦げてへこんでいる。ヘンドリックスは震えながらかがみこんだ。頭の前の部分がはずれていて、脳の精巧な仕組みを見分けることができた。電線に継電器、小さな真空管にスイッチ、幾千もの小さな鋲――

「ロボットだ」彼の腕を握っていた兵士がいった。「こいつがおまえの後にくっついてくるのを目撃したからな」

「くっついてくる?」

「それがこいつらのやり口さ。金魚の糞みたいにくっついて。地下壕まで。そうやってもぐりこむわけだ」

ヘンドリックスは茫然として、目をしばたたかせた。「でも――」

「来い」彼らは崖の方に彼を導いた。「ここにはいられない。安全じゃないからな。このあたり一帯にはやつらが何百といるから」

三人は灰の上をすべりつまずきながら、彼をつかみ、斜面をひっぱり上げた。女がてっぺんにたどりつき、みんなが来るのを待っていた。

「前線司令部」とヘンドリックスはつぶやいた。「わたしはソ連と交渉するためにやってきた――」

「もう前線司令部はない。やつらが入りこんだのさ。後で説明する」彼らは斜面のてっぺんにたどりついた。「残っているのはおれたちだけ。この三人だ。他の連中は地下壕にいた」

「こっちよ。ここを下りるの」女が蓋をはずした。地面にはめこんだ灰色のマンホールのカバーだった。「入って」

ヘンドリックスは体を低くした。二人の兵士と女が後に続き、梯子を下りていった。女は最後に蓋を閉めて、しっかりと元の位置に固定した。

「きみを見つけてよかったよ」兵士の一人がつぶやいた。「あいつは、もうこれ以上はというところまでくっついてきたんだからな」

「煙草を一本ちょうだい」女がいった。「もう何週間もアメリカ煙草を吸ってないから」

ヘンドリックスは女に煙草の箱を渡してやった。女は一本取って兵士たちに箱をまわした。小さな部屋の隅でランプが切れ切れに輝いていた。部屋は天井が低くて窮屈だった。四人は小さな木のテーブルのまわりに座っていた。汚い皿が数枚、その片隅に積んであった。ぼろぼろのカーテンのむこうに、二つめの部屋の一部が見えていた。ベッドの隅、毛布が何枚か、そしてフックに吊るした服がヘンドリックスの目に映った。

「おれたちはここにいたんだ」横にいた兵士がいった。兵士はヘルメットを脱ぎ、ブロンドの髪をかきあげた。「わたしはルディ・マクサー伍長。ポーランド生まれだ。二年前、ソ連軍に徴兵された」彼は手を差し出した。

ヘンドリックスはためらってから握手した。「ジョゼフ・ヘンドリックス少佐だ」

「クラウス・エプスタイン」もう一人の兵士が握手した。髪の毛が薄くなった、小柄で色黒の男だ。エプスタインは神経質そうに耳朶《みみたぶ》をつまんだ。「オーストリア生まれでね。徴兵されたのはいったいいつだったか。憶えていない。おれたち三人はここにいた。ルディとおれが、タッソと一緒に」彼は女を指さした。「それでおれたちは助かったんだ。残りは全員地下壕にいた」

「それで——それでやつらが入ってきたんだな」

エプスタインは煙草に火をつけた。「最初は一匹だけ。おまえにくっついてた種類のやつだ。それからそいつが他のを招き入れた」

ヘンドリックスはびくりとした。「種類だって？　他にもまだ種類があるのか？」

「少年だろ。デイヴィッド。クマのぬいぐるみを抱いたデイヴィッド。それが変種第三号。いちばん効果的なやつだ」

「他の種類は？」

エプスタインはコートに手を伸ばした。「ほら」彼は紐でゆわえた写真の束を放り投げた。「自分で見てみろよ」

ヘンドリックスは紐をほどいた。

「わかるだろ」ルディ・マクサーがいった。「なぜわれわれ、つまりロシア軍が交渉を求めたか、その理由がこれだ。発見したのは約一週間前だった。きみたちのクローが自分で勝手に新型を作りはじめていることを発見したんだ。自分で生み出した新型。しかも進歩している。われわれの前線の背後にある地下工場でな。やつらが自分自身を鋳造し、修理しているのに、きみたちは知らん顔だ。それでますます精巧になってきた。こんなことになったのはきみたちの責任だぞ」

ヘンドリックスは写真を調べた。あわてて撮ったものらしく、ぼやけていてはっきりしない。最初の数枚に写っていたのは——デイヴィッドだった。一人で道を歩いているデイヴィッド。デイヴィッドともう一人のデイヴィッド。三人のデイヴィッド。みなそっくり同じだ。どれもぼろぼろになったクマのぬいぐるみを抱いている。

どれも哀れを誘う。

「他のも見て」タッソがいった。

かなり離れた距離から撮られた次の写真には、長身の負傷兵が道の脇に座っていて、腕を三角巾で吊り、失くした脚の付け根を伸ばし、お粗末な松葉杖を膝の上にのせている姿が写っていた。それからさらに、どちらもそっくり同じの負傷兵が二人、並んで立っている姿。

「それが変種第一号。負傷兵と呼ばれている」クラウスは手を伸ばして写真を取った。

「つまり、クローは人間に近づいていくように設計されていた。人間を見つけ出すように。新型はいつも旧型の改良版だ。もっと遠くまで、もっと近くまで行けるようになり、たいていの防御をくぐり抜けて、われわれの前線へともぐりこんでくる。だが、それが爪や角、触手の付いた金属球という、単なる機械であるかぎり、どんな他の物体と同じで、取り除くことができる。目撃されるとすぐに、殺人ロボットだと察知されるんだ。いったんやつらを目にしたら——」

「第一号は、われわれの北部部隊を全滅させた」とルディ。「それは事態に勘づくずっと前のことだった。もうそのときには手遅れで、負傷兵たちがたのむから入れてくれとやってきた。そこでおれたちはやつらを入れてやった。そうして入りこむとたちまちやつらは乗っ取ったんだ。おれたちが目を光らせて見張っていたのは機械だった……」

「当時はまだたった一つの型しかないと思われていたときだった」クラウス・エプスタインがいった。「まさか他の型があるなんて、だれも思っていなかった。おれたちのところに写真が急送されていたんだ。きみのところに伝令が送られたときには、まだ一つの型しかわかっていなかった。変種第一号。負傷兵だ。おれたちはそれでおしまいだと思っていた」

「そちらの前線が手に落ちたのは——」

「変種第三号だ。クマさんを抱いたディヴィッド。それがさらに効果的だった」クラウスは苦笑いした。「兵士というのは子供に弱いからな。おれたちはやつらをつれてきて、食べさせてやろうとした。やつらの目的は何か、それをおれたちは身をもって知った。少なくとも、地下壕にいた連中はな」

「おれたち三人は運がよかったのさ」とルディ。「それが起こったときに、クラウスとおれは――タッソを訪問しているところだった。ここが彼女の店でね」彼は大きな手をぐるっとまわしてみせた。「この小さな地下室が。おれたちは事が終わってから梯子をのぼって戻りはじめた。斜面のところでおれたちは見たんだ。地下壕のまわりにやつらがうじょうじょいた。戦闘はまだ続いていた。クマさんを抱いたデイヴィッド。それが何百もいた。クラウスが写真を撮った」

クラウスは写真を紐でゆわえなおした。

「それがきみたちの前線のいたるところで起こっているのか？」ヘンドリックスはいった。

「そうだ」

「だったらわれわれの前線は？」無意識のうちに、彼は腕につけたタブに触れた。「もしかして――」

「放射能タブはやつらになんの影響も及ぼさないよ。ロシア人だろうが、アメリカ人だろうが、ポーランド人だろうが、ドイツ人だろうが、やつらにはなんの違いもない。まったく同じだ。やつらは設計されたとおりのことをしているだけでね。元々のアイデアを実行している。どこであろうが、生きているものを見つけ次第、追いかけて殺すということを」

「やつらは体温で人間だと判断するのさ」とクラウス。「当初からそういうふうに組み立てられていたわけだ。もちろん、きみたちが設計したモデルは放射能タブの装備にひるむようになっていた。ところがやつらはそれを克服した。新型は内部が鉛でできているからね」

「他の型は？」ヘンドリックスはたずねた。「ディヴィッド型、負傷兵――他には？」

「知らないね」クラウスは壁を指さした。壁には縁がぎざぎざになった二枚の金属プレートが掛けてあった。ヘンドリックスは立ち上がってその金属プレートを調べてみた。曲がってへこんでいる。

「左のは、負傷兵から取ったものだ」とルディ。「おれたちはその一匹をやっつけた。ちょうど前の地下壕に向かってやってくるところだった。そこでおれたちは斜面から撃ち殺した。きみにくっついてきたディヴィッドを撃ち殺したのと同じやり方で」

プレートにはI号と刻まれていた。ヘンドリックスはもう一枚のプレートに触れた。

「で、これはディヴィッド型から取ったのか？」

「そうだ」そのプレートにはIII号と刻まれていた。

クラウスはヘンドリックスの広い肩口からのぞきこんだ。「おれたちの敵がどういうものか、これでわかっただろう。他にもまだ別の型がある。廃棄処分になったのかもしれない。うまくいかなかったんだろう。でも、とにかく変種第二号があるはずだ。一号と三号があるから」

「きみは運がよかったんだよ」とルディ。「デイヴィッド型がずっとここまでくっついてきたのに、指一本触れなかったんだから。どこかの地下壕でやってやろうと思ってたんだな」

「一匹がはいりこんだらもうおしまいだ」とクラウス。「やつらはすばやい。一匹が残りをぜんぶ中に入れる。迷いがない。一つだけの目的を持った機械だからな。たった一つのことのために作られたんだ」彼は唇の汗をぬぐった。「おれたちはそれを目撃したのさ」

みんな黙りこんだ。

「ヤンキーさん、煙草をもう一本ちょうだい」タッソがいった。「アメリカの煙草はうまいわね。どれほどうまいか、忘れかけてたわ」

もう夜だった。空は黒い。放射能塵の渦巻く雲のむこうには星一つ見えなかった。クラウスがそろそろと蓋を上げると、ヘンドリックスにも外が見えた。

ルディが暗闇を指さした。「あのむこうに地下壕がいくつもある。おれたちが前にいたところだ。ここから半マイル足らず。襲撃されたときにクラウスとおれがあそこにいなかったのは、まったくの偶然だった。弱みだな。情欲のおかげで命拾いした」

「他の全員は死んだはずだ」クラウスは低い声でいった。「あっというまだった。けさ、政治局が決定を下した。おれたちにもその通知が来た——前線司令部からだ。伝令がすぐ派遣された。そちらの前線に向けて出発するところをおれたちは見た。そして視界から消え去るまで援護したんだ」

「アレックス・ラドリフスキーだ。おれたちは二人とも、あいつとは知り合いだった。あいつが姿を消したのは六時ごろ。太陽がちょうど出たときだった。昼ごろに、クラウスとおれは一時間の休憩を取った。こっそりと這い出して、地下壕を離れたんだ。だれも見ていなかった。で、おれたちはここに来た。以前ここは町だったところで、家がいくつか、それに道が一本あった。この地下室は、元はといえば大きな農場の一部だった。タッソがここの小さな隠れ場所にひそんでいることは知っていた。前にも来たことがあるんだ。地下壕の他の連中も来たことがある。今日がたまたまおれたちの順番だったというわけさ」

「だから助かった」とクラウス。「偶然だな。助かるのは他の人間だったかもしれない。でおれたちは——事をすませてから、地上に出て崖沿いに戻ろうとした。やつらを見たのはそのときだ。デイヴィッドだ。すぐにわかった。変種第一号、負傷兵の写真を見たことがあるからな。解説付きのを人民委員会が配布していたから。もう一歩でも進んだら、おれたちもやつらに見つかっていただろう。実のところ、引き返すまでにデイヴィッドを二四、破壊しなければならなかった。そこらじゅうに何百もいたから。蟻みたいなものだ。それでおれたちは写真を撮って、こっそりここに戻ると、蓋をしっかり閉めたんだ」

「相手が一匹だけならたいした敵じゃない。おれたちのほうがすばやいからな。だが、相手は情け容赦ない。生き物とは違って。おれたちめがけて一直線にやってくる。それでおれたちはぶっぱなした」

ヘンドリックス少佐は蓋の縁によりかかり、暗闇に目を慣らそうとした。「蓋を開けても大丈夫なのか？」

「警戒してればな。そうしないと、通信機が使えないじゃないか」

ヘンドリックスはベルトの小型通信機をゆっくり持ち上げて、耳に押し当ててみた。金属は冷たく湿っていた。彼はマイクに息を吹きかけ、短いアンテナを立てた。耳の中でかすかなハム音が聞こえた。「そうらしいな」

それでも彼はためらっていた。

「何か起こったら引っぱり降ろしてやるから」とクラウス。

「頼む」ヘンドリックスは通信機を肩口にのせたまま、しばらく待った。「おもしろいじゃないか」

「え？」

「新型が、だよ。クローの新しい変種が。われわれはすっかりやつらの為すがままじゃないか。もう今ごろは連合軍の前線にも入りこんでいるんだろう。もしかすると、われわれは新たな種の始まりを目撃しているんじゃないかな。新種だ。進化。人類の後に来る種族を」

ルディは鼻であざ笑った。「人類の後に来る種族なんてあるもんか」

「そうかな？　どうしてそういえる？　もしかすると、おれたちがいま目にしているのは、人類の終焉と、新しい社会の始まりなのかもしれんぞ」

「やつらは種族じゃない。殺人機械だ。きみたちはあれを破壊が目的で作ったんだろう。やつらにできることはそれしかない。仕事をこなす機械なのさ」

「今はそう見える。しかし、今後はどうだか。戦争が終わった後は。もしかしたら、殺す相手の人間がいなくなってしまうと、本当の潜在能力が発揮されだすかもしれないぞ」

「まるでやつらが生き物みたいな口ぶりだな！」

「生き物だろう？」

沈黙が訪れた。「あれは機械だよ」とルディ。「人間みたいに見えるが、ただの機械だ」

「少佐、通信機を使ってくれ」とクラウス。「永久にここでじっとしているわけにもいかないから」

通信機をしっかり握って、ヘンドリックスは地下司令壕のコード番号を呼んだ。そして耳をすまして待った。なんの反応もない。沈黙だけだ。リード線を念入りに調べてみた。すべて異常なし。

「スコット！」彼はマイクに向かって叫んだ。「聞こえるか？」

沈黙。音量を最大にしてもう一度やってみた。雑音だけ。

「応答がない。届いていても、返事をしたくないのかもしれないが」

「緊急事態だといってみろよ」

「それだと、強要されて通信しているように、むこうは思うだろうな。きみたちの命令で」ヘンドリックスはもう一度通信を試みて、これまでに知ったことのあらましを手短に説明した。しかし、かすかな雑音以外は、相変わらず沈黙したままだった。

「放射能溜まりがあると、たいていの通信はとぎれてしまう」しばらくしてクラウスがいった。「たぶんそういうことかな」

ヘンドリックスは通信機を切った。「だめだ。応答なしだ。放射線溜まりだって？　かもしれない。あるいは、届いているが返事はしない、ということかも。正直いうと、もし伝令がソ連軍の前線から通信してきたとすれば、わたしだってそうするさ。どう考えてもそんな話は信じられないからな。むこうにしてみれば、わたしのいうことはすべて――」

「あるいは、手遅れだったか」

ヘンドリックスはうなずいた。

「蓋を閉めるほうがよさそうだな」ルディがそわそわしていった。「なにもわざわざ危険をおかす必要はない」

彼らはゆっくりとトンネルに戻った。クラウスが慎重に蓋を閉めた。台所に下りると、空気は重くて狭苦しかった。

「そんなにすばやく片付けられるものかな」ヘンドリックスはいった。「わたしが地下壕を出たのは正午だった。十時間前だ。いくらなんでも仕事が早すぎる」

「さほど長くかからないさ。最初の一匹さえ入りこんでしまえば。そいつが暴れまわる。あのちっぽけなクローでどんなことができるか、きみも知ってるだろう。その一匹だけでも、信じられないことをする。剃刀なんだからな、指の一本一本が。狂気の沙汰だ」

「なるほど」ヘンドリックスはいらだたしそうに二人から離れた。そして背中を向けて立っていた。

「どうした？」とルディ。

「月面基地だ。おい、もしやつらがそこにたどりついていたら――」

「月面基地？」

ヘンドリックスがふり向いた。「やつらが月面基地にたどりつけるはずがない。どうやって行ける？　ありえない。信じられん」

「その月面基地っていうのは何なんだ？　噂には聞いたが、はっきりしたことはなにも知らない。実際はどうなってるんだ？　きみは心配そうな顔をしてるじゃないか」

「われわれは月から物資を補給している。政府もそこ、月面下にある。アメリカの国民と産業もみんなそうだ。だからわれわれも戦闘を続けていけるんだよ。もしやつらが地球から離陸して、月に着陸する方法を見つけたとしたら――」

「一匹でいいんだ。最初のが入りこんだら他のを招き入れるから。何百匹と、似たのばっかり。きみにも見せたかったよ。まったく同じ。蟻みたいなものだ」

「完璧な社会主義だわ」とタッソ。「共産主義国家の理想ね。すべての人民が交換可能なんて」

クラウスが怒りの声をあげた。「もういい。それで？　次は？」

ヘンドリックスは狭い部屋を歩きまわっていた。空気は食物と汗の臭いが充満していた。他の三人は彼をじっと見ていた。やがてタッソがカーテンを押しのけ、別の部屋に入っていった。「ひと眠りするから」

カーテンが閉まった。ルディとクラウスはテーブルに座り、まだヘンドリックスを見ていた。

「きみに任せるよ」クラウスがいった。「そちらの状況は、おれたちにはわからん」

ヘンドリックスはうなずいた。

「ひとつ問題がある」ルディはさびたポットからコーヒーを注いで飲んだ。「ここにいればしばらくは安全だが、いつまでもいるわけにはいかない。食料や物資が乏しいからな」

「でも、もし外に出たら――」

「外に出たら、やられる。というか、たぶんやられる。どっちみち、たいして遠くには行けない。少佐、地下司令壕までここからどれぐらいある？」

「三、四マイルだな」

「だったら行けるかもしれない。おれたち四人で。四人いれば四方に目を配れる。やつらがこっそり忍び寄ってくっついてくることもない。おれたちにはライフルが三挺、ブラスト・ライフルも三挺ある。タッソはおれの拳銃を使えばいい」ルディはベルトを軽く叩いた。「ソ連軍にいたときは、たとえ靴がなくても銃ならいくらでもあった。四人で武装して行けば、おれたちのうち一人が地下司令壕までたどりつけるかもしれない。それがきみだったらいいんだがね、少佐」

「やつらがもうそこを占領していたとすれば？」とクラウス。

ルディは肩をすくめた。「そのときは、ここに戻ってくればいい」

ヘンドリックスは足を止めた。「やつらがもうアメリカ軍の前線に入りこんでいる可能性は、どれくらいあると思う？」

「さあ。相当高いな。なにしろやつらは組織として行動するから。目的がはっきりしている。いったん行動を開始したら、まるでイナゴの大群みたいだ。すばやく動きつづけるようにできている。人目につかないのとすばやさがやつらの持ち味だ。意表を衝いてくるんだな。まさかというときに襲ってくる」

「なるほど」ヘンドリックスはつぶやいた。

別の部屋から、タッソがごそごそと体を動かす気配が聞こえた。「少佐？」

ヘンドリックスはカーテンを開けた。「何だ？」

タッソは簡易ベッドからものうげに彼を見上げた。「アメリカ煙草、まだ残ってない？」

ヘンドリックスは部屋に入って、女の向かいにある木のスツールに腰を下ろした。彼はポケットをさぐった。「ないな。一本も」

「残念だわ」

「きみの国籍は？」しばらくしてヘンドリックスはたずねた。

「ロシアよ」

「どうやってここに来たんだ？」

「ここって？」

「ここは以前フランスだった。ノルマンディ地方の一部だ。ソ連軍と一緒に移動してきたのか？」

「どうして？」

「ふと気になってね」ヘンドリックスは女をじっと見つめた。彼女は上着を脱ぎ、ベッドの端に投げ出していた。若くて、二十歳ぐらい。すらりとした体つき。長い髪が枕に広がっている。彼女も黙ったまま、黒くて大きな目で彼を見つめていた。

「何を考えてるの？」タッソがいった。

「なにも。何歳だ？」

「十八よ」彼女は頭を両手にのせたまま、瞬きもせずに、彼から視線をそらさなかった。着ているものは、ロシア軍のズボンとシャツ。灰緑色だ。太い革のベルトにはガイガーカウンターと薬包入れがついている。医療キットも。

「きみはソ連軍の一員か？」

「いいえ」

「だったら、その軍服はどこで手に入れた？」

彼女は肩をすくめた。「もらったの」

「いったい――何歳のときにここに来た？」

「十六」

「そんなに若いときに？」

彼女の目が細くなった。「それどういう意味？」

ヘンドリックスは顎をこすった。「もし戦争がなかったら、きみの人生もずいぶん違っていただろうな。十六か。きみは十六でここに来た。こんな生活をするために」

「生き延びるためには仕方なかったの」

「べつに説教しているわけじゃない」

「あなたの人生だって違っていたはずよ」タッソはつぶやいた。彼女は手を伸ばして、片方のブーツの紐をほどいた。蹴って脱いだブーツが床に落ちた。「少佐、あっちの部屋に行ってくれない？　眠いの」

「四人でここに暮らすとなると、問題になるな。こんなに狭いところで暮らすのは窮屈だ。部屋は二つしかないのか？」

「そうよ」

「地下室は元々どのくらいの大きさだったんだ？　これより広かったのか？　瓦礫だらけの部屋が他にもあるのか？　だったら、一部屋空けられるかもしれない」

「さあね。よくわからないわ」タッソはベルトをゆるめた。そしてシャツのボタンをはずしながら、ベッドの上で楽な恰好になった。「本当に煙草は残ってないの？」

「一箱しかなかったんだ」

「残念だわ。でも、もしあなたの地下壕に戻ったら、あるかもしれないわね」もう片方のブーツも床に落ちた。タッソは明かりの紐に手を伸ばした。「おやすみなさい」

「寝るのか？」

「そうよ」

部屋はいきなり真っ暗になった。ヘンドリックスは立ち上がると、カーテンを抜けて台所に行った。そして思わず棒立ちになった。

ルディが壁を背にして立っていた。顔は蒼白で、目が光っている。口をぱくぱく動かしているが、声が出てこない。その前にクラウスが立ち、銃口をルディのみぞおちに押し当てていた。二人とも動かなかった。クラウスは銃を握りしめ、表情をこわばらせている。ルディは青ざめて無言のまま、壁に大の字になって押しつけられていた。

「いったい――」ヘンドリックスがつぶやきかけたのを、クラウスがさえぎった。

「黙って、少佐。こっちへ来てくれ。きみの銃。きみの銃も出してくれ」

ヘンドリックスは銃を抜いた。「どうした？」

「こいつに狙いをつけて」クラウスはこっちに来いと手で指図した。「おれの横に来い。早く！」

ルディが両手を下ろしながら少し動いた。そしてヘンドリックスの方に向きなおり、唇をなめた。白目の部分がぎらぎらと光っていた。汗が額から頬をつたって落ちている。彼の視線はヘンドリックスに釘付けになっていた。「少佐、こいつは頭がおかしくなってるんだ。やめさせてくれ」ルディの声はかぼそくかすれていて、ほとんど聞き取れないほどだった。

「これはいったいどういうことなんだ？」ヘンドリックスはたずねた。

銃を突きつけたままでクラウスは答えた。「少佐、おれたちが話してたことを憶えてるか？　三つの変種のことを。第一号と第三号のことはわかった。でも第二号についてはわからなかった。というか、これまではわからなかった」クラウスの指が銃の台尻を強く握った。「これまではわからなかったが、もう今じゃわかっている」

彼は引き金を引いた。白熱が銃口からほとばしって、ルディの体をなめまわした。

「少佐、これが変種第二号だ」

タッソがさっとカーテンを開けた。「クラウス！　何したの？」

ゆっくりと壁から床にすべり落ちていく、黒焦げになったものから、クラウスは向きなおった。「変種第二号だよ、タッソ。もうこれでわかった。三つの型がぜんぶ特定できたわけだ。これで危険は小さくなる。おれは――」

タッソの目はクラウスのむこうにある、ルディの残骸を見つめていた。黒焦げになってくすぶっている断片や、服の切れ端を。「彼を殺したのね」

「彼だって？　こいつ、だろう。おれは目をつけていたんだ。そんな気はしてたが、確信は持てなかった。少なくとも、これまでは。でも、今夜になって確信が持てた」クラウスは落ちつかない様子で銃の台尻をこすった。「おれたちは運がよかった。だってそうだろう。もう一時間したら、こいつは――」

「確信が持てた、ですって？」タッソは彼を押しのけ、床の上でまだ湯気を上げている残骸にかがみこんだ。その表情がきびしくなった。「少佐、自分の目で確かめてちょうだい。

骨よ。肉よ」

　ヘンドリックスは彼女の横にしゃがみこんだ。残骸は人間の残骸だった。焦げた肉、黒くなった骨のかけら、頭蓋骨の一部。靭帯、内臓、血。壁に付いた血溜まり。

「歯車はないわ」タッソが静かにいって、立ち上がった。「歯車もないし、部品もないし、継電器もない。クローじゃない。変種第二号じゃないのよ」タッソは腕組みをした。「これはどういうことなのか、説明してちょうだい」

　クラウスはテーブルに腰を下ろした。にわかに顔から血の気が引いていた。彼は両手で頭を抱え、体を前後に揺すった。

「しっかりして」タッソの指が彼の肩をつかんだ。「どうしてこんなことをしたの？　どうして殺したの？」

「震え上がったんだよ」ヘンドリックスはいった。「われわれのまわりで起こっている、このなにもかもに」

「そうかもね」

「じゃ、何なんだ？　どう思う？」

「ルディを殺す理由が前からあったんじゃないかしら。たしかな理由が」

「どんな理由だ？」

「ルディが何かを知ったからじゃないの」

ヘンドリックスはタッソのそっけない表情をまじまじと見た。「何を？」彼はたずねた。

「彼のことを。クラウスのことよ」

すぐさまクラウスが顔を上げた。「彼女が何をいおうとしているか、わかるだろ。おれが変種第二号だって思ってるんだよ。わからないかい、少佐？　それで今度は、おれがルディを目的があって殺したと、あんたに思いこませようとしてるんだ。おれが――」

「だったら、どうしてルディを殺したの？」とタッソ。

「いっただろう」クラウスはうんざりしたように頭をふった。「あいつがクローだと思ったんだ。絶対間違いないと」

「なぜ？」

「あいつをずっと見張っていた。怪しいと思って」

「なぜ？」

「何か見たような気がしたんだ。何か聞こえたような気が。それでおれは――」彼の言葉がとぎれた。

「続けて」

「おれたちはテーブルでトランプをしていた。あんたたち二人があっちの部屋にいたときだ。静かだった。すると、あいつの音がしたように思ったんだ――カタカタカタカタという音が」

みな黙りこんだ。

「信じられる?」タッソがヘンドリックスにいった。

「そうだな。本当だと思う」

「わたしには信じられないわ。たしかな目的があってルディを殺したんだと思うわ」タッソは部屋の隅に置いてあったライフルに手を触れた。「少佐――」

「やめろ」ヘンドリックスは頭を横にふった。「こんなことはすぐにやめようじゃないか。死人は一人で充分だ。われわれはみな怖がっている、クラウスみたいに。もしクラウスを殺すとしたら、彼がルディにやったことと同じことをやっているだけだ」

クラウスは感謝の目つきで彼を見上げた。「ありがとう。おれは怖かったんだよ。わかるだろ? 彼女も怖がっている、おれみたいに。おれを殺したいんだ」

「もう殺し合いはよせ」ヘンドリックスは梯子の端に向かった。「地上に出て、もう一度通信機を試してみる。交信できなかったら、明日の朝に連合軍の前線まで戻ることにしよう」

クラウスがすばやく立ち上がった。「一緒に行って手助けしてやるよ」

夜の空気は冷たかった。地表の熱がさめつつあった。クラウスは大きく深呼吸して息を吸いこんだ。彼とヘンドリックスはトンネルを出て、地上に足を踏み出した。クラウスは足を大きくふんばり、ライフルをかまえ、目をこらして耳をすました。ヘンドリックスはトンネルの入り口のそばにかがみこみ、小型通信機のつまみをまわした。

「どうだ？」やがてクラウスがたずねた。

「まだだ」

「何度もやってみろ。ここで起こったことを報告してやれ」

ヘンドリックスは何度もやってみた。一度もうまくいかなかった。とうとう彼はアンテナを下げた。「だめだな。届いていない。それとも、届いているが返事はしないということか。それとも――」

「それともむこうはもう存在していないのか」

「もう一度やってみる」ヘンドリックスはアンテナを立てた。「スコット、聞こえるか？応答せよ！」

彼は耳をすました。雑音しか聞こえない。そのとき、ごくかすかに――

「こちらスコット」

ヘンドリックスの指に力が入った。「スコット！きみか？」

「こちらスコット」

クラウスがしゃがみこんだ。「司令部か？」

「いいか、スコット。わかるか？やつら、クローのことだ。わたしのメッセージは受信したのか？　届いたのか？」

「はい」かすかな声。ほとんど聞き取れないような声。何をいっているのかよくわからない。

「わたしのメッセージを受信したのか？　地下壕ではすべて異常なしか？　やつらが入りこんだりしていないか？」

「すべて異常なし」

「やつらが入りこもうとしなかったか？」

声がさらに弱くなった。

「いいえ」

ヘンドリックスはクラウスの方を向いた。「むこうは大丈夫らしい」

「襲われなかったのか？」

「いや」ヘンドリックスは通信機を強く耳に押し当てた。「スコット、きみの声がほとんど聞こえないんだ。月面基地には報告したのか？　むこうに情報は伝わっているか？　警戒態勢を取っているか？」

返答なし。

「スコット！　聞こえるか？」

沈黙。

ヘンドリックスはがっくりと力を落とした。「切れた。きっと放射能溜まりのせいだな」

ヘンドリックスとクラウスは互いに顔を見合わせた。二人ともなにもいわなかった。しばらくしてクラウスがいった。「きみの部下の声だったか？　だれの声だかわかったか？」

「声が小さすぎて」

「たしかだとはいえないんだな？」

「そう」

「だったら、もしかすると――」

「わからん。なんともいえんな。さあ、早く戻って蓋を閉めよう」

二人は梯子をゆっくり下りて、あたたかい地下室に入った。クラウスが蓋をしっかり閉めた。タッソが無表情で二人の帰りを待っていた。

「どうだった？」

どちらも返事をしなかった。「それで？」やっとクラウスがいった。「どう思う、少佐？　きみの部下だったのか、それともやつらだったのか、どっちだ？」

「わからん」

「ということは、事態に変化なしということだな」

ヘンドリックスは顎をこわばらせて床を見つめた。「行ってみるしかないな。たしかめてみないと」

「どっちみち、ここには食料が数週間分しかない。それが尽きたら、出ていかないと仕方がないし」

「そうらしいな」

「どうしたの？」タッソがたずねた。「地下壕と交信できた？　何かあったの？」

「あれはわたしの部下だったかもしれない」ヘンドリックスはゆっくりいった。「それとも、やつらだったかもしれない。でも、ここに突っ立っているだけでは、本当のところは決してわからないしな」彼は腕時計を見た。「ちょっとでも睡眠を取ろう。明日は早いから」

「早いの？」

「クローをやりすごそうと思えば、早朝にかぎるから」ヘンドリックスはいった。

心地よくすみきった朝だった。ヘンドリックス少佐は双眼鏡であたりを調べた。

「何か見えるか？」クラウスがいった。

「いや」

「おれたちの地下壕がわかるか？」

「どっちだ？」

「貸してくれ」クラウスは双眼鏡を取って照準を合わせた。「どの方角かはわかってるから」彼はものもいわずに長いあいだのぞいていた。

タッソがトンネルのてっぺんにやってきて、地面に足を踏み出した。「何か見える？」

「なにも」クラウスは双眼鏡をヘンドリックスに返した。「やつらの姿は見えない。さあ行くか。ここにじっとしていないで」

三人はやわらかい灰をすべりながら崖の斜面を下りていった。平たい岩の上を、トカゲが一匹走り抜けていった。その瞬間、三人は緊張して立ち止まった。

「何だ？」クラウスがつぶやいた。

「トカゲだ」

トカゲはそのまま走りつづけ、灰をかきわけながら駆けていった。灰とまったく同じ色をしている。

「完璧な適応だな」とクラウス。「われわれが正しかったことが、これで証明されたわけだ。つまり、ルイセンコの学説（環境の要因で獲得した性質が遺伝するという説）だよ」

三人は崖の底までたどりつくと立ち止まり、互いに身を寄せ合ってあたりを見まわした。

「行こう」ヘンドリックスが先に立った。「歩くと、かなり長い距離だぞ」

クラウスが彼の横に並んだ。タッソが拳銃を油断なくかまえながらそのうしろを歩いた。

「少佐、ずっと前から訊きたいことがあったんだがな」クラウスがいった。「どんなふうにデイヴィッドに会った？　あんたにくっついてきたやつだよ」

「来る途中で出会った。どこかの廃墟で」

「そいつがどんなことをいった？」

「たいしていわなかった。一人きりだといってたな。一人で生活していたって」

「機械だとはわからなかったのか？　まるで生きてる人間みたいなしゃべり方だったのか？　変だと思わなかったのか？」

「あいつはほとんどしゃべらなかったからな。特におかしいところもなかったし」

「そりゃ変だな、だまされるくらいに人間そっくりな機械だなんて。ほとんど生き物じゃないか。この分だと、どんなものが出てくるかわからないぞ」

「やつらはヤンキーが設計したとおりのことをしているのよ」とタッソ。「生き物を見つけだして破壊するように設計したんでしょ。人間の命を。どこであろうが」

ヘンドリックスはクラウスをまじまじと見つめていた。「どうしてそんなことを訊く？　何を考えてるんだ？」

「べつに」クラウスが答えた。

「クラウスはあなたが変種第二号だと考えてるのよ」二人の背後から、タッソが平然といった。「今はあなたに目をつけているっていうわけ」

クラウスの顔が紅潮した。「それのどこがおかしい？　ヤンキーの前線に伝令を送ったら、やってきたのがこの男だ。ここでいい獲物が見つかるとでも思ったんじゃないのか」

ヘンドリックスは刺々《とげとげ》しい笑い声をたてた。「わたしは連合軍の地下壕から来た。まわりには人間がいっぱいいいたんだ」

「ソ連軍の前線に入りこむ好機だと思ったんじゃないか。これは願ってもないチャンスだと。それで――」

「ソ連軍の前線はもう占領されていた。わたしが地下司令壕を出る前に、きみたちの前線は侵略されていたんだ。それを忘れるなよ」

タッソが彼の横にやってきた。「それはなんの証明にもならないわよ、少佐」

「どうして？」

「変種たちのあいだにはほとんどコミュニケーションがないみたいなの。それぞれが別の工場で製造されているから。一緒に行動することはないみたい。あなたは他の変種が何をしたかまったく知らずに、ソ連軍の前線に向かって出発したという可能性もあるわ。他の変種がどんなものかすら知らなかった可能性も」

「どうしてそんなにクローのことにくわしいんだ？」ヘンドリックスはいった。

「目撃したことがあるから。じっくり観察したわ。やつらがソ連軍の地下壕を占領するのを」

「えらくよく知ってるじゃないか」とクラウス。「実際には、ほんの少ししか見てないくせに。そんなに観察力が鋭いなんて、不思議だな」

タッソが笑った。「今度はわたしを疑ってるの？」

「いいかげんにしろ」ヘンドリックスはいった。三人は無言のまま歩きつづけた。

「ずっと最後まで歩くの？」しばらくしてタッソがいった。「歩くのには慣れてないのよ」彼女は四方に見わたすかぎり広がっている灰の平原を眺めまわした。「うんざりするわね」

「ずっとこんな景色さ」とクラウス。

「やつらが奇襲をかけたとき、あなたも地下壕にいればよかったのにって、思わなくもないわ」

「おれじゃなきゃ、だれか別の男がおまえと一緒にいたわけだ」クラウスがつぶやいた。

タッソは両手をポケットに突っこんだまま笑った。「でしょうね」

まわりに広がる物音一つしない広大な灰の平原を見すえたまま、三人は歩きつづけた。

太陽が沈みかけていた。ヘンドリックスはタッソとクラウスに下がれと手をふって命令しながら、ゆっくりと前進した。クラウスはしゃがみこみ、銃の台尻を地面に立てた。

タッソはコンクリート板を見つけて腰を下ろし、ためいきをついた。「これで一服ね」

「うるさい」クラウスがきつい口調でいった。

ヘンドリックスは前方にある丘のてっぺんまでのぼっていった。昨日、ロシア人の伝令が姿を見せた、あの丘だ。ヘンドリックスは身を伏せ、手足を伸ばすと、双眼鏡でその先の様子をうかがった。

なにも見えなかった。灰とまばらな木々しかない。しかし、五十ヤード足らずのところに、地下司令壕の入り口があった。彼が出てきた地下壕だ。ヘンドリックスは物音を立てずに監視した。なんの気配もない。生きている人間がいる様子もない。なにひとつぴくりともしない。

クラウスが腹ばいで横にやってきた。「どこだ？」

「あそこだ」ヘンドリックスは双眼鏡を渡した。放射能塵の雲が夕焼け空に渦巻いていた。世界は暗くなりかけていた。光が残っているのもせいぜい二時間ほどしかない。おそらくはそんなに保たないだろう。

「なにも見えないが」とクラウス。

「あそこに木があるだろう。切り株が。煉瓦の山のそばに。煉瓦の右手が入り口だ」

「その言葉を信じるしかないな」

「きみとタッソはここから援護してくれ。地下壕の入り口までずっと見通せるはずだ」

「一人で行くのか？」

「手首にタブをつけていれば大丈夫だ。地下壕のまわりの地面はクローの棲息区域だからな。やつらは灰の中で群がっている。カニみたいに。タブなしでは生きて帰れない」

「そういうものかな」

「ゆっくり歩くことにするから。間違いないとわかったらすぐに――」

「もしやつらが地下壕に入りこんでいたら、ここには戻ってこれないぞ。とにかく相手はすばやいんだから。わかっちゃいないらしいが」

「だったら、どうしろと？」

クラウスは考えこんだ。「さあな。地上に出てこさせろ。見えるように」

ヘンドリックスはベルトから通信機を取り出して、アンテナを上げた。「始めるぞ」

クラウスはタッソに合図した。タッソは慣れた足取りで丘の斜面を這ってのぼり、二人が座っているところまでやってきた。

「一人で行くそうだ」とクラウス。「おれたちはここから援護する。少佐が戻るのが見えたら、すぐに背後を狙って撃て。やつらはすばやいからな」

「あまり楽観的じゃないのね」とタッソ。

「そうだ」

ヘンドリックスは銃尾を開いて、念入りに点検した。「べつに心配することはないのかもしれないな」

「あんたは目撃してないからそういうんだ。何百匹もいて。みんな同じで。蟻みたいにぞろぞろとあふれだしてくるのを」

「下まで降りていかずにわかればいいんだが」ヘンドリックスは銃を固定して、片手で握り、もう片手で通信機を持った。「それじゃ、幸運を祈ってくれ」

クラウスは手を差し出した。「絶対大丈夫と思うまでは、降りていくなよ。地上から話しかけろ。姿を見せるようにしむけて」

ヘンドリックスは立ち上がった。そして丘の斜面に足を踏み出した。

やがて彼は、枯木の切り株のそばにある、煉瓦と瓦礫の山に向かってゆっくりと歩いていった。地下司令壕の入り口に向かって。

なにひとつぴくりともしない。彼は通信機を持ち上げ、スイッチを入れた。

「スコット？　聞こえるか？」

沈黙。

「スコット、こちらヘンドリックス。聞こえるか？　今ちょうど地下壕の外に立っている。潜望鏡で見えるはずだ」

彼は通信機をしっかり握りしめ、耳をすました。なんの音も聞こえない。雑音だけ。前進すると、クローが一匹灰の中からごそごそと現れ、彼めがけて突進してきた。そいつは数フィート離れたところで立ち止まり、それからこそこそと去っていった。次に現れたクローは、触手のついた大型のやつだった。そいつは彼の方にやってきて、彼をまじまじと眺め、それからうしろについて、敬意を表するように数歩離れたところでついてきた。そのすぐ後に、二匹めの大型のクローが加わった。こうしておとなしくクローたちが後をついてくるなかを、彼は地下壕に向かってゆっくりと歩いていった。

ヘンドリックスが立ち止まると、うしろのクローたちも停止した。もうすぐ近くだ。ほとんど地下壕の階段のところまで来ている。

「スコット！　聞こえるか？　きみの真上にいる。外だ。地上だ。わたしの声が聞こえるか？」

銃を脇腹にあて、通信機を耳に強く押しあてて、彼は待った。時間が過ぎた。懸命に耳をすましたが、ただ沈黙があるだけだった。沈黙と、かすかな雑音が。

そのとき、遠くから、金属のように——

「こちらスコット」

のっぺらぼうな声だった。冷たい。だれの声だかわからなかった。しかし、イヤフォンが小さすぎるせいなのか。

「スコット！　いいか。きみの真上にいる。地上で、地下壕の入り口を見下ろす場所だ」

「はい」

「見えるか？」

「はい」

「潜望鏡で？　照準を合わせてるか？」

「はい」

　どうしたものかとヘンドリックスは思った。クローが円になって、まわりでじっと待っていた。四方どこも灰色をした金属の胴体ばかり。「地下壕に異常はないか？　なにも変わったことは起こっていないか？」

「すべて異常なし」

「地上に出てきてくれないか。ちょっときみの姿を見たいから」ヘンドリックスは深く息をした。「こっちに出てきてくれ。話がしたい」

「降りてきてください」

「これは命令だぞ」

　沈黙。

「来るか？」ヘンドリックスは耳をすました。応答はなかった。「命令だから、地上に出てこい」

「降りてきてください」

　ヘンドリックスは顎をこわばらせた。「レオーネを出してくれ」

　長い間合いがあった。彼は雑音に聞き入った。それから声が聞こえてきた。硬質で、かぼそい、金属のような声。前のと同じだった。「こちらレオーネ」

「ヘンドリックスだ。今、地上にいる。地下壕の入り口だ。きみたちのうちどちらか一人、出てきてくれ」

「降りてきてください」

「どうして降りていかなきゃならないんだ？　これは命令だぞ！」

沈黙。ヘンドリックスは通信機を下げた。そしてあたりを注意深く見まわした。入り口がちょうど前方にある。ほとんど足下のところに。彼はアンテナを降ろすと、通信機をベルトにつけた。そして慎重に銃を両手で握った。彼は一歩、そしてまた一歩と前進した。やつらに姿が見えているのなら、入り口に向かっていることはわかってしまうはずだ。一瞬、彼は目をつぶった。

そして、降りていく階段の一段目に足をかけた。

二匹のデイヴィッドがむこうから現れた。まったく同じで表情のない顔だった。彼は発砲してそいつらを粉々にした。さらにデイヴィッドたちが群れをなして、黙ったまま駆け上がってきた。どいつもまったく同じだった。

ヘンドリックスはうしろを向いて、必死になって走り、地下壕から逃げて丘へ戻ろうとした。

丘のてっぺんからタッソとクラウスが援護射撃をしていた。小さなクローたちは早くも二人めがけて押し寄せ、輝く金属の球体がすばやい速さで灰をかきわけながらやみくもに突進していた。しかし彼には、そんなことをどうこう考えている余裕はなかった。彼は膝をつき、銃を頬に押し当て、地下壕の入り口に狙いをつけた。デイヴィッドたちがクマのぬいぐるみを抱え、細くて膝小僧が突き出た足を懸命に動かしながら階段を上り、群れになって現れた。ヘンドリックスはその本体めがけて撃った。やつらは吹っ飛び、歯車やバネが四方八方に飛び散った。たちのぼる破片の渦に向けて彼はふたたび撃った。

巨大な人影が、長身をよろめかせながら、のろのろと地下壕の入り口に現れた。ヘンドリックスは唖然として手を止めた。男、兵士だ。片足で、松葉杖をついている。

「少佐！」タッソの声が聞こえた。さらに銃撃。巨大な人影が前進し、そのまわりにデイヴィッドたちが蝟集《いしゅう》していた。凍てついていたヘンドリックスは我に返った。変種第一号。負傷兵だ。彼は狙いを定めて撃った。負傷兵は粉々になり、部品や継電器が飛び散った。今やデイヴィッドたちが続々と地下壕から平らな地面に出てきていた。彼は半分身をかがめて狙いをつけ、何度も撃ちながら、少しずつ後ずさりした。

丘からクラウスが撃った。丘の斜面ではそこをのぼろうとするクローたちがひしめきあっていた。ヘンドリックスは走ったり身をかがめたりしながら、その丘の方に後退していった。タッソはクラウスを置き去りにして、ゆっくりと右方向に円を描くように丘から離れていた。

一匹のデイヴィッドが彼の方に忍び寄ってきた。小さな白い顔には表情がなく、茶色い髪が目のところまで垂れかぶさっていた。そいつは突然体を折り曲げ、両手を広げた。するとクマのぬいぐるみが下に落ち、地面を飛び跳ねながら、彼の方に向かってきた。ヘンドリックスが発砲すると、クマもデイヴィッドも溶けてなくなった。彼はにやりとして、目をぱちくりさせた。まるで夢みたいだ。

「こっちよ！」とタッソの声。ヘンドリックスはその方向に向かった。彼女がいたのは、廃墟になった建物の、コンクリート製の柱らしきものや壁がある、そのそばだった。クラウスに渡されたピストルで、彼女はヘンドリックスごしに撃ちつづけていた。

「やれやれ」息を切らしながら、彼はタッソに加わった。彼女はヘンドリックスをひっぱってコンクリートの陰に押しやると、ベルトをさぐった。

「目をつぶって！」彼女は腰から手榴弾を取り出した。そしてすばやくキャップをひねって固定した。「目をつぶって伏せて」

彼女は手榴弾を投げた。達者な腕前で、それは弧を描いて飛んでいき、地下壕の入り口まではずんで転がった。煉瓦の山のそばに、負傷兵が二匹、おぼつかなげに立っていた。そのうしろからデイヴィッドたちが続々と地上に現れてきていた。負傷兵の一匹が手榴弾に近寄り、それを拾おうとぎこちない姿勢でかがみこんだ。

手榴弾が爆発した。その衝撃でヘンドリックスは回転し、うつぶせに倒れた。熱風が彼の上で渦巻いた。ぼんやりと見えたのは、タッソが柱の陰に立ち、もうもうたる白煙から現れてくるデイヴィッドたちを狙って、ゆっくりと正確に撃ち倒している姿だった。

丘の斜面では、輪になってとりまくクローたちを相手にクラウスが苦戦していた。クラウスは後ずさりして、銃撃しながら後退し、その輪を突破しようとしていた。

ヘンドリックスはよろよろと立ち上がった。頭がずきずきした。目もほとんど見えなかった。なにもかもが、渦巻きのように荒れ狂いながら、彼に襲いかかってきていた。右腕はどうやっても動かない。

タッソが彼の方に引き返してきた。「さあ。行くのよ」

「クラウスが――クラウスがまだあそこにいる」

「さあ！」タッソはヘンドリックスを引きずって、柱から離れた。ヘンドリックスは意識をはっきりさせようとして頭をふった。タッソはすばやく彼を導き、緊張した目をぎらぎらさせて、銃撃を逃れたクローがいないか警戒していた。

デイヴィッドが一匹、渦巻く炎の雲の中から現れた。タッソはそいつを吹っ飛ばした。その後はもうなにも出てこなかった。

「でもクラウスが。彼はどうなるんだ？」ヘンドリックスはふらつきながら足を止めた。「彼は――」

「さあ！」

二人は後退し、地下壕からどんどん離れていった。小型のクローたちがしばらく追いかけてきたが、あきらめたらしく回れ右をして去っていった。

ようやくタッソが立ち止まった。「ここで一息入れましょう」

ヘンドリックスは瓦礫の山に腰を下ろした。そしてはあはあと息を切らしながら首筋の汗をぬぐった。「クラウスを置き去りにしてしまったな」

タッソはなにもいわなかった。銃身を開いて、新しい薬莢を詰めていた。

ヘンドリックスは呆然と彼女を見つめた。「きみはあいつをわざと置き去りにしたんだな」

タッソはカチッと銃身を閉じた。そしてあたりの瓦礫の山に目を光らせた。顔は無表情だった。まるで何かを見張っているような目つきだ。

「何だ？」ヘンドリックスはたずねた。「何を探してるんだ？　何かがこっちに来るのか？」ヘンドリックスは頭をふって、事態を理解しようとした。彼女は何をやっているんだろう？　何を待っているんだろう？　彼にはなにも見えなかった。あたり一面は灰だらけ、灰と廃墟しかない。ところどころに、葉も枝もないむきだしになった木の幹があるくらいだ。「いったい――」

タッソがさえぎった。「じっとして」タッソの目が細くなった。いきなり、彼女は銃をかまえた。ヘンドリックスはふり返って、その視線を追った。

彼らがやってきた方角から人影が現れた。その人影はよろよろとこちらに向かってくる。着ているものはぼろぼろ。そいつは足を引きずり、ひどくゆっくりとした足取りで、気を配りながら歩いていた。ときおり立ち止まり、一息入れて元気を取り戻そうとしている。ひっくり返りそうになったこともあった。しばらくじっと立って、なんとか持ちこたえようとした。それからまたこっちに近づいてきた。

クラウスだ。

ヘンドリックスは立ち上がった。「クラウス！」ヘンドリックスは彼の方に向かって駆けだした。

タッソが発砲した。「いったいどうして――」ヘンドリックスははっとふり向いた。二発めが焼けるような熱線となって彼をかすめた。その光線はクラウスの胸に命中した。クラウスは爆破され、ギアや歯車が飛び散った。それでもしばらく彼は歩きつづけていた。それから体が前後に揺れ、両手を投げ出してどさりと地面に倒れた。さらにいくつか歯車が転がった。

静寂。

タッソはヘンドリックスの方にふり返った。「こいつがなぜルディを殺したか、これであなたにもわかったでしょ」

ヘンドリックスはゆっくりと腰を下ろした。そして頭をふった。無感覚になっていて、なにも考えることができなかった。

「どう?」とタッソ。「わかった?」

ヘンドリックスはなにもいわなかった。なにもかもつかみどころがなくなっていく、その速さが勢いを増していた。暗闇が渦を巻いて彼につかみかかった。彼は目を閉じた。


ヘンドリックスはゆっくりと目をあけた。体じゅうがずきずきする。起き上がろうとしたが、突き刺すような痛みが腕から肩に走った。彼は思わず息を呑んだ。

「起きちゃだめ」タッソがいった。彼女はかがみこんで、彼の額に冷たい手をあてた。

夜になっていた。頭上では、ただよう放射能塵の雲をすかして、わずかばかりの星が輝いていた。ヘンドリックスは歯を食いしばって横になった。タッソは無表情でそれを見ていた。木切れと雑草で焚き火ができていた。炎が弱々しく、上に吊るした金属のカップをなめていた。あたりは静まりかえっている。焚き火のむこうは、微動だにしない闇。

「ということは、あいつが変種第二号だったのか」ヘンドリックスはつぶやいた。

「ずっとそう思ってたわ」

「だったら、どうしてもっと早く破壊しなかったんだ?」彼は問いつめた。

「あなたのせいよ」タッソは焚き火に近寄って、金属のカップをのぞきこんだ。「コーヒーよ。しばらくしたら飲めるようになるから」

タッソは戻ってきて、彼の横に腰を下ろした。やがて拳銃の銃身を開けると、発射装置を分解しはじめ、それをしげしげと眺めた。

「すてきな銃ね」タッソは思わず声をあげた。「造りがよくできてる」

「やつらはどうなった？　クローは？」

「手榴弾の衝撃で、ほとんどが動作不能になったわ。壊れやすいのね。精密だから、たぶん」

「デイヴィッドもか？」

「ええ」

「あんな手榴弾をどうして持ってた？」

タッソは肩をすくめた。「わたしたちが設計したの。こっちの技術を過小評価してもらっちゃこまるわよ、少佐。あんな手榴弾がなかったら、今頃はあなたもわたしもこの世にいなかったはずだし」

「とても役に立ったな」

タッソは足を伸ばして、焚き火にあたたまった。「あいつがルディを殺した後でも、まだあなたがわかっていないのには驚いたわ。なんでまたあいつが――」

「いっただろう。怖がってると思っていたんだ」

「ほんとに？　いいこと、少佐、わたしはしばらくのあいだ、あなたを疑っていたのよ。わたしにあいつを殺させようとしなかったんだから。もしかしたらかばってるんじゃないかと思って」彼女は笑った。

「ここは安全なのか」しばらくしてヘンドリックスはたずねた。

「当分はね。やつらが他の地域から援軍を集めてくるまでは」タッソはボロ布で銃の内部をぬぐいはじめた。それが終わると発射装置を元に戻した。そして銃身を閉じて、そこに指を走らせた。

「われわれは運がよかったんだな」ヘンドリックスはつぶやいた。

「ええ。とっても」

「引きずりだしてくれたことに感謝するよ」

タッソは答えなかった。ちらっと彼を見上げた目が、焚き火の明かりで輝いていた。ヘンドリックスは自分の腕を調べてみた。指が動かない。体の片側が無感覚になっているようだった。どこか体の奥で鈍い痛みが続いていた。

「具合はどう？」タッソがたずねた。

「腕がおかしくなっている」

「その他は？」

「内臓もやられた」

「手榴弾が爆発したとき伏せなかったからよ」

ヘンドリックスはなにもいわなかった。彼はタッソがコーヒーをカップから平たい金属鉢に移すのを見守った。彼女はそれを彼のところに持ってきた。

「ありがとう」彼はなんとか飲もうとした。飲みこむのがつらい。胃がむかついて、彼は鉢を押しやった。「今はもうこれでたくさんだ」

タッソが残りを飲んだ。時間が経過した。頭上の暗い空で放射能塵の雲が動いていた。頭の中をからっぽにして、ヘンドリックスは休んだ。しばらくすると、タッソが立って彼をのぞきこんでいるのに気がついた。

「どうした？」彼はつぶやいた。

「気分はよくなった？」

「少しはましだ」

「いいこと、少佐、もしわたしがあなたを引きずっていかなかったら、やつらにやられてたのよ。今ごろ死んでるわ。ルディみたいに」

「そうだな」

「どうしてあなたを連れてきたか、知りたくない？　置き去りにもできたのよ。あそこに」

「どうして連れてきた？」

「どうしてもここから脱出するためよ」タッソは平然とした目つきで火をのぞきこみながら、棒切れで焚き火をかきまわした。「どんな人間だって、ここでは生きていけないわ。

やつらの援軍が来たらもうおしまい。あなたが意識を失ってるあいだ、わたしは考えてたの。やつらが来るまでには、たぶん三時間くらいあるはずよ」

「それで、わたしがいればここから脱出できるというわけか」

「そうよ。あなたならそれができる」

「どうしてわたしが？」

「わたしはなにもやり方を知らないから」半光の中で、彼をじっと見つめる目が明るく輝いた。「もしあなたがここから脱出させてくれなかったら、三時間以内にやつらに殺されてしまうわ。それ以外の可能性はなし。どう、少佐？　あなたならどうする？　わたしは一晩じゅう待っていたの。あなたが意識を失っているあいだここに座って、耳をすまして待っていたのよ。もうじき夜明け。夜も終わりかけてる」

ヘンドリックスは考えこんだ。「妙だな」彼はようやくいった。

「妙って？」

「わたしがいればここから脱出できるなんて考えたことだよ。いったいわたしに何ができると思ったんだ？」

「月面基地に連れていってくれる？」

「月面基地？　どうやって？」

「きっと方法があるはずよ」

ヘンドリックスは頭をふった。「いや。なにも思いつかないな」

タッソはなにもいわなかった。じっと見つめていた視線が、一瞬揺らいだ。彼女は頭をかがめて、急にうしろを向き、そそくさと立ち上がった。「コーヒーは？」

「いらない」

「お好きなように」タッソは黙って飲んだ。彼女の顔は見えなかった。彼は仰向けに寝ころんで、物思いにふけり、なんとか精神を集中しようとした。考えるのは困難だった。頭がまだ痛い。そしてまだぼうっとして体が無感覚になっているような気がする。

「ひょっとすると、手が一つあるかもしれない」だしぬけに彼はいった。

「え？」

「夜明けまであとどれくらいある？」

「二時間。もうじき太陽が出てくるわ」

「この近くに宇宙船があるはずだ。見たことはないが、あることは知っている」

「どんな宇宙船？」彼女の声は鋭かった。

「ロケット船だ」

「それで離陸できる？　月面基地に向けて？」

「そのはずだ。非常時には」彼は額をこすった。

「どうしたの？」

「頭が。どうも考えられない。さっぱり——さっぱり集中できないんだ。手榴弾のせいで」

「その宇宙船はこの近くなの？」タッソはにじり寄ってきて、彼の横に腰を下ろした。「どれくらい離れてるの？　どこ？」

「今考えているところだ」

彼女の指が腕に食いこんだ。「近くなの？」その声は鉄のようだった。「どこにあるの？　地下に格納してあるの？　地下に隠して？」

「そう。格納庫だ」

「どうやったら見つけられる？　記号が付いてる？　どれだかわかるコード記号が？」

ヘンドリックスは懸命に考えた。「いや。記号は付いていない。コード記号は」

「だったら、何？」

「目印だ」

「どんな目印？」

ヘンドリックスは答えなかった。揺らめく明かりの中で、彼の目はどんよりとした、なにも見えない二個の球体だった。タッソの指が腕に食いこんだ。

「どんな目印？　それは何？」

「考えられない。休ませてくれ」

「いいわ」彼女はつかんでいた手を放すと立ち上がった。ヘンドリックスは仰向けになったまま、目を閉じた。タッソはポケットに両手を突っこみ、むこうへ歩いていった。そして石ころを蹴飛ばし、じっと空を見上げた。夜の闇はもう灰色に変わろうとしていた。朝がやってくる。

タッソはピストルを握りしめ、焚き火のまわりをぐるぐると行ったり来たりした。ヘンドリックス少佐は地面に横になり、目を閉じたまま動かなかった。空はしだいに高くまで灰色に染まっていった。四方八方に灰の野原が広がる景色が見えるようになった。灰と建物の廃墟、点在する壁、コンクリートの山、裸になった木の幹。

空気は冷たく肌を刺した。どこか遠くで鳥がわびしく鳴いた。

ヘンドリックスが身動きした。彼の目が開いた。「夜明けか？　もう？」

「そうよ」

ヘンドリックスは体を少し起こした。「きみは何か知りたがっていたな。何かたずねていた」

「思い出した？」

「ああ」

「何？」彼女は緊張した。「何なの？」鋭い声で繰り返した。

「井戸。使えなくなった井戸だ。井戸の底にある、格納庫の中だ」

「井戸ね」タッソの緊張がゆるんだ。「それじゃ、井戸を見つけましょう」彼女は腕時計を見た。「あと一時間くらいよ、少佐。一時間で見つかると思う?」

「手を貸してくれ」ヘンドリックスはいった。

タッソはピストルを置いて、彼を立ち上がらせてやった。「これはたいへんなことになりそうね」

「そうだな」ヘンドリックスは唇をしっかり結んだ。「そんなに遠くまで行かなくてもいいと思うが」

二人は歩きだした。早朝の太陽がわずかばかりのあたたかさをふりそそいだ。一帯は平らで荒涼として、見わたすかぎり灰色が続く、生きているもののいない世界だった。はるか頭上では、数羽の鳥がゆっくりと弧を描きながら、音もなく飛んでいた。

「何か見えるか?」ヘンドリックスはたずねた。「クローは?」

「いいえ。今のところは」

二人はコンクリートや煉瓦だけが残った廃墟を通り過ぎていった。セメントの土台。ネズミがちょこちょこと走り去っていく。タッソは警戒して飛びのいた。

「ここは町だったところだ」ヘンドリックスはいった。「村だ。田舎の村でね。このあたりはみな、昔はブドウ地帯だった。今いるところは」

二人は荒れはてた通りにやってきた。雑草や亀裂が縦横に走っている。右手には石造りの煙突が突き出ていた。

「気をつけて」と彼は注意した。

縦穴が口を開けていた。吹きさらしになった地下室だった。ぎざぎざになったパイプの先端が、ねじ曲がった恰好で突き出ていた。通り過ぎた家の残骸では、浴槽が横倒しになっていた。壊れた椅子。数本のスプーンに、陶器の皿のかけら。通りのまんなかでは地面がへこんでいた。そこは雑草や瓦礫や骨だらけになっていた。

「あそこだ」ヘンドリックスはつぶやいた。

「こっち？」

「右に曲がって」

二人は重戦車の残骸を通り過ぎた。ヘンドリックスのベルトにつけたガイガーカウンターがカチッと不気味な音をたてた。戦車は放射能で爆破したのだ。戦車から数フィートのところに、ミイラになった死体が大の字にころがって、口をぽかんと開けていた。道の先は平らな野原だった。石や雑草、それに割れガラスの破片。

「あそこだ」ヘンドリックスがいった。

石の井戸が突き出ていた。壊れて傾きかけている。数枚の板で蓋をしてあった。井戸のほとんどは崩れて瓦礫になっていた。ヘンドリックスはおぼつかなげにそこに向かって歩き、タッソがその横についていった。

「本当にこれなの？」とタッソ。「そんなふうに見えないけど」

「間違いない」ヘンドリックスは歯をくいしばり、井戸の縁に腰を下ろした。呼吸は荒くなっていた。彼は顔の汗をぬぐった。「上級司令官の脱出用に準備されたものだ。緊急事態に備えて。もし地下壕が敵の手に落ちたらとか」

「それってあなたのこと？」

「そう」

「宇宙船はどこ？　ここにあるの？」

「立っている真下だ」ヘンドリックスは井戸の石の表面に両手を走らせた。「この認証装置はわたしだけに反応して、他のだれにも反応しない。わたしの宇宙船なんだ。ともかく、昔はそのはずだった」

カチリと鋭い音がした。やがて足下からきしむような低い音が聞こえてきた。

「下がって」ヘンドリックスがいった。彼とタッソは井戸から離れた。

地面の一部が移動した。金属製の枠が、煉瓦や雑草を押しのけながら、ゆっくりと灰の中から現れた。その動作が止まり、宇宙船の船首が姿を見せた。

「ほら」とヘンドリックス。

宇宙船は小型で、金網でできた枠の中で宙吊りになってじっとしている。先のまるい針みたいだ。宇宙船が出てきた暗い洞穴の中へ、灰の雨がざらざらと降りそそいだ。ヘンドリックスは宇宙船に近づいていった。そして金網をよじのぼり、ハッチをまわして開けた。宇宙船内の操縦盤や与圧座席が見えた。

タッソもやってきて、隣に立ち、宇宙船の中をのぞきこんだ。「ロケットの操縦はあまりしたことがないの」しばらくしてから彼女がいった。

ヘンドリックスはちらりと彼女を見た。「わたしが操縦する」

「そのつもりなの？　座席は一つしかないわ、少佐。見たところ、一人乗り用に造られているわね」

ヘンドリックスの息づかいが変わった。彼は船内をじっくり調べた。タッソのいうとおり。座席は一つしかない。たしかにその宇宙船は一人乗り用に造られている。「なるほど」彼はゆっくり言葉を口にした。「それで、その一人とはきみだ、というわけか」

彼女はうなずいた。

「もちろんよ」

「なぜ？」

「あなたには無理じゃないの。飛行の終わりまで生きていられるかわからないし。負傷しているから。たぶんむこうまでたどりつけないわ」

「こいつは一本取られたな。でも、わたしは月面基地の場所を知っている。そしてきみは知らない。そのまわりを何カ月もぐるぐるとまわったところで、見つからないかもしれないぞ。うまく隠されているからな。何を目印にして探したらいいかを知らないと――」

「とにかくやってみる。見つけられないかもしれないけど。自分一人じゃ。でも、必要な情報はぜんぶあなたが教えてくれるはずよ。なにしろ、あなたにとってはそれが生きるか死ぬかの分かれ道なんだから」

「どうして？」

「もし月面基地を時間内に見つけられたら、あなたを救出する宇宙船を送ってもらうこともできると思うの。もし時間内に見つけられたら、の話よ。もしそれがうまくいかなかったら、助かる見込みはないわ。宇宙船には食料も積んであると思うから、多少は時間がかかっても――」

ヘンドリックスはすばやく動いた。しかし負傷している腕がいうことを聞かなかった。タッソはしなやかな身のこなしで体をよけてかわした。それから稲妻のような速さで手を出した。銃尾がふり下ろされるのがヘンドリックスの目に映った。その一撃をかわそうとしたが、相手の動きがすばやすぎた。側頭部の、耳のすぐ上のところを、金属製の銃尾が殴打した。痺れるような痛みが全身をかけめぐった。痛みと、渦巻く暗闇の雲が。彼は膝をつき、地面に崩れ落ちた。

タッソがのしかかるように立って、爪先で自分を蹴っているのを、彼はぼんやりと意識していた。

「少佐！　目を覚まして」

彼はうめき声をあげながら目を開けた。

「よく聞いてちょうだい」彼女はかがみこんで、彼の顔に銃口を向けた。「急いでるの。あまり時間がないから。宇宙船は出発の準備ができているけど、出発する前に、必要な情報を教えてもらいたいのよ」

ヘンドリックスは頭をふって、意識をはっきりさせようとした。

「早く！　月面基地はどこ？　どうやったら見つかる？　目印は？」

ヘンドリックスはなにもいわなかった。

「答えて！」

「残念だが」

「少佐、宇宙船には食料がどっさり積んであるわ。数週間は飛びまわることができそう。そうするとそのうちに基地が見つかるはずよ。でもあなたは今から三十分もしたら死んでるはず。生き延びるたった一つの道は――」彼女の言葉がとぎれた。

斜面に沿って、崩れかけた廃墟のそばで、何かが動いた。灰の中にいる何かが。タッソはすばやくふり向いて狙いをつけ、撃った。一陣の炎が跳ね上がった。何かががさごそと、灰の中をころがるように逃げていった。彼女はもう一度撃った。クローが吹っ飛んで分解し、歯車が宙に舞った。

わ」

「見た?」タッソがいった。「斥候よ。やつらがやってくるまでにそれほど時間はない

「ここに救助を寄こしてくれるんだな?」

「ええ。できるだけ早く」

ヘンドリックスはタッソを見上げた。そしてまじまじと見つめた。「嘘じゃないんだろうな?」いつのまにか、彼の顔には奇妙な表情が浮かんでいた。それは貪欲《どんよく》な生への渇望だった。「ここに戻ってきてくれるんだな? わたしを月面基地に連れていってくれるんだな?」

「月面基地に連れていってあげるわよ。その代わり、どこにあるのか教えてちょうだい! 時間があと少ししかないんだから」

「わかった」ヘンドリックスは岩のかけらを拾って、上体を起こした。「見ていてくれ」

ヘンドリックスはかけらで灰の上に図を描きだした。タッソはそのそばに立って、かけらの動きを見守った。ヘンドリックスが描いているのは、おおまかな月面地図だった。

「これがアペニン山脈。これがアルキメデス・クレーター。月面基地はアペニン山脈の端の先、およそ二百マイルのところにある。正確な位置はわたしも知らない。地球にいる人間はだれも知らないんだ。だが、アペニン山脈の上空にさしかかったら、照明弾で信号を送る。赤、緑、それから赤を二発、たてつづけに。そうすると基地のモニターが信号を記

録する。基地はもちろん地下にある。むこうは磁石アームで月面まで誘導してくれるはずだ」

「操縦盤は？　わたしに操縦できる？」

「操縦はほとんど全自動だ。正しい時に正しい信号を送るだけでいい」

「それならできるわ」

「離陸時の衝撃は座席がほとんど吸収してくれる。空気と温度は自動調節されている。宇宙船は地球を離れると無重力空間に入る。そこをまっすぐ行けば月にさしかかり、月面から百マイルほどの高度のところで周回軌道に入る。その軌道をたどれば基地の上空だ。アペニン山脈の地域に入ったら、信号ロケットを投下すること」

タッソは宇宙船にすべりこみ、与圧座席に身を沈めた。するとと自動的にアームがロックして体が固定された。タッソは操縦盤に触れた。「行けなくて残念ね、少佐。あなたのためにこれだけ準備がしてあったのに」

「拳銃は置いていってくれ」

タッソはベルトから拳銃を抜いた。そしてその重さを計るように手の中で握りながら、考えていた。「この場所からあまり遠くへ行っちゃだめよ。今のままでも、探すのが大変なんだから」

「よし。井戸のそばにじっとしている」

タッソは離陸用スイッチを握り、そのなめらかな金属製の表面に指を走らせた。「すてきな宇宙船ね、少佐。みごとな造りじゃないの。あなたたちの腕にはつくづく感心させられるわ。あなたたちは昔からずっと、仕事をさせたら最高ね。すばらしいものを造るし。仕事や、造ったものが、あなたたちの成果のなかでも最高だわ」

「拳銃をよこせ」ヘンドリックスはいらいらしてそういうと、手を伸ばした。そしてやっとの思いで立ち上がった。

「さよなら、少佐」タッソは拳銃をヘンドリックスのむこうに放り投げた。拳銃は音をたてて地面に落ち、ころがっていった。ヘンドリックスはあわててそれを追いかけた。そしてかがみこんで、さっと拾いあげた。

宇宙船のハッチがガチャンと閉まり、ボルトで締められた。ヘンドリックスは元の場所に戻ろうとした。内側のドアも閉められるところだった。彼はよろよろとピストルをかまえた。

耳をつんざく轟音《ごうおん》がした。宇宙船は金属のケージから発射され、後に残ったのは溶けた金網だけだった。ヘンドリックスは思わず体をちぢめ、後ずさりした。宇宙船は渦巻く放射能塵の雲の中へと突進し、空の彼方に消えていった。

ヘンドリックスは長いあいだじっとそこに立ったまま、航跡雲すら消えてしまうまで見つめていた。なにひとつぴくりともしない。朝の空気は肌寒く、静まりかえっている。彼は来た道をあてもなく戻りはじめた。動きまわっているほうがいい。救助がやってくるまでには時間がかかる――やってくるとしたらの話だが。

彼はポケットを手探りして、煙草の箱を見つけた。そしてむっつりした顔で一本火をつけた。だれもが彼の持っている煙草をほしがったものだ。だが残念ながら煙草は数少ないのだ。

灰をかきわけて、トカゲが彼のそばを通り過ぎていった。彼はびくりとして立ち止まり、体をこわばらせた。トカゲは姿を消した。空では太陽が高くのぼっていた。片側にある平らな岩の上に、ハエが数匹止まった。ヘンドリックスはハエに向かって足を蹴り上げた。だんだん暑くなってきた。汗が顔から襟へとしたたり落ちた。口の中はからからだった。

しばらくして彼は歩くのをやめ、瓦礫の上に腰を下ろした。そして医療キットをとりはずし、麻酔剤のカプセルを数個呑みこんだ。あたりを見まわしてみた。ここはどこなんだろう？

何かが前方にころがっていた。地面に長々と伸びている。音もたてないし、動かない。ヘンドリックスはすばやく銃を抜いた。どうも人間らしい。そのとき彼は思い出した。クラウスの残骸だ。変種第二号の。タッソがクラウスを爆破したのがここだったのだ。歯車や継電器、それに金属部品が、灰の上のあちこちに散らばっているのが見えた。それが日光を浴びてきらきらと輝いていた。

ヘンドリックスは立ち上がってそこまで歩いていった。そして無抵抗な姿を足で小突いて、少しひっくり返してみた。金属でできた胴体、アルミニウムの横骨や縦骨が見えた。さらに電線がこぼれだしてきた。臓物みたいだ。束をなした電線、スイッチ、そして継電器。無数のモーターやロッド。

彼はかがみこんだ。倒れたときに脳の容器が壊れたのだろう。人工の脳がむきだしになっていた。彼はそれに見とれた。迷路のような回路。超小型の真空管。髪の毛ほど細かい電線。彼は脳の容器に触れてみた。それがぱっくりと開いて、型番を表示したプレートが見えた。ヘンドリックスはそのプレートをまじまじと見た。

そして血の気が引いた。

Ⅳ号。

長いあいだ彼はそのプレートを見つめていた。変種第四号。第二号ではない。彼らは間違っていた。まだ変種がいたのだ。三種類だけではなく。おそらく、もっとたくさん。少なくとも四種類は。そしてクラウスは変種第二号ではなかったのだ。

だが、もしクラウスが変種第二号ではないとしたら――

突然ヘンドリックスは身をこわばらせた。何かがこちらへやってくる、丘のむこうから灰をかきわけて。あれは何だ？　彼は目をこらして見た。何人もの人影だった。人影がゆっくりとやってくる、灰をかきわけて進みながら。

彼に向かってやってくる。

ヘンドリックスはすばやく身を伏せ、銃をかまえた。したたる汗が目の中に入った。高まるパニックを抑えようと必死になっているうちに、人影が近づいてきた。

最初のやつはデイヴィッドだった。そのデイヴィッドは彼を見て速度を上げた。他のも急いで後からやってきた。二匹めのデイヴィッド。そして三匹め。どれもそっくり同じのデイヴィッドが三匹、黙って、無表情のまま、細い足を上げ下げしながら、彼に向かってやってくる。どれもクマのぬいぐるみを抱きしめて。

彼は狙いを定めて撃った。最初のデイヴィッド二匹が粉々になった。三匹めがそれでも前進してきた。そしてそのうしろにいる人影も。灰色の灰のむこうからゆっくりと丘をのぼり、彼に向かってやってくる。デイヴィッドよりはるかに背が高い、負傷兵だ。そして――

そして、負傷兵のうしろからやってくるのは、横に並んで歩いているタッソ二人だった。重いベルト、ロシア軍のズボンにシャツ、長い髪。つい先ほどまで見ていた彼女と変わらない、見慣れた姿。宇宙船の与圧座席に座っていた彼女と。二人ともすらりとした体で、押し黙って、瓜二つ。

やつらはすぐ近くまで来ていた。デイヴィッドが突然前かがみになって、クマのぬいぐるみを落とした。するとそのクマが地面を駆けてやってきた。引き金にかけていたヘンドリックスの指は反射的に力が入った。クマは霞と消えた。タッソ型二匹はそれでも前進し、無表情のまま、横に並んで、灰色の灰をかきわけてくる。

間近に迫ってきたところで、ヘンドリックスは拳銃を腰の高さのところでかまえて撃った。

タッソ二匹が溶けて消えた。しかしすでに新しい一団が丘をのぼりはじめていた。タッソが五、六匹、どれもまったく同じやつが、一列になって速度を上げ、彼に向かってやってくる。

おまけに彼はあの女に宇宙船と信号のコードを与えてしまったのだった。彼のおかげで、今ごろは月に、そして月面基地に向かう途中だ。それを可能にしたのは彼だった。

結局、手榴弾については彼の疑念が当たっていたことになる。あれはデイヴィッド型や負傷兵型といった、他の型が持っている知識で設計されたものだった。それにクラウス型も。人間が設計したものではない。設計された場所は、人間との接触がすべて絶たれた地下工場だったはずだ。

列になったタッソたちがすぐそこにやってきた。ヘンドリックスは気を引き締め、悠然とやつらを見守った。見慣れた顔、ベルト、厚手のシャツ、念入りに用意された手榴弾。

手榴弾か——

　タッソたちが彼に手を伸ばしたとき、最後の皮肉な考えがヘンドリックスの脳裏に浮かんだ。それを考えると、気分が少しはましになった。手榴弾。変種第二号が他の変種を破壊するために製造されたもの。その目的のためだけに。

もうやつらは、互いに殺し合うための武器を製造しはじめていたのだった。

編者あとがき

新編集のディック短篇傑作選全六巻の四冊目となる『変種第二号』をお届けする。前巻にあたる『変数人間』巻末の表題作からひきつづいて、本書には主に戦争を扱った短篇を集めた。故・浅倉久志氏の編訳による日本オリジナルのディック短篇集『永久戦争』（一九九三年、新潮文庫）の編集コンセプトを勝手に受け継がせていただいた格好です。

具体的に言うと、『永久戦争』に採られていた戦争SF三篇（「歴戦の勇士」「奉仕するもの」「ジョンの世界」）を中軸に据えて、ある平凡な一家がとつぜん戦時下に放り込まれる名品「たそがれの朝食」を巻頭に置き、ともに映画化されているディック短篇の代表作二篇、「ゴールデン・マン」（映画化タイトル「NEXT―ネクスト―」）と「変種第二号」（映画化タイトル「スクリーマーズ」）を、短篇集の看板として、ともに若島正氏による新訳で収録。

そのほか、火星を舞台にしたサスペンス「火星潜入」（二〇一三年に自主製作による短篇映画化が実現）と、著者の没後に初めて世に出た（現存する短篇としては）事実上の処女作にあたる「安定社会」、それに、ディックの作品ならすべて読みたいと願うマニアックなPKD愛好者のために本邦初訳のお蔵出し短篇「戦利船」（邦訳で六十枚）を加えた。これでディックの短篇は（断片的なものをのぞき）すべてが訳されたことになる。どうして「戦利船」が最後まで未訳だったのかは、自分の目でじっくりたしかめてみてください。いやもうすごいよ。

一九四七年ごろ書かれた生前未発表の習作「安定社会」をべつにすると、収録作の発表は一九五三年〜五七年。「変種第二号」を表題作とするディック短篇全集（*The Collected Stories of Philip K. Dick*）第二巻にノーマン・スピンラッドが寄せた序文によれば、

これらの短編が書かれた時代は、冷戦が病的興奮に達し、ジョゼフ・マッカーシー上院議員と反米活動委員会が生み出した反共ヒステリーがピークを迎え、小学生が空襲警報のサイレンと同時に机の下へ隠れるように教えられた、核戦争パラノイアの絶頂期だった。表面的に、これらの短編は、その時代の雰囲気《ふんいき》をあからさまに反映している。それはディックが、スタートの時点から深い政治的関心をいだいた作家であったことを示している。

だが、これらの短編が示しているものは、それだけではない。そうした見解を唱えるのがすくなからず危険であった時代に、ディックはその時代の主流を占める各種の病的な熱狂——軍国主義、保安への強迫観念、外国（人）アレルギー、ショーヴィニズム——にさからって、声高らかに反対意見を述べつづけたのだ。

しかも、これらの短編で、そうした大規模な政治的悪に対抗するものは、大規模な政治的善ではない。ごく小規模で控え目なヒロイズムと、同胞愛《カリタス》と、そしてなによりも感情移入であり、その能力こそが、最終的に人間を機械から、精神的なものを機械的なものから、真実の存在を巧妙に作られた疑似生命から、区別しているものなのだ。

（浅倉久志訳、『永久戦争』解説より引用）

ディックが六十年前に描いた戦争は、いまの日本でも（いまの日本でこそ？）アクチュアルな意味を持つかもしれない。

以下、例によって、収録作各篇の原題と初出、簡単な紹介（および、今回は紙幅があるので、どうでもいい無駄話など）を。

「**たそがれの朝食**」浅倉久志訳 “Breakfast at Twilight” アメージング誌一九五四年七月号

平凡な中流家庭が、ある朝とつぜん、核戦争のまっただなかに放り込まれる——本書の幕開けにはもっともふさわしい作品だろう。
The Best of Philip K. Dick に寄せた「著者による追想」（ハヤカワ文庫ＳＦ『時間飛行士へのささやかな贈物』巻末所収）に、ディックはこう書いている。

あなたが家にいると、兵士たちが表のドアを叩きこわして入ってきて、いまは第三次世界大戦の最中だと告げる。どこかで時間が狂ってしまったのだ。空間や時間のような、現実の基本的なカテゴリーが崩壊するというアイデアをいじくるのが、わたしは好きだ。たぶん、混沌への愛がそうさせるのだろう。（浅倉久志訳）

「薄明の朝食」のタイトルで仁賀克雄訳が『地図にない町』（ハヤカワ文庫ＮＶ）に収録。鈴木聡訳が同タイトルで『ザ・ベスト・オブ・Ｐ・Ｋ・ディックⅠ』（サンリオＳＦ文庫）に収録。同書が『パーキー・パットの日々　ディック傑作集１』のタイトルでハヤカワ文庫から再刊された際に、改題・新訳されて、浅倉久志訳「たそがれの朝食」となり、その後『ペイチェック』にも収録された。
なお、本篇は、二〇一三年十月に『薄明の朝食　Breakfast at Twilight』として日本で舞台化されている（人形劇団クラルテ 第１１０回公演―大人のための人形劇―）。その一部はYouTubeで視聴できるので、チェックしてみてください。

「ゴールデン・マン」若島正訳 “The Golden Man” ワールズ・オブ・イフ誌一九五四年四月号

マーク・ハースト編のディック短篇傑作選 *The Golden Man*（邦訳は、サンリオSF文庫の『ザ・ベスト・オブ・P・K・ディックⅢ』『Ⅳ』／ハヤカワ文庫SFの『ゴールデン・マン』『まだ人間じゃない』）の表題作に選ばれた事実が示すとおり、ディック短篇の代表作のひとつ。同書にディック自身が寄せた「作品メモ」によれば、

この作品の主題は、ミュータントがわれわれ普通人にとって危険だということである。ジョン・W・キャンベルが嘆き悲しんだ考え方だ。われわれは、むしろ彼らを指導者と見るべきらしい。しかし、彼らがわれわれをどんなふうに見るか、それがわたしはいつも気になる。つまり、彼らはわれわれを指導したがらないのではないか。ひょっとすると、超進化した彼らの高邁《こうまい》なレベルからすると、われわれは指導に値しないのではないか。とにかく、たとえ彼らがわれわれの指導を承知してくれたとしても、その行先がどこなのか、それが不安だ。この不安は、シャワー室という標識がついているのに実はそうでなかった建物と、なにか関係があるのかもしれない。（浅倉久志訳）

この短篇は、二〇〇七年に「NEXT─ネクスト─」のタイトルで映画化された（リー・タマホリ監督、ニコラス・ケイジ主演）。もっとも、原作との大きな共通点は、〝クリス・ジョンソンという予知能力者が登場すること〟くらい。映画にそのまま使われている場面は、「武装した兵士たちによって二重三重に包囲された絶体絶命の危機からクリスが予知能力を使って脱出する」というワンシーンだけしかない。クリスが本物の超能力を持ちながら、冴えないマジシャンとしてラスベガスのショーに出ている──というもの悲しい設定はなかなかディック的だが、これはディック好きを公言しているニコラス・ケイジのアイデアだったとか。いずれにしても、原作と映画がここまで無関係なケースも珍しく、おかげでディック映画としてはユニークな作品となっている。未見の方は、ぜひDVDでどうぞ。それなりによくできたオチもついてます。

本篇は「金色人」のタイトルで、SFマガジン一九六五年三月号に訳載（斉藤伯好訳）。その後、友枝康子訳が『ザ・ベスト・オブ・P・K・ディックⅢ』（サンリオSF文庫）に収録（その後、『ゴールデン・マン』と改題されてハヤカワ文庫SFより再刊）。本書には、若島正による新訳を収録した。

「安定社会」浅倉久志訳 “Stability” *The Collected Stories of Philip K. Dick 1*（一九八七年）

戦争を根絶し、絶対的な〝安定〟を実現した社会。だが、それには大きな代償があった……。

事実上の処女作にあたる短篇。『アジャストメント』の編者あとがきにも書いたとおり、ディックがプロ作家を目指して創作講座に参加したのは一九五一年のこと。アンソニイ・バウチャーに徹底的にしごかれて、初めて商業誌に採用された作品は「ルーグ」、初めて商業誌に掲載された作品は「ウーブ身重く横たわる」だった（ともに『アジャストメント』所収）。しかし、ディックにはそれ以前に、なんのあてもなく趣味で小説を書いていた習作時代がある。その当時の作品のひとつは没後の九四年に単行本として刊行されたが（*Gather Yourselves Together*）、それ以外の原稿はディック自身の手によってほとんどが破棄されてしまい、短篇で唯一残っていたのが本篇。執筆時期は一九四七年ごろというから、（すくなくとも現存する作品の中では）ディックのもっとも古い作品ということになる。執筆から四十年を経た一九八七年に、短篇全集の第一巻に収録されて日の目を見た。

邦訳は『マイノリティ・リポート』（ハヤカワ文庫ＳＦ）初出。

「**戦利船**」大森望訳“Prize Ship”スリリング・ワンダー・ストーリーズ誌一九五四年冬号

太陽系評議会が拿捕《だほ》したガニメデ人の新型実験船。それは、地球人たちを思いがけない世界へと導いた……。

数あるディック作品の中でも極北に位置するバカSF。結末で明かされるメイン・アイデアはともかく、それを先行作品に無理やり結びつける趣向は独創的としか言いようがない。ふつうの作家は思いついても書きません。ある意味、最高にディックらしい短篇かも。マニアなら、これ一作を読むためにでも本書を買う価値はある——かどうかはよくわからない。本邦初訳。

「火星潜入」浅倉久志訳 "The Crystal Crypt" プラネット・ストーリーズ誌一九五四年一月号

ポール・バーホーベン版『トータル・リコール』の火星シーンを思い出させるような、いかにもディックらしいB級アクション。

二〇一三年、シャハブ・ザーガリ監督によって、本篇を原作とする同名の短篇映画（二十八分）"The Crystal Crypt" が完成。YouTubeなどで検索すれば、実写とアニメを併用した映像の一部を見ることができる。

邦訳の初出は『マイノリティ・リポート』。

「歴戦の勇士」浅倉久志訳 "War Veteran" ワールズ・オブ・イフ誌一九五五年三月号

未来から忽然と現れた、八十九歳の片目の老人。彼は、まだ勃発していない惑星間戦争の生き残りだった……。

時代を超えてやってきた人物が政治状況を揺り動かすのは、「変数人間」と同じパターン。焦点になるのがよぼよぼの老兵という着想が面白い。話がどう転がってゆくのかまったく先の見えないサスペンスがスピーディに展開する。

「ウォー・ヴェテラン」のタイトルで仁賀克雄訳が同名短篇集（社会思想社）に収録。さらに論創社〈ダーク・ファンタジー・コレクション〉の『髑髏』に再録されている。本書の浅倉久志訳は『永久戦争』初出。

「**奉仕するもの**」浅倉久志訳 "To Serve the Master" イマジネーション誌一九五六年二月号

ロボットと人間との戦争を題材にした小品。発表は五六年だが、実際に執筆されたのは五三年。同時期に書かれた「最後の支配者」（『まだ人間じゃない』所収）でも、ロボットと人間の闘いが描かれている。

邦訳の初出は『永久戦争』。

「**ジョンの世界**」浅倉久志訳 "Jon's World" オーガスト・ダーレス編 *Time to Come* (1954)

人類とクロー（兵器として開発された精巧なロボット）の戦争によって荒廃した未来の

地球。ルナから帰還した人々は航時船を開発して過去へもどり、歴史を改編しようとするが……。

ひとつ前の「奉仕するもの」ともども、映画「ターミネーター」の元ネタのようにも見える短篇。殺人機械クローが登場する点では、次の「変種第二号」の姉妹篇と言えなくもない。

浅倉さんいわく、「ジョン少年は、のちのディックの長編に登場するさまざまな幻視者たちのさきがけである」

邦訳は『永久戦争』初出。

「**変種第二号**」若島正訳 "Second Variety" スペース・サイエンス・フィクション誌一九五三年五月号
人間そっくりのアンドロイドという終生のオブセッションを戦争と組み合わせて緊密なサスペンスを醸成したディック短篇屈指の傑作。『時間飛行士へのささやかな贈物』（ハヤカワ文庫ＳＦ）巻末の「著者による追想」では、この作品について以下のように書いている。
わたしの最大のテーマがいちばん色濃く出た作品。そのテーマとは――だれが人間であり、だれが人間の見かけをしている（人間になりすましている）だけなのか？　この疑問に対して、われわれが個別に、また集団的に、確かな答をつかまないかぎり、わたしの観点からすれば、およそ考えられる中で最も重大な難問に直面することになる。それに適切な答が出せなければ、われわれは自分自身のことにさえ確信が持てない。わたしは自分のことさえ知らない。ましてや、あなたがたのことがわかるわけがない。そこで、このテーマをくりかえして取り上げる。わたしにとって、これ以上に重要な疑問はほかにない。その答はなかなか見つからない。（浅倉久志訳）

筋金入りのSFマニアでディック愛好者でもあるダン・オバノンがディックからこの短篇の映画化権を取得し、*Claw*と題するSF映画の脚本を書き上げたのは一九八一年のこと。それから十五年を経て、この映画企画は「スクリーマーズ」と名を変え、カナダのクリスチャン・デュゲイ監督によってようやく実現した。

発表当時の時代背景を反映して、原作の舞台は第三次世界大戦後の荒廃した地球。米国政府は月基地に移り、残された兵士がソ連軍と無意味な戦いをつづけている。米軍側の力強い味方が、クローと呼ばれる自動殺戮兵器。味方を識別するタブをつけていない相手を捕捉して攻撃する。主人公は、停戦交渉のため敵司令部に赴くことになったヘンドリックス少佐。だが、接触した敵兵から、彼は思ってもみなかった情報を告げられる。クローが自動工場で人間そっくりの新型を開発し、この変種は人間を無差別に殺戮するというのだ。しかも、外見からでは中身が機械なのかどうか判別できない……。

オバノンの脚本（ミゲル・テファダーフロレスの手が入っている）は、この設定をほぼ忠実に再現する。原作との違いは、舞台が地球からシリウス星系の惑星に移り、戦争が稀少金属採掘企業と現地派遣労働者との対立に変更されているのが目につく程度。自動機械クローは、映画ではスクリーマー（甲高い金属音で人間の聴覚を破壊する）と呼ばれ、それが題名になっている。

原作の核心をなす、「人間なのか機械なのか判別できない」というモチーフから生まれるサスペンスは、主演のピーター・ウェラーの渋い演技もあって、映画にも十二分に生かされている。いかにもハリウッド映画的な結末はやや興醒めだが、（「ＮＥＸＴ―ネクスト―」とは対照的に）原作にきわめて忠実な映画化と言えるだろう。

日本では、「変種第二号」のタイトルで、仁賀克雄訳がミステリマガジン一九七八年十月号に掲載。その後、サンリオＳＦ文庫『ザ・ベスト・オブ・Ｐ・Ｋ・ディックⅠ』に友枝康子訳で収録され、『パーキー・パットの日々』と改題されてハヤカワ文庫ＳＦから再刊された。本書には、若島正による新訳を収録した。

さて最後に、この短篇を若島正氏が新訳することになった経緯について。たまたまあるパーティで顔を合わせた旧知の若島さんとディックの話になり、「いま短篇集を再編集してるんですが、ディックの短篇はどれが好きですか？」とたずねたところ、「好きなのは“Second Variety”やな」とのお答え。渡りに船と新訳を依頼したところその場で快諾をいただき、「一篇だけというのもなんですから……」という理屈で、本書収録の「ゴールデン・マン」と、二〇一四年十一月刊の『人間未満』（仮）に収録される二篇の新訳も、無理をいって引き受けていただいた。おかげで若島正訳のディックが読めるのだから、瓢箪《ひょうたん》から駒。あたってみるもんですね。

以上九篇、お楽しみいただければさいわいです。

なお、次巻は、『アンドロイドは電気羊の夢を見るか？』の原型にあたる短篇「小さな黒い箱」を表題作に、未来社会を描く短篇を集める予定（二〇一四年七月刊）。お楽しみに。

フィリップ・K・ディック

アンドロイドは電気羊の夢を見るか？
浅倉久志訳
火星から逃亡したアンドロイド狩りがはじまった……映画『ブレードランナー』の原作。

〈ヒューゴー賞受賞〉
高い城の男
浅倉久志訳
日独が勝利した第二次世界大戦後、現実とは逆の世界を描く小説が密かに読まれていた！

ユービック
浅倉久志訳
月に結集した反予知能力者たちがテロにあった瞬間から、奇妙な時間退行がはじまった⁉

〈キャンベル記念賞受賞〉
流れよわが涙、と警官は言った
友枝康子訳
ある朝を境に〝無名の人〟になっていたスーパースター、タヴァナーのたどる悪夢の旅。

火星のタイム・スリップ
小尾芙佐訳
火星植民地の権力者アーニイは過去を改変しようとするが、そこには恐るべき陥穽が……